Während der New Yorker Fashion Week stürzt das deutsche Topmodel Anna Hansen aus ihrer Wohnung im siebten Stock eines Hauses in Manhattan in den Tod. Ist sie gefallen? Ist sie gesprungen? – Oder wurde sie gestoßen?
Ihr Tod und eine Serie mysteriöser Morde an Prominenten der Modebranche rufen den deutschen Reporter Mike Mammen auf den Plan.
Nach dem Thriller „Risse im Ruhm" (Solibro 2005) recherchiert Mammen nun in der Glitzerwelt des internationalen Fashion Business und stößt dabei auf die tragische Liebesgeschichte eines Supermodels und verstörende Voodoo-Rituale.

Hans-Hermann Sprado, 1956 in Bassum geboren, volontierte beim Bremer *Weser Kurier* und arbeitete als Redakteur bei *Bunte* und als Chefreporter bei *Bild*. Er war Chefredakteur des *P.M.-Magazin* und von *Marie Claire*; heute ist er Herausgeber der „*P.M.*-Gruppe". Seine Reisen führten ihn in mehr als 30 Länder.
Hans-Hermann Sprado lebt mit seiner Familie in Ebersberg bei München. Sein erster Roman, „Risse im Ruhm" (Solibro 2005), wird demnächst für das Fernsehen verfilmt.

Hans-Hermann Sprado

Tod auf der Fashion Week

Thriller die
SUBKUTAN
unter die Haut gehen

1. Hans-Hermann Sprado:
   Risse im Ruhm. Roman
   Münster: Solibro-Verlag 1. Aufl. 2005
   ISBN 978-3-932927-26-3 (3-932927-26-5)

2. Hans-Hermann Sprado:
   Tod auf der Fashion Week. Roman
   Münster: Solibro-Verlag 1. Aufl. 2007
   ISBN 978-3-932927-39-3

SOLIBRO-Verlag Münster

Hans-Hermann SPRADO

Tod auf der *Fashion* WEEK

Roman

solibro

Informationen über unser Programm erhalten Sie unter:

www.solibro.de

Umschlaggestaltung:
Diddo Ramm/DRDCC, Hamburg

Titelfoto:
Eryk Fitkau, Getty Images

Klappenfoto (Autor):
Klaus Brenning

Druck und Bindung:
GGP Media GmbH, Pößneck

Verlag:
SOLIBRO®-Verlag, 48143 Münster
Tel.: 07000-SOLIBRO (07000-7654276) / www.solibro.de

1. Auflage 2007 / Originalausgabe

Gedruckt auf chlorfrei gebleichtem und alterungsbeständigem Papier.

ISBN 978-3-932927-39-3

Druckfehler vom

„Der Aberglaube ist die Poesie des Lebens"

Johann Wolfgang von Goethe

Für Regina

ERSTER TAG

Mittwoch

1.

Sie fiel.

Es war der vierte Tag der New Yorker Fashion Week, ein warmer Abend im September. Der Geruch des nahenden Herbstes lag schon in der Luft. Einige Kilometer südlich der weißen Zelte im Bryant Park, in denen Designer aus aller Welt ihre Frühjahrs-Kollektionen präsentierten, stürzte das deutsche Model Anna Hansen aus ihrem Penthouse-Apartment im siebten Stock eines Brownstone-Hauses zwanzig Meter in die Tiefe, vorbei an roten Ziegelsteinen, schmiedeeisernen Feuertreppen, geschlossenen Jalousien und Blumen auf Fensterbänken.

Sie fiel lautlos und schnell.

Eine Sekunde später schlug ihr Körper auf den aufgeheizten Bürgersteig der Prince Street und blieb, halb nackt und seltsam verrenkt, neben einem zertretenen Starbuck-Kaffeebecher liegen.

Schnell bildete sich eine Blutlache neben ihrem Kopf. Das Blut lief über die Steine an ihrem hochgerutschten T-Shirt und den entblößten Brüsten zur Hüfte hinunter. Erst am Gürtelsaum der Jeans hielt das Rinnsal inne.

Ein letztes Mal war die Frau mit dem Fünf-Sterne-Lächeln den Blicken der Menschen preisgegeben. Von allen Seiten eilten sie heran und starrten in das ungeschminkte Gesicht mit den großen braunen Augen, die nun weit offenstanden.

Dem Gesetz der Schwerkraft folgend dreht sich ein Körper beim Fall aus großer Höhe mit dem Schwerpunkt nach unten. Wenn es sich dabei um einen menschlichen Körper handelt, prallt er zuerst mit dem Becken und dem Rücken auf den Boden, dann mit den Gliedmaßen. So geschah es, dass zwar der hintere Teil von Anna Hansens Schädel zertrümmert wurde. Aber ihr berühmtes Gesicht, das auf mehr als 3000 Magazin-Cover in Frankreich, Italien, Deutschland, Japan, England und den USA zu sehen war, blieb unversehrt.

Hier kommen die empirischen Daten der Polizei ins Spiel, sie belegen eine zwingende Vermutung: Wer sich durch einen Sprung aus dem Fenster das Leben nehmen will, schlägt stets ein gutes Stück vom Haus entfernt auf – eben weil er *gesprungen* ist. Das Opfer eines Verbrechens dagegen landet immer nahe der Wand, weil es versucht haben wird, den Sturz zu verhindern.

Der Körper von Anna Hansen lag auf der imaginären Linie, die das Eine vom Anderen trennt.

2.

Das ist nicht gut, dachte Mammen, so wird das nichts. Er ruckelte in seinem Sitz herum, die Arme auf die Lehne gepresst. Im Ambassador Theater am Times Square schleppte sich das Musical „Chicago" in die zweite Stunde. Mammen, der eigentlich nichts für Musicals übrig hatte, aber trotzdem hingegangen war, weil es im Kino keinen Film gab, der ihn interessierte, hatte sich bereits vor einer Weile ausgeblendet. Die Geschichte des Chormädchens Roxy Hart, das seinen Liebhaber umbringt und danach die große Karriere macht, langweilte ihn über die Maßen.

Müde blinzelte er einem jungen Mädchen im rosa Puffärmelkleid zu, das sich empört zu ihm umdrehte, denn wieder einmal hatte er zu laut gegähnt.

Mit mir nicht, dachte Mammen, in der Pause bin ich weg. Muss ich mir nicht antun, dachte er, wirklich nicht. Da geh ich mal lieber ein Bier trinken, und wenn das zwei werden, ist das auch in Ordnung nach diesem Tag, dachte er. Das habe ich mir verdient, auf jeden Fall.

Die letzte Nacht hatte sich Mammen auf einer schäbigen unbequemen Holzbank im Nachtgericht von Little Italy herumgedrückt. Wegen chronischer Überlastung der Tagesschicht werden hier jede Nacht ab 18 Uhr bis in die frühen Morgenstunden Kleinkriminelle im Schnellverfahren abgeurteilt. Ruck, zuck! geht das: 100 Dollar hier, 200 Dollar da. Zack! zwei Monate Sozialdienst. Tun Sie das nie wieder. Und jetzt ab nach Hause.

Eine kleine Puerto Ricanerin war da gewesen, die sich beim Klauen von zwei Bananen und einer Tüte Kartoffelchips erwischen ließ. Ein fröhlicher Junkie, der abgehauen war, als er das Taxi bezahlen sollte, mit dem er von Brooklyn bis irgendwo in die Neunziger der Upper Westside gefahren war. Und dann dieser Trottel, der einer Polizeistreife auffiel, wie er im Battery Park besoffen in die Büsche beim Fähranleger pinkelte.

Die Amerikaner verstehen keinen Spaß, dachte Mammen, da muss man höllisch aufpassen, sonst wird man zur Kasse gebeten. Oder es kommt noch schlimmer. Der Beamte bei der Einreise-Kontrolle am Flughafen fiel ihm ein, dessen knapp gebellte Fragen bei ihm den Eindruck erweckt hatten, als sei er, Mammen, in den Vereinigten Staaten von Amerika ungefähr so willkommen wie ein Container voll Antrax.

Mammen war in New York, um eine Reportage über das bizarre Justiz-Theater im Nachtgericht zu schreiben, für das Hamburger Wochenmagazin *Arena*, bei dem er fast sein ganzes Leben verbrachte hatte, jedenfalls kam ihm das so vor.

Seine Gedanken kehrten zurück ins Ambassador Theater, zu den Puffärmeln und zu Roxy Hart, und das stimmte ihn nicht fröhlicher. Er stand auf, schlich gebückt den Mittelgang hoch, blickte kurz zurück auf die Bühne und verließ das Theater durch eine Seitentür in der Lobby.

Minuten später schlenderte er über den Times Square, wo monströse Bildschirme ihre neongrellen Werbebotschaften in die Dunkelheit warfen. Mammen folgte seinem Schatten auf dem Pflaster und erinnerte sich an Washington Irving, der vor mehr als 150 Jahren über die Gegend des Times Square geschrieben hatte:

Ein liebliches, ländliches Tal, geschmückt mit vielen bunten Blumen und durchzogen von zahlreichen erquickenden Bächen. Hier und dort steht im Schutz eines Hügels ein schmuckes holländisches Bauernhaus, fast ganz verborgen unter den gewölbten Zweigen mächtiger Bäume.

Auf der 7th Avenue ging Mammen zielstrebig nach Norden, Richtung Central Park. Ein paar Blocks vor dem Park lag sein Hotel, das Sheraton, in dem er immer abstieg, wenn er in New York war. Menschen fluteten ihm entgegen, die seine Theorie zu bestätigen schienen, dass nur deshalb so viele Menschen in New York leben, weil sie nicht mehr hinausfinden.

Als er das Hotel betrat, summte die Lobby unter den lebhaften Gesprächen der Gäste. Auf dicken Orientteppichen durchquerte er die Halle und hielt auf die Hudson Bar zu. In der Bar war es kühl und leer und dunkel. Es roch nach Bier und Barbecue-Soße. Er setzte sich auf einen Hocker an den Tresen und bestellte ein Sam Adams. Die Barmusik hatte eine einschläfernde Wirkung auf ihn.

Auf den Bildschirmen, die in langer Reihe über der Bar angebracht waren, liefen Nachrichten und Sportsendungen ohne Ton. Baseball, Tennis und Krieg.

Er trank sein Glas Sam Adams aus, bestellte ein neues, ließ sich die Speisekarte geben und überflog das Angebot.

„Ich nehme die Chicken Wings", sagte er zu der Bedienung, einer hübschen jungen Frau mit indischen Zügen. „Ohne Pommes, dafür drei Salzgurken und eine Extraportion Soße. Ist das zu machen?"

„Zwiebeln dazu?"

„Warum nicht."

„Sonst noch was?"

Mammen, der auf einem der Bildschirme die aktuellen Nachrichten von *CNN* verfolgte, hielt plötzlich inne.

„Ja", sagte er und zeigte auf den Fernseher. „Kann man das lauter stellen?"

„Muss ich erst den Chef fragen."

„Nicht nötig", sagte Mammen und schob ihr einen Fünf-Dollar-Schein zu, „der Chef ist einverstanden."

Mammen starrte in das Gesicht von Anna Hansen, deren Foto soeben eingeblendet worden war. Ein Foto mit hundertprozentigem Wiedererkennungswert. Die Moderatorin schaltete weiter zu einer Reporterin, die, von Scheinwerfern angestrahlt, in einer schmalen baumbewachsenen Straße neben einem Polizeiwagen stand.

In diesem Moment wurde die Lautstärke aufgedreht, und Mammen hörte die Reporterin sagen: „... war sofort tot. Zur Stunde ist noch unklar, ob es sich um Selbstmord handelt oder ob Fremdeinwirkung im Spiel war. Die Staatsanwaltschaft hat für morgen Mittag um zwölf Uhr eine Pressekonferenz angesetzt, in der sie nähere Angaben über die Todesursache machen wird. Bis dahin bleibt alles Spekulation, was heute Abend hier in der Prince Street in SoHo geschehen ist."

Es folgten eine Kurzbiografie von Anna Hansen und ein nichtssagendes Interview mit einem Police Officer.

Das ist nicht gut, dachte Mammen.

Er ahnte, was das bedeutete, bezahlte seine Rechnung und fuhr mit dem Fahrstuhl in den 17. Stock. In seinem Zimmer schaltete er den Fernseher ein, zappte zu *CNN* und rief die Privatnummer von Walter König, seinem Chefredakteur, an. In Hamburg war es bereits Donnerstag, vier Uhr morgens. Der Don, wie König von den Redakteuren genannt wurde, meldete sich schlaftrunken, war aber sofort hellwach, als Mammen ihm erzählte, was passiert war.

„Wo liegt SoHo?", fragte König.

„Ist doch egal", erwiderte Mammen.

„Erstens war ich noch nie in New York, zweitens bin ich kein Atlas. Also, wo ist das?"

Mammen erteilte seinem Chef eine kleine Geografie-Lektion.

„Der Staatsanwalt wird morgen Mittag eine Erklärung abgeben", sagte Mammen.

„Bleib da und fahr hin. Egal, ob sie es selbst getan hat oder jemand ein bisschen nachgeholfen hat, auf jeden Fall klingt das nach einer ordentlichen Geschichte. Vielleicht können wir daraus den Titel für die nächste Ausgabe machen und legen später noch zwei Folgen nach. Was hältst du von der Idee, mein Junge?"

„Und wenn sie bloß besoffen aus dem Fenster gefallen ist?"

„Na und? Sie ist hinüber, und so verrückt, wie die war, ist das Ereignis allemal eine Story wert. Kümmere dich darum und gib mir Bescheid, wie die Sache sich entwickelt."

„Wenn du eine Serie haben willst, brauche ich Futter aus Deutschland. Kindheit, Jugend, erste Liebe, du weißt schon, das ganze Zeug."

„Ich schicke Vanessa von Samson los, die soll sich um Anna Hansens Familie und Freunde kümmern."

Das ist gut, dachte Mammen, die ist bissig. Von der würde er bekommen, was er wollte, Vanessa von Samson hatte ihn noch nie enttäuscht.

„Die Mutter zuerst, dann den Mann. Soweit ich weiß, war Anna Hansen verheiratet", sagte Mammen.

„Verlass dich drauf." König legte auf.

Mammen hatte wenig übrig für den Fashion-Zirkus, genau genommen war er modisch bei der Burlingtonsocke stehen geblieben. Aus diesem Grund war er nicht unbedingt erpicht darauf, sich auf dieses Metier einzulassen. Er zog seine drei Jahre alte braune Timberland-Jacke über und steckte das Handy und den Notizblock ein.

Der Taxifahrer war ein Sikh mit großem Turban. Auf dem Sitz neben sich entdeckte Mammen einen Stapel Papiere, die sorgfältig zusammengeheftet waren.

„Jemand hat hier was liegen lassen", sagte er und hob den Stapel hoch. *Der Tanz der Götter* stand auf dem Deckblatt. Es handelte sich um ein Drehbuch.

„Das ist von mir", sagte der Sikh stolz, der kein Schlagloch ausließ, wobei Turban und Wagendecke jedes Mal zusammenstießen.

„Sie sind nicht zufällig Produzent?", fragte er. „Das Skript liegt immer da hinten, für alle Fälle, kann ja sein, dass ein Filmproduzent in mein Taxi steigt. Aber Sie sind kein Produzent."

Das war keine Frage, sondern eine Feststellung. Der Sikh beobachtete Mammen im Rückspiegel.

„Nein."

„Schade."

„Ja", sagte Mammen.

Unwillkürlich musste er an Strandhäuser in Malibu Beach denken, an dicke Bankkonten und elegante Frauen. Er hatte zwar davon gehört, dass in Los Angeles jeder Taxifahrer ein

Drehbuchautor und jede Kellnerin eine Schauspielerin ist, dass aber dieses Berufsdiagramm inzwischen auch für New York galt, war ihm neu.

An der Subway-Station Spring Street stieg er aus und ging zu Fuß weiter. Der Tatort war weiträumig abgeriegelt, als Mammen in die Prince Street einbog. Er zeigte einem Polizisten seinen Presseausweis und durfte näher ran.

Die Leuchtbuchstaben der kleinen Geschäfte und der helle Nachthimmel über New York tauchten die Straße in schmeichelhaftes Licht. Eine Menge schwarzer Mülltüten lehnten in den Hauseingängen und glitzerten im Schein der Bogenlampen, die in weiten Abständen die Straße säumten. Neben der Tür des Café „Borgia“ saß ein weißer Obdachloser und machte aus seinen Absichten kein Hehl. Auf einem Pappfetzen, den er sich vor die Brust hielt, stand:

WARUM SOLL ICH LÜGEN? ICH BRAUCHE EINEN SCHUSS!

Die ganze Szene wirkte auf Mammen völlig irreal, so als gehörten die Straße und die Menschen, die es bis in die Nähe des Tatortes geschafft hatten, gar nicht hierher.

Eine ganze Horde Reporter war da. Neben einem Übertragungswagen von *FOX 5*, auf dessen Dach drei Satellitenschüsseln montiert waren, bezog Mammen Position und versuchte, ein paar Brocken von dem aufzuschnappen, was die *FOX*-Reporterin in ihr Mikrofon sprach. Sie wusste nicht mehr als er wusste, aber sie brauchte ungefähr fünf Minuten, um es loszuwerden.

Dicht an Mammen ging ein Pärchen vorüber.

„Ich glaube“, sagte die Frau, „es gehört eine Menge Leben dazu, um so zu sterben.“

Die beiden blieben stehen. Die Frau begann zu weinen und schmiegte sich in die Arme ihres Begleiters.

„Das Problem bei Tragödien ist, dass das Leben trotzdem weitergeht. Man kann nicht einfach eine Auszeit nehmen", sagte er tröstend.

„Anna hat eine lange Auszeit genommen", sagte die Frau, blinzelte ein paar Tränen fort und hob den Kopf. Jetzt konnte Mammen ihr Gesicht sehen. Die Frau war sehr groß, größer als ihr Begleiter und größer als Mammen, der sie neugierig betrachtete. Sie war nicht besonders elegant gekleidet, ihr lila Nagellack sah aus, als stürben die Finger gerade ab, aber er wusste, sie war es. Ein solches Gesicht war unvergesslich.

„Hallo Carole", sagte Mammen und machte einen Schritt auf sie zu. „Erinnerst du dich?"

Sekundenschnell wurde aus Erstaunen vorsichtiges Erkennen.

„Mike? Du bist Mike, nicht?", fragte sie zögernd.

Er nickte.

Vor zwei Jahren war er Carole Delrieux nach Kapstadt gefolgt, wo sie drei Wochen Urlaub machte. Ihre Agentur hatte eingewilligt, dass er sie einige Tage lang begleiten durfte. Mammen sollte ein Portrait über das französische Supermodel schreiben, von dem die Magazine schwärmten, sie habe die perfekteste Nase von allen. Damals war sie das teuerste Model der Welt, aber inzwischen hatte eine andere diesen Platz eingenommen, Clara Albee. Und vor Clara Albee war es Anna Hansen gewesen.

Während der gemeinsamen Zeit kamen Carole und Mammen sich näher. Irgendwann vertraute sie ihm sogar die privatesten Momente ihres Lebens an. Das war nicht allein auf den vielen Rotwein zurückzuführen, den sie beide abends tranken, sondern auf die Sympathie, die sie vom ersten Tag an füreinander empfanden. In seiner Geschichte über Carole Delrieux schrieb er:

Französische Frauen haben ein Geheimnis-Gen. Sie sind mysteriös, zurückhaltend und überdies auch noch chic. Käme Carole Delrieux nicht aus Paris, wäre sie wahrscheinlich wie eine dieser blonden Florida-Frauen, die nicht viel zu sagen haben, weil sie nicht viel wissen.

Mit einem schmeichelhaften Brief hatte sich Carole bei ihm für das positive Bild bedankt, das er in seinem Artikel von ihr gezeichnet hatte. Selbstverständlich wusste sie auch zu schätzen, dass er von den kompromittierenden Informationen, die ihr herausgerutscht waren, keinen Gebrauch gemacht hatte.

„Ich habe gehört, wie ihr über Anna Hansen gesprochen habt", sagte Mammen.

Er sei hier, um über Anna und die Umstände ihres Todes zu berichten, sagte er, dafür sammle er so viele Informationen, wie er kriegen könne. Ob sie bereit wären, mit ihm zu reden?

„Ich weiß, dass du sie gut gekannt hast", sagte er zu Carole. „Ein paar Worte von dir sind genau das, was ich brauche."

„Kein Kommentar", sagte ihr Begleiter mürrisch.

„Ach, lass doch, Nunn. Er ist in Ordnung. Mike hat eine wunderbare Geschichte über mich gemacht, vielleicht die beste, die es jemals gab. Wenn er gewollt hätte, wäre ich ziemlich schlecht dabei weggekommen, stimmt's, Mike? Vielleicht wäre es gut, wenn wir über Anna reden, Nunn. Nicht nur wir beide miteinander, meine ich, sondern mit jemandem, der Anna nicht so gut kannte wie wir. Mir ist danach, über sie zu reden, aber wenn nur wir beide es tun, wäre es zu traurig. Du kennst uns doch."

Der Mann, der Nunnally Johnson hieß und Modefotograf war, zögerte.

„Also gut, ehren wir unseren Stern mit ein paar netten Worten. Lassen wir Anna noch einmal auf die Bühne treten."

Er wies auf die „Milaydy's Bar".

„Da drüben kriegen wir sicher kaltes Bier“, sagte er. Und nach einer Pause: „Eine Kleinigkeit noch. Wenn du etwas Mieses über Anna schreibst, werde ich dich finden und dir ein bisschen wehtun. Hab ich mich klar ausgedrückt?“

Nunnally Johnson war ein knochiger, breitschultriger New Yorker auf krummen Beinen. Vom andauernden Schleppen der schweren Fototasche hing seine linke Schulter, und seine Arme waren so lang, dass sie ihm bis zu den Knien reichten. Die weißen All-Stars-Turnschuhe, die Designer-Jeans und das graue T-Shirt, über dem eine schwere Silberkette mit einem Kreuz hing, gaben ihm ebenso ein jungenhaftes Aussehen wie die raspelkurzen Haare und sein schlaksiger Gang, doch die tiefen Furchen in seinem Gesicht und die melancholischen Augen verrieten sein wahres Alter.

In der „Milaydy's Bar“ setzten sie sich an einen kleinen Tisch am Fenster und bestellten Bier und Whisky Sour. Eine Zeitlang sahen sie schweigend hinaus.

Die Kellnerin brachte die Drinks.

Mammen überlegte, ob es ratsam wäre, seinen Block herauszuholen. Er tat es nicht, weil er wusste, dass manche Menschen angesichts einer Kamera, eines Mikrofons oder eines Reporter-Blocks im unpassenden Moment furchtsam und zurückhaltend reagierten.

Der zweite Whisky Sour löste die Anspannung. Johnson und Carole Delrieux fingen an, über sie zu reden, über Anna, was sie ihnen bedeutete und was sie mit ihr erlebt hatten.

„In den ersten Jahren war Amerika für Anna das Land des Caramel-gesüßten Cappuccino“, sagte Nunnally Johnson lächelnd. „Sie liebte alles Amerikanische und entwickelte einen Heißhunger auf Cheesecake, Doughnuts und Burger in allen Variationen. Aß, was ihr schmeckte, und scherte sich einen Teufel um Diäten. Es dauerte nicht lange, und die Boulevardblätter fanden in ihr ein ergiebiges Opfer. Sie stürzten sich auf sie und erfanden jeden Tag neue Candlelight-Dinner mit Adligen und Möchtegern-Geiern. Anna schäumte jedes Mal, wenn sie etwas las, das mit ihrem Leben so wenig zu tun hatte wie Ralph Lauren mit einer Armenküche. Als *News Of The World* die Ente verbreitete, sie liege nach einem schweren Autounfall auf dem Riverside Drive mit einem Schädelbruch im Mount Sinai Krankenhaus, unterhielten wir uns am selben Abend quietschfidel beim Essen über das Leben nach dem Tod."

„Was hat sie gesagt?", fragte Mammen, der sich gern eine Zigarette angezündet hätte.

„Erstmal war ich dran. Ich schätze, ich sagte so was wie: Der Mensch ist immer gleich weit weg vom Tod, oder gleich nah dran. Und wenn es passiert, ist doch klar, wo wir alle landen, irgendwo in der Hölle landen wir, da gehören wir nämlich hin. Vielleicht wird es eine Handvoll von uns ein paar Stockwerke höher schaffen, vielleicht enden wir auch als Gemüse, aber genauso gut könnte es auch sein, dass einfach Abpfiff ist. Jemand drückt auf die Fernbedienung, und das war's dann."

„Glaubst du das immer noch?", fragte Carole.

„Hört mal zu, wie sie die Sache sah:

– Nunn, du bist ein Dummkopf, sagte sie. – Es ist nämlich so: Vor 15 Milliarden Jahren gab es den Urknall, aus dem unsere Welt entstanden ist. Der Urknall war reine Energie und alles, was später daraus wurde, ist es auch. Reine Energie, verstehst du? Wenn der Mensch stirbt, wird er wieder Teil dieser Energie. Wo soll er denn sonst hin? Der Mensch löst sich auf im Alles und wird Alles.

Ich kann euch sagen, wenn man so was aus dem Mund einer Zwanzigjährigen hört, kommt man sich vor wie jemand, der im Wachkoma lag, als in der Schule Physik und Religion dran waren."

„Klingt eher nach ihrer Mutter", sagte Carole.

„Stimmt, ist sie nicht Physikerin? Zu ihr hätte das gepasst. Bei der Hölle, sage ich euch, weiß man wenigstens, woran man ist, aber dieser Energiescheiß macht einen doch fix und fertig. Etwa nicht?"

Johnson schaute Mammen und Carole fragend an.

„Ich weiß nicht, was ich glauben soll", erwiderte Carole nach einer Weile, „außer, dass Anna dort nicht sein sollte. Sie ist bestimmt woanders, und ich hoffe, es geht ihr gut, wo sie jetzt ist."

„Wie habt ihr von dem Unglück erfahren?", wollte Mammen wissen.

„Wir saßen bei ‚Lindy's' und besprachen ein Shooting für die *Vogue*", sagte Johnson. „Ein Freund hat es im Fernsehen gesehen und mich angerufen. Es traf mich völlig unvorbereitet, denn die letzten Monate ließen mich glauben, Anna hätte ihre Dämonen endlich besiegt und sich aufgemacht, ein besseres Leben zu leben, eines, das ihr mehr Ruhe und Frieden bescheren würde als die schmerzvollen Jahre, die hinter ihr lagen. Sie hatte sich bereits darauf eingelassen und wollte mit der ihr eigenen Entschlossenheit dem Mode-Zirkus den Rücken kehren. Aber dann muss etwas geschehen sein, das ihr den Weg zurück verstellte, und bis jetzt habe ich keine Ahnung, was das gewesen sein könnte."

Johnson räusperte sich und bestellte einen weiteren Drink.

„Du hast sie geliebt, nicht wahr?", sagte Carole und streichelte seine Wange.

„Ja, auf meine Weise. Ich habe ihr viel zu verdanken, jeder in der Branche weiß das. Ich war beruflich und privat am Ende, als ich Anna begegnete. Ohne sie wäre ich tief in der Gosse gelandet, wahrscheinlich wäre ich längst tot. Sie sorgte dafür, dass ich meine Trinkerei in den Griff bekam, und verschaffte mir neue Jobs, die ich bitter nötig hatte, um wieder auf die Beine zu kommen."

„Ich frage mich", sagte Carole, „warum ihr beiden nie ein Paar geworden seid. Viele haben sich das gefragt. Okay, du hättest ihr Vater sein können, aber was zählt das schon? Wenn man euch zusammen sah, hatte man immer das Gefühl, dass euch eine stillschweigende Abmachung zusammenhielt, eine Seelenverwandtschaft ohne jede Körperlichkeit."

„Nicht ganz", sagte Nunnally, vor dem jetzt ein Bier stand, „nicht ganz."

„Magst du darüber reden?", fragte Carole.

„Lass mal gut sein, dafür bin ich noch nicht betrunken genug."

Mammen bestellte eine neue Runde für alle. Es sah so aus, als könnte sich die Investition lohnen.

„Ist es in Ordnung, wenn ich mitschreibe?", fragte er. „Mich würde interessieren, wie es in der Wohnung aussah, aus der sie gesprungen ist."

„Ich begegnete Anna zum ersten Mal auf einer Stehparty im Guggenheim-Museum, wo der Chef einer großen Modemarke seinen neuen Designer vorstellte, ein kleines Frettchen mit spitzen Zähnen", sagte Johnson. „Wie so oft, war die ganze Chose mal wieder als Charity-Gala getarnt. In dieser Stadt tut jeder etwas Gutes und möchte dabei gesehen und fotografiert werden, wenn er darüber redet. Anna war von ihrer Agentur hingeschickt worden, um Kontakte zu knüpfen. Sie hatte sich mächtig in Schale geworfen. Ein Diane-Fürstenberg-Kleid mit Spaghettiträgern so dünn wie Zahnseide und atemberaubend hohe Pumps. Ich beobachtete sie eine Zeit lang, dann ging ich zu ihr und sagte meinen Spruch auf.

– Ich glaube, ich kenne dich schon mein ganzes Leben lang.

Anna sah mich mit einem bezaubernden Lächeln an und erwiderte: – Oh nein, das ist nicht möglich. Mein Leben hat gerade erst begonnen.

Wir unterhielten uns den ganzen Abend. Irgendwie erinnerte sie mich an Dovina, ihr wisst schon, den Yves-Saint-Laurent-Star der 60er Jahre, als Model noch mit Doppel-l geschrieben wurde. Ich sagte ihr, das sei ein Kompliment, denn Dovina sei der erste wirkliche Laufsteg-Star der Welt gewesen. A-Minute-A-Dollar-Girl hat man sie genannt, weil sie pro Minute einen Dollar kassierte, und damals war der Dollar noch was wert.

Später ließ Anna sich von mir nach Hause bringen. Ich lieferte sie ohne Hintergedanken vor ihrer Tür ab. Sie fragte mich, ob ich Lust hätte, auf einen Schlummertrunk mit hinaufzukommen. Das Apartment war elegant und ruhig, einer der stillsten Plätze von ganz Manhattan, würde ich meinen. Du sitzt da oben am Fenster und schaust hinaus auf die stummen Straßen, und New York ist weiter weg als der Mond. Die Wohnung zieht sich über zwei Ebenen hin, die über drei Stufen miteinander verbunden sind. Zwei große Schlafzimmer mit eigenem Bad und Ankleideraum. Eine offene Küche mit einem Kirschholztisch von Crate & Barrel. An den Wänden warme Farben, mauve und hellbraun. Sie machen die Wohnung so gemütlich wie einen Coffeeshop.

In einer Ecke am Fenster steht ein alter Bistrotisch, von dem sie behauptete, er stamme aus einem Café vom linken Seine-Ufer. Zwei Thonetstühle und eine professionelle Espressomaschine.

Es ist so sehr eine Frauenwohnung, dass man sich nur schwerlich einen Mann darin vorstellen kann, es sei denn, er käme als Liebhaber und bliebe nur eine Nacht."

„Langsam, langsam", bat Mammen, der hastig mitschrieb, „das geht mir zu schnell."

Johnson kümmerte sich nicht darum.

„Wir tranken ein Glas Sancerre und hörten Jazz-Klassiker von Stan Getz, Russel Malone und Monk Montgomery. Während sie eine Platte von Billie Holiday auflegte, sah ich den Fischen zu, die in zwei großen Aquarien ihre Bahnen zogen.

– Mein kleiner Ozean, sagte Anna, als sie meinem Blick begegnete. – Salzwasserfische. Fische, die im Salzwasser leben, sind schöner.

– Größer sind sie auch, sagte ich.

– Und ob. Die in dem großen Becken, das sind Engelfische, Riffbarsche und Anemonenfische. Ein paar Seesterne und Einsiedlerkrebse sind auch dabei, aber die verkriechen sich am liebsten unter den Korallen.

Ich deutete auf das andere Aquarium, in dem vier gedrungene, schuppenlose Fische mit großen Augen in respektvollem Abstand bedächtig ihre Runden drehten.

– Und die da?

– Ein paar unverträgliche Kauze, sagte sie. – Kugelfische, um genau zu sein. Man muss sie getrennt von den anderen Fischen halten. Sie sind sehr aggressiv und würden sofort über sie herfallen.

– Ich weiß Bescheid, sagte ich. – In Japan hab ich so einen Burschen gegessen. Der Spaß hat mich ein paar hundert Dollar gekostet. In dem Lokal, wo sie ihn servierten, machten sie ein großes Theater daraus. Nur spezialisierte Köche dürfen den Kugelfisch zerlegen, weil er so verflixt giftig ist.

– Und ob er das ist, sagte Anna. – Das Gift sitzt in den Keimdrüsen und den Eierstöcken. Wenn die mit dem Messer verletzt werden, gelangt das Gift ins essbare Muskelfleisch. Das kann schlimm ausgehen, jedenfalls für den, der davon isst.“

Mammens Füller flog über die Seiten. Es war mehr und besser, als er für den ersten Recherchetag erwartet hatte.

„Dann schenkte Anna uns ein zweites Glas Wein ein und zeigte mir ihre unglaubliche Sammlung von Briefbeschwerern. Dutzende davon standen auf einem Landhaustisch hinter dem Sofa. Fast alle Briefbeschwerer hatten eine Geschichte.

Sie griff ein wunderschönes Exemplar mit einem winzigen eingelegten Goldbarren heraus und sagte:

– Der ist von Peter Lindbergh; er ist echt. Von meiner Agentin bekam ich den Grünen dort, siehst du ihn, den mit der weißen Rohrmuschel? Und der da hinten ist von Matt Damon, er brachte ihn mir von Dreharbeiten am Kilimandscharo mit. Der Zahn stammt von einem weißen Löwen und soll Glück bringen, jedenfalls behaupten die Massai das.

Es galt als großer Beweis für Annas Freundschaft, wenn sie einen ihrer geliebten Briefbeschwerer verschenkte. Ich hatte Glück, zu meinem vierzigsten Geburtstag bekam ich einen Tropenschmetterling, der in graues Glas eingelassen war. Er hat bei mir zu Hause einen Ehrenplatz, gleich neben meiner ersten Hasselblad.

Anna konnte übrigens selbst sehr gut fotografieren. Zwei ihrer verstörend realistischen Schwarz-Weiß-Bilder hat sie auf 70 x 90 Zentimeter vergrößert und über ihr Bett gehängt. Sie hatte den Blick für das besondere Motiv. Vor ihrer Kamera wurde jeder zum Außenseiter.

Alle ihre Fotos wurden von der gleichen heftigen Bildsprache getragen, im Mittelpunkt Exzentriker, die mit dem Leben oder der Natur einandergeraten waren und nun hoffnungslos feststeckten.

– Das sind ja alles Freaks, sagte ich, als ich die Bilder zum ersten Mal sah. – Wieso sind da nur kaputte Typen auf deinen Bildern?

– Nunnally, du bist ein Freak, und ich bin auch ein Freak, jeder Mensch ist es auf seine Weise, und wer es nicht ist, dessen Ziel sollte es sein, soweit wie möglich der Freak zu sein, der ihm vorbestimmt ist."

Am Tisch entstand eine Pause.

„So viel dazu", sagte Johnson schließlich und hob sein Glas an die Lippen. „Auf Anna!"

„Hast du nicht was vergessen?", fragte Carole.

„Das gehört nicht hierher." Er warf ihr einen grimmigen Blick zu.

„Irgendwann wird er es sowieso erfahren. In den letzten Jahren ist viel darüber geschrieben worden. Anna selbst hat nie ein Geheimnis daraus gemacht. Es war ein Teil ihres Lebens. Sie stand dazu."

„Von mir hört ihr kein Wort darüber", sagte Johnson und ließ sich gegen die Lehne seines Stuhls fallen, den Blick abgewandt.

„In der Wohnung", erzählte Carole, die den Alkohol spürte und sich zusammenreißen musste, „stand ein kleiner Altar. Ein japanisches Sitzbänkchen, überzogen mit schwarzem Klavierlack. Darauf eine weiße Häkeldecke mit Blütenblättern. Zwischen den Blüten ragte ein braun gestrichenes Holzkreuz empor, von dem die Farbe blätterte. Zwei Kerzen rahmten das Kreuz ein. Neben dem Altar lag eine Puppe, drumherum afrikanische Skulpturen und polierte Holzschalen."

Mammen nickt. „Ich habe von ihrem Faible für Voodoo gelesen."

„Über dem Altar hing ein weißes Tuch an der Wand", fuhr Carole fort. „Auf das Tuch hatte Anna ein rotes Symbol gemalt, zwei gleich große, senkrecht stehende und miteinander verbundene Schleifen. Ich fragte sie, was das Symbol bedeutet.

– Das ist eine Freya-Fackel, sagte Anna, – ein universelles Schutzsymbol der germanischen Liebes- und Fruchtbarkeitsgöttin Freya. Sie wehrt negative Energien ab, zieht positive

Energien an und schützt den Raum und die Menschen darin vor bösen Kräften.

– Ich hatte keine Ahnung, dass du auf diesen esoterischen Quatsch abfährst, sagte ich.

– Die Freya-Fackel kenne ich aus dem Voodoo. Christentum und Voodoo sind in einigen Gegenden der Welt eine symbiotische Beziehung eingegangen. Ich glaube an die Kraft des Einen und des Anderen. Bist du schockiert?

– Überrascht, würde ich sagen.

– Als die afrikanischen Ureinwohner in die Karibik und nach Amerika verschleppt wurden, brachten sie ihre Götter mit. Ihre Herren verboten ihnen jedoch, sie in der neuen Welt zu verehren. Also vermischten sie ihren Glauben mit dem Katholizismus, indem sie ihren Göttern die Namen von Heiligen gaben. So konnten sie unter dem Deckmantel der christlichen Lehre ihren verbotenen Kult ausüben, ohne behelligt zu werden. Auf Haiti, in New Orleans und Savannah und in anderen Gegenden der Südstaaten praktizieren die Nachkommen der Sklaven noch heute die alten Rituale.

– Du scheinst dich gut auszukennen, bemerkte ich."

„Genug jetzt!" Johnson unterbrach ihre Exkursion in die Sphären des Übernatürlichen. „Das gehört nicht in die Öffentlichkeit, Carole. Lass es sein."

Doch Carole, die vollständig in das Thema eingetaucht war, nahm den Faden wieder auf.

„Ich deutete auf die kleine Reisstrohpuppe neben dem Altar, ein Torso nur, ohne Augen, ohne Nase, ohne Mund und Ohren.

– Wofür brauchst du diese Puppe?, fragte ich.

– Die Puppe ist meine stille Freundin. Vor vielen Jahren hat sie mir geholfen, dass mich eine Liebe fand, die ich begehrte, aber der Mann, der damals noch ein Junge war, brauchte ein wenig Nachhilfe, also habe ich es mit Voodoo probiert. Seither ist die Puppe mein Talisman. Mir gefällt die Vorstellung, dass es eine Parallelwelt zu unserer Welt gibt, eine heimliche Welt, in der Götter, Engel und Geister leben, eine Welt, in der man sogar den schlimmsten Dämonen mit Achtung begegnet und ihnen von Zeit zu Zeit ein Opfer bringt. Manchmal, wenn ich abends allein vor diesem Altar sitze, befällt mich ein seltsames Gefühl der Unwirklichkeit, so, als wäre mein ganzes Leben nicht wahr."

„Das reicht jetzt", sagte Johnson und kramte ein paar Dollar-Scheine aus seiner Hosentasche.

„Ich mach das schon", sagte Mammen.

„Geh anständig mit diesen Informationen um", ermahnte ihn Johnson, „häng diesen Voodoo-Scheiß bloß nicht an die große Glocke."

Draußen war es kühl geworden. Die kleine Straße war jetzt menschenleer.

„Kann ich euch anrufen, wenn ich Fragen habe?"

„Meinetwegen", sagte Johnson und fingerte umständlich seine Visitenkarte aus der Brieftasche. „Ich weiß ja nicht, was ihr jetzt vorhabt, aber ich geh in die Falle."

Seine Wohnung lag nur vier Blocks entfernt, und er machte sich, nachdem er Carole geküsst hatte, zu Fuß auf den Weg.

„Ich will nicht nach Hause", sagte Carole, „bin ich viel zu aufgewühlt."

„Wohin dann?"

Sie schaute auf ihre Armbanduhr. Es war beinahe Mitternacht.

„Wir könnten im Bryant Park Hotel vorbeischauen. Bestimmt sitzen die Modeleute noch in der Cellar Bar und zerreißen sich das Maul über Anna. Könnte interessant für dich sein."

Sie hakte Mammen unter, der sich neben ihr klein und irgendwie unbehaglich fühlte, weil ihre Hüften sich ungefähr in der Höhe seines Bauchnabels befanden. An der Avenue of the Americas winkte er nach einem Taxi.

„Ich glaube, ich bin betrunken", sagte Carole und sackte, als sie im Taxi saßen, leicht gegen seine Schulter.

„Weißt du, als wir beide nach New York kamen, ich aus Lyon und Anna aus Hamburg, wohnten wir mit ein paar anderen Mädchen zusammen in einem Apartment, das von unserer Agentur bezahlt wurde. Es lag in einer hübschen Gegend auf der Upper Westside, in der 84th Street, nicht weit von Harlem und vom Central Park. Das Apartment selbst war ein Loch mit Rattenlicht.

Anna mochte ich sofort, ihre natürliche Art, ihr langsames Vorwärtstasten in die neue Welt. Sie kam rein, sah das Chaos und fing an aufzuräumen, warf Unterwäsche auf einen Haufen, sammelte Kleenextücher, Pizza-Pappen und leere Wasserflaschen zusammen und stellte im Wohnzimmer die Möbel ordentlich hin. In allem, was sie tat, war sie imponierend konsequent, sogar beim Sport, der war ihr verhasst.

– Wenn ich mich klonen lassen könnte, sagte sie, hätte ich gern jemanden, der für mich ins Fitness-Studio geht. Ist es nicht Fitnesstraining genug, von einem Ende des Flughafens zum anderen zu laufen und in hochhackigen Schuhen über den Catwalk zu stöckeln?

In unserem Gewerbe, in dem fast alle Mädchen irgendwann ein negatives Körpergefühl entwickeln und sich unförmig fühlen, wenn sie nicht in Kleidergröße 34 passen, war das eine seltene Einstellung."

Mammen legte einen Arm um Caroles Schulter und dachte: Was für eine Nacht!

„Erzähl mir mehr von Anna, wir haben Zeit", sagte er.

„Ich weiß nicht. Vielleicht hat Nunnally Recht, und ich sollte besser den Mund halten."

„Es ist in Ordnung, wenn du nicht willst."

„Aber ich möchte ja. Je mehr ich über sie rede, desto klarer wird mir, wie sehr sie mir fehlen wird. Für ein junges Mädchen, das seine Karriere in dieser großen Stadt beginnt, weit weg von zu Hause, ist das ein Alptraum. Man ist froh, wenn man jemanden hat, dem es genauso geht. Wir liefen mit unseren Setcards jeden Tag durch die Stadt, zu Fotografen, Designern, Magazin-Redakteurinnen, Werbeagenturen. Dieser Tagesablauf geht an die Grenze des Erträglichen. Nur Models mit einem unerschütterlichen Selbstvertrauen überstehen diese Durststrecke. Trotzdem war Anna immer voll vibrierender Dynamik, hoffte jeden Tag auf das noch bessere Bild, auf die eine Chance zum Sprung nach ganz oben und verlor nie den Glauben, dass alle Schönheit noch vor ihr lag.

Neid war ihr vollkommen fremd, das machte sie umso liebenswerter, denn im Fashion Business ist man Tag und Nacht umgeben von hochgradig narzisstischen Persönlichkeiten, die einem jeden Schritt auf dem Runway missgönnen. Diese Talmiwelt kann dich in den Wahnsinn treiben.

Eines Tages musste ich mittags über den Washington Square laufen, nur mit einem Höschen bekleidet. Dreizehn Mal ließen die mich das machen, immer mit einem anderen Höschen. Tausend Augen, die einem folgen. Das ist ungewohnt, du schämst dich, aber du musst über deinen Schatten springen. Jedes Model erlebt irgendwann dieses erste Mal der Scham. Anna saß einen ganzen Tag auf einem Schminkstuhl in der Kosmetikabteilung bei Bloomingdales, mit nichts weiter bekleidet als einem durchsichtigen Top. Der Rest wurde durch einen Stofffetzen, der über ihren Knien lag, notdürftig verhüllt. Die Leute blieben stehen, schüttelten den Kopf, gingen weiter, manche kamen noch einmal zurück. Anna sagte, sie habe sich gefühlt wie am Pranger.

In den ersten Monaten entscheidet sich, ob es reicht oder nicht. Ludmilla, die Russin, die mit uns zusammen lebte, hielt den Druck nicht aus. Sie schaffte es einfach nicht, auf Torten zu verzichten, was dazu führte, dass sie innerhalb von fünf Monaten vier Kilo zulegte und nicht wieder runterbrachte. Eine Schwedin namens Britt wohnte im Zimmer zur Straße raus und klaute uns die Lippenstifte, Slips und Äpfel, einfach alles, was sie in die Finger bekam. Drei Wochen nach ihrer Ankunft schickte die Agentur sie wieder nach Hause."

Zum ersten Mal lachte Carole.

„Es war eine unglaubliche Zeit. Helen Topher, unsere Agentin bei ‚Model Mania' – mit ihr solltest du unbedingt reden –, war gnadenlos. Manchmal ließ sie uns schon morgens um halb acht zum Appell antreten, 20 Nachwuchsmädchen auf einmal, und gab den Tagesbefehl aus. Wenn wir am nächsten Tag einen Job hatten, sagte sie zum Schluss: Don't make love tonight, denn morgen wird es anstrengend!

Abends spielten wir mit den anderen Mädchen Annas Lieblingsspiel, IDC – International Daisy Chain."

„Was ist das für ein Spiel?", fragte Mammen. Das Taxi bremste vor einer roten Ampel an der 14th Street.

„Man bildet eine Kette aus Namen, in der jede Person mit der nächsten Person durch eine Affäre oder Heirat verbunden ist. Nach ein paar Drinks war Anna einfach großartig, besser als jede Klatschkolumnistin, würde ich meinen. Eine Kette ging zum Beispiel so: Molly Ringwald – Tom Cruise – Penelope Cruz – Matthew McConaughey. Eine andere lautete: Anne Lesser – Woody Allen – Diane Keaton – Warren Beatty – Annette Benning. Die längste Kette, die wir bastelten, bestand aus 13 Namen. Liz Taylor kam auch darin vor."

Das Bryant Park Hotel liegt hinter der New York Library am Bryant Park, wo im Frühjahr und im Herbst die Fashion Week

Hof hält. Während der Defilees steigt dort die Modejournalje aus der ganzen Welt ab.

Aus der Cellar Bar drang House Musik und lautes Gelächter herauf. Als Mammen und Carole die Bar betraten, wandten sich ihnen augenblicklich alle Gesichter zu.

Die meisten Frauen, die sich nach einem hektischen Tag voller Stress, Terminen und Frust mit ein paar Absackern und belanglosem Geplauder ein paar Stunden Zerstreuung und Entspannung verschafften, kannten Carole Delrieux. Viele hatten schon mit ihr gearbeitet. Sogleich ging Carole auf einen Tisch neben dem Eingang zu, wo Jill Bright, die Moderedakteurin von *Debbie*, saß und ihr zuwinkte.

Jill Bright war nicht allein, außer ihr saßen eine Frau und ein Mann mit am Tisch. Mammen kannte die beiden. Der Mann war Tim Rosen, einer der angesagtesten Designer. Die Frau hieß Charlotte Stegemann und arbeitete als Stellvertretende Chefredakteurin bei *Glow*, dem Modemagazin des Verlages, in dem auch *Arena* erscheint. Ihr Büro befand sich drei Stockwerke unter dem Zimmer von Mammen. Im Verlag war es seit Monaten ein offenes Geheimnis, dass Charlotte Stegemann zum Jahreswechsel die langjährige Chefredakteurin von *Glow* ablösen würde, die sich in den Ruhestand verabschiedete. Ebenso wurde kolportiert, Charlotte hätte dieses Ziel mit eiskalter Präzision verfolgt.

Sieht immer noch verdammt gut aus, dachte Mammen.

Die blonden Haare, die sie mit ein paar Strähnchen aufgehübscht hatte, fielen weich über ihre Schultern. Der scharf geschnittene Pony bedeckte ihre Brauen und hing beinahe bis über die Augen. Ihre Mundwinkel umspielte ein spöttisches Lächeln. Beinahe arrogant. Die Arme waren ein bisschen zu dünn. Die Beine auch.

„Was für eine Überraschung“, sagte Charlotte Stegemann, als sie Mammen sah. „Was tust du in New York? Wo hast du denn deine hübsche Begleiterin aufgegabelt? Weißt du überhaupt, wen du dir da an Land gezogen hast?", rief sie ihm durch den Lärm zu.

Mammen konnte sie kaum verstehen.

„Komm, setz dich zu uns, hier ist genug Platz für einen wie dich. Ich bin auch erst vor ein paar Minuten gekommen."

Um Carole Delrieux musste er sich keine Sorgen machen. Sie war von einem sandgestrahlten Anzugträger aufgehalten worden, der ihr einen Cocktail reichte, groß wie eine Kloschüssel. Während Mammen sich setzte, fiel sein Blick auf Charlottes linkes Bein und die Narbe, die von der Wade bis hoch zum Rock lief und darunter verschwand.

Wie erwartet drehte sich das Gespräch um Anna Hansens plötzlichen Tod. Es schien, als habe das deutsche Supermodel eine Million Erinnerungen hinterlassen, und nicht alle waren gut. Anekdoten machten die Runde, jeder wusste eine Geschichte über sie zu erzählen.

„Du hast sie doch auch gekannt", sagte Tim Rosen schließlich zu Charlotte. „Was mich betrifft, so war mir sofort klar, dass sie gesprungen ist. Warum hätte jemand sie umbringen sollen? Das war ein beinahe logischer Schlussstrich unter ein Leben, das aus den Fugen geraten ist. Hab ich nicht Recht?"

„Ja", sagte Charlotte. „Wir sind zusammen aufgewachsen. Verliebten uns in dieselben Jungs, stritten und versöhnten uns und taten all die richtigen und die falschen Dinge, die das Leben in der Jugend so lebenswert machen, bis jeder begann, seiner eigenen Wege zu gehen. Wir fanden schon früh Gefallen daran, uns zu verkleiden und vor dem Spiegel zu posieren. Als wir acht Jahre alt waren, bastelten wir aus den alten Kleidern unserer Mütter Phantasiekleider und zeigten sie auf improvisierten Modenschauen unseren Eltern und Geschwistern. Sie mussten fünfzig Pfennig Eintritt zahlen. Einmal nahmen wir zwölf Mark ein. Nun stellt euch vor, was Anna danach gesagt hat:

– Eines Tages werden wir berühmt sein, Charlotte. Wir haben eine Welt gefunden, die wir mögen, und eines Tages wird diese Welt auch uns mögen.

Nach den ersten Monaten in New York fragte ich sie, ob sie glaube, dass sie sich verändert habe. Anna antwortete, sie glaube nicht, es seien nur die Menschen, die sich ihr gegenüber anders verhielten. Sie werde nie normal behandelt, ständig begegne sie Menschen, die mehr über sie wüssten als sie selbst. Das sei unangenehm, man könne leicht paranoid werden. Sie habe den Eindruck, jedes Mädchen in New York wolle Anna Hansen sein, und das Komische daran sei, es gehe ihr genauso. Und dann ..."

Plötzlich hielt Charlotte inne und rief der Bedienung zu, sie wolle zahlen.

„Wie lange bleibst du in New York?", fragte sie Mammen, während sie aufstand und ihr schwarzes Chanel-Jäckchen überstreifte.

„Noch eine Weile. Warum gehst du schon?"

„Wenn du Lust hast, kannst du morgen Abend mit zu einer Party bei Anna Sui kommen."

„Warum nicht."

„Treffen wir uns doch um 21 Uhr auf einen Aperitif im Pastis."

„Okay."

Außer Charlotte Stegemann wusste niemand am Tisch, dass Mammen ein Reporter war, der über Anna Hansen schreiben wollte. Er hielt es für eine gute Idee, es nicht zu erwähnen. Stattdessen hörte er bloß zu.

Charlottes Platz nahm Caitlin Falco ein, die Art Directorin von *Lilian's Place*, die mit einem Glas Champagner von der

Bar herüberkam. Sie war klein und ein wenig pummelig, ihre schwarzen Haare klemmten hinter den Ohren.

„Ist es nicht furchtbar?“, sagte Jill Bright zu ihr.

„Wie man’s nimmt“, erwiderte Caitlin Falco. Als sie sprach, war es, als würde ein Fingernagel über eine Schiefertafel schrammen.

„Tut bloß nicht so, als würdet ihr aus allen Wolken fallen. Ich hab schon viel früher damit gerechnet.“

„Dass sie sich umbringt?“, fragte Rosen.

„Du glaubst, sie hat er selbst getan?“, fragte Jill Bright.

„Natürlich“, sagte Caitlin Falco, „so fertig wie sie war.“

„Es könnte auch einen anderen Grund geben“, wandte Rosen ein. „Die Beauty-Industrie hat ihr jedenfalls die Pest an den Hals gewünscht, nach dem, was Anna über sie verbreitet hat. Die einstige Ikone der Schönheit und der Reinheit war über Nacht zu einem Risiko geworden, einer Paria. Man ließ es sie spüren. Sobald sie ein Restaurant betrat, standen einstmals gute Bekannte auf und verließen das Lokal, als hätte sie mit ihrem Erscheinen gefährliche Virenkulturen eingeschleppt. In den Vorstandsetagen der Schönheitsunternehmen fand eine Krisensitzung nach der anderen statt, immerhin standen milliardenteure Produktinszenierungen auf dem Spiel. Unter uns, mich würde nicht wundern, wenn jemand dafür gesorgt hat, dass ein bisschen nachgeholfen wurde, damit sie die Klappe hält.“

„Quatsch!“, fuhr Caitlin Falco dazwischen. „Meiner Meinung nach wurde Anna Hansen überschätzt.“

Ihr Gesicht verzog sich zu einer ärgerlichen Grimasse. „Ein Model ist doch bloß eine Projektionsfläche, keine Persönlichkeit. Es verdient diese ganze Aufmerksamkeit gar nicht. Ein Model ist nur ein Model und nicht etwa ein Wissenschaftler, der den Krebs besiegt oder sonst etwas Großartiges getan hat.

Alle Welt misst diesen Mädchen so viel Bedeutung bei, und am Ende glauben sie es dann selbst."

Tim Rosen sagte: „Die Modebranche ist ein anstrengender Job. Man ist nicht automatisch dumm, wenn man dort arbeitet. Mal sind die Models die Superstars, mal die Designer. Zurzeit sind es die Schauspieler." Er spielte mit seinem Ohrring. „Jede Generation und Gesellschaft braucht ihre Helden, um sie in den Himmel zu heben. Wollen wir nicht selber alle Helden sein?"

„Das ganze Getue um die Models, die Anzeigen, die Kampagnen, das ist doch in Wahrheit alles eine große Mogelei", sagte Caitlin Falco. „Die Mädchen, selbst die besten unter ihnen, werden totretuschiert, wenn es die Natur nicht zu ganzer Perfektion geschafft hat. Darauf achten ihre unermüdlichen Agenten und PR-Leute, allesamt Hüter der Makellosigkeit. Manche Fotos sind danach so weit von der Realität entfernt wie ein Eskimo vom Südpol."

„Anna war ein Klasse-Mädchen", widersprach Jill Bright ärgerlich. „Ich habe gern mit ihr gearbeitet. Ihr ungeschminkter Wasser-und-Seife-Look gefiel mir auf Anhieb, weil er einem das Gefühl vermittelte, dass die Welt in Ordnung ist, vielleicht sogar gut. Kein anderes Mädchen konnte so über den Runway laufen wie sie. Es war, als würde sie übers Wasser schreiten. Natürlich, das kann man lernen, aber nur bis zu einem gewissen Grad. Die wahre Perfektion hat man wie die Augenfarbe. Auf jeden Fall war Anna Hansen zur Stelle, als aus Kleiderständern Popstars wurden. Wenn man bedenkt, dass Christian Dior, als es noch keine Agenturen gab, seine Mädchen in Pariser Bordellen aussuchte, haben wir heute ein gut funktionierendes System.

Anna besaß das, was den Unterschied zu den anderen Mädchen ausmacht: *das* Gesicht. Gesichter müssen sein wie Gemälde, in denen sich Sehnsüchte spiegeln. Makellose Formen, keine Falten, die Augenbrauen an der richtigen Stelle – mit diesen äußerlichen Attributen gibt es eine Menge Mädchen, aber das ist eben nicht das, was ich meine. Bei einer unserer Produktionen arbeitete Anna zum ersten Mal mit Nunnally Johnson zusammen. Sie wirkte seltsam fremd zwischen all den Lockenstäben. Für Nunnally Johnson war die Fuckability der Mädchen früher das Hauptkriterium seiner Arbeit, doch inzwischen war er in die Jahre gekommen, sein Großer-Junge-Charme verpuffte bei ihr. Als er sie in der Pause zum Mittagsessen einladen wollte und dabei seine wahren Absichten kaum verhehlte, sagte sie:

– Modeln heißt, *etwas* anderes zu werden, nicht *jemand* anderes. Die Leute kriegen meinen Körper, aber nicht mich. Im Studio bin ich die Ware, die bestellt worden ist. Wenn eine Bikini-Lolita am Strand gewünscht wird, bin ich das, und wenn es eine puertoricanische Puffmuter sein soll, bin ich das auch. Und damit hat es sich."

„Ist mir doch egal", sagte Johnson. „Wenn ich die Wahl hätte, würde ich sowieso Lauren Hutton nehmen. Ich bin scharf auf ihre Zahnlücke."

Mammen fielen immer wieder die Augen zu. Seine Ellenbogen, die er fest auf den Tisch gestemmt hatte, gaben seinem Kopf etwas Halt, aber er spürte, wie sie gelegentlich nachgaben und sein Kopf nach unten sackte. Lange, dachte er, wird das nicht mehr gutgehen, doch um keinen Preis wollte er jetzt gehen.

„Nunnally", sagte Jill Bright, „war der Einzige, dem Anna alles verzieh, wahrscheinlich deshalb, weil er ein ebenso hoffnungsloser Trinker war, wie es ihr Vater gewesen ist. Die beiden verstanden sich auf eine Art, die mit burschikos und liebevoll wohl am besten beschrieben wäre. Für die Aprilausgabe 1994 planten wir drei zusammen ein Eighties-Special. Anna machte einen Vorschlag, der mir gefiel, aber Nunnally bügelte sie gnadenlos ab.

– Anna, schön und schlau verträgt sich nicht. Also halt die Klappe.

Während des Shootings machte er sich einen Spaß daraus, sie mit ihrer Crystal-Carrington-Frisur in die Nähe der Windmaschine zu dirigieren, bis ihre Haare von einem Orkan erfasst und hoch nach oben geblasen wurden, wo sie dank der Verwendung von reichlich Haarfestiger wie eingefroren von ihrem Kopf abstanden. Dann drückte er auf den Auslöser und machte sich anschließend lustig über das Muttermal an ihrem rechten Arm, dessen Umrisse ihn, wie er sagte, an Kuba denken ließen. Anna ging zu ihm hin und knallte ihm ihre Pumps ans Schienbein."

„Zuletzt hatte die Deutsche jedenfalls nicht alle Nadeln auf der Tanne", sagte Caitlin Falco. „Offiziell hat es zwar geheißen, Anna Hansen leide an einem Burn-Out-Syndrom und habe sich für eine Weile zurückgezogen, um wieder Kraft zu sammeln, jedenfalls war das die Version, die ihre Agentur verbreitete. Tatsächlich soll sie jedoch in eine tiefe Depression gesunken sein. In ein Tal todessehnsüchtiger Düsternis, wie *People* schrieb. Ich war schockiert, als ich sie vor einem Jahr morgens um acht Uhr live im Frühstücksfernsehen sah. Der Moderator sprach mit ihr über ihre erste Fotoausstellung, die mit einigem Erfolg in der Tate Galerie lief. Anna hing im Sessel, die Haare zerzaust, der Kopf erschöpft in eine Hand gestützt. Ihre Stimme stolperte bei jedem Satz. Der Moderator merkte es und wechselte geschickt das Thema.

– Anna, Sie haben ein Alkoholproblem, sagte er. – Jeder in Amerika weiß, dass Sie ein Alkoholproblem haben. Wollen Sie uns etwas dazu sagen? Haben Sie heute Morgen schon getrunken?

– Alkohol! Ach Gott, Alkohol.

Sie lachte.

Der Moderator legte seine Hand auf ihren Arm.

– Millionen Amerikaner trinken zu viel. Warum trinken Sie, Anna?

– Mein Vater war ein Schwächling, meine Mutter trieb sich mit fremden Männern herum, und ich baue hauptberuflich Scheiße. Reicht Ihnen das, Eugene?

– Sie haben viele Probleme, setzte der Moderator nach.

– Und wann haben Sie Ihr letztes Glas gehabt, Eugene? Wollen wir den Zuschauern mal erzählen, wie Sie neulich von der Party bei Donald Trump nach Hause gekommen sind? Ihre Frau wäre begeistert. Hat sie den vollgekotzten Anzug schon in die Reinigung gebracht? Also bitte, Eugene, worüber reden wir? Was wollen Sie von mir?

– Hätten Sie gern ein Glas Wasser?, fragte der Moderator.

Er versuchte, die Katastrophe zu umschiffen.

– Wenn wir schon beim Thema sind, erwiderte sie, – ich nehme lieber einen doppelten Scotch. Bestellen Sie zwei, Eugene, der andere ist für Sie.

Die Kamera blieb drauf. Kein Werbeblock. Alles live.

– Kehren wir zu unserem eigentlichen Thema zurück. Ihre Fotos werden von Kennern sehr gelobt, sagte der Moderator.

– Lassen Sie den Quatsch, Eugene! Ich geh jetzt nach Hause und schlaf mich aus. Der Drink geht aufs Haus.

Sie stand einfach auf und verließ das Studio, mitten in der Sendung."

„Ich erinnere mich", sagte Tim Rosen und nickte. „Danach verschwand sie wochenlang von der Bildfläche."

„Angeblich hat ihr Voodoo-Faible Anna den Rest gegeben. Morgens soll sie ja kaum noch aufgestanden sein, ohne die Knochen zu befragen."

„Hässliche Gerüchte. Red nicht solchen Unsinn, Caitlin", sagte Jill Bright.

„Die war nicht ganz dicht, sage ich euch."

„Hör auf damit!"

„Und wer bist du?", fragte Caitlin Falco und wandte sich an Mammen. Ihr Pfefferminzatem strich ihm ins Gesicht. „Du sagst ja gar nichts."

Zeit für ein bisschen Offenheit, dachte Mammen.

„Du lieber Himmel, ein Journalist!", sagte Caitlin Falco. „Ich glaube, es wird Zeit, dass ich verschwinde, bevor ich mir die Zunge noch mehr verbrenne."

„Warte, ich komme mit", sagte Jill Bright und legte das Geld für die Cocktails auf den Tisch.

Im Davongehen drehte sich Caitlin Falco noch einmal um.

„Ich bleibe dabei, die Deutsche hatte nicht alle Nadeln auf der Tanne."

„Anna war in Ordnung", sagte Rosen, als Mammen und er allein waren. „Nehmen wir noch einen? Mir ist danach."

Mammen beschloss, dass es keine Rolle mehr spielte. Rosen hatte bisher kaum etwas gesagt, gut möglich, dass sich das gerade änderte.

„Also gut, einen Planters Punch", sagte Mammen. „Nur noch den einen."

Anna, sagte Rosen, habe sofort begriffen, wie Glamour funktioniere. Sie sei ganz klar eine Frauen-Frau gewesen, das habe er auf den ersten Blick gesehen. Frauen hätten sie gemocht, und Anna habe die Frauen gemocht.

„Die Leute bei Model Mania können sich bei ihr bedanken. Sie hat die Agentur, die seit Jahren ein Hauch des Gestrigen umwehte, vor dem Ruin gerettet, im letzten Moment. Damals hieß es, der Chef von Model Mania habe bereits den Gang zum U.S. Bankruptcy-Court angetreten, dem Insolvenzgericht.

Gerüchte machten die Runde, die Agentur habe ihre Bilanzen hingerechnet und schöngelogen und beschäftige inzwischen mehr Anwälte als Mädchen.

Ich habe Anna schätzen gelernt, als die britische Traditionsmarke ‚Saville' mich verpflichtete, das spießige Regenschirmimage der Marke mit neuen Ideen aufzupeppen. Damals brauchte ich dringend einen Erfolg, denn meine Arbeit für ‚Spring Fee' wurde von der Kritik nicht mehr sonderlich geschätzt. Suzy Menkes, die Grande Dame der *Herald Tribune,* schrieb über meine letzte Kollektion, selbst unter dem Rastertunnelmikroskop könnte sie keine neuen Einfälle bei meinen Entwürfen entdecken. Und wenn Suzy drei Mal hintereinander die Kollektion eines Designers verreißt, und bei mir war es bereits das zweite Mal, sollte er besser Hundefriseur werden. Aber mit Tieren kann ich nicht besonders gut umgehen."

Also habe er den Leuten bei „Saville" gesagt, dass er, wenn er unterschreibe, keine Sachen machen werde, die später im Museum landen. Er sei Designer und kein Kurator. Seine Lingerie solle in Nachtclubs enden, eingewickelt in nettes Geschenkpapier, am besten jedoch im Bett.

„Anna besaß den idealen Körper, um meiner ersten Kollektion jene Aufmerksamkeit zu verschaffen, die wir brauchten, damit der Markt uns wieder ernst nahm. Was soll ich sagen? Sie war herausragend! Noch heute bin ich davon überzeugt, dass es dieser Job war, der Anna Hansen den Weg in die Premiumklasse geebnet hat. Über Nacht wurde sie zum Must-Have-Girl. Sicher, sie hätte das auch ohne mich geschafft. Darauf kann man wetten, wenn jemand in ihrem Alter sagt:

– Sich gut anzuziehen, ist wie küssen, es macht Spaß, aber es braucht eine Weile, bis man es richtig hinkriegt.

Ein solches Mädchen geht niemals als Letzte über die Ziellinie."

Mammen wollte ihm weiter zuhören, aber für eine ungekürzte Lebensbeschreibung fehlte ihm die Geduld. Er schlug vor zu gehen, doch Rosen hielt ihn am Arm zurück und redete weiter.

„Sie war neu, sie war jung, sie war frisch und, sagen wir es ruhig, sie war jungfräulich feucht, ein Versprechen für die Zukunft. Eine typische Grenzfrau. Damit will ich sagen, die Grenze zwischen sexy und vulgär ist nur hauchdünn, und sie war auf der Sexy-Seite zu finden, jedoch mit einem vagen Hauch von Verruchtheit. Schreib das ruhig!", forderte er Mammen auf. „Von mir aus kannst du das ruhig schreiben. Eine Zeitlang habe ich Angst gehabt, sie könnte auch eines dieser Kleenex-Mädchen werden, die so heißen, weil es für sie nur Hotels gibt und kein Zuhause, die sich Kokain in die Nase fegen und glauben, dadurch könnten sie die Einsamkeit besiegen, halbe Kinder mit Seelen, die nach dem Scheinwerferlicht schmachten, die mehr sein wollen und doch nur Katalogfutter sind. Aber was das anging, bewahrte Anna eine gesunde Selbsteinschätzung, denn sie durchschaute das Geschäft schon früh bis in seine dunkelsten Tiefen.

– Ich bin nur ein Produkt. Ein Produkt wie Joghurt, sagte sie. – Wenn der Kunde seinen Kirschjoghurt haben will, kann ich nicht plötzlich Müsli sein. Und wenn keiner mehr Kirschjoghurt will, überhaupt niemand, dann heirate ich Robbie Williams oder gehe putzen.

Ich sagte ihr, das käme doch aufs Gleiche raus."

Rosen nippte an seinem Cosmopolitan.

„Aber Anna hat uns eines Besseren belehrt. Kurz nach unserer Kampagne erschien sie auf dem Cover von *Face*, mit einem gekonnten Ist-mir-doch-egal-Gesicht und katzenhaften, cajalumschatteten Augen. Von da an war ihre Karriere nicht mehr aufzuhalten. Ihr Leben wurde über Nacht zu einem einzigen Jetlag. Als wir uns einige Zeit später auf einem Flug nach

Europa wiedertrafen, in einer Concorde von New York nach Paris, diesen Vogel hat sie geliebt, fragte ich sie, ob sie es gern höre, wenn die Leute von ihr sagten, sie sei sexy. Sie antwortete, Sexappeal könne man nicht steuern, er ströme einfach aus einem heraus, vor allem, wenn man jemanden verführen wolle ... Hey, hörst du mir überhaupt noch zu?"

Rosen schlug Mammen, der kurz weggenickt war, mit der Hand auf den Rücken. „Alles klar?"

„Nee, nichts ist klar. Ich will ins Bett."

Er fuhr sich mit der Hand durch die Haare und stand auf. Seine Augen brannten vor Müdigkeit.

„Auf diesen Geisterkram würde ich nichts geben", sagte Rosen. „Rede lieber mit ihrer Agentin."

„Weiß schon Bescheid", sagte Mammen.

In seinem Hotelzimmer legte er sich aufs Bett. Ich darf noch nicht schlafen, dachte er, zuerst muss ich aufschreiben, was ich gehört habe. Alles!

In Indien hatte er eine Meditationsform gelernt, die ihn wieder auf Vordermann bringen würde, und so tauchte er mit einem Mantra in die Welt der absoluten Stille. Als er seine Übung nach einer halben Stunde beendete, fühlte er sich erfrischt und ruhig. Er packte seinen Laptop aus und setzte sich an den kleinen Schreibtisch vor dem Fenster. In Windeseile tippte er ein detailliertes Gedächtnisprotokoll der letzten Stunden herunter. Anschließend loggte er sich bei Google ein und schrieb die Worte „*Anna Hansen*" in das Suchfeld. Google belohnte ihn mit 2 344 276 Treffern.

Das ist nicht gut, dachte er, das ist zu viel, um auf die Schnelle hilfreich zu sein.

Also gab er seinen persönlichen Code für das Intranet bei *Arena* ein, wo er die digitalen Labyrinthe des Archivs durchkämmte und in völliger Willkürlichkeit die Geschichten aufrief, die ihn interessierten. Zu seiner großen Freude stieß er auf einen langen Artikel des Fotografen, der Anna Hansen entdeckt hatte. Und er stieß auf einen Personality-Fragebogen, der jeden Monat in *Glow* erscheint, dem Magazin, bei dem Charlotte Stegemann arbeitete. Anna Hansen hatte den Fragebogen Jahre zuvor ausgefüllt.

1. *Wie heißt Ihr Lieblingsdesigner?*
   Es sind drei: Helmut Lang und Dolce & Gabbana.
2. *Welche Lektüre liegt derzeit auf Ihrem Nachttisch?*
   „Die Farben des Eises" von Audrey Schulman und das „Grand Grimoire".
3. *Auf welches Beauty-Produkt können Sie nicht verzichten?*
   Lipgloss.
4. *Mit wem würden Sie gerne einmal vier Wochen verreisen?*
   Seneca.
5. *Worauf achten Sie bei einem Mann zuerst?*
   Auf die Hände, besonders die Fingernägel.
6. *Was wollten Sie werden, als Sie 14 Jahre alt waren?*
   Kinderbuchautorin.
8. *Was macht Sie wütend?*
   Zynismus.
9. *Welche natürliche Gabe möchten Sie besitzen?*
   Hellsehen.
10. *In welchem Land möchten Sie leben?*
    Irland.
11. *Welches ist Ihre größte Schwäche?*
    Ach Gott!
12. *Wer ist Ihr Lieblingsfeind?*
    Ich.

13. *Welche historische Figur beeindruckt Sie am meisten?*
    Jeanne d'Arc.
14. *Wen würden Sie gern zu einer Dinnerparty einladen?*
    John Lennon, Coco Chanel, Jackie Kennedy, F. Scott Fitzgerald.
15. *Was lässt Sie nachts nicht schlafen?*
    Das Gefühl, ich hätte etwas besser – können.

Von einem Buch mit dem Titel „Grand Grimoire" hatte Mammen noch nie gehört. Unverzüglich rief er die Worte bei Google auf und erfuhr, dass dies die Bezeichnung für eine der bedeutendsten Schriften der Schwarzen Magie war, die vor allem im Mittelalter kursierte. Angeblich basierten die Aufzeichnungen auf einer Handschrift aus dem Jahre 1522, die wiederum eine Kopie der originalen Handschrift König Salomons sein soll. Das „Grand Grimoire" enthält verschiedene Rituale für die Teufelsanbetung und Regeln im Umgang mit Engeln und Dämonen. Selbst Eingeweihte stufen das magische Wissen und die Zaubersprüche des „Grand Grimoire" als gefährlich ein.

Rauchverbot hin oder her, Mammen brauchte eine Zigarette. Noch war er keine vier Tage in Amerika, trotzdem litt er bereits empfindlich unter Nikotinentzug. Mit geübter Bewegung schüttelte er eine Gitanes aus der Packung, zündete sie an und sog den kräftigen Rauch tief in die Lungen.

Die Zigarette hing in seinem Mundwinkel, während er eine Archiv-Geschichte nach der anderen überflog. Die Clippings handelten von Anna Hansens sensationellem Aufstieg ebenso wie von ihren Krisen und Skandalen und schließlich von ihrem langsamen Abstieg aus dem bonbonbunten Fashion-Olymp. In dieser Branche, wo Modelleben nach Hundejahren berechnet werden, zählt jedes Jahr siebenfach, es ist ein Kommen und Gehen und ewiges Suchen.

Alle Modelkarrieren beginnen ähnlich. Irgendwo steht jemand herum und schaut Mädchen nach, blickt sich fest an einer und steckt ihr seine Visitenkarte zu. Bei Claudia Schiffer passierte es in einer Düsseldorfer Diskothek, bei Julia Stegner auf dem Oktoberfest. Bei Anna Hansen geschah es in der Hamburger U-Bahn zwischen Hauptbahnhof und Mönckebergstraße, da fiel sie dem Fotografen Volker Trampe auf.

Sie saß im letzten Wagen und las ein Buch. Zuerst konnte Trampe ihr Gesicht nicht sehen, es lag verborgen hinter einem Schleier perfekt ungekämmter, honigfarbener Locken. Schließlich hob sie den Kopf, um nach draußen zu sehen, und da sah er dieses unverbrauchte, klare Gesicht, ein Gesicht, wie es einem Profi höchstens zwei Mal im Leben über den Weg läuft. Wenn man einen Blick dafür hat, weiß man, dieses Gesicht ist unwiederholbar.

Alles an diesem Mädchen war lang und blond und weich. Ihre langen, gen Himmel gebogenen Wimpern und ihre Augen, die von flüssigem Braun waren, erinnerten Trampe an Edie Sedgwick, die Muse von Andy Warhol. Edie Sedgwick war die Paris Hilton der sechziger Jahre, eine schimmernde Perle der Gesellschaft. Cooles It-Girl und Femme fatale in einer Person. Mit 28 Jahren starb sie an einer Überdosis und gehörte fortan zu den Legenden, die gestorben, aber nie tot sind. In dem U-Bahn-Mädchen, so schien es Trampe, war Edie Sedgwick ein zweites Mal lebendig geworden.

Als Anna an der Haltestelle Mönckebergstraße ausstieg, folgte er ihr. Sie ging mit viel Schwung, und er hatte Mühe, mit ihr Schritt zu halten. Er sei Fotograf, sagte er, als er sie endlich eingeholt hatte, und würde gern ein paar Aufnahmen von ihr machen, in seinem Studio, nichts Unseriöses, keine Nacktaufnahmen, auf keinen Fall. Sie habe das gewisse Etwas, sagte er, und wenn sie bei ihm vorbeischaue, könne er ihr seine

Fotos zeigen, die er für Modezeitschriften und Werbekunden gemacht habe. Er gab ihr seine Karte und war neugierig, wie sie sich verhalten würde.

Sooft er ein faszinierendes Mädchen sah, sprach Trampe sie an, deshalb überraschte ihn Annas nervöses Zögern nicht.

– Sie bringen mich groß raus, ja?, fragte sie. – Bevor wir im Bett waren oder danach?

Er hatte ihr nichts versprochen. Erst mal müsse man sehen, ob ihre Ausstrahlung auch auf Fotos funktioniere, falls nicht, habe es sowieso keinen Sinn.

– Warten Sie nicht auf mich, sagte Anna, drehte sich um und ging weg.

Drei Tage später tauchte sie in seinem Studio auf, das sich im ersten Stock eines alten Lagerhauses in der Speicherstadt im Hafen befand.

– Probieren wir es, sagte sie. – Draußen steht mein Freund. Wenn ich in einer Stunde nicht zurück bin, kommt er mich holen.

– Er kann zuschauen, wenn er will, erwiderte Trampe.

– Er wird warten, sagte Anna.

Trampe rief eine befreundete Stylistin an und erzählte ihr, worum es ging. Innerhalb von zwanzig Minuten war sie da und zeigte sich beeindruckt von Annas Aussehen.

In den nächsten Stunden produzierten sie eine komplette Setcard. Rauf kam in dieser Zeit niemand.

Trampes Fotoassistent lief mit einem Riesenständer im Studio herum. Die Stylistin gab sich alle Mühe, ihn zu ignorieren und Annas Nervosität mit Nachsicht und Fröhlichkeit zu begegnen.

– Es ist in Ordnung, wenn du Schmetterlinge im Bauch hast, sagte sie zu Anna. – Sieh einfach zu, dass sie in Formation fliegen.

Während des Shootings bewegte sich Anna, nach einer kurzen Aufwärmphase, souverän und so beiläufig, als hätte es in ihrem Leben nie etwas anderes gegeben, instinktiv, und mit einem Zwölfmonatsvorrat an Selbstvertrauen, man hätte ihr eine TÜV-Plakette für sicheres Posen umhängen können. Seltsamerweise besaß sie keinerlei Scheu vor dem ständig zuschnappenden Kameramaul, das so viele Neulinge erschreckt.

Die ersten Polaroids bewiesen, dass Trampe richtiggelegen hatte. Das Mädchen besaß eine Präsenz, wie sie nur wenigen Menschen vergönnt ist. Nicht sie lenkte die Aufmerksamkeit auf die Kleider, die sie trug; die Kleider lenkten die Aufmerksamkeit auf Anna.

Am Ende des Tages, nach einer fulminanten Session, lud Trampe das Team in den Friesenhof ein, einem Lokal am Jungfernstieg, und spendierte allen ein vorzügliches Essen mit Graubrot und Griebenschmalz, Krabbensuppe und Kutter scholle.

Anna wollte Schmalz nachbestellen, doch die Stylistin schüttelte energisch den Kopf.

– Da lass mal besser die Finger von. Ab heute ist die Waage dein schlimmster Feind. Darfst du nie vergessen, verstanden?

Zum Schluss stießen sie mit einem Glas Küstennebel an.

– Auf Anna!, sagte Trampe. – Auf Anna, die heute für eine neue Welt geboren wurde.

Sein Assistent fand das eine Spur zu pathetisch. Er hätte Anna lieber flachgelegt und machte kein Hehl daraus.

In jenen Jahren waren die Model-Mädchen nicht nur schlank, sie waren zum Umhauchen dünn. Furcht einflößend mager, vorne und hinten flunderflach. Man hörte es klappern. In der Szene hieß das dünnste Model „Slave Of The Month".

Anna Hansen war vom ersten Moment an anders, vor allem war sie skandalfrei, bis irgendetwas sie Jahre später auf den abschüssigen Runway geraten ließ. Und wenn eine Grundlage zu einer schiefen Ebene wird, bleibt nichts darauf stehen, alles rutscht, auch das Schönste und Kostbarste ist durch ein paar Ablenkungsmanöver nicht mehr oben zu halten.

Darauf wollte Mammen hinaus. Dieses Ereignis sollte das Fundament werden, die Basis für seine Geschichte über das tote deutsche Model.

ZWEITER TAG

Donnerstag

1.

Kaum hatte Uli Remstedt die Augen geöffnet, begann das Morgentheater in seinem Kopf. Er hörte seinen Figuren zu, wie sie redeten, und beobachtete, was sie taten. Dieses Schauspiel wiederholte sich Tag für Tag, wenn er an einem Drehbuch arbeitete, bis er an den Punkt kam, wo er wusste, es wurde Zeit aufzustehen und sich an die Arbeit zu machen.

Im Augenblick quälte er sich mit dem Drehbuch für ein neues Projekt, eine Film-Biografie über Erich Maria Remarque. Nach monatelangen Verhandlungen mit den Nachlassverwaltern in den USA war es ihm gelungen, für eine ungeheure Summe die Rechte an Remarques Leben zu erwerben. Mit dem Film, der als Zweiteiler im Fernsehen ausgestrahlt werden sollte, wollte Remstedt dem berühmten Autor von „Im Westen nichts Neues“ ein Denkmal setzen.

Zum ersten Mal trat er nicht nur als Drehbuchautor auf, sondern auch als Produzent, denn aus seinem letzten Film „Auf einmal war es Liebe“ hatte der Regisseur einen grauenhaften Streifen gemacht. Als Remstedt den Rohschnitt sah, zog er, über alle Maßen wütend, seinen Namen zurück, weil er mit dem Machwerk, das aus seinem Skript hervorgegangen war, nichts zu tun haben wollte. Im Abspann wurde schließlich ein gewisser Johnny Wautzenhofer als Drehbuchautor genannt. Wautzenhofer, so hatte früher Remstedts Hund geheißen und Johnny sein Papagei.

Es gehörte für ihn zu den unergründlichen Überraschungen des Schicksals, dass ausgerechnet „Auf einmal war es Liebe“ im folgenden Jahr für den Grimme-Preis nominiert wurde.

Der Autor auch. Der Film bekam den Preis nicht, aber Johnny Wautzenhofer.

Bereits in der Schule hatte Remstedt ein klar formuliertes Ziel vor Augen gehabt: Er wollte schreiben und zum Film. Im Fernsehen sah er sich pausenlos Dokumentationen an, über Minenarbeiter, Gefängnisinsassen, Landwirte, Hochseefischer. Ein Schriftsteller, sagte er, müsse diesen Stimmen lauschen und seine eigenen Figuren genauso reden lassen, da nur auf diese Weise glaubhafte Charaktere und Dialoge entstünden.

Noch keine siebzehn Jahre alt, nahm er eine Nase voll Kafka und wendete sich danach „Ulysses“ von James Joyce zu, einer schweren Kost. Um sie zu bewältigen, verteilte er sie auf kleine Häppchen, indem er jeden Abend höchstens zwei Seiten las. Eine höhere Dosis hätte er nicht vertragen, aber an diesen beiden Seiten hielt er fest, bis er das Buch durchhatte. Auf diese Weise ein Buch zu lesen, hielt er für äußerst angenehm, da er schon beim Aufstehen wusste, er würde abends eine interessante Verabredung haben.

Remstedts Stil war kurz und knapp und unprätentiös. Jeder Satz so authentisch wie ein U-Bahn-Graffiti, das beherrschte er. Er behauptete, einen guten Satz könne man riechen, bevor man ihn schreibe.

Als Remarque im Streit mit Marlene Dietrich lag und die Worte hin und her flogen zwischen ihnen, stieg Remstedt aus dem Bett und absolvierte vor dem großen Spiegel im Flur in Boxershorts seine morgendlichen Capoeira-Übungen, geschmeidige athletische Bewegungen der brasilianischen Kampfkunst, die sich Lederhut, Halbmondzirkel und Korkenzieher nennen. Er beherrschte die 70 Grundformen und noch einige mehr, denn sein Lehrer hatte den Figuren über 30 eigene Elemente hinzugefügt. Die eingesprungenen Tritte, gezielten Schläge und Ausweichmanöver gelangen ihm fließend und präzise. Bei öffentlichen Veranstaltungen sieht das aus, als ob die Gegner unter Einsatz aller Gliedmaßen schwungvoll miteinander tanzen, da sie einander nicht berühren. Aber Remstedt wusste, dass Capoeira vor Jahrhunderten von der armen Unterschicht, die sich keine Waffen leisten konnte, zum Angriff und zur Verteidigung entwickelt worden war. Falls nötig auch zum Töten.

Nach einer Viertelstunde bildete sich ein hauchdünner Schweißfilm auf seiner Haut. Er legte noch ein paar Figuren nach und ging in die Küche, goss Orangensaft in ein großes Glas und kehrte ins Schlafzimmer zurück. Auf dem Bett stopfte er sich ein Kissen in den Rücken, nahm den Schreibblock vom Nachttisch und blätterte zur letzten beschriebenen Seite. In den letzten Jahren hatte er sein Wissen über Drehbücher, das er sich an der Münchner Filmhochschule angeeignet hatte, beiseite geschoben und seine eigene Form der Dramaturgie entwickelt. Selbstverständlich bewunderte er die großen Lehrer wie Robert McKee, Syd Field, Lajos Egri und noch eine Handvoll mehr, aber als die Filme, vor allem im deutschen Fernsehen, immer durchschaubarer wurden, Plot Point hier, Plot Point da, fertig ist die Laube, beschloss er, das seit Aristoteles bewährte Drei-Akte-Konzept über Bord zu werfen, weil es ihm nicht mehr zeitgemäß erschien. Von diesem Tag an wurden seine Exposés, Treatments und Drehbücher fast alle angenommen.

Eine halbe Stunde lang schrieb er konzentriert an einer Szene, in der Marlene Dietrich ihrem Geliebten Remarque eine selbst gekochte Hühnersuppe ins Sherry Netherland Hotel in New York bringt. Er polierte die Dialoge, schnitt hier und da ein bisschen Fett weg, prüfte die Beats auf die Nähe zum bevorstehenden Plot Point und klopfte die Figuren auf ihre Glaubwürdigkeit ab. Doch der rechte Schwung mochte sich nicht einstellen, was er vor allem seinen Cornflakes-Charakteren zuschrieb, die bislang alles andere als dreidimensional auftraten.

Ein Anruf unterbrach sein Ringen mit den Worten.

Der Anruf kam aus New York.

Die Nachricht traf ihn mit voller Wucht. In seiner Brust begann es zu hämmern. Benommen stand er auf und ging ins Bad. Unter der Dusche drehte er das Wasser eiskalt auf. Der physische Schock vertrieb die Benommenheit, aber das Donnergrollen in seiner Brust, das ihm bis in die Ohren drang, wollte nicht weichen. Er blieb so lange unter dem kalten Strahl stehen, wie er konnte.

Bee!

In ihrem Leben hatte es eine Zeit gegeben, da hätte er sofort geglaubt, dass sie fähig wäre, ihrem Leben selbst ein Ende zu setzen. Doch niemals hätte er in Erwägung gezogen, dass sie es auf diese Weise und zu diesem Zeitpunkt tun könnte.

Bee – diesen Spitznamen hatte er seiner Frau gegeben, weil Anna auf Partys immer bis zum Umfallen tanzte, besonders wild und ausdauernd zu „Saturday Night Fever“ oder „Staying alive“ von den Bee Gees. Wie eine Biene, so war sie auch unterwegs gewesen. Eine unbändige Energie trieb sie vorwärts, sie lief wie ein Motor. Jeder Junge in der Clique wollte mit ihr ins Bett.

Und jetzt wurde er nach New York gerufen, um ihren Leichnam zu identifizieren.

Er trocknete sich ab, schlüpfte in seine Jeans und buchte den nächsten Flug in die Staaten. Danach rief er Nunnally Johnson in New York an, nannte ihm seine Ankunftszeit und bat ihn, zum Flughafen zu kommen und ihn abzuholen.

Rasch warf er ein paar Sachen in die Reisetasche und suchte nach seinen Reisepass. Dabei stieß er in einer Schublade seines Schreibtischs zwischen Lakritzbonbons, ausrangierten

Sonnenbrillen, Aspirin und einem digitalen Diktiergerät auf das einzige Profi-Foto aus Annas Modelkarriere, das er von ihr besaß. Santo D'Orazio hatte es bei Sonnenaufgang am Strand von Sardinien aufgenommen: Anna bückt sich in einem schlichten schwarzen Abendkleid über das Wasser und streichelt die Wellen.

Als sie beide noch sehr jung gewesen waren, hatte er seine Gefühle für Anna lange Zeit verheimlicht. Um sich eine Enttäuschung zu ersparen, ließ er sie in Ruhe, denn mit jedem Tag wurde sie begehrenswerter. Natürlich kriegte er mit, wie andere Jungen sie bedrängten. Manchmal hielten wildfremde Männer in schicken Cabrios neben ihr an und baten sie um ein Date. Für eine längere Beziehung war sie ihm auf bedrohliche Weise zu schön und für eine kurze Affäre zu schade, daher hatte er nie auf ihre zahlreichen Liebesbriefe reagiert.

Uli Remstedt war der Kopf der Clique gewesen, der Junge mit der Lederjacke. Er probierte stets als Erster alles Neue aus. Auf dem Höhepunkt seiner Drogen-Ära rauchte er jede Sorte Haschisch und Marihuana, die er auftreiben konnte. White Widow. Zero Zero. Schwarzer Afghane. Was ihm eben in die Hände fiel. Vor der Schule hätten sie ihn beinahe beim Dealen erwischt, aber Remstedts bester Kunde war normalerweise Remstedt.

Zu dieser Zeit ging er mit Silke Steinhoff, Bees bester Freundin, ein harmloses Techtelmechtel und unbeholfenes Herantasten an die erhofften ersten sinnlichen Abenteuer. Es hielt nicht lange. Eines Tages, sie waren Freunde geblieben, erzählte Silke ihm, dass Bee noch nie mit einem Jungen ins Bett gegangen sei, dass sie ihn wolle, Uli, dass sie nur auf ihn warte und so lange warten werde, wie es nötig sei.

Später, sehr viel später, erfuhr er auf einem launigen Fest mit viel Alkohol von Anna, Silke und Charlotte Stegemann, was Bee in ihrer Ratlosigkeit unternommen hatte – und die beiden mit ihr. In nachklingender Erregung begannen sie zu erzählen. Und sie taten dies ziemlich ausschweifend und detailreich.

Die drei hatten bei Anna zu Hause für eine Mathearbeit gebüffelt, als Anna plötzlich aufstand und ein Buch aus dem Regal nahm.

– Voodoo, sagte sie. – Habt ihr schon mal davon gehört?

– Bimbozauber aus Afrika, sagte Silke.

– Ich möchte es ausprobieren, sagte Anna.

– Glaubst du denn an so was?, fragte Charlotte.

– Wenn ich muss, sagte Anna.

– Bist du krank?, fragte Silke.

– Bestimmt geht es um Uli, sagte Charlotte.

Anna zog einen Zeitungsausriss aus der Hosentasche und las laut die Anzeige vor, die darauf stand: *Madame Samantha. Voodoo-Priesterin. Gesundheit. Glück. Fruchtbarkeit. Reichtum. Harmonie.*

Madame Samantha wohnte in Bremen.

Anna sagte, es sei an der Zeit, etwas anderes zu versuchen, um Ulis Herz zu gewinnen. Das Geld hatte sie schon beisammen, 200 Mark. So viel sollte die Sitzung bei Madame Samantha kosten.

Am nächsten Tag fuhren sie mit dem Zug nach Bremen. Unterwegs wurde Anna nervös, ihr kamen Bedenken, immerhin hatte sie vor, einen anderen Menschen seines freien Willens zu berauben, um ihn auf sich zu lenken, das war nicht richtig, aber für Bedenken war es zu spät.

Madame Samantha hatte in ihrer Anzeige eine Adresse in Bremen-Gröpelingen angegeben. Das Viertel im Norden der Stadt, früher eine Arbeitergegend, wo Stauer und Kranführer aus dem Überseehafen lebten, hatte, beschleunigt durch den Niedergang der Bremer Häfen, erheblich abgewirtschaftet und war zu einem städtebaulichen Pflegefall geworden. Hier stiegen die drei Mädchen aus der Straßenbahn.

Sofort wurden sie von einer steifen Brise erfasst, die sie vorwärts schob. Dann begann es zu regnen. Sie rannten zu einem Imbiss auf der anderen Straßenseite und stellten sich unter. Als es zu regnen aufhörte, machten sie sich auf die Suche nach Madame Samantha, einen patentgefalteten Stadtplan in der Hand. Vernünftig wäre gewesen, in ein Taxi zu steigen, aber dafür fehlte ihnen das Geld.

Was sie in einer Nebenstraße schließlich fanden, war ein abrissreifes Haus. Auf den ersten Blick schien es unwahrscheinlich, dass darin jemand wohnte. Vor den blinden Fenstern gab es keine Gardinen, die meisten Scheiben hatten Sprünge, im Putz klafften Risse.

Neben dem Eingang hing ein handgeschriebener Zettel an der Wand: *Madame Samantha. Hilfe und Beratung in allen Lebenslagen. Traditioneller Afrika-Zauber, der garantiert wirkt. Erster Stock. Bitte 2 x klingeln.*

Durch ein fahles Treppenhaus stiegen sie hinauf. Es roch nach abgestandenem Essen und Räucherstaub.

Oben an der Tür erwartete sie ein junges Mädchen, schwarz und dürr, mit einem spöttischen Lächeln um den Mund, und führte sie durch ein winziges Zimmer. Ein alter dunkelhäutiger Mann – die Schuhe im dritten Stadium der Abgenutztheit – saß dort und schaukelte unentwegt mit dem Oberkörper vor und zurück. Sein melancholisches Gesicht wirkte tragisch, mit wildem Blick glubschte er in die Runde.

Das Mädchen deutete auf ihn und flüsterte: – Schlimme Geister. Meine Mutter gab ihm eine Medizin. Sie beginnt gerade zu wirken.

Der Raum dahinter war moccabraun gestrichen. An den Wänden hingen jede Menge Masken und Stofftücher in allen Farben. Auf der Fensterbank stand ein betagter Kassettenrekorder aus der Frühzeit der mobilen Musiktechnik und dudelte fremd klingende Trommelrhythmen. Kerzen brannten auf einem kleinen Altar in der Ecke und verströmten einen süßen Sandelholzduft.

– Wartet hier, sagte das Mädchen. – Die Mambo wird gleich kommen.

Einen Augenblick später erschien sie, eingewickelt in grüne Tücher. Sie war dick und groß, ja gewaltig. An beiden Handgelenken klimperten goldene Armreifen. Eine dickrandige Sonnenbrille verdeckte das halbe Gesicht.

Sie setzte sich in einen abgewetzten Rattansessel und beobachtete ihre Besucherinnen, ohne einen Muskel zu bewegen.

– Also?, fragte sie endlich mit lauter Stimme und weit offenem Mund. Man konnte die Lücken in ihrem Gebiss zählen.

Anna wollte ihre Geschichte erzählen, doch die Mambo unterbrach sie mit einer herrischen Geste.

– Zuerst das Geld!

Geschickt ließ sie die 200 Mark in den Falten ihres Kleides verschwinden.

– So, sagte sie zu Anna, – du willst also einen Mann für dich gewinnen, der dich nicht will?

– Ich liebe ihn sehr, sagte Anna.

– Und du glaubst, das reicht?

– Ich liebe ihn für zwei.

Die Mambo stand schwer atmend auf und holte aus einem Schuhkarton eine Strohpuppe hervor, die mit wohlriechenden Kräutern gefüllt und mit schwarzen Bändern umwickelt war, und außerdem einen verschnürten Lederbeutel. Das sei ein Gris Gris, erklärte sie, ein Zauberbeutel.

Sie legte den Beutel, die Puppe und eine Handvoll Räucherwerk zusammen mit einem Fläschchen, das aromatische Essenzen enthielt, und einem Stück Pergament auf den Altar und begann, eine Rassel über den Requisiten zu schütteln, wobei sie unverständliche Formeln murmelte.

– Ein magischer Brauch, sagte sie mit ernster Stimme, als sie ihren Singsang für kurze Zeit unterbrach. – Er hat noch nie versagt.

Fünf Minuten dauerten ihre Beschwörungen, dann forderte sie Anna auf, die Utensilien vom Altar zu nehmen.

– Hör mir gut zu!

Dann erklärte sie Anna, wie sie mit den Dingen zu verfahren habe, damit ihr Wunsch in Erfüllung gehe. Sie gab ihr eine leere Plastiktüte, um darin alles zu verstauen, und wünschte ihr viel Erfolg.

Beim Rausgehen kamen sie wieder an dem alten Afrikaner vorbei. Er saß zusammenkrümmt auf dem Stuhl, reglos. So, wie er aussah, konnte von einer schnellen Genesung bei Gott nicht die Rede sein.

Es herrschte ein allgemeines Gefühl der Erleichterung, als sie wieder auf der Straße waren.

– Nicht schlecht, sagte Anna, – nur etwas zu einfach vielleicht.

– Theater für Bekloppte. Die zweihundert Mark sind futsch, erwiderte Silke.

– Und was, wenn es funktioniert?, fragte Anna.

Noch am selben Abend brachten sie die Sache zu Ende.

Glücklicherweise war Annas Mutter ausgegangen, zu einem Konzert der Warschauer Philharmoniker in der Musikhalle. Vor Mitternacht würde sie nicht zurück sein.

Wie die Mambo es ihr aufgetragen hatte, stellte Anna in ihrem Zimmer einen kleinen Altar auf – eine leere Apfelsinenkiste aus dem Keller. Darüber legte sie ein weißes Bettlaken. Die Mädchen schlossen die Fenster und zogen die Vorhänge zu, bis nur noch ein trüber Schimmer ins Zimmer drang.

Vor dem Altar kniete Anna nieder, schloss die Augen und beschwor vor ihrem geistigen Auge das Bild Ulis herauf, dann kramte sie die Requisiten aus der Tasche und arrangierte sie auf dem Altar in der befohlenen Ordnung. Das Stück Pergament, kaum größer als ein Bierdeckel, legte sie neben die Puppe, füllte das Räucherwerk in eine Porzellanschale, öffnete die Flasche mit dem Duftöl, in dem winzige Blüten schwammen, stellte es neben die Schale und setzte mit einem Feuerzeug die Kräuter in Brand. Aromatische Schwaden stiegen auf und erfüllten das Zimmer mit einem feinen Nebel. Dann rief sie die Götter an: Bondieu, den Schöpfer des Universums, Legba, den göttlichen Vermittler zwischen den Welten, und Ayizan, die oberste Ahnen-Loa und Schutzpatronin aller weiblichen Belange. Schließlich nahm sie die Puppe, hielt sie über den Rauch und sprach die Formel nach, die ihr die Mambo eingeflüstert hatte:

– Mit diesem Rauch reinige ich die Puppe und taufe sie auf den Namen Uli.

Sie träufelte Öl auf ihre Fingerspitze und tupfte es auf Kopf und Herz und Lenden der Puppe.

Mit diesem Öl weihe ich die Puppe und ermächtige sie, Uli zu sein.

Silke sagte: – Wenn das meine Puppe wäre, würde ich sie ermächtigen, Kurt Cobain zu sein.

– Dreckbengel, erwiderte Charlotte.

– Halt die Klappe, sagte Anna.

Sie ergriff den Gris Gris und die Kerze, führte beides langsam durch die Schwaden und sagte:

– Mit diesem Rauch reinige ich die Kerze und den Gris Gris und widme sie dem Ziel, Ulis Liebe auf mich zu fixieren.

Noch ein Mal tupfte sie Öl auf ihre Fingerspitze und rieb nun die Kerze damit ein, zunächst vom Fuß zur Mitte, anschließend vom Docht zur Mitte.

– Mit diesem Öl weihe ich die Kerze mit dem Ziel, Ulis Liebe auf mich zu fixieren.

Es brauchte seine Zeit, bis sie die gleiche Prozedur mit dem Gris Gris wiederholt hatte.

Am Ende zündete sie die Kerze an, tauchte ein Streichholz in die schwarzen Reste des Räucherwerks und schrieb, als die Flamme erlosch, mit dem Ruß ‚Uli soll mich lieben!' auf das Pergament.

– Amen und Aus, sagte Silke.

Uli Remstedt hatte sich, bis die Mädchen ihm von dieser Geschichte erzählten, unter Voodoo immer ein paar hohläugige Zombies und komische Magier vorgestellt, die sich in James-Bond-Filmen für ein bisschen Lokalkolorit den Arsch abzaubern. Doch was nach diesem Tag passierte, sollte sein Bild gründlich korrigieren.

Er legte Annas Foto zurück in die Schublade und fuhr zum Flughafen.

2.

Beim Frühstück in einem kleinen Coffeeshop in New York stopfte sich Mike Mammen eilig den letzten Bissen seines Blueberry-Muffins in den Mund und spülte ihn mit einem Schluck Cappuccino hinunter. Auf der Straße steckte er sich eine Zigarette an und blieb einen Augenblick stehen. Er genoss den Rauch in seiner Lunge und die kühle Morgenluft auf der Haut, die durch die Straßenschluchten von Manhattan wehte.

Ihm blieb noch eine halbe Stunde, um pünktlich im Büro von Anna Hansens Agentin zu sein. Es hatte seiner ganzen Überredungskunst bedurft, um diesen Termin mit Helen Topher zustande zu bringen, denn selbstverständlich hatte sie an einem solchen Morgen, nach einer solchen Nacht, Wichtigeres zu tun, als einen deutschen Reporter zu empfangen. Genau genommen war es gar nicht er gewesen, der sie letzten Endes überzeugt hatte, ihre Meinung zu enden.

Nachdem Helen Topher ihn mit deutlichen Worten abgefertigt hatte, hatte er bei Carole Delrieux angerufen und sie um Hilfe gebeten. Dank der ausgezeichneten Beziehungen brachte sie es fertig, ihm eine halbe Stunde Audienz zu verschaffen, mehr nicht.

Das ist gut, dachte Mammen, so kann man arbeiten, dachte er. Carole ist in Ordnung. Er überlegte, wie seine Wiedergutmachung aussehen könnte, eine Menge Dinge fielen ihm ein, und alle hatten irgendwie mit einem Bett zu tun.

Das Handy vibrierte in seiner Hosentasche.

„Hallo, Mike! Sei stolz auf mich, ja? Sag, dass ich gut bin!"

Es war Vanessa von Samson, seine junge Kollegin aus Hamburg.

„Kommt drauf an, was du hast", sagte er.

„Alles, um dich glücklich zu machen."

„Ich bin stolz auf dich!"

Sie erzählte ihm, wie sie Annas Mutter zum Reden gebracht hatte.

„Dein üblicher Trick?"

„Klar doch."

Bei *Arena* hieß er die Vanessa-Show. In Fällen wie diesem versuchte sie als Erstes herauszukriegen, mit wie vielen Personen sie es zu tun haben würde, wenn sie an der Tür klingelte. Falls das nicht möglich war, besorgte sie fünf Stückchen Kuchen mit Sahne, das war wichtig und reichte eigentlich immer. Blieb danach noch die Zeit, zog sie zu Hause ihre löchrigen Jeans und das Armyhemd aus und kleidete sich dem Zweck angemessen um. Ein blau-grüner Faltenrock, eine weiße Bluse, weiße Socken und schwarze Schuhe – das spießige Outfit hatte sich schon oft bewährt. So war es auch bei Greta Hansen gewesen.

Sie sei Jungreporterin, sagte sie, mit dem Papptablett voller Kuchen vor der Brust. Dies sei ihre letzte Chance. Wenn sie nicht mit ihr spräche, sagte sie zu Greta Hansen, würde sie ihren Job verlieren. Definitiv. Der Chefredakteur sei ein Ungeheuer. Kürzlich habe sie zum zweiten Mal, ohne eigene Schuld wohlgemerkt, eine Geschichte vermasselt, den Skandal im Tierheim, vielleicht erinnere sie sich daran. Er wollte sie rauswerfen und habe gebrüllt, sie sei unfähig, eine Schande für diesen Beruf, und sie habe so lange geweint, bis er eingewilligt habe, einen allerletzten Versuch mit ihr zu machen. Und nun sei sie hier, mit Kuchen, weil sie denke, es könne ja nicht schaden, ein bisschen was Schönes zu essen, wenn man sich unterhalte.

Greta Hansen, sagte Vanessa, habe ihrem kleinen, vielfach erprobten und perfektionierten Schauspiel nicht widerstehen können.

Nach dem Gespräch sei sie zum Goethe-Gymnasium gefahren, wo eine von Anna Hansens besten Freundinnen, Silke Steinhoff, Kunst und Sport unterrichtet. Sie schreibe jetzt das Protokoll der beiden Treffen und werde es Mammen in spätestens zwei Stunden nach New York mailen.

„Gutes Mädchen", sagte Mammen.

„Mach was draus", sagte Vanessa.

„Kann ich mich revanchieren?"

„Ich möchte raus aus diesem Rechercheteam und endlich selber schreiben."

„In Ordnung, ich rede mit dem Don."

„Danke."

Sie ist gut, dachte Mammen, sie hätte es verdient, in der Hierarchie ein Stück weiter nach oben zu kommen. Er nahm sich vor, Vanessa bei Walter König für höhere journalistische Weihen zu empfehlen.

Die Agentur „Model Mania“ befand sich in einem zwölfstöckigen Bürohaus in der Varick Street, einem alten Kasten mit einem lahmen Fahrstuhl. Auf dem Flur der Agentur hatten sich ein paar Mitarbeiter versammelt, die flüsternd die Ereignisse der letzten Nacht durchkauten. Sie sprachen so leise, als fürchteten sie, Annas Totenruhe zu stören.

Mammen drängelte sich an ihnen vorbei und erklärte der Empfangsdame, er sei mit Helen Topher verabredet. Die überaus effiziente Assistentin, ein durch und durch androgynes Wesen namens Lilith, klemmte sich an seine Seite und balancierte auf absurd hohen Stilettos mit ihm in einen kleinen Konferenzraum mit schwarzen Sesseln um einen schwarzen Tisch. Ganz nett, aber nicht besonders schick, nicht exquisit, nicht weitläufig, keine besondere Aussicht. An der Wand, neben einem Plexiglasregal, in dem eine beeindruckende Auswahl internationaler Zeitschriften lag, von *Lilian's Place* und *Elle* bis *Glamour* und *Vogue*, hingen Fotos der wichtigsten Agentur-Models, darunter auch Bilder aus dem Pirelli-Kalender. Mammen bekam keine Gelegenheit, sich an den Bildern sattzusehen, denn kaum hatte er Platz genommen, eilte Helen Topher herein, mit einer großen Mappe unterm Arm.

„Zehn Minuten“, sagte sie und streckte ihm die Hand hin.

„Carole sagte mir ...“, erwiderte Mammen.

„Wenn Sie darüber diskutieren wollen, gehe ich.“

Auf den ersten Blick wirkte Helen Topher auf ihn wie eine Avon-Beraterin, die mit ihrem Musterkoffer an der falschen Tür geklingelt hat. Sie war adrett aber unspektakulär angezogen, ein Durchschnittskostüm von Bloomingdales, dunkelblau, dazu eine rüschenlose weiße Bluse. Die Lippen schlüpfrig rot. An ihrem Handgelenk klimperte ein ordentliches Sortiment goldener Armreifen. Im Widerspruch zu ihrer Figur, die gewöhnlich als reif bezeichnet wird, stand ihre piepsige Stimme.

„Wir sind alle sehr betroffen", sagte sie. „Was für eine schreckliche Sache."

„Ein Schock", erwiderte Mammen und nickte.

Sie legte die Mappe auf den Tisch.

„Das sind Annas Unterlagen. Falls wir etwas brauchen, habe wir es gleich zur Hand."

Langsam breitete sich ihr Parfüm im Raum aus. Es duftete herb nach getrockneten Äpfeln mit einem Unterton von Sägespänen.

„Waren Sie von Anfang an für Anna Hansen zuständig?", fragte Mammen.

„Eine Karriere braucht viel Geduld und Disziplin, da es keine verlässliche Konstante in der Beurteilung eines Models gibt. Ich bekomme jeden Monat ein paar hundert neue Mädchen auf den Tisch, aber nur selten ist eine wie Anna Hansen darunter, eine, die es wert wäre, dass man sich intensiver mit ihr beschäftigt. Wozu ungesunde Selbstüberschätzung die Mädchen treibt, ist schon erstaunlich. Die Mädchen schicken uns Amateurfotos und glauben, das reicht für die Eintrittskarte in den Glamour-Olymp. Wissen Sie, die Modebranche ist eine Eitelkeitsmaschine, sie korrumpiert und trennt die Gesellschaft noch mehr als das Film- und Musikgeschäft, weil sie einer zu neunzig Prozent verarmten Welt zeigt, was sich höchstens sechs Prozent leisten können. Wenn ein Mädchen nicht stark genug ist, geht es daran kaputt, deshalb sehe ich mir jedes Mädchen sehr genau an, das ich vertrete, um mir Gewissheit zu verschaffen, ob sie dem Stress und der Kritik auf Dauer gewachsen ist."

„Kommen wir zu Anna“, sagte Mammen und schaute ungeduldig auf seine Armbanduhr.

„Wir sind schon dabei“, sagte Helen Topher und bedachte ihn mit einem gereizten Blick. „Für mich hat Schönheit wenig mit Äußerlichkeit zu tun. Schönheit ist etwas, das man verkörpert. Perfektion halte ich für vollkommen langweilig und unerotisch. Ein bestimmter Blick kann erotisch sein, eine Geste, eine Stimme, aber nicht unbedingt ein Körperteil. Zuerst suche ich bei einer Novizin immer nach dem spontanen Moment, einem Aufblitzen des Charakters, des Geistes, der Energie. Mir fiel sofort auf, dass Anna eine Menge von alledem besaß.

Manchmal ähnelt unser Geschäft einer lustigen Tombola im Spielsalon. 90-60-90 bedeuten in der Addition nämlich nicht automatisch Reisen, Reichtum, Renommee und Rockstars. Eine bittere Erfahrung, von der besonders die jungen Ostmädchen erzählen können. Viele von ihnen wurden brutal aus ihrem Umfeld gerissen, ohne wirklich eine Chance zu haben, und wenn es auf dem Laufsteg nicht sofort klappt, kommen sie damit nicht zurecht und driften ins Rotlichtmilieu ab. Die irrwitzige Jugend der Models beunruhigt mich mehr und mehr, es sollte mich nicht wundern, wenn glamouröse Namen der Modebranche die Schwelle noch weiter herabsetzen. Der Magerwahn hat sie alle infiziert. Das ist fürchterlich. Models sollten junge Frauen sein aber keine Kinder von zwölf, dreizehn Jahren. In der Agentur diskutieren wir im Moment darüber, ein Mindestalter von sechzehn Jahren festzusetzen, was ich persönliche für eine gute Idee halte. Die Kluft zwischen richtigen Frauen und diesen Kindern ist zu groß geworden. Welche erwachsene Frau will sich denn Kosmetika und Mode von einer Lolita präsentieren lassen? Nehmen Sie mich beim Wort, dieser ganze Widersinn wird sich bald überlebt haben.“

„Und Anna Hansen ...“

„... nahm ich vom ersten Tag an persönlich unter meine Fittiche, ja. Ich erklärte ihr, dass es nicht genüge zu modeln, man müsse sich auch verkaufen können. Mir kam es darauf an, sie nicht zu verheizen, sie sollte Zeit bekommen, um Persönlichkeit, Widerstandskraft und genug Misstrauen zu entwickeln. Es ist für jedes Mädchen ein schmerzhafter Prozess, mit Absagen umzugehen. Wer wieder und wieder weggeschickt wird und das persönlich nimmt, der läuft Gefahr, darüber zu verzweifeln und am Ende aufzugeben. Anna hatte jede Menge Absagen.

Andere Mädchen, die magersüchtig waren, arrogant und völlig mittelmäßig, versuchten, nach der Kiss-And-Tell-Methode Karriere zu machen. Schleppe einen Prominenten ab, gehe mit ihm ins Bett und zerre ihn in die Öffentlichkeit. Das war Anna zu primitiv. Zwar saugte auch sie die Glitzerwelt bereitwillig in sich auf, aber sie wahrte Distanz, als wollte sie sich schon damals vor dem Moment schützen, da der Modebetrieb sie wieder ausspucken würde."

„Sie hat sich also für den schwierigen Weg entschieden", stellte Mammen fest.

„Und für den längeren. Es machte ihr nichts aus. Sie war darauf vorbereitet, nur einfach so dazusitzen wie ein Stillleben, wie eine Blume. Ich versuchte ihr einzubläuen, dass man als Model dreiviertel seiner Zeit damit verbringt, so zu sein, wie andere es von einem erwarten, und es ist ziemlich anstrengend, ständig sexy und schön zu sein, glauben Sie mir. Als Anna merkte, wie schwierig es ist, jeden Tag aufs Neue gegen eine Vielzahl ebenso hübscher Mädchen anzutreten, um einen Job zu ergattern, lauerte hinter jedem ihrer Worte die pure Nervosität. Doch nach außen hin spielte sie in jeder Situation die perfekt Souveräne. Erschwerend kam für sie hinzu, dass sie durchaus Selbstzweifel hegte, was ihr Aussehen betraf. Zum Beispiel hätte sie lieber kleinere Hände gehabt, schönere Haut und wohlgeformte Knie. Karl Lagerfeld hat einmal gesagt, Eitelkeit sei die beste Disziplin. Anna war noch nicht so weit, um daraus einen Nutzen zu ziehen, denn für sie war Eitelkeit ein Fremdwort. Immerhin konnte sie schon nach kurzer Zeit mit ihrem Körper genauso gut formulieren wie mit Worten. Als ein berühmter französischer Taschendesigner in seiner Kolumne schrieb, wenn er eine Frau sein wollte, dann wäre er am liebsten Anna Hansen, konnte nichts mehr schiefgehen. Sie war auf dem Weg, und es tat mit fast ein bisschen leid um sie."

In Anbetracht der knappen Zeit hatte Mammen sie reden lassen und gehofft, sie würde auch ein paar Ecken und Kanten ihres Schützlings zur Sprache bringen, stattdessen bekam er eine hübsch gebügelte Biografie ohne Makel aufgetischt.

„Wussten Sie über Anna Hansen Interesse an Voodoo Bescheid?"

„Jeder braucht ein bisschen Avantgardezeug. Die nächste Frage, bitte."

„Also gut, die Avon-Beraterin nehme ich zurück", sagte Mammen ein bisschen zu laut.

„Wie bitte?"

„Wie hat sich zuletzt die öffentliche Kritik an Anna Hansen und ihrem Lebensstil auf ihre Auftragslage ausgewirkt?"

„Von den Medien wurde vieles falsch dargestellt."

Es klopfte.

Ein glatt rasierter Schädel erschien in der Tür.

„Helen? Es wird Zeit. Die Runde wartet auf dich. Übrigens, Annas Mann hat angerufen. Er ist auf dem Weg nach New York."

„Ist gut, danke. Ich bin hier gleich fertig."

„Wer, glauben Sie, hätte einen Grund gehabt, sie umzubringen?", fragte Mammen.

„Niemand.“

„Hatte sie keine Feinde?“, fragte Mammen.

„Sie hatte viele Neider, aber das ist ja wohl etwas anderes.“

„Kommt darauf an.“

„Auf was?“

„Stimmt es, dass Anna ihre Karriere beenden wollte?“

„Dazu kann ich nichts sagen.“

„Ihre Skandale, besonders der letzte, haben ihr Image erheblich beschädigt.“

„Sie meinen ihre Kritik an den Machenschaften der Kosmetik-Industrie?“

„Ja, auch.“

„Offenbar fühlte sie sich aus irgendeinem Grund berufen, die Bemühungen der Konzerne mit Schmutz zu bewerfen. Nicht, dass mir das persönlich etwas ausgemacht hätte, im Gegenteil, zuerst fand ich es sogar amüsant, als ich las, wie sie in einem Interview loslegte und sagte, lauwarmer Griesbrei sei genauso gut wie das beste Produkt einer sündteuren Edelfirma.“

„Das hat die kaufkräftige Kundschaft bestimmt genauso ungern gehört wie die produzierende Wirtschaft“, sagte Mammen.

„Es war töricht“, sagte Helen Topher. „Unüberlegt. Sie hat wie ein kleines Kind einen Bauklötzchenturm umgestoßen.“

„Warum fing sie plötzlich an, so um sich zu schlagen? Schließlich ist sie doch selbst jahrelang ein Teil dieses Geschäfts gewesen. Sie hat es denen ganz hübsch gegeben, was? Ich zitiere: *Der Effekt vieler Cellulite-Produkte fällt höchstens unter dem Rastertunnelmikroskop auf, aber wer sieht sich ein Frauenbein schon durch ein Mikroskop an*? Mit Desaster, scheint mir, wäre diese eigenwillige Rhetorik für die gesamte Beauty-Industrie wohl noch ziemlich freundlich beschrieben. Oder sehen Sie das anders?“

„Es ist nun einmal so, dass Wirtschaft, Medien und Wissenschaft ein Triumvirat bilden, wenn es darum geht, Schönheit zu verkaufen. Der Eine ist auf den Anderen angewiesen. Ohne die bezahlende Wirtschaft könnte die Wissenschaft nicht forschen, und ohne neue Produkte hätte die Frauenpresse nichts mehr zu drucken. Keine Geschichten, keine Werbung. Die Wirtschaft würde kein Geld mehr verdienen und könnte also auch die Wissenschaft nicht bezahlen. Sobald ein Glied in der sensiblen Kette des Kreislaufs reißt, fällt das ganze Gebilde mit Getöse in sich zusammen."

„Sie hat sich auf offizielle Statements der Firmen berufen, wie sie überall in der Werbung zu lesen waren."

„Was die Sache umso schlimmer machte."

„Ich finde", sagte Mammen, „dass sie ein paar wunderbare Plattitüden aufgegriffen hat."

„Oh ja, unermüdlich suchte sie nach kuriosen Versprechungen und Produktbeschreibungen. *Das Öffnen einer Puderdose, die mit einem gewissen Gewicht in der Hand liegt und sich mit sattem Klang öffnet, zeigt die private Seite einer Frau auf glamouröse Weise* – dieser Slogan ist mein persönlicher Favorit. Er gehört auf den Olymp der dreisten Worthülsen, mit denen die Schönheitsindustrie die weibliche Intelligenz beleidigt. *Unsere Kosmetik steht für Freiheit. Sie schafft Selbstvertrauen.* Was soll man dazu sagen? Ich fing selbst an, auf diesen Unsinn zu achten, und erinnere mich, wie ich eines Tages irgendwo las *Unsere Produkte helfen, eine multikulturelle Welt wahr werden zu lassen.*"

„Ich sehe, Sie sympathisierten mit der Aktion ihrer Anvertrauten."

„Anna Hansen hat nur gesagt, was alle wissen, die etwas von diesem Geschäft verstehen. Den größten Teil dessen, was der Käufer für ein Kosmetikprodukt ausgibt, bezahlt er für die Geschichte dieses Produkts, wie sie ihm Werbung, Marketing und Public Relations aufdrängen. Der Rest geht für den Flakon drauf. Das Parfum selbst kostet nur ein paar Cents. Eine stattliche Summe fließt in hoch glänzende Imagebroschüren, für die sich hoch bezahlte Werbetexter blödsinnige Sätze aus dem Gehirn wringen. Die Frage war nicht, wie weit *würde* sie gehen, sondern wie weit *durfte* sie gehen. Hinter den Kulissen der Konzerne, die jedes Jahr Milliarden Dollar umsetzen, herrschte jedenfalls ein heilloses Durcheinander. Bis dahin hatte sich noch keiner getraut, den kompletten Wirtschaftszweig wie mafiöse Geldeintreiber aussehen zu lassen. Eigentlich blieb denen nur noch, sich ihre Bodylotion in die Haare zu schmieren, Konkurs anzumelden und mit ihren Privatmillionen nach St. Barth abzuzwitschern."

„Hätte es Sie überrascht, von einem plötzlichen Unfall Ihres Schützlings zu hören?"

„Dazu werde ich mich nicht äußern ... Sie haben es gehört, ich muss jetzt gehen. Auf mich wartet eine Menge Arbeit."

Helen Topher stand auf.

„Schreiben Sie etwas Hübsches über unsere Kleine. Sie hat es nicht leicht gehabt."

„Mal sehen", sagte Mammen. „Danke, dass Sie sich die Zeit genommen haben."

Helen Topher segelte vor ihm aus dem Raum und den Gang hinunter zu ihrem nächsten Meeting.

Mit dem Beauty-Thema hatte er einen wunden Punkt getroffen. Die Wunde war groß genug, um ein wenig darin herumzustochern.

3.

Im Modebusiness ist man ständig umgeben von anstrengenden Narzissten. Im Frühling und im Herbst treffen sie sich auf den Prêt-à-Porters in Mailand, Paris, London und New

York, den bedeutendsten Modenschauen der Welt, um nach der Besichtigung der neuen Designer-Kollektionen ihr Befinden mitzuteilen, ob Weiß das neue Schwarz der Saison wird oder umkehrt und warum ein junger Kreativer, der in seiner verschossenen Jeans, den unförmigen Pullis und den plumpen Schuhen wie ein Chemie-Referent aussieht, der Kreativ-König der nächsten Jahre werden wird. Noch nie ist es der Weltbank gelungen, so viel Aufmerksamkeit auf sich zu ziehen, nicht einmal nach einer drastischen Erhöhung der Leitzinsen.

Die Shows der Designer folgen einem bewährten Ritual: Zwanzig Minuten Zirkus im Rampenlicht. Trapez. Die Kür. Donnernder Rhythmus, der das Adrenalin durch die Adern jagt. Rums! Rums! Rums! Laut und nonstop. Exakt ausgerichtete Scheinwerfer. Ein Mädchen nach dem anderen. Ein Entwurf nach dem nächsten.

Kastendenken beherrscht die ganze Branche, und auf den Schauen wird sie sichtbar: Ganz vorn, in der ersten Reihe, sitzt die A-Prominenz: Chefredakteurinnen, Rocksänger, Schauspielerinnen, Einkäufer großer Warenhäuser und Modeketten, Top-Fotografen, Supermodels. Allen anderen Sterblichen bleibt die Frontrow versagt.

Die zweite Reihe ist noch akzeptabel, aber wer in der dritten Reihe sitzt, sitzt in der letzten Reihe und verbirgt sein Gesicht hinter einer großen Sonnenbrille. Die Ausgestoßenen weiter hinten würden sich am liebsten eine Tüte über den Kopf ziehen, um in der Verbannung nicht gesehen zu werden.

Bei Vera Wang, der ersten Show an diesem Tag, saß Charlotte Stegemann in der zweiten Reihe. Vor ihr nahm soeben Anna Piaggi Platz, die exaltierte Modechefin der italienischen *Vogue*. Obwohl sie Zugriff auf die schönsten, teuersten und neusten Modeartikel der Welt hat, erscheint sie auf den Schauen als Harlekin, Papagei oder Teletubbie. An diesem Morgen war sie als Blumenbeet kostümiert.

Ein Skizzenblock lag auf Charlottes Knien. Sie wartete, dass es endlich losging. Verspätungen von zehn bis zwanzig Minuten fallen in den Toleranzbereich, alle wissen das und lassen sich Zeit, aber inzwischen wartete sie schon eine geschlagene Stunde.

Ihr Handy spielte die Anrufmelodie „Pomp & Circumstance“ von Edward Elgar. Es war der Cheflektor des Berliner Hartmann-Verlages. Ob sie sich vorstellen könnte, die Biografie von Anna Hansen zu schreiben, wollte er wissen. Er habe gehört, dass sie mit der Toten von frühester Jugend an befreundet gewesen sei, was dem Projekt zweifellos eine reizvolle Note geben werde, außerdem gefalle ihm der Stil ihrer Schreibe. Sie müsse sich nicht sofort entscheiden, aber vielleicht sei es für sie hilfreich, wenn sie die Konditionen kenne. Er nannte ihr den Umfang, den Ablieferungstermin, der ihr eng, aber nicht unmöglich erschien, und kam dann auf das Honorar zu sprechen. Sie stockte den Vorschuss um 5000 Euro auf, und nachdem sie sich über die wichtigsten Punkte der Zusammenarbeit geeinigt hatten, willigte sie ein, denn die Aufgabe reizte sie. Das Honorar auch.

Auf ihren Block schrieb sie: *30000 Euro*, unterstrich die Summe zwei Mal und schlug eine neue Seite auf.

Die Musik setzte ein. Das Licht ging aus. Die stampfenden Akkorde von „Run DMC“ peitschten über die Köpfe. Laut. Sehr laut. Scheinwerfer flammten auf. Das Defilee begann.

4.

Der Oberstaatsanwalt von New York und seine Entourage kamen fünf Minuten zu spät zur Presskonferenz. Sie brauchten weitere fünf Minuten, um sich an einem langen Tisch vor den Journalisten zu formieren. Jeremy Rifken wirkte geradezu attraktiv in seinem 1 500-Dollar-Anzug. Er war ein alter Hase, mit allen Wassern gewaschen, hager und deutlich kleiner als seine Mitstreiter, die wie er standesgemäß Jackett, dunkle Krawatten und Manschettenknöpfe trugen. Bis auf wenige Ausnahmen kannte Rifken jeden der anwesenden Reporter – und sie kannten ihn. Über die Jahre hatten sie sich in einer einwandfrei funktionierenden Symbiose arrangiert, die aus einem gleichberechtigten Geben und Nehmen gespeist wurde und für beide Seiten kaum noch Überraschungen bot.

Rifken bog das Tischmikrofon näher an sein Gesicht und begann nach einer kurzen Begrüßung, die bisher bekannten Fakten in nüchterner Polizeiprosa aufzuzählen.

„Zurzeit, und ich betone, zurzeit, gibt es keinerlei Indizien für ein Verbrechen. Die Spurensicherung hat die ganze Nacht hindurch gearbeitet und keine Anhaltspunkte für ein Fremdverschulden gefunden. Ich weiß, das wäre ihnen lieber gewesen, aber damit können wir im Augenblick nicht dienen. Durchaus möglich, dass wir später zu einem anderen Ergebnis kommen."

Er trank einen Schluck Wasser. Der Reporter neben Mammen, der sich als Harold Dardis von der *New York Times* vorgestellt hatte, nutzte die Pause:

„Was genau war die Todesursache?"

„Dazu komme ich jetzt."

Rifken setzte das Glas ab.

„Aus den Obduktionsergebnissen, die ich vor einer Stunde bekommen habe, geht hervor, dass Frau Hansens Körper zahlreiche multiple Frakturen aufweist. Das Muster der zerschmetterten Knochen passt zu einem Sturz aus fünfzehn Metern Höhe. Äußerlich gab es keine Anzeichen von Kampfspuren. An den Händen, an den Armen und Beinen sowie in jenen Bereichen, wo der Körper auf die Erde prallte, wurden die üblichen Schürfwunden festgestellt, die als Folge eines solchen Sturzes zu erwarten sind. Die eigentliche Todesursache war ein Riss der Hauptschlagader, die entlang der Wirbelsäule verläuft, mit einer Verblutung in den Brustbereich."

„Wurde Anna Hansen vergewaltigt?", fragte Dardis.

Für einen Moment herrschte absolute Stille. Rifkin räusperte sich.

„Bei der Untersuchung der Genitalien wurden keine Spermien gefunden. Die Säurephosphatbestimmungen, die Rückschlüsse auf einen Geschlechtsverkehr zulassen, waren ebenfalls negativ. Anna Hansen wurde nicht missbraucht."

„Hat sie noch gelebt, als sie gefallen ist?", fragte Mammen, als er das Wort erhielt.

Rifken zögerte und sagte schließlich leise: „Ja, davon gehen wir aus."

„Stand Anna Hansen unter Drogeneinfluss, als es passierte?", fragte Mammen weiter.

„Der toxikologische Befund der Forensiker bestätigt, was wir nach der ersten Untersuchung am Tatort erwartet haben. In ihrem Blut befand sich Kokain, außerdem wurden Antidepressiva in einer nicht unüblichen Menge nachgewiesen. Ansonsten zeigt der Befund keine Auffälligkeiten. In ihrem Nachttisch wurde eine Packung starker Psychopharmaka gefunden, daraus fehlten sieben Tabletten. Auf dem Wohnzimmertisch stellte die Spurensicherung Reste von Kokain und eine 20-Dollar-Note sicher, an der sich ebenfalls Spuren von Kokain befanden. Dass der Fund von Antidepressiva im Zusammenhang mit einem Toten gewöhnlich auf Selbstmord hindeutet, dürfte Ihnen bekannt sein. In den USA nehmen sich jedes Jahr mehr als 30 000 Menschen das Leben, ungefähr ein Drittel von ihnen, seltsamerweise meistens Frauen, entscheidet sich für den Sprung aus dem Fenster. Ein großer Teil der Suizidanten hat vorher jahrelang unter schwersten Depressionen gelitten. Soweit wir wissen, traf das auch auf Anna Hansen zu. Aufgrund der polizeilichen Ermittlungen, der pathologischen Untersuchung und der langen Krankenakte des Opfers halten wir es derzeit für sehr wahrscheinlich, dass Anna Hansen seit Monaten starkem emotionalen Stress ausgesetzt war, der sie am Ende dazu veranlasste, ihrem Leben selbst ein Ende zu setzen."

„Können Sie uns sagen, wer der Haupterbe ihres Vermögens ist?", fragte Dardis.

„Fragen Sie ihren Anwalt", erwiderte Rifkin und erhob sich. „So, Leute, das war's für heute. Wenn es Neuigkeiten gibt, werde ich euch natürlich auf dem Laufenden halten. Vielen Dank."

Rifkin ignorierte die hochschießenden Hände der Journalisten, die ihm weitere Fragen stellen wollten, nahm noch einen Schluck Wasser, wandte den Kopf nach links und rechts, nickte ein paar Mal zufrieden seinen Kollegen zu und verließ den Saal, dicht gefolgt von seinem Tross.

„Wie wär's mit einem Kaffee?", fragte Mammen seinen Kollegen von der *New York Times*. „Würde mich interessieren, was du von der Sache hältst."

Dardis zögerte einen Moment, dann sagte er: „Klar, warum nicht. Zwei Blocks die Straße runter gibt es die besten Pastrami-Sandwiches in der ganzen Gegend."

Sie setzten sich mit ihrem Tablett an einen Tisch im Freien. Es war schwül und diesig geworden, die Sonne brannte vom

Himmel und verlangsamte die Schritte der Passanten zu erschöpfter Schwerfälligkeit. Trotz der Hitze stand eine lange Schlange vor dem Imbiss-Wagen an der Straßenecke, der Hot Dogs und Kebab verkaufte. Der Grill durchsetzte die Luft mit dem Geruch von Zwiebeln und Holzkohle.

„Da ist nicht viel dran", sagte Dardis mit vollem Mund. Mammen überlegte, ob Dardis das Sandwich oder den Fall meinte. „Selbstmord eines Models. Eine nette Geschichte. Die ist schnell geschrieben. Wenn ich Glück habe, geben sie mir zwei Spalten."

Mammen leckte sich einen Klecks Senf aus dem Mundwinkel und sagte. „Selbstmord also?"

„Mein Tipp."

„Kommt darauf an, was sie noch finden."

„Hätte der Staatsanwalt etwas in der Hand gehabt, wäre er damit sofort an die Öffentlichkeit gegangen. Wahrscheinlich hat er sogar gebetet, dass die Sache mehr hergibt. In drei Monaten sind Neuwahlen. Die Publicity, die einen spektakulären Mordfall begleitet, hätte er liebend gern mitgenommen."

„Schreibst du, dass es Selbstmord war?"

„Ich denke schon. Bist du anderer Meinung?"

„Deswegen wollte ich mit dir reden. Im Augenblick kann ich mir noch keinen Reim darauf machen, was ich glauben soll und was nicht. Gestern Abend habe ich Glück gehabt. Am Tatort traf ich zwei von Anna Hansens besten Freunden, und wir plauderten ein bisschen. Von denen glaubt keiner an Selbstmord."

„Sondern?"

„So viele Alternativen gibt es ja wohl nicht."

„Was hast du sonst noch?", fragte Dardis.

„Ihre Agentin. Ich war vorhin bei ihr. Sie hält sich bedeckt und wiegelt ab."

„Kann ich etwas davon haben?“

Mammen schaute auf das Sandwich in seiner Hand, dann sah er Dardis an.

„Keine Bange, ich bin satt. Ich dachte, du könntest mir vielleicht ein paar Informationen überlassen, die du nicht brauchst. Wann erscheint denn das, was du schreibst? Nächste Woche?“

Mammen sah ihn sich genau an. Ein Mann in den Dreißigern, krause, kurze Haare, schwarzer Schnurbart, locker gebundene Krawatte, teure Johnston-&-Murphy-Schuhe.

Dardis hielt seinem Blick stand und lächelte.

„Ich bin in Ordnung, Mann!“, sagte Dardis und wischte sich mit seiner Serviette die Hände ab. „Keine Bange, wir kommen uns schon nicht in die Quere. Ein paar Zitate von Annas Agentin und ein bisschen von dem, was du gestern Abend aufgeschnappt hast, würden meine Geschichte ein bisschen aufmöbeln.“

„Angenommen, wir kommen ins Geschäft“, sagte Mammen. „Was ist für mich drin?“

„Wie wäre es mit ihrem letzten Liebhaber?“

Das ist gut, dachte Mammen, damit kann man arbeiten.

„Zac Stewart?“ fragte er.

„Ich sehe, du bist auf dem Laufenden.“

„War nicht besonders schwierig. Über ihn stand jede Menge in den Clippings, die ich in der letzten Nacht gelesen habe.“

Zac Stewart, Broker, Millionär und Playboy, war ein Streuner in den Salons der Reichen, einer der Männer, die den Hunden Knochen zuwerfen und den Damen Diamanten. Ein Apparatschik der Finanzwelt mit einem winzigen Angeberohrring, der Skrupel für eine russische Währung hält.

„Er passte überhaupt nicht in Anna Hansens Beuteschema“, sagte Dardis. „Zu alt, zu fett, zu konservativ und viel zu steif.

Wenn er einer Frau an seiner Seite überdrüssig ist, lässt er sie fallen, einer von der Sorte ist er. Zac Stewart wollte sich mit Anna schmücken wie mit all seinen anderen Eroberungen, das lag auf der Hand. In der besseren New Yorker Gesellschaft kennt jeder seine Geschichte. 100 Millionen Dollar vom früh verstorbenen Vater geerbt und ab ins Vergnügen. Ich bezweifle, dass er in seinem Leben auch nur einen einzigen Tag gearbeitet hat. Als Phyllis Kane, die bei der *New York Post* für die von allen Stars gefürchtete *Page Six* schreibt, Anna und Zac zusammen in einem Nachtclub sah, backte sie um diese Rosine einen dicken Teig. Angeblich bekam Stewart zehn Minuten lang nicht den Blick aus Annas Dekolleté. Die Geschichte löste eine Welle hysterischer Zeitungsberichte aus. In den nächsten Wochen ließen die Klatschkolumnistinnen-Kobras nichts ungeschrieben, was die beiden in der Öffentlichkeit trieben. Ihr nächtliches Bad am Seaport wurde ebenso ausgeschlachtet wie die Aktion auf der Brooklyn Bridge. Spätabends ließen sie sich von einem Express-Service 100 Pizzen auf die Brücke liefern und bewarfen damit die Touristenboote, die unter der Brücke hindurchfuhren. Dieser Typ, sage ich dir, ist ein unerträgliches Arschloch."

„Hast du mit ihm geredet? Ist das die Gegenleistung?", fragte Mammen.

Dardis schüttelte den Kopf. „Nein, nicht direkt mit ihm. Ich habe Phyllis heute Morgen angerufen, und sie war so freundlich, mir ein paar Geschichten über Anna zu erzählen. Phyllis kennt diesen Zac Stewart, sie ist ihm oft auf Partys und Empfängen begegnet. Wenn du willst, kannst du davon Gebrauch machen. Für mich ist das nichts, zu viel Klatsch, zu wenig Substanz, dafür ist die *Times* nicht das adäquate Medium. Ich erzähle dir, was sie mir erzählt hat, und du machst damit, was du willst."

Dardis zufolge erinnerte sich Phyllis Kane noch gut an eine Brunchparty Anfang des Jahres, zu der Sydney James, Mitinhaber der Werbeagentur James & Kerwine, anlässlich seines 50. Geburtstags eingeladen hatte. Sie wurde Zeuge, wie Anna Hansen als Letzte erschien, beinahe zwei Stunden zu spät, die Augen vom fehlenden Schlaf rot gerändert. Ihre grauen Wangen und die Augen verliehen ihr nicht gerade ein gewinnendes Aussehen. Sie wirkte völlig abwesend. Die grauen Wangen füllten sich erst wieder mit Blut, nachdem sie einen doppelten Wodka mit Red Bull getrunken hatte. Sofort bat sie um einen zweiten Drink, aber Sydney James fand, für zwei Uhr mittags sei das vielleicht etwas früh. Er sagte ihr, wie er darüber dachte, und dass sie furchtbar aussähe, es sei an der Zeit, zwei Gänge runterzuschalten, doch Anna machte sich nichts daraus.

– Ein wahrer Freund sieht einen so, wie man wirklich ist, sagte sie, stand auf und mixte sich selbst einen Wodka. – Sydney, weißt du noch, wie ich bin?

– Das versuche ich gerade herauszufinden, aber was ich sehe, gefällt mir nicht.

– Wie charmant. Komm, tanz mit mir.

Sie stellte ihr Glas ab. Es war leer. Sie nahm seine Hand und zog ihn vom Sofa. Sie fanden eine freie Stelle und drehten sich langsam zu einem Stück von Diana Ross. Anna redete unentwegt auf ihn ein. Jeder Satz eine Entschuldigung für ihr Verhalten und zugleich der Vorwurf, dass er ihren Freund Zac Stewart nicht zu der Party eingeladen hatte.

– Ich hab ihn gern! Warum willst du das nicht begreifen?, sagte sie.

So ging es weiter und weiter in den Nachmittag hinein. Drei Cocktails später verlor sie beim Reden den roten Faden. Bevor sie Schaden anrichten konnte, bestellte Sidney James ein Taxi und brachte sie nach draußen. Sie ließ es geschehen.

– Nicht böse sein, ja, Sidney?, sagte sie und stieg in das wartende Auto. – Ich kann nichts dagegen tun. Es passiert einfach. Weißt du, was ich bin? Ich bin eine schwarze Sonne, das bin ich. Ist das nicht komisch, eine schwarze Sonne?

Harold Dardis sagte, Phyllis Kane habe nicht verstehen können, warum Anna ausgerechnet auf diesen Zac Stewart reingefallen sei. Er habe ein Gesicht wie ein Bidet, seine Nase sei platt geschlagen und sein Haar trete bereits den Rückzug an. Sie selbst hätte ihn nicht mal mit einer Kneifzange angefasst.

Phyllis Kane sollte auch diejenige sein, die in der *New York Post* wenige Monate später als Erste das Ende der Beziehung bekannt gab.

Es passierte im „Balthazar's", einem französischen Restaurant in SoHo, das überwiegend von Prominenten und Touristen auf der Suche nach der Nähe dieser Prominenten besucht wird.

Anna hatte sich für den Abend hübsch gemacht: Weiße Perlenkette, weiße Haarspange, weiße Jacke, schwarze Samthose, schwarze Sonnenbrille, ein Hauch von Make-up. Nachdem sie ihre Bestellung aufgegeben hatten, begannen sie zu streiten, zuerst leise, mit kleinen und größer werdenden Gestern, dann immer lauter.

Plötzlich stand Stewart auf. Er knüllte seine Serviette zusammen und brüllte, dass jeder an den Tischen in ihrer Nähe es hören konnte.

– Weißt du, was dein Problem ist? Du bist das Problem! Warum bleibst du nicht einfach zu Hause, wenn dich alles so ankotzt? Du behandelst mich wie einen Idioten. Die Kohle darf ich raushauen für dich, dafür bin ich gut genug. Aber sonst? Was noch? Dir fällt nichts ein, richtig? Mir reicht es! Ich habe genug von dir und deinen Launen. Habe ich dir schon gesagt, dass mir dein deutscher Akzent vom ersten Tag auf die Nerven gegangen ist?

Er warf seine Beschimpfungen wie Steine nach ihr. Ein kräftiger Schluck Martini half Anna, dass seine Stimme sie nicht mehr erreichte. Seelenruhig stellte sie das Glas ab und lutschte die Olive von dem Plastikpiekser, während er vor ihr herumturnte.

Sie sagte: – Wenn jemand einen Akzent hat, Zac, bedeutet das, er spricht eine Sprache mehr als du.

Sie schaute nicht einmal auf, als sie das sagte. Es war ihr egal.

Und damit war es vorbei. Freunden erzählte sie später, es sei natürlich ihre Schuld gewesen. Sie habe wieder einmal bloß eine Rechnung bezahlt, und eine ganze Menge Rechnungen seien noch offen.

Als Harold Dardis seine Geschichte über Zac Stewart, Phyllis Kane und Anna beendet hatte, tauschten Mammen und er die Handy-Nummern aus, und Mammen erzählte ihm die Details der Gespräche, die er selbst geführt hatte. Dardis war hocherfreut. Mammen war es auch.

„Es wird Zeit für mich", sagte Mammen. Ihm blieben noch vier Stunden, um die erste Folge seiner Serie abzuliefern. Bevor er mit dem Schreiben beginnen konnte, musste er jedoch den Recherchebericht von Vanessa von Samson lesen. Das wird knapp, dachte er.

5.

Tonye Kountché war fast am Ziel. Er musste das Foto finden, genauer gesagt, den Abzug des Fotos, den einzigen, der überhaupt existierte. Das Negativ hatte er bereits an sich gebracht. Er ahnte, bei wem der Abzug sein könnte.

Die Zeit lief gegen ihn. Jede Stunde, jeder Tag erhöhte die Wahrscheinlichkeit, dass der Abzug in die falschen Hände gelangte. Die falschen Hände, das waren die Hände der Polizei.

Um das Schlimmste zu verhindern, hatte er eine weite Reise auf sich genommen, die ganze Strecke im Auto, denn die Fracht, die er transportierte, hatte es ihm unmöglich gemacht, das Flugzeug zu nehmen.

Kountché fuhr seinen Wagen in die Tiefgarage am Grammercy Park, holte seine Fracht aus dem Kofferraum und machte sich auf den Weg zu seinem Klienten, eine Bezeichnung, der nach seiner Definition eine besondere Bedeutung zufiel.

Die kräftige Gestalt Kountchés steckte in einem maßgeschneiderten, eleganten Anzug. Das weiße Hemd und die rot gemusterte Krawatte taten ein Übriges, um ihn auf den ersten und zweiten Blick wie einen alerten Geschäftsmann erscheinen zu lassen, als jemanden, dem man bereitwillig die Tür öffnet, ohne darüber nachzudenken.

Seine kurzen lockigen Haare, schwarz wie seine Haut, schwarz wie seine Augen, drangen bis zur ersten Stirnfalte vor. Über der Nasenwurzel wuchsen zwei wildbuschige Augenbrauen zusammen und teilten das Gesicht in zwei ungleiche Hälften.

Selbstverständlich hatte sich Kountché über seinen Klienten und dessen Gewohnheiten eingehend informiert. So wusste er, dass der Mann Eric Pigani hieß, ein bekannter Make-up-Artist war und einen eigenen Salon auf der Madison Avenue betrieb. Zu seinen Kunden gehörten vorzugsweise die Park-Avenue-Prinzessinnen und Perlen-Gattinnen, die reichen Mädchen und Frauen der Upper East Side, die dem Irrtum unterliegen, mit einem berühmten Visagisten und dem richtigen Gesichtspeeling ließen sich alle Schönheitsprobleme lösen. Auch die Redaktionen vieler Fashion-Magazine versicherten sich seiner Dienste, weshalb er häufig zu Modeproduktionen auf Reisen war. Doch Kountché wusste bereits, er würde an diesem Tag zu Hause sein.

Eric Pigani wohnte in einem Duplex-Studio um die Ecke vom Grammercy-Park-Hotel. Dem Doorman des teuren Apartmenthauses sagte Kountché, er sei Piganis Vermögensberater und mit ihm verabredet. Nein, gab Kountché dem Mann zu verstehen, es wäre nicht nötig, ihn anzumelden, er habe soeben mit seinem Klienten telefoniert, dieser erwarte ihn bereits. Er sei ohnehin spät dran, und die Geschäfte duldeten keinen Aufschub.

Der Doorman warf einen Blick auf den ledernen Pilotenkoffer, in dem Kountché seine Fracht beförderte. Offenbar signalisierte ihm die Anwesenheit des Koffers Kompetenz und Vertrauenswürdigkeit, denn er nickte zum Fahrstuhl hinüber und setzte ein verständnisvolles Lächeln auf.

„Dritter Stock", sagte Kountché und zwinkerte ihm zu. „Ich weiß Bescheid."

An der Tür des Apartments klingelte er. Einen Augenblick später sah er, wie ihn jemand durch den Türspion musterte. Dann wurde die Tür geöffnet.

„Guten Abend", sagte Kountché und fügte seinen Worten eine angedeutete Verbeugung hinzu.

„Ich komme im Auftrag von Mrs. Maggie Carter, mit der ich nachher eine Verabredung habe. Maggie lässt Sie herzlich grüßen. Sie fährt morgen mit meiner Frau und mir für zwei Wochen nach Miami und bat mich, ihr drei große Gläser des Gesichtstees aus Ihrem Sortiment mitzubringen, außerdem würde sie gern eine Monatspackung Age Fitness Power in Anspruch nehmen. Darf ich näher treten?"

Eric Pigani zögerte einen Moment, da aber Maggie Carter, eine liebenswürdige und steinreiche Witwe, seit Jahren zu seinen besten Kundinnen zählte, sah er keinen Grund, sich ihrem Wunsch zu widersetzen, schließlich wusste sie, wie viele andere auch, dass er in der Wohnung ein kleines Lager seiner eigenen Produkt-Serie führte, die er für Notfälle wie diesen stets bereithielt.

Als sich die Tür hinter Kountché schloss, war dieser bereit, seinen eigenen Geschäften nachzugehen. Er konnte sicher sein, dass er bei der Ausübung seiner subtilen Arbeit nicht gestört werden würde.

„Bitte, mein Freund, setzen Sie sich", sagte er zu Pigani. Pigani sah irritiert auf.

„Wie bitte?"

Kountché legte warnend den Finger an den Mund.

„Ich sagte, ich würde es begrüßen, wenn Sie Platz nehmen. Ich habe ein paar Fragen an Sie. Bitte, machen Sie mir keine Schwierigkeiten."

Kountché zog zwei Latexhandschuhe aus der Jackentasche und streifte den ersten Handschuh langsam über die linke Hand.

Pigani wich einen Schritt zurück und starrte über die Schulter seines Besuchers auf den Alarmknopf neben der Tür.

„Aber, aber! Ich versichere Ihnen, es gibt keinen Grund zur Besorgnis. Alles, was ich möchte, sind ein paar Informationen."

„Hören Sie, wenn Sie nicht sofort meine Wohnung verlassen, alarmiere ich den Wachdienst."

Pigani, einen ganzen Kopf kleiner und gut 50 Kilo leichter als sein unheimlicher Besucher, pumpte sich einen verzweifelten Moment lang auf wie ein afrikanischer Ochsenfrosch bei der Brautwerbung. Dann fiel ihm sein Mut vor die Füße, und er trat einen weiteren Schritt zurück.

„Warum dieser Ton, mein Freund? Was habe ich Ihnen getan?", fragte Kountché und folgte ihm langsam.

Seine italienischen Slipper schlurften über den Teppichboden. „Wollen wir uns nicht unnötige Mühsal ersparen? Glauben Sie mir, ich verstehe mich darauf zu bekommen, was ich will. Akzeptieren Sie das einfach. Je eher Sie das tun, desto schneller bringen wir es hinter uns, und die Zeit, um es gelinde zu sagen, drängt. Bitte, setzen Sie sich!"

„Ich will ..." stammelte Pigani, stieß, weiter zurückweichend, gegen einen Sessel und sank hinein.

„Bedauerlicherweise", sagte der Schwarze mit nachsichtiger Stimme, „müssen wir im Augenblick ignorieren, was Sie wollen."

Aus der Innentasche seines Sakkos holte er ein grobkörniges Foto hervor und hielt es Pigani, der sich wie gelähmt in die Polster drückte, dicht vor die Nase.

„Sie kennen dieses Foto?"

Pigani schüttelte den Kopf.

„Ich weiß nur, wann es aufgenommen wurde", sagte er.

„Gut", sagte Kountché zufrieden. „Ich sehe, wir sind auf einem guten Weg. Wenn Sie mir verraten, mein lieber Freund, in wessen Händen sich der einzige noch existierende Abzug dieses Fotos befindet, werde ich Sie sofort verlassen."

Pigani erinnerte sich an die Nacht, in der das Foto gemacht worden war. Er kannte auch die Personen auf dem Bild, jede einzelne. Es waren keine guten Erinnerungen.

„Woher wissen Sie, dass es einen Abzug davon gibt?", fragte er.

„Aus einer zuverlässigen Quelle, genügt Ihnen das?"

„Nein."

„Schade! Ich dachte, wir verstehen uns. Sie hätten darüber nachdenken können, mein Freund, wenigstens das."

Mit einer blitzartigen Bewegung, die nicht zu der äußerlichen Schwerfälligkeit seines Körpers passte, riss Kountché die Arme seines Gastgebers hoch und wand sie ihm nach kurzer Gegenwehr auf den Rücken, presste sie gegeneinander und umwickelte die Handgelenke mit Klebeband. Dann packte er Piganis Beine, stemmte sie nebeneinander auf den Boden und zog das Klebeband dicht um die Knöcheln herum fest.

„Sehe ich wie jemand aus, der sich gern wiederholt?", fragte er brüsk. „Ab hier bewegen wir uns auf dünnem Eis."

Seine Stirn umwölkte sich. Kountchés Hand verschwand im Pilotenkoffer. Als er seine Hand wieder herauszog, hielt er einen Kugelknebel in der Hand, wie er im Reigen sadomasochistischer Sexspiele verwendet wird. Weißer Ball, rote Riemen. Er legte den Knebel neben Piganis Füße.

Als Nächstes holte er einen schwarzer Müllsack aus dem Koffer. Der Sack, oder besser gesagt das, was sich darin befand, schien zu leben. Der Sack bewegte sich.

„Wer hat den Abzug?", fragte Kountché drohend. So wenig, wie er dabei die Lippen bewegte, hätte man aus größerer Entfernung kaum erkennen können, dass er überhaupt etwas sagte.

„Wer von den Leuten auf diesem Foto weiß, wo sich der Abzug befindet? Ist er hier? In dieser Wohnung? Haben Sie ihn? Wer hat ihn? Haben Sie ihn? Reden Sie mit mir, Mann! Wer?"

Seine Worte purzelten in aufgeregter Erwartung übereinander. Er wurde lauter.

Pigani zitterte. „Ich weiß es nicht. Ich habe keine Ahnung, wovon Sie reden. Ich bin dabei gewesen, ja. Ich kenne die Leute. Was wollen Sie wissen? Ihre Namen? Ich kann Ihnen die Namen sagen."

„Pahhh!" Das Wort knallte wie ein Peitschenhieb. „Die Namen kenne ich längst. Alles, was mich interessiert, ist der Abzug. In Anbetracht Ihrer Situation sollten Sie mir etwas mehr anbieten."

Zum ersten Mal stieg seine gewählte Sprache zu schriller Tonlage auf, und, als bedauere er diese Entgleisung, fügte er schmeichelnd hinzu: „Bitte, mein lieber Freund, helfen Sie mir."

„Ich habe keine verdammte Scheißahnung, was Sie von mir wollen", schrie Pigani.

Hinter diesem Aufschrei steckte die Verzweifelung desjenigen, der weiß, dass er nichts weiß, und der zugleich weiß, dass er dafür bezahlen muss.

Kountché gestattete sich eine Art verachtungsvolles Schmunzeln.

„Offen gesagt, habe ich befürchtet, dass Kooperation nicht zu Ihren Stärken gehört, deshalb habe ich ein paar Freunde mitgebracht", sagte Kountché. „Sie werden dafür sorgen, dass die Wahrheit ihren Weg zu mir findet. Können Sie mir folgen? Ich denke, Sie brauchen ein wenig mehr Ermunterung."

In einer fließenden Bewegung verschwand seine Hand in dem Müllsack und tauchte als Faust wieder auf. Als er die Faust öffnete, sah Pigani sechs Ameisen auf der ausgestreckten Handfläche krabbeln.

„Rote Feuerameisen", erklärte Kountché ruhig. „Possierliche Tierchen, nicht wahr? Ich hoffe für Sie, mein lieber Freund, dass Sie nicht zu den Menschen gehören, die allergisch auf ihren Stachel reagieren. Der Giftcocktail aus Alkaloiden führt manchmal zu einem anaphylaktischen Schock. Die Haut wird leuchtend rot und bildet rote Pusteln. Rote Feuerameisen sind äußerst zäh und widerstandsfähig. Man hat bereits 4000 Chemikalien an ihnen ausprobiert, aber sie haben alles überlebt. Unter bestimmten Umständen führt die Begegnung mit Tausenden dieser Kreaturen zuverlässig zum Tod. Würden Sie mir zustimmen, wenn ich behaupte, dass ein solcher Zustand im Augenblick vorliegt? Also zum letzten Mal: Wer hat den Abzug?"

Pigani schüttelte den Kopf, in seinen Augen stand schieres Entsetzen.

„Ich weiß es nicht“, stammelte er und warf seinem Peiniger einen trotzigen Blick zu. „Bei mir werden Sie nichts finden.“

„Schon wieder die falsche Antwort.“

Kountchés gebieterische Stimme füllte den Raum. Sein Gesicht verzerrte sich vor Zorn.

„Und wie soll es Ihrer Meinung jetzt nach weitergehen? Ich habe den Eindruck, Sie gehören zu den Leuten, deren Halsstarrigkeit immer im ungünstigsten Moment durchbricht. Nehmen Sie sich ein bisschen Zeit zum Nachdenken. Ich kann Sie auf meine Weise dabei vielleicht ein wenig unterstützen. Ich spendiere Ihnen ein Beispiel aus meinem unerschöpflichen Vorrat an Überzeugungskraft.“

Er packte Piganis Unterkiefer. Sehr dunkel lag seine Hand ein paar Sekunden lang auf Piganis weißer Haut, während er ihm ins Ohr flüsterte: „Höre das Flattern mitternächtlicher Flügel, das Laufen des Waldlandheeres. Höre das Klirren von tapferen Seelen im Namen des Herrn der Jagd. Höre den Schritt der schrecklichen Hunde. Höre wie, wie Guym ap Nudd die offene Lichtung im Wald betritt.“

Mit kräftigem Ruck riss er Piganis Kiefer nach unten und setzte mit der anderen Hand die Ameisen in den offenen Mund, griff nach dem Knebel, stopfte den roten Ball zwischen Piganis Zähne und zurrte den Riemen hinter seinem Kopf fest.

„Besser, Sie schlucken sie nicht hinunter, das mögen meine kleinen Freunde nämlich nicht“, sagte er mit einem missvergnügten Stirnrunzeln.

Dann schnitt er zwei Klebestreifen von der Rolle, zog Piganis Augenlider hoch und klebte sie ihm an der Stirn fest. Erneut tauchte seine Hand in die Tüte, diesmal holte er eine halbe Handvoll Ameisen daraus hervor und setzte sie Pigani ins Gesicht. Sofort suchten sie den Weg zur ungeschützten Hornhaut.

Dann schob er mit geschickter Hand zwei Ameisen in jedes Nasenloch seines Opfers. Merkwürdigerweise bewegten sie sich nach innen, zur Stirnhöhle, und nicht, wie man hätte vermuten können, nach außen.

Pigani bekam kaum noch Luft. Er fühlte die Bisse und Stiche in seiner Nase, in seinem Mund, in seinem Hals. Es brannte höllisch. Wie flüssige Lava. Ein Glutstrom, der sich auf seinen Schleimhäuten ausbreitete. In ihrem Überlebenskampf stachen und bissen die Ameisen um sich. Er wand sich in seinem Schmerz und in seiner Verzweiflung und wusste nicht, was schlimmer war.

Kountché löste den Knebel.

„Also, mein lieber Freund? Was haben Sie mir zu sagen?“

Mehr als ein Röcheln brachte Pigani nicht zustande. Das Röcheln verklang zu schwachem Gewimmer.

Kountchés Tonlage änderte sich jäh.

„Noch einmal von vorn. Sind sie erquickt? Bereit für die nächste Runde? Vielleicht siegt die Vernunft ja doch noch“, beharrte er. „Ich gebe Ihnen mein Wort, in wenigen Minuten werden Sie mir eine erbauliche Geschichte erzählen.“

Er schloss den Mundriemen wieder und wandte sich um. Es sah aus, als würde er gehen. Pigani durchflutete eine Welle der Erleichterung.

Die erste Ameise erreichte seine Augen und tat sich an der Hornhaut gütlich. Für einen Moment war er abgelenkt. Ein Schatten flog auf ihn zu. Kountchés Faust krachte gegen seine Stirn. Durch die Wucht des Aufpralls wurde sein Kopf nach hinten gerissen. Im Reflex schluckte er, die Ameisen rutschten in seine Kehle und begannen ihre Arbeit.

„Eins-a-Proteine“, sagte Kountché. „Kleiner Scherz am Rande.“

Gequält stöhnte Pigani auf und warf sich im Sessel herum, um die Ameisen abzuschütteln, die sich in seine Augen verbissen. Unmittelbar vor ihm hob Kountché den Müllsack hoch.

Noch einmal löste Kountché den Knebel. Ein durchdringendes Bellen und Keuchen entrang sich Piganis Kehle.

„Wer zum Teufel hat das Bild?", brüllte Kountché.

Außer einem gequälten Husten und Stöhnen bekam er keine Antwort.

„Na schön, da Sie mir Ihre Dienste verweigern, werde ich Sie nun verlassen. Meine Freunde werden Ihnen jedoch Gesellschaft leisten, wenn Sie nichts dagegen haben."

Er legte die Tüte neben Piganis Füße und zog die Öffnung weit auseinander.

„Ich habe sie nicht gezählt, aber ein paar Tausend dürften es wohl sein. Leben Sie wohl, mein lieber Freund. Au revoir."

Vorsichtig suchten die ersten Ameisen ihren Weg in die Freiheit. Nach ein paar Sekunden hatten sie sich an das Licht gewöhnt und schwärmten aus. Eine dunkle Woge, die in Piganis Hosenbeinen verschwand.

6.

Im Hotel fand Mammen auf seinem Laptop drei neue Mails vor, darunter auch Vanessa von Samsons Protokoll des Gesprächs mit Annas Mutter. Es umfasste zehn eng beschriebene Seiten mit vielen Rechtschreibfehlern.

Greta Hansen hatte über ihre Tochter gesagt: – Ein bisschen Disziplin und Ordnung hätten Anna die Stabilität für ein angenehmes Leben geben können, aber sie widersetzte sich schon als Kind meinen Anweisungen und Vorstellungen von

Pflicht und Gehorsam. Ich wollte nicht, dass Anna endet wie ihr Vater. Ich schickte sie zum Klavierunterricht, zum Computerkurs, zum Ballett und legte Wert darauf, dass sie Sport treibt, wenigstens einmal in der Woche. Andere Eltern muten ihren Kindern diese Dinge auch zu, ohne dass es Geschrei gibt. Aber was macht dieses Mädchen? Wirft alles hin, von einem Tag auf den anderen. Ihr widerspenstiger Eigensinn und mein permanenter Druck bescherten uns beiden ein paar hässliche gemeinsame Jahre, das gebe ich zu. Was ihren Tod angeht, mache ich Vorwürfe allein der Scheinwelt, die Anna so zugerichtet hat, aber ganz sicher nicht mir. Auf keinen Fall!

Mammen kam zu einer längeren Passage, in der sich Greta Hansen zur Kindheit ihrer Tochter äußert.

– Anna wollte nie ein niedliches Mädchen sein, das mit Puppen spielt, weil sie das ganz einfach nicht war. Einmal schenkte ich ihr zu Weihnachten zwei Barbie-Puppen mit vielen Kleidern und Accessoires. Sie spielte nur am Heiligabend mit ihnen. Noch bevor das Jahr zu Ende ging, fand ich die Puppen im Müll.

Mein Mann war für Anna all das, was ich nicht war: geduldig, nachsichtig, liebevoll, aufmerksam. Kinder haben dafür einen sechsten Sinn. Mir fiel hingegen die Aufgabe zu, die strenge Mutter zu sein, die sie brauchte. Jemanden, der ihr nicht alles durchgehen ließ und sie zu Moral und beharrlicher Arbeit anhielt. Ich betrachtete es als meine Pflicht, Anna auf das Leben vorzubereiten, das ihr Vater so verachtete und an dem er schließlich zerbrach. Sobald sie sich mal wieder etwas zu leidenschaftlich für nichtsnutzige Dinge begeisterte, holte ich sie schnell wieder zurück auf den Boden der Tatsachen. Genug der Euphorie! Jetzt fangen wir mal das Denken an.

Mammen erfuhr, dass Annas Vater als junger Mann eine kleine Musikzeitschrift gegründet hatte, den *Shaker*. Das Blatt lief zunächst ganz passabel, die Auflage stieg stetig, und ein paar Anzeigen kamen auch rein. In den folgenden Jahren drängten jedoch immer neue Konkurrenzblätter auf den Markt. Der *Shaker* geriet in wirtschaftliche Turbulenzen, und Joachim Hansen blieb nichts anderes übrig, als das Blatt für einen Spottpreis an einen Großverlag zu verkaufen.

Davon hatte er sich nie mehr erholt.

Er glitt in eine schwere Depression. Sein Arzt verschrieb ihm Psychopharmaka und schickte ihn zu einer Therapeutin. Es half nichts. Trotz Schlaftabletten schlief er nachts kaum länger als zwei, höchstens drei Stunden und wurde schwächer und schwächer, bis er irgendwann alle Tabletten nahm und sie ins Klo spülte.

Er versuchte, wieder auf die Beine zu kommen. Schrieb für ein paar Musikblätter und das *Hamburger Abendblatt*, aber das Geld, von dem die Familie lebte, verdiente seine Frau. Damals besaßen sie noch nicht viel, deshalb wuchs in Joachim Hansen eine tiefe Angst vor der Armut.

Sein Lebensrhythmus veränderte sich, er schlief bis zum Mittag, ging zwei Stunden spazieren und zog sich nach dem Abendessen in sein Arbeitszimmer zurück, wo er die Nacht verbrachte. Mit Beethoven und Mozart. Selten ging er vor fünf Uhr früh zu Bett.

Hinter der abgeschlossenen Tür hörte man das Geklapper seiner alten Schreibmaschine. Wenn Anna morgens, bevor sie zur Schule ging, in das Zimmer ging, fand sie manchmal eine leere Whiskey-Flasche im Papierkorb.

– Wenn er wieder einmal getrunken hatte, sagte Greta Hansen, – und wir in Streit gerieten, versuchte Anna zu schlichten. Sofort war sie zur Stelle. Sie konnte es nicht ertragen, wenn wir uns anschrieen. Eines Tages schrieb mein Mann die Geschichten von Polly Pony, die phantastischen Abenteuer einer kleinen Märchenfigur, die er für Anna erfunden hatte.

Das Manuskript schickte er an einen bekannten Kinderbuchverlag. Es wurde angenommen.

Die vierzehn Bücher über Polly gehörten zu den erfolgreichsten seiner insgesamt 26 Kinderbücher. Die Faszination geheimnisvoller Welten hinter einem Schleier, den man nur beiseite ziehen musste, und diese Welten und die Wesen darin würden lebendig werden, schlug Anna früh in ihren Bann. Ihr Vater hatte sie beizeiten dafür begeistert. Nicht zufällig entwickelte sie eine Neigung zu Mythen und Märchen, Esoterik und theologischen Schriften. Ständig suchte sie nach neuem Lesestoff, um ihren Wissensdurst zu stillen.

– Eines Tages, Anna war gerade zwölf geworden, kam mein Mann von einem Arzttermin nach Hause. Er hatte Speicheldrüsenkrebs. Drei Monate später war er tot. Zu seiner Beerdigung kamen sechs Hamburger Schulklassen, kleine Kinder, die seine Bücher liebten. Einige weinten. Anna weinte nicht. Sie stand vor dem Grab und sagte:

– Leb wohl, Paps! Du brauchst nicht mehr zu kämpften. Jetzt bist du in Sicherheit.

Mammen übersprang einige Seiten.

Das Erscheinen eines Schwarzen Hundes brachte Annas Leben zum zweiten Mal durcheinander.

– Es geschah in einer Gewitternacht im Hochsommer, berichtete Greta Hansen. – Gewöhnlich stand sie bei einem Gewitter auf und schaltete den Fernseher im Wohnzimmer ein um sich abzulenken. Doch in dieser Nacht blieb alles ruhig. Plötzlich stand sie vor meinem Bett und zupfte am Ärmel meines Nachthemds. Ich knipste das Licht an. Die Haare klebten an ihrem Kopf, ihr Schlafanzug war durch und durch nass geschwitzt. Ich fragte sie, was passiert sei.

– Ein Hund, sagte sie. – Da ist ein Hund in meinem Zimmer. Er beobachtet mich. Ein schwarzer Hund mit roten Augen.

Ich versuchte, sie zu beruhigen.

– Du hast geträumt. Hier gibt es keinen Hund. Geh wieder ins Bett und schlaf weiter. Morgen früh wirst du dich an nichts mehr erinnern.

– Ich kann nicht, erwiderte Anna und rührte sich nicht von der Stelle. – Ich weiß, dass er da ist. Er verfolgt mich, die ganze Zeit. Ich habe Angst, dass er mich holt. Bitte, bring mich weg von hier!

Ihr Gesicht glühte. Ich hielt ihre Hand, sie war heiß. Ihre Stirn auch. Was ich auch sagte, sie ließ sich nicht beruhigen. In panischer Angst drehte sie ihren Kopf mal in die eine, mal in die andere Richtung, ohne sich ganz umzudrehen.

– Er versteckt sich vor uns, flüsterte sie.

– Also gut, sagte ich, – fahren wir ins Krankenhaus. Bist du einverstanden?

Anna nickte.

Ich wollte durch die Vordertür hinaus zur Garage, aber sie hielt mich zurück.

– Nein, nicht da! Dort wartet er auf mich. Wir müssen hintenrum gehen.

Sie legte ihre flache Hand auf die Tür und ließ sie über das Holz wandern.

– Er folgt meiner Hand, sagte sie. – Ich kann ihn spüren. Er ist auf der anderen Seite.

Anna stand unter Schock, das war offensichtlich, sagte Greta Hansen. – Irgendetwas musste passiert sein. Wir verließen das Haus durch die Hintertür und stiegen in den Wagen. Anna kauerte auf dem Beifahrersitz. Ihr ganzer Körper signalisierte Anspannung. Während der Fahrt hob sie gelegentlich den Kopf und schaute aus dem Fenster. Ich versuchte, sie zu beruhigen, aber jedes Wort von mir schien ihre Panik nur noch zu steigern.

Das Wartezimmer der Ambulanz in der Klinik war leer. Inzwischen war es sechs Uhr morgens. Das Gewitter hatte sich verzogen. Hinter dem Fenster ging die Sonne auf.

Nach der Untersuchung sagte der Arzt, Anna mache auf ihn einen sehr instabilen Eindruck. Die körperlichen Symptome deuteten auf einen Schock hin, dem möglicherweise eine psychosomatische Ursache zu Grunde liege. Auf jeden Fall wollte er Anna dabehalten.

Als ich am nächsten Tag in die Klinik kam, um meine Tochter zu besuchen, begegnete ich auf dem Gang dem Arzt, der Anna aufgenommen hatte. Er sagte, sein Anfangsverdacht habe sich bestätigt. Es sei eine leichte Lungenentzündung, nichts Dramatisches, in ein paar Tagen werde sie wieder völlig wiederhergestellt sein. Durch das Fieber komme es manchmal zu Halluzinationen, das sei offenbar in der letzten Nacht bei Anna der Fall gewesen.

– Lass uns nie wieder davon sprechen, sagte Anna, als ich ihr erklärte, was mit ihr los war.

Daran haben wir uns gehalten, sagte Greta Hansen. Woher sollte ich wissen, dass dies ein schrecklicher Fehler war?

Drei aufgerauchte Gitanes lagen im Aschenbecher, als Mammen mit Vanessa von Samsons Protokoll endlich durch war. Seine eigenen Notizen lagen in einem kleinen Stapel neben dem Schreibblock. Er kaute an seinem Bleistift und sah auf die Uhr. Ihm blieben drei Stunden, um seine Geschichte zu schreiben und abzuschicken. Er holte sich ein Bud Light aus der Mini-Bar und schob sich eine frische Zigarette zwischen die Lippen.

Ein Königreich für den ersten Satz, dachte Mammen. Originell muss er sein. Schnell und zündend. Rein ins Thema, dachte er. Das Lasso, das den Leser fängt. Ohne Schnörkel. Bums und los. Und dann ab durch die Mitte.

Er drückte den Bleistift auf das Papier und schrieb:
Sie fiel.

7.

Es war für Charlotte Stegemann nicht schwierig gewesen, die Adresse von Professor Dominique Prouvost herauszubekommen. Er war inzwischen im Ruhestand und wohnte mit seiner Frau und einer mexikanischen Haushälterin in einem kleinen Stadthaus in der 72nd Street, einen Block vom Ralph-Lauren-Store entfernt. Charlotte Stegemann kam direkt von einer Schau und schritt in gelben Highheels die ausgetretenen Stufen hinauf. Das Gespräch mit dem Mann, der als ausgewiesener Experte auf dem Gebiet der Naturreligionen und speziell des Voodoo galt und jahrzehntelang an der Columbia Universität unterrichtet hatte, war der erste Recherchetermin für ihr Buch über Anna Hansen. Selbst ihr ärgster Rivale um exklusive Fakten, Mike Mammen, würde eine Weile brauchen, um Prouvost aufzuspüren. Sie genoss den Vorteil zu wissen, dass es Prouvost überhaupt gab. Anna Hansen und der Professor hatten sich regelmäßig getroffen, um sich über das sie beide verbindende Thema Voodoo auszutauschen.

Charlotte erwartete, einen distinguierten Herren in einem Tweedjacket anzutreffen, mit sauber gestutztem Bart und einer kalten Pfeife in der Hand. Deshalb war sie überrascht, als ihr ein Mann in Jeans und einem darüberhängenden indischen Folklorehemd die Tür öffnete. An den Füßen trug er schwarze Flip-Flops. Seine vollen schwarzen mit braunen Schlieren durchsetzten Haare waren nach hinten gekämmt. Einzig die Falten um Augen und Mund signalisierten, wie alt er tatsächlich war..

Prouvost bat sie herein und geleitete sie in seine Bibliothek im ersten Stock.

„Haben Sie schon zu Mittag gegessen?", fragte er.

„Juanita könnte uns rasch ein paar Nachos mit Salsa herrichten. Sie schmecken großartig. Juanita ist ein Schatz, eine wahre Meisterin der mexikanischen Küche. Oder hätten Sie lieber frische Fajitas mit Hühnchenfleisch? Vielleicht Burritos? Kein Problem. Sagen Sie einfach, was Sie möchten, und Sie werden es bekommen."

Er breitete einladend die Arme aus, was ein bisschen zu theatralisch wirkte, jedenfalls für einen Mann seines Alters und seiner Profession. So wie er dasaß, breitbeinig und tief in den Sessel gerutscht, machte er auf Charlotte eher den Eindruck eines spätpubertären Flegels als den des mit Fachwissen vollgestopften Spezialisten, der als Gastredner auf Kongressen und Tagungen auf der ganzen Welt einen ausgezeichneten Ruf genoss.

Juanita, eine rundliche Frau mit einem gewinnenden Lächeln, das nie nachgab, nahm ihre Wünsche entgegen. Fajitas, Salat und Gemüse.

„Zum Aufwärmen einen Tequila?", fragte Prouvost. „Danach redet es sich leichter. Sie sagten am Telefon, Sie seien Anna Hansens beste Freundin gewesen?"

Der Blick seiner blauen Augen, ohne Anzeichen eines Blinzelns, bereitete Charlotte ein ungutes Gefühl. Sein Körper war von robuster Gestalt und schien so ganz im Gegensatz zu seinem tatsächlichen Alter zu stehen.

„Ich bin Ihnen äußerst dankbar, dass Sie mir Ihre Zeit widmen, Herr Professor", erwiderte sie. „Wie ich Ihnen bereits sagte, hat man mich beauftragt, eine Biografie über Anna Hansen zu schreiben. Anna und ich haben uns seit der Kindheit nie aus den Augen verloren."

Sie erzählte Prouvost von den einträglichen Modenschauen. Er musste lachen. Ein überraschend junges, helles Lachen.

„Anna hat mir von Ihnen erzählt, Professor. Jetzt würde es mir sehr helfen, wenn Sie mir von Anna erzählten. Sie hätte bestimmt nichts dagegen gehabt."

Seine Augen verengten sich. Die Pause, die er durch sein Schweigen provozierte, verunsicherte Charlotte.

„Wer sagt mir, dass ich Ihnen vertrauen kann?", fragte er, ohne den Blick abzuwenden.

„Das haben Sie bereits getan, als Sie meiner Bitte um ein Gespräch nachgekommen sind", entgegnete Charlotte. Nur mit Mühe hielt sie seinem Blick stand.

„Touché!" Wieder dieses junge, helle Lachen. „Was möchten Sie wissen?"

„Wie haben Sie Anna kennen gelernt? Worüber haben Sie mit ihr gesprochen? Haben Sie gemeinsam Rituale durchgeführt? Wenn ja, welche? Gibt es in New York eine Gemeinde, deren Mitglieder ihr Leben dem Voodoo verschrieben haben? Hat New York eine Voodoo-Kultur?"

Die Fragen sprudelten aus ihr heraus. Sie konnte nichts dagegen tun. Ihre Amateurhaftigkeit machte sie lächerlich, und sie wusste es.

„Gibt es eine Reihefolge, in der Sie Ihre Fragen beantwortet haben möchten?", fragte Prouvost belustigt.

„Verzeihen Sie, das war wohl etwas hitzig."

Provoust schmunzelte nachsichtig.

„Voodoo ist Magie. Magie ist Kunst. Und Kunst ist menschlich. Die Welt des Voodoo verführt wie eine schöne Frau. Manchmal bedarf es nur weniger Schritte, um in diese andere Welt zu gelangen. Als Anna schon eine Zeitlang in New York lebte, las sie in der Book Review der *New York Times* eine Besprechung meines neuen Buches ‚Occult Research Crime' und suchte mich auf. Oh ja, sie war sehr neugierig, was die Geheimnisse des Voodoo betraf. Die Welt der Götter, Engel und Dämonen war ihr vertraut. Sie verfügte über außergewöhnliche Kenntnisse der Loas, deren Dynastien und Sippen sie eingehend studierte. Ihre Energie und ihr Wissen haben mich außerordentlich beeindruckt. Ich fragte sie, ob sie eine Lieblingsgöttin unter all den Göttern habe. Sie erzählte mir von Erzulie. Eine gute Wahl, wie ich fand, denn Erzulie ist die wichtigste weibliche Wesenheit im Voodoo-Kult. Ein wunderbarer Name für eine Göttin, wenn man sich's überlegt. Sie weiß genau, was sie will. Erzulie verkörpert die Liebe, den Flirt, die hemmungslose Hingabe und einen luxuriösen Lebensstil, aber über alles liebt sie den Tanz. Auf ihrem Weg hinterlässt sie reihenweise gebrochene Männerherzen. Dass sie den Prostituierten auch als Schutzpatronin dient, ist ihrem Ruf keineswegs abträglich."

Während er sprach, machte er auf Charlotte, die fleißig Notizen schrieb, um ihn nicht ansehen zu müssen, den Eindruck eines Mediums, das jedes Wort tief aus seinem Inneren hervorholt.

„Wenn Erzulie während einer Anrufungszeremonie erscheint, erwählt sie sich meistens den Körper einer der anwesenden Frauen, aber es kommt durchaus vor, dass sie in ihrem Rausch auch Männer besetzt. Unfehlbar aber tritt irgendwann der Moment ein, da sie sich in untröstlicher Verzweiflung verzerrt. Sie fühlt sich betrogen und verraten von ihren Liebhabern, und auf einmal wird aus der Liebesgöttin eine Jammerprinzessin. Sturzbäche von Tränen strömen aus ihren Augen. Sie ballt die Hände zu Fäusten und presst Lippen und Lider zu einer Maske grauenvoller Wut zusammen. Verstehen Sie, Charlotte? Diese Frau hat Anna sich zur Göttin erwählt."

„Gab es dafür einen Grund?"

„Ich glaube schon, aber es ist mir nie gelungen, ihn zu erfahren."

„Wie muss sich ein Laie die Anrufung Erzulies vorstellen?"

„Wie bei vielen Voodoo-Ritualen, so fließt auch dabei Blut im Tempel. Die Christen geben sich mit Symbolen zufrieden, wie Wein, der Blut darstellt. Bei den Tieropfern einer Voodoo-Gemeinde aber fließt *wirklich* Blut. Wenn wir dies aus der Sicht der zivilisierten Welt betrachten, liegt es nahe, Voodoo als heidnischen Brauch zu verdammen. Aber diese Herablassung ist unangebracht. Denken Sie nur daran, dass auch das Christentum in römischer Zeit bloß eine Kopie der mithräischen Religion gewesen ist, die noch lange Zeit nach Christi Geburt weit verbreitet war. Das Christentum hat sich aus dem einst einflussreichen Mithraskult vieler Versatzstücke bedient, zum Beispiel den sich opfernden Heilsbringer und dessen prophezeite Wiederauferstehung. Dieses Motiv prägte auch die Lehre des indoiranischen Lichtgottes Mithras, dessen mystischer Kult sich von Persien über Rom bis nach Germanien und Britannien verbreitete.

Die Bibel selbst steckt voller Passagen über Opfergaben, die dem Voodoo sehr ähnlich sind. An einer Stelle heißt es zum Beispiel:

Und der Priester soll das eine Lamm nehmen und zum Schuldopfer darbringen mit dem Becher Öl und soll beides vor dem Herrn als Schwingopfer schwingen und danach das Lamm schlachten, wo man das Sündopfer und Brandopfer schlachtet, nämlich an heiliger Stätte; denn wie das Sündopfer, so gehört auch das Schuldopfer dem Priester; es ist ein Hochheiliges. Und der Priester soll von dem Blut des Schuldopfers nehmen und es dem, der sich reinigt, auf das Läppchen des rechten Ohres tun und auf den Daumen seiner rechten Hand und auf die große Zehe seines rechten Fußes."

Wie eine leise Melodie flossen Prouvosts Worte. Charlotte verspürte keinen Drang, ihn zu unterbrechen.

„Wer nicht weiß, dass diese Sätze aus dem Alten Testament stammen, könnte meinen, sie beschrieben das Ritual einer Voodoo-Zeremonie. Tatsächlich stehen sie jedoch im dritten Buch Mose. Auch an anderen Stellen findet man in der Heiligen Schrift solche Beschreibungen. Langweile ich Sie mit meinen Ausführungen? Sehen Sie, diese kleine Exkursion habe ich zum besseren Verständnis eingefügt, denn aus Unwissenheit beten wir nur zu gerne nach, was uns die Weltreligionen als ihre reine Lehre anpreisen. Dabei sind in der Regel sie selbst es, die nur entstehen konnten, weil sie auf Bestehendes aufbauten und durch geschickte Traditionspflege ihre Herkunft überdeckten und verschönerten. Synkretistische Religionen wie Voodoo sind dagegen in der Substanz zu jung, zu wenig siegreich oder zu undogmatisch, um sich auf einer breiteren Basis durchzusetzen."

„Können Sie mir etwas darüber erzählen, wo die Ursprünge des Voodoo-Kults liegen?"

Sogleich war Charlotte sich bewusst, dass es sich wie eine Verlegenheitsfrage anhörte, aber Prouvost ging darauf ein.

„Seine Ursprünge liegen in den altafrikanischen Königreichen Dahomé und Yoruba im Westen des Kontinents, daher stammt auch die Bezeichnung Voodoo. In der Fon-Sprache in Benin, wo sie heute noch gebräuchlich ist, sprach – und spricht – man vom Vodun, was so viel wie Gottheit bedeutet. Jedes Dorf, jedes Fürstentum, jede Sippe verfügt über einen Ehrfurcht gebietenden Stammbaum von Vodun, die in komplexen, oft nächte- und tagelang dauernden Zeremonien angerufen werden. Ursprünglich opferten die Priester dabei nicht nur Hühner und Ziegen."

„Sondern auch Menschen?"

„Gerüchte, dass diese Praxis bis in die heutige Zeit gepflegt wird, halten sich hartnäckig, aber für die Existenz dieser sehr archaischen Form des Voodoo gibt es kaum Beweise. Anderseits muss ich gestehen, dass meine Kollegen und ich gelegentlich von Menschenopfern hören. In der Regel erreichen uns diese Nachrichten aus Haiti, aber ähnliche Vorkommnisse werden uns auch aus dem amerikanischen Süden gemeldet, selbstverständlich nur als vager Verdacht. In den alten Sklavenstaaten lebt der Voodookult bis heute fort, was nicht gerade Begeisterung bei den konservativen Religionsgemeinschaften hervorruft. Soweit ich weiß, bieten zu allem bereite Voodoo-Priester auch in Amsterdam, London, Paris und Berlin ihre Dienste an. Je radikaler der Kult ausgeübt wird, desto tiefer taucht er in den Untergrund ab, um unentdeckt zu bleiben für die Ungläubigen."

Juanita trug das Tablett mit der Mahlzeit herein und stellte es auf dem Tisch ab.

„Bitte, lassen Sie es sich schmecken", sagte Prouvost und griff nach seinem Besteck. „Sie kommen in den Genuss original südmexikanischer Küche. Davon werden Sie träumen, das verspreche ich Ihnen."

Er steckte sich den ersten Bissen in den Mund, und noch während er kaute, sprach er weiter:

„In der westlichen Gesellschaft breitet sich Voodoo mit einer Geschwindigkeit aus, die nur mit dem Siegeszug von Kabbala, Yoga, Qi Gong, Ayurveda und Feng Shui vergleichbar ist. Voodoo-Anhänger behaupten, ihre Religion zähle weltweit inzwischen mehr als 50 Millionen Mitglieder. Zwar liegt meine persönliche Schätzung deutlich niedriger, doch sicher ist, dass ihre Zahl ständig steigt. Die Entwicklung überrascht mich nicht, denn die Menschen in den Industrieländern sind übersättigt von politischen Ideologien und atheistischen Weltbildern. Im Voodoo entdecken sie eine archaische Dimension der Spiritualität, die ihnen Vertrauen einflößt."

Charlotte sah ihn ausdruckslos an. Sie hatte ihr Essen noch nicht angerührt.

„Habe ich Sie erschreckt? Bitte verzeihen Sie mir, aber ich habe so selten die Möglichkeit, über meine Passion zu sprechen. Es ist nun mal so, Voodoo weckt in uns die Vorstellung von Verwünschungen und Todeszauber, von ekstatischen Ritualen. Wenn Sie mich fragen, ist es eine gute Sache, dass die Wünsche und Erwartungen der Menschen auf die Schultern mehrerer Götter verteilt werden, denn wie soll ein einzelner diese Bürde tragen? Anna interessierte sich für diese Details. Es gab Zeiten, da trafen wir uns regelmäßig. Natürlich fragte ich sie, ob sie selbst die Riten praktiziere, und wenn ja, zu welchen Anlässen, aber darüber wollte sie nicht reden."

„Was hat es mit den geheimnisvollen Zombies auf sich, Herr Professor? Existieren sie wirklich, oder sind sie nur die Ausgeburten von Romanschriftstellern und Drehbuchautoren?"

„Der Ausdruck *Zombie* kommt aus dem Kongolesischen und bedeutet versklavter Geist. Der Bokor, das ist ein Schwarzmagier, besitzt spirituelle Kräfte, die ihn in die Lage versetzen, andere Menschen leiden zu lassen, sogar bis zum Tod, wenn dies von einem Auftraggeber gewünscht wird. Er kennt und beherrscht alle Gifte. Er ist der Einzige, der einen Zombie erschaffen kann. Nur der Bokor weiß um ein spezielles Gift, das die Lebensfunktionen eines Menschen so weit lähmt, dass der beste Arzt den Tod feststellen würde. Tetradotoxin heißt dieses Gift. Es ist 1 000 Mal wirksamer als Zyankali. Entdeckt hat es der amerikanische Biologe Wade Davis vom Botanischen Museum der Harvard University, der den Zombie-Geschichten mit wissenschaftlicher Methodik nachging. In Haiti suchte er nach Menschen, die durch Voodoo-Zauber willenlos geworden waren. Davis hörte von dem mysteriösen Gift, das die Priester verwenden, um den Zombie-Zustand herbeizuführen. Nach

Monaten gelang es ihm, das Vertrauen einheimischer Voodoo-Anhänger zu gewinnen. Mit ihrer Hilfe fand er einen solchen Zombie, eine Frau mittleren Alters, die im Norden des Landes lebte. Er entnahm ihr Blut- und Gewebeproben, die er in Amerika untersuchte. Er wies zwei Gifte im Körper der Frau nach. Das eine war Tetradotoxin, das Gift des Kugelfisches, dessen tödliche Dosis zehn Milligramm pro Kilo Körpergewicht beträgt. Das zweite Gift, das er lokalisierte, war eine Flüssigkeit, die ein starkes Anästhetikum und Halluzinogen enthielt und von den Hautdrüsen der äußerst giftigen Aga-Kröte abgesondert wird. Seine Erkenntnisse veröffentlichte er in seinem Buch ‚The Serpent and the Rainbow'.

Der Tote, also der spätere Zombie, wird bestattet und noch in derselben Nacht vom Bokor und seinen Helfern wieder ausgegraben. Mit einem Gegengift erweckt der Bokor ihn wieder zum Leben, doch das Nervensystem des Opfers ist durch das Gift bereits so schwer geschädigt, das es ohne Widerstand alles mit sich geschehen lässt. Diese unglücklichen Menschen werden dann als Sklaven gehalten, weit weg von ihren Familien, damit niemand sie je wiedersieht. In Haiti, wo der überwiegende Teil der Bevölkerung dem Kult anhängt, sind Zombies allgegenwärtig. Jeder glaubt an sie, jeder hat Angst vor ihnen. Aber noch mehr Angst hat jeder davor, eines Tages selbst zu einem Zombie zu werden.

Die Voodoo-Praktiken auf Haiti gelten als besonders kraftvoll, denn die dort üblichen tagelangen Zeremonien ermöglichen angeblich einen engeren Kontakt mit den Göttern. Deswegen wollte auch Anna nach Haiti, aber die unsichere politische Lage hielt sie Gott sei Dank davon ab. Stattdessen suchte sie andere Gegenden auf, die ihr ähnlich intensive Begegnungen ermöglichten."

„Welche Gegenden waren das?", wollte Charlotte wissen.

„Meines Wissens beschränkten sich ihre Erfahrungen auf die Vereinigten Staaten. Auf jeden Fall ist sie in New Orleans und in Savannah gewesen, möglicherweise war sie auch noch woanders, aber davon hat sie mir nichts erzählt.

Was in New Orleans stattfindet, ist übrigens kein Hollywood-Voodoo, auch wenn man als Tourist diesen Eindruck haben könnte. Klar, da bieten Gray Line Tours auch Schabernack-Voodoo für teures Geld an, aber was in New Orleans inoffiziell geboten wird, übersteigt die Vorstellungskraft eines Christen. Voodoo hat eine lange Tradition in dieser Stadt. Man sagt, 15 Prozent der Menschen, die in New Orleans leben, praktizieren Voodoo regelmäßig. Bei 300 000 Einwohnern ist das netto eine ganze Menge. Im Vieux Carré, dem französischen Viertel, findet man heute zehnmal leichter einen Voodoo-Shop als ein öffentliches Telefon, aber diese Läden sind für Touristen da. Kein Einheimischer käme jemals auf die Idee, sich dort blicken zu lassen. Kennen Sie Louis Armstrong?"

„Ich mag seine Musik", antwortete Charlotte.

„Bevor Armstrong mit seiner Trompete in Chicago Karriere machte, fuhr er jeden Tag Ziegelstaub aus im Nuttenviertel Storyville. Die Frauen schrubbten mit Urin ihre Türschwellen und streuten den Ziegelstaub auf die Bürgersteige, weil es Glück bringen sollte.

Wer an die Kraft der Spiritualität glaubt und in der Stadt ist, pilgert zum Grab von Marie Laveau. Ihr Grab gehört mit einer Million Besuchern im Jahr zu den am meisten besuchten Gräbern in ganz Amerika. Anna hat mir erzählt, dass sie dort gewesen ist. In unserer zivilisierten Welt trifft man nicht alle Tage aufgeklärte Menschen wie sie, die sich mit Naturreligionen auseinandersetzen.

In den Nachrichten heißt es, man habe in Annas Hosentasche einen Haifischzahn und einen Stein gefunden. Ich hege den Verdacht, dass es sich um zwei Wangas handeln könnte, die von einem Bokor mit magischen Formeln für einen Schadenszauber besprochen worden sind. So etwas kommt vor. Für ein Wanga wählt der Bokor in der Regel einen harmlos aussehenden Gegenstand, zum Beispiel ein Trinkglas, einen Splitter, eine Nadel – oder eben einen spitzen Zahn oder Stein. Wenn das Opfer sich daran schneidet, können Krankheit und Tod die Folge sein. Für Menschen, die solche Dinge als Aberglaube abtun, mag das ungewöhnlich klingen, vielleicht sogar lächerlich, aber für Eingeweihte, die sich damit auskennen, ist dies eine ernsthafte Angelegenheit. Ich kann nur davor warnen, die Zauber des Voodoo auf eigene Faust auszuprobieren. Es verbergen sich darin enorme Energien, die von einem Laien nicht kontrollierbar sind. Manche lassen sich darauf ein, ohne zu wissen, dass sie ein Tor in eine fremde Welt aufstoßen, deren Bräuche und Gesetze ihnen früher oder später Alpträume verursachen werden."

„Wann ist Anna zuletzt bei Ihnen gewesen, Herr Professor?"

„Vor ungefähr einer Woche."

„Was hat sie gewollt?"

„Ich sollte mir ein Bild ansehen."

„Hat sie das Bild bei sich gehabt?", fragte Charlotte.

„Ja, selbstverständlich."

„Sie haben es gesehen?"

„Es war in einem Umschlag."

„Ja, und?"

„Sie überlegte es sich anders und zeigte mir das Bild dann doch nicht. Es sei ein Problem aufgetreten, das sie nicht bedacht habe, sagte sie, aus diesem Grund sei es ihr unmöglich. Es blieb bei einer unserer angenehmen Plauderstunden, dabei fiel mir allerdings auf, dass sie überhaupt nicht bei der Sache war."

„Hat sie das Bild später noch einmal erwähnt?“

„Vierundzwanzig Stunden vor ihrem Unfall rief sie mich an, aber ich war nicht zu Hause, deshalb sprach sie auf meinen Anrufbeantworter. Sie sagte, es gehe um das Foto. Ob ich Zeit hätte, vielleicht doch einen Blick darauf zu werfen. Aber dazu kam es nicht mehr, denn ich kehrte erst gestern Abend von einem Vortrag in Cambridge zurück.“

„Haben Sie eine Ahnung, wo dieses Foto sein könnte?“

„Warum möchten Sie das wissen?“

„Möglicherweise gibt es einen Zusammenhang zwischen dem Bild und ihrem Tod.“

„Diese Vermutung habe ich gegenüber der Polizei auch geäußert.“

„Der Polizei?“

„Ich rief sie an, als ich von Annas Tod erfuhr, und erzählte ihnen von dem Foto. Ich hielt das für meine Pflicht. Ist Ihnen nicht gut? Sie sehen auf einmal so blass aus.“

Charlotte lächelte verlegen.

„Es sind die Fajitas. Sie zerreißen mir die Eingeweide. Ich bin derart scharfes Essen nicht gewöhnt.“

„Verstehe“, sagte der Professor. „Juanita macht sich manchmal einen kleinen Scherz und würzt ihre Gerichte mit Tabasco extra kräftig nach. Ich muss zugeben, es war heute etwas arg.“

„Würden Sie mich benachrichtigen, wenn Sie etwas über den Verbleib des Bildes erfahren?“

„Weshalb sind Sie an diesem Bild interessiert? Sie wissen mehr darüber, als sie mir sagen wollen“, stellte der Professor fest.

„Ach“, erwiderte Charlotte leichthin und stand auf, „vergessen wir doch das Foto. Für meine Biografie ist es sowieso nicht von Bedeutung.“

„Verzeihen Sie, aber da habe ich einen ganz anderen Eindruck“, sagte Prouvost und schaute sie herausfordernd an.

„Ich danke Ihnen jedenfalls für Ihre unschätzbaren Informationen“, sagte Charlotte und verabschiedete sich. Sie hatte es eilig. Bevor sie zu den Schauen im Bryant Park zurückkehrte, musste sie noch einen weiteren Besuch machen.

8.

Seit geraumer Zeit überflog das Flugzeug wieder Festland. Auf dem Bildschirm über seinem Sitz konnte Uli Remstedt lesen, dass sich die Maschine ihrem Ziel mit einer Geschwindigkeit von 950 Stundenkilometern näherte. Bis New York waren es noch anderthalb Stunden, demnach mussten sie sich irgendwo nördlich von Boston befinden.

Remstedt saß am Fenster über dem linken Flügel. Der Platz neben ihm war leer geblieben, dort lagen sein Laptop, ein Buch von Bruce Chatwin und seine Sonnenbrille.

Um sich abzulenken, hatte er versucht, er an seinem Remarque-Drehbuch zu arbeiten. Doch nach kurzer Zeit gab er es auf, weil der Konflikt zwischen Remarque und Paulette Goddard über den künftigen Wohnsitz des jungen Ehepaares, Lago Maggiore oder Hollywood, kein Konflikt war, sondern eine lächerliche Abfolge von Plattitüden und sinnlosen Wiederholungen. Die Sequenz war nur zu retten, indem er sie löschte und von vorn anfing.

Er lehnte sich zurück, schloss die Augen und versuchte, sich auf das Skript und seine Schwierigkeiten zu konzentrieren, doch schon nach wenigen Sekunden schweiften seine Gedanken ab zu Anna, die in einem Kühlfach der New Yorker Gerichtsmedizin lag und darauf wartete, dass er zu ihr kam, um sie zu sehen, ein letztes Mal.

Beim ersten Mal war sie zu ihm gekommen.

Eine Sommerparty an der Elbe. Mit ein paar Freunden feierten sie auf der Terrasse einer Villa den sechzehnten Geburtstag eines Freundes, dessen Eltern das Anwesen gehörte. Ein großer Garten senkte sich zum Flussufer hinab. Es war warm, die Sterne glühten am Himmel, Grillen zirpten. Es wurde gespielt und viel getrunken.

Remstedt hatte aus der Bar seines Vaters eine Flasche Tequila mitgebracht. Geklaut. Er trank schnell und viel, und ein paar Biere taten das Übrige. Der Alkohol benebelte seinen Kopf und drehte ihm den Magen um. Mit einer letzten Willensanstrengung schaffte er es zum Wasser. Er steckte sich einen Finger in den Hals, um das Bier und den Tequila wieder loszuwerden, aber außer einem erbärmlichen Röcheln brachte er nichts zustande. Er schwitzte und sank nach zwei weiteren vergeblichen Versuchen, bei denen er sich den Finger fast zum Kehlkopf in die Speisröhre rammte, erschöpft ins Gras und schloss die Augen.

Nach einer Weile hörte er Schritte. Jemand setzte sich neben ihn auf den Rasen. Eine Hand strich ihm die verschwitzten Haare aus dem Gesicht, streichelte ihm über die Wangen. Er ließ die Augen zu, weil er annahm, es sei Silke, in memoriam alter Zeiten. Als er etwas sagen wollte, fühlte er, wie sich ein Finger auf seine Lippen legte. Dieser Finger roch anders als Silkes Finger.

– Schschschsch. Nicht jetzt. Wir haben so lange darauf gewartet, und dies ist der Moment, auf den wir gewartet haben.

Annas Stimme schien von weit her zu kommen. Ohne Eile ertasteten ihre Finger seine Stirn, fuhren über seinen Hals und strichen über seine Augenlider. Ihre Finger waren weich und warm. Er spürte ihren Atem in seinem Gesicht und ließ seine Augen geschlossen, da er befürchtete, er träume vielleicht nur.

Nach einer Weile nahm er ihre Hand und zog Anna behutsam zu sich herab. Sie legte sich auf seinen Körper, ihre Lippen berührten einander. Nur ein Hauch, winzig kurz. Sie rollte von ihm hinunter und presste seine Hand gegen ihre Brust. Ihr Atem ging schnell.

– Wie laut es schlägt, sagte sie. – Könntest du also bitte damit aufhören? So ungefähr in siebzig Jahren?

Alles schien Remstedt so perfekt, als wäre es von einer höheren Instanz für diesen Moment vorbereitet worden, in einer natürlichen Folge von Ereignissen, die einander bedingten.

Was dann geschah, war, ja, was war es? *Warm!* Es war eindeutig *warm,* so hatte Remstedt es empfunden. Selbstverständlich. Unwiderruflich. Zauberhaft. Und *warm.*

– Siebzig Jahre sind entschieden zu wenig, sagte er zu ihr, als sie sich in den Armen hielten und eng aneinander schmiegten. Ich bin eher für die Zeit, die ein Vogel braucht, der mit einem seidenen Band im Schnabel über den Gipfel des Mount Everest streicht, um den Berg bis zum Meeresspiegel abzutragen.

– Das ist immerhin ein Anfang, entgegnete Anna zufrieden.

– Ja, wenn du nämlich noch mehr haben willst, dann kannst du's kriegen, das steht mal fest, sagte Remstedt.

– Deine Haut duftet, sagte sie und schnüffelte an seinem Hals.

– Wonach denn?

– Banane.

– Was?

– Ja.

Ihre Zunge fuhr an seinem Hals entlang, leckte über die Brust, über die kleine Kuhle, wo der Bauch beginnt, und über den Bauchnabel.

– Banane?, fragte er.

– Vielleicht Birne. Es schmeckt gut.

– Jetzt möchte ich *dich* schmecken, sagte er.

Von diesem Abend an waren sie ein Paar, ein sehr, sehr glückliches Paar.

– Haben wir eine Chance?, fragte Anna leise, als sie Hand in Hand zum Haus zurückgingen.

– Möchtest du das denn?

– Was ist mit dir?

– Du hast mich verhext, sagte Remstedt.

– Nur ein bisschen, erwiderte Anna und lächelte.

In den Wochen und Monaten, die darauf folgten, waren sie nur dann ungestört, wenn Annas Mutter auf eine Dienstreise musste und über Nacht fortblieb. Anna taufte diese Abende „unsere perfekte Stunde“ und entwickelte eine unglaubliche Phantasie und Raffinesse, um alles für ein romantisches Rendezvous zu arrangieren.

Sie gab den Abenden Namen wie „Chinesisches Intermezzo“, „Oper Italiana“ „Havanna“ oder „Paris Pigalle“. Jedes Detail wurde dem jeweiligen Thema untergeordnet. In der „West Coast Night“ lief Musik von den Beach Boys und den Eagles. Es gab Maiskolben und Steaks. Der Tisch war mit Sand und Palmen und Steinen dekoriert, sogar kalifornischen Weißwein besorgte sie.

An einem solchen Abend kam sie aus der Küche, trocknete ihre Hände an einer viel zu großen Schürze ab und schenkte Rotwein in zwei Gläser.

Sie sagte: – Die böse feindliche Welt bleibt jetzt für eine Weile draußen.

Nachdem sie sich den Film „Der letzte Taikun“ mit Robert De Niro angesehen und miteinander geschlafen hatten, flüsterte Anna ihm ins Ohr:

– Irgendwann möchte ich ein Kind von dir. Versprich es mir!

Remstedt erschrak nicht einmal, als sie das sagte. Anna zuliebe gab er sogar das Kiffen auf und beließ es auf Partys und in der Diskothek bei ein paar Bieren. Sie waren glücklich, und so hätte es bleiben können, doch das Schicksal hatte andere Pläne mit ihnen.

Annas siebzehnter Geburtstag wurde zum Wendepunkt. An diesem Tag musste Remstedt mit seinen Eltern zur Hochzeit einer Cousine nach Osnabrück. Selbstverständlich hätte er lieber mit Anna gefeiert, aber seine Eltern bestanden darauf.

Hoch hergegangen ist es auf Annas Party. Sie hatte die ganze Clique eingeladen. Mit Strohhalmen wurde Erdbeerbowle aus einem Plastikeimer getrunken, der mit Eis und Rotwein und frischen Erdbeeren so lange aufgefüllt wurde, bis alle betrunken waren. Anna auch. Die Party kam in Fahrt. Stundenlang wurde getanzt, Karaoke gesungen und gespielt. Wer verlor, musste einen Doppelkorn trinken. Anna verlor oft.

Morgens um Drei gingen ihre Gäste nach Hause, nur Silke Steinhoff und Harald Blanken blieben da, um beim Aufräumen zu helfen.

Blanken legte „Je t'aime“ auf und drehte ein paar übermütige Runden mit Silke, anschließend forderte er Anna auf, die kaum noch stehen konnte.

Später erinnerte sich Silke Steinhoff an den Abend wie folgt:

– Als das Lied vorbei war, setzten wir Anna in einen Sessel und machten noch ein bisschen sauber. Ich musste dann los, weil mein Bus fuhr. Harald Blanken sagte, er werde Anna auf ihr Zimmer bringen.

Am nächsten Morgen rief Anna mich an. Sie heulte Rotz und Wasser und konnte kaum sprechen. Ich fuhr sofort zu ihr und fand sie in ihrem Bett, ein Häufchen Elend, den Kopf in den Kissen vergraben. Wenn ich versuchte, mit ihr zu reden und sie zu beruhigen, schluchzte sie nur umso lauter. Schließlich drehte sie sich zu mir herum, leichenblass, mit rot geheulten Augen.

Es sei nur deshalb passiert, weil sie betrunken gewesen sei, sagte sie. Auf einmal sei er über ihr gewesen und habe sie geküsst.

Ja, sie habe es schön gefunden, dass sei ja das Schlimme daran. Aber mehr hätte sie nie zugelassen, sie liebe doch Uli und hätte ihm das nie angetan.

Ich stellte schließlich die Frage, auf die es meiner Meinung nach ankam: – Hat er dich ... du weißt schon ... hat er dich ... vergewaltigt?

– Ich ... das weiß ich nicht ... ich glaube schon, aber ich kann mich nicht daran erinnern.

– Hat er? Ja oder Nein? Dazwischen gibt es nichts.

– Aber ich weiß es doch nicht. Mein Gefühl sagt mir, dass er es getan hat.

– Ist dir klar, was passiert, wenn du dabei bleibst? Du musst ihn anzeigen.

– Was soll ich denn sagen?

– Die Wahrheit.

– Aber ich erinnere mich doch nicht.

– Woher willst du es dann wissen?

– Weil es weh tut.

Ich fuhr zu Harald und stellte ihn zur Rede. Ich wollte auch seine Version hören, um mir ein Bild zu machen.

Er wurde sofort wütend und brüllte mich an, als ich ihn mit Annas Geschichte konfrontierte.

– Glaubst du wirklich, ich wäre dazu imstande? Anna hat es gewollt. Sie hat es *gewollt*, verstehst du? Als ich sie aufs Bett legte, schlang sie plötzlich ihre Arme um meinen Hals und sagte, ich soll es mit ihr machen.

– Und du Idiot hast gleich die Hose runtergelassen. Sie war doch völlig daneben, das hat jeder gesehen.

– Besinnungslos war sie jedenfalls nicht. Ein bisschen sehr blau, ja, aber es hat ihr Spaß gemacht, frag sie doch selbst.

Ich kehrte zu Anna zurück und wir besprachen, was zu tun sei. Wir waren beide der Meinung, dass der Schritt in die Öffentlichkeit schwierig werden würde und vielleicht mit schrecklichen Konsequenzen verbunden wäre. Ich versicherte ihr, niemandem ein Sterbenswort von dieser Nacht zu erzählen, auch Uli nicht, und Harald Blanken würde sowieso den Mund halten. Aber davon wollte sie nichts wissen. Sie war außer sich vor Wut. Vor Wut auf ihn, aber noch mehr vor Wut auf sich selbst.

Dann kam Uli aus Osnabrück zurück. Ich ließ die beiden allein.

Eine Stunde später stand er bei uns vor der Tür, am Boden zerstört, und erzählte, was Anna zu ihm gesagte hatte. Es sei allein ihr Fehler gewesen, und sie würde alles dafür geben, diesen Fehler ungeschehen zu machen. Dass Harald Blanken sie möglicherweise vergewaltigt hat, davon sagte sie ihm nichts.

– Ich kann das einfach nicht begreifen. Was läuft da zwischen den beiden? Wie konnte sie das tun? Ich habe Anna wirklich geliebt. Nicht so wie die anderen Mädchen, mit denen war es auch schön, aber mit ihr war das etwas anderes. Mit ihr war es ... *warm.*

Von diesem Tag an war das Traumpaar kein Traumpaar mehr. Noch am selben Tag beendete Uli die Beziehung.

Die Stimme des Pursers riss Uli Remstedt aus seinem Dämmerschlaf. Der Landeanflug auf New York begann. Er machte die Augen auf, und als er hinaussah, sah er nichts als Wolken.

Eine Stunde später nahm er seine Reisetasche vom Kofferband und ging durch den Zoll. Draußen lehnte Nunnally Johnson an einem Pfeiler und winkte ihm zu.

„Hey“, sagte er. „Tut mir leid, dass wir uns unter diesen Umständen wiedersehen.“

Sie umarmten sich.

„Danke fürs Abholen“, erwiderte Remstedt und schulterte seine Reisetasche.

„Hast du schon ein Hotel?“, fragte Johnson.

Remstedt schüttelte den Kopf.

„Jason sagt, du kannst bei ihm wohnen.“

„Nett von ihm.“

„Fahren wir gleich hin? Oder hast du andere Pläne?“, fragte Johnson.

Remstedt zog einen Zettel aus seiner Jackentasche.

„Zuerst ins Pathologische Institut. Ich muss Anna identifizieren. Sie warten auf mich. Hier steht die Adresse.“

„Ach du Scheiße!“, sagte Johnson. Es klang mitfühlend. Auf dem Van-Wyck-Express fuhren sie Richtung Manhattan. Auf allen sechs Spuren strömte der Verkehr gleichmäßig dahin. Draußen wurde es langsam dunkel. Die ersten Wagen schalteten das Licht ein. Johnson stellte die Klima-Anlage ab und ließ das Seitenfenster herunter. Vom Atlantik wehte kühle Meeresluft ins Auto. Die Windschutzscheibe war mit zerdrückten Insekten gesprenkelt.

„Wenn du möchtest, komme ich mit“, sagte Johnson, „aber wild darauf bin ich nicht.“

„Schon gut.“

Jason Manning war der Besitzer des Restaurants „Pastis“ in Chelsea, einem französischen Nobel-Lokal, das Geld und Prominenz anlockte, beides in gleichem Verhältnis. Wie Nunnally Johnson gehörte Manning in New York zu Annas engsten Freunden.

„Sie war wieder neugierig geworden auf das Leben“, sagte Remstedt nach einer Weile nachdenklich. „Wir wollten wieder ein Kind.“

„Sie hat mir davon erzählt. Sie war glücklich.“

„Bringt sich jemand um, der beschließt, ein Kind zu kriegen?“

„Du glaubst also nicht, dass es Selbstmord war?“, fragte Johnson.

„Sie hätte mich nicht noch einmal verlassen, schon gar nicht auf diese Weise.“

„Aber weshalb sollte jemand Anna umbringen?“

„Vielleicht war es ein Unfall.“

„Heute Mittag hat es eine Pressekonferenz gegeben. In den Nachrichten heißt es, die Polizei gehe von Selbstmord aus.“

In der Ferne tauchte das leuchtende Gebirge der Wolkenkratzer von Manhattan auf. Sie überquerten den East River auf der Williamsburg Brücke.

„Wann hast du sie zuletzt gesehen?“, fragte Remstedt. „Ist dir dabei etwas aufgefallen? War sie anders als sonst?“

„Sie war ausgelassen, optimistisch. Ein Zustand, der ihr in den letzten Jahren, wie du weißt, nicht häufig vergönnt war. Vor ein paar Wochen besuchte sie mich in den Pier 59 Studios. In der Cafeteria roch es nach Zimt, Parfum und Hektik. Löffel klapperten, Tassen klirrten, und überdrehte Mädchenstimmen jauchzten ‚Hi Darling!‘ hier und ‚Hallo Süße!‘ da. Ich stopfte mir gerade eine zweite Apfeltasche in den Mund, als ich sie inmitten dieses frühmorgendlichen Chaos entdeckte. Sie winkte mir zu und trat einen Schritt zurück, mit einem Lächeln und einem Blick, die mich aufforderten, sie genauer zu betrachten. Sie gab mir ein Zeichen, ich sollte rüberkommen. Ich klopfte mir den Puderzucker der Apfeltasche vom Hemd und folgte ihrem Wink. Je näher ich kam, desto intensiver spürte ich, dass eine Veränderung mit ihr vorgegangen war, nicht nur äußerlich, sie war schöner denn je, es war vielmehr, als leuchte etwas in ihrem Inneren.

– So sieht eine verliebte Frau aus, sagte ich und küsste sie auf die Wange. – Du bist hier, um mir zu sagen, dass du mich verlassen wirst, stimmt's? Wegen dieses Drchbuchautors. Na gut, er ist dein Mann, aber deswegen gleich so ein Theater?"

Uli Remstedt im Wagen neben Johnson lächelte. Er wusste um die innige Beziehung zwischen Anna und Nunnally Johnson, aber es bereitete ihm kein Kopfzerbrechen. Auf Johnson und Jason Manning war Remstedt nie eifersüchtig gewesen, zum einen, weil Anna ihm alles über die beiden erzählt hatte, und zum anderen mochte er diesen raubeinigen Fotografen, der viele Höhen und Tiefen erlebt hatte. Vor allem Tiefen. Mit Jason Manning ging es ihm ebenso.

Johnson fuhr mit seinem Bericht fort.

„Ich sagte zu ihr: – Du hast ihn wieder zwischen deine Hexenfinger bekommen, hab ich Recht? Armer Bursche! Dabei habe ich beschlossen, mich mit dir zu verloben, sobald du geschieden bist. Findest du das fair?

– Kannst du nie ernst sein, Nunn?, fragte sie.

– Nicht, wenn es ernst wird. Und das wird es doch, oder?

Wir gingen ins Studio 3, das ich für diesen Tag gebucht hatte. Es war noch niemand da. Wir setzten uns an den Schminktisch. Annas Augen sprühten, und die Müdigkeit der letzten Wochen, Monate und Jahre schien aus ihrem ganzen Körper gewichen zu sein. Auf einmal strahlte ihr ganzes Wesen wieder diese Zitronenseife-Sauberkeit aus, die sie nach New York mitgebracht hatte.

– Nun erzähl schon, drängte ich.

– Uli kommt, sagte sie. – Er sagt, er braucht Zeit, aber er wird kommen. Uli ist der Typ mit der Lederjacke, du weißt es ja. Er wird kommen. Ihr seid einander sehr ähnlich, du und Uli. Bloß keine Schwäche zeigen, lieber einen Witz reißen, wenn es eng wird, am besten gleich davonlaufen.

– Kannst du ihm das verübeln? Wie würde es dir gefallen, wenn du jahrelang jede Woche in den bunten Blättern etwas Neues über Uli und seine jeweilige Flamme hättest lesen müssen? Männer sind da eigen. Das hat nichts mit Macho zu tun. Frauen, die das Image eines Wanderpokals haben, vögeln wir, aber wir stellen sie nicht unseren Müttern vor.

– Bin ich ein Wanderpokal? Anna richtete sich auf. – Sieh mich an und sag mir, dass ich ein Wanderpokal bin, Nunn!

Ich überlegte kurz, dann sagte ich: – Ja, bist du.

– Du Schuft! Wenn du ...

Ich ließ sie nicht ausreden.

– Je früher du das akzeptierst, desto eher wirst du verstehen, was in deinem Mann vorgeht. Männer haben dich benutzt. Sie haben deinen Körper benutzt. Es waren viele Männer, und nicht alle waren Plastikdates, wenn du ehrlich bist. Jeder Mann tut sich schwer damit, eine solche Vergangenheit bei einer Frau zu akzeptieren. Ich bin ein roher Klotz, aber ich weiß, wie Leben funktioniert. Denk nur, mir ist das auch schon passiert. Ich verliebte mich in eine Kellnerin, eine Japanerin aus Yokohama, die in einem Sushi-Lokal in Midtown arbeitete. Sie war genau mein Fall. Romantisch, aufregend und von einer Schönheit, wie nur Asiatinnen sie besitzen. Ich konnte es kaum erwarten, sie abends zu treffen. Dann steckte mir ein Freund, dass sie kein unbeschriebenes Blatt war und zählte ein paar Männer auf, die mit ihr im Bett gewesen waren. Ich kannte einige von ihnen und hätte nicht mal aus demselben Glas wie die getrunken. Um es kurz zu machen: Ich habe das Mädchen nie wieder gesehen. Pass auf, denn jetzt kommt das Beste: Es hätte mich beinahe umgebracht, vor Sehnsucht nach ihr und vor Eifersucht auf die Kerle, die vor mir da waren. Irgendwann erzählte mir derselbe Freund, dass es ihr genauso ginge, aber ich Trottel hab nichts unternommen.

– Warum erzählst du mir das?, fragte Anna.

– Hast du immer noch nicht begriffen? Dein Mann liebt dich, er will dich zurückhaben, trotz allem. Er schert sich einen Dreck um deine Affären und Liebschaften, dabei hätte er allen Grund, dich nicht mehr zu wollen. Er ist der Typ mit der Lederjacke, das hast du selbst gesagt. Du kannst stolz auf ihn sein. Hätte ich damals seinen Mumm gehabt, sähe mein Leben heute anders aus. Hab Verständnis für sein Zögern, gib ihm die Chance, dich zu finden, das wird er nämlich.

– Ein Wanderpokal?, sagte Anna, schüttelte den Kopf und zerkrauste ihr Gesicht zu einem Lächeln.

– Eine Schlampe, sagte ich.

– Nutte?

– Eher Flittchen.

Dann machte sie einen Satz auf mich zu. Mein Stuhl kippelte und stürzte um. Während wir uns lachend auf einem Haufen Chanel-Kleider wälzten, fiel ein blauer kantiger Stein aus ihrer Jeans. Ich griff danach.

– Den hat mir meine Freundin Charlotte geschenkt. Sie hat ihn in einem Voodoo-Shop in Hamburg gekauft. Der Stein, sagt sie, sei mit einem Heilszauber belegt und solle mir Glück bringen.

– Na, dann, viel Erfolg, sagte ich und kniff ihr in den Hintern.

– Lass das! Schreib mir lieber die Nummer deiner Kellnerin auf. Ich werde sie zum Essen einladen.

– Finger weg von dem Mädchen. Mein Privatleben gehört mir.

In diesem Moment kam die Crew ins Studio, mein Assistent, die Stylistin, der Visagist und zwei Models. Sie waren sehr jung und starrten Anna an, die mit mir über den Boden rollte. Wir standen auf. Eines der Mädchen bat Anna um ein Autogramm. Anna schrieb ihren Namen auf ein Stück Papier, stopfte ihre Bluse in die Hose und gab ihnen ihre Telefonnummer.

– Ruft mich an, wenn ihr einen Rat braucht. Ich kenne mich ein bisschen aus in diesem Geschäft. Es ist ein schönes Leben, passt nur auf, dass es euch nicht umbringt.

Ich begleitete Anna nach draußen.

– Komm bald zum Essen, sagte sie. – Ich werde uns eine Ente braten, dazu gibt es Rotkohl und selbst gemachte Knödel, zum Nachtisch Bayrisch Crème, wie hört sich das an?

– Nach einem wunderbaren Abend.

– Und jetzt die Nummer.

– Welche Nummer?

– Die von deiner Kellnerin. Ich sagte doch, ich will sie einladen. Du bist doch auch so ein Junge mit der Lederjacke, oder hab ich mich getäuscht?

Sie ließ nicht locker, bis ich ihr die Nummer gab.

– Übernächsten Donnerstag um acht, sagte sie und kletterte in das Taxi, das vor dem Studio wartete.

– Ich freue mich für dich, Bee, rief ich hinter ihr her, aber ich glaube, das hat sie nicht mehr gehört.

Das Taxi fuhr los, bog in den Riverside Drive und tauchte im Morgenverkehr unter.

Dieser Donnerstag wäre übrigens heute gewesen.

Tja, das war das letzte Mal, dass ich deine Frau gesehen habe“, sagte Johnson zu Remstedt, der still neben ihm saß und aus dem Fenster schaute.

„Du hast auch Bee zu ihr gesagt?“, fragte Remstedt. „Das wusste ich nicht.“

„Ich habe gehört, wie du sie so genannt hast. Sie erklärte mir, woher der Name kommt, das gefiel mir.“

In Manhattan bog Johnson von der Bowery ab und hielt einige Blocks weiter vor dem Gebäude der New Yorker Kriminalpolizei, in dem die forensische Abteilung untergebracht ist.

„Du kannst es dir noch überlegen“, sagte er zu Remstedt.

Remstedt schüttelte den Kopf.

„Ich möchte ein paar Minuten mit ihr allein sein.“

9.

Kurz vor 21 Uhr traf Mike Mammen im „Pastis“ ein. Er hatte die erste Folge seiner Serie über Anna Hansen pünktlich nach Deutschland gemailt. Wie üblich gab es ein paar Rückfragen der Schlussredaktion, die er – so gut es ging – beantwortete. Die Pingeligkeit dieser Leute nervte ihn jedes Mal, aber er musste zugeben, dass sie nur ihren Job machten, und sein Ärger vermutlich daher rührte, dass es ihnen noch immer gelungen war, ihm Fehler, Versäumnisse und sprachliche Ungenauigkeiten nachzuweisen. Anschließend hatte er zwei Stunden geschlafen.

Das „Pastis“ liegt im Meat Packing District, einer aufstrebenden Gegend in Chelsea, wo neben alteingesessenen Fleischereien immer mehr Boutiquen, Bars, Restaurants und Galerien eröffnen, aber die Perle der Gastronomie in dieser einst abgerissenen Gegend ist zweifellos Jason Mannings „Pastis“.

Vor der Tür hing ein Schild: *Complete!* Geschrieben mit blauem Filzstift und einem grünen Ausrufezeichen. Mammen ging trotzdem hinein und sah sich um. Das Restaurant war leer. Hübsche Hütte, dachte er, ein Spesentempel der Extraklasse. Zum Wohl, du mein Finanzamt, heute machen wir einen saftigen Beleg.

Er ging wieder nach draußen und suchte auf der Terrasse unter den roten Baldachinen nach Charlotte. Da saß sie, in lebhafter Gesellschaft, an einem mit Weingläsern, weißem Geschirr und Silbersbesteck kunstvoll eingedeckten Tisch.

„Hallo!", rief sie ihm zu. „Du hast doch nichts dagegen, wenn Patricia und Clara uns Gesellschaft leisten? Sie wollen später auch zu Anna Sui. Patricia Trirad ist Moderedakteurin bei der französischen *Vous*, und Clara muss ich dir, glaube ich, nicht vorstellen."

„Das ist wirklich nicht nötig", erwiderte Mammen lächelnd und gab ihnen die Hand.

„Drinnen ist alles reserviert. Irgendeine Premierenfeier", sagte Charlotte.

Clara Albee zählte zur Spitzenriege des internationalen Modelgeschäfts. Dem Anblick blonder Haare und brauner Augen in Kombination mit einem Pferdeschwanz hatte Mammen noch nie widerstehen können, und nun saß er mit einem Ausnahmegeschöpf dieser Gattung in einer lauen Septembernacht in einem französischen Restaurant mitten in Manhattan. Und den Herbst, wenn die Blätter ihre Farbe wechseln und es langsam kälter wird, war für ihn schon immer romantisch, auch wenn dann ein Hauch von Traurigkeit über den Tagen liegt.

So lässt es sich leben, dachte er und setzte sich auf den freien Stuhl zwischen Charlotte und den Blumenkästen, die das Restaurant vom Gehweg trennten.

Beim Ober, der den Frauen soeben Steak Tartare, Hühnerleber mit Fois gras und Linguine Alfredo servierte, bestellte er Miesmuscheln in Pernod-Soße und ein Glas Côte du Rhone.

„Bringen Sie mir noch einen L'Amande Pastis", sagte Clara Albee. Und zu Mammen gewandt, „Ricard, Mandelsirup und Sodawasser. Schmeckt göttlich!"

Wie niedlich ihr Pferdeschwanz wippt, dachte Mammen. Er trank einen Schluck Rotwein und beobachtete sie.

Clara Albee bewies auch abseits des Laufstegs einen selbstbewussten Geschmack in der Wahl ihrer Kleidung. Sie trug einen fliederfarbenen Long-Pullover über einem weißen T-Shirt, Röhrenjeans und braune Kalbslederstiefel, dazu eine Holzperlenkette. Keine Ohrringe.

Als Männer noch Kavaliere hießen und ein gemeinsamer Walzer einem Heiratsversprechen gleichkam, trugen die Frauen Cocktailkleider wie an diesem Abend Patricia Trirad. Hautfarben, hochgeschlossener Kragen, schön ausgestellt, mit einem Tüllunterrock und einer Gürtelschleife.

Auch Charlotte Stegemann hatte das Kleine Schwarze im Koffer gelassen und sich für ein raffiniert geschnittenes Tweedkleid im Vintage-Look der 40er Jahre entschieden.

Keine Frage, dachte Mammen, da sitzen Klamotten im Wert eines Kleinwagens am Tisch, aber ich muss zugeben, dachte er, dass jeder Euro, jeder Dollar, jede sonst wie investierte Währung der Welt es wert gewesen ist, auf diese Weise ausgegeben zu werden.

Jetzt denk mal besser nicht darüber nach, wie du selbst aussiehst, dachte er. Er fühlte sich wie ein Erpel unter Schwänen.

In diesem Moment bog ein endloser Konvoi schwarzer Limousinen um die Ecke. Eine nach der anderen hielt vor dem Eingang des „Pastis", und Mammen glaubte einige Gesichter zu erkennen, aber er wurde abgelenkt, weil Charlottes falsche Wimpern eben zum zweiten Mal in ihr Cocktailglas plumpsten.

„Bist du Rockmusiker?", fragte Clara Albee ihn.

„Du meinst, weil ich nichts anzuziehen habe?"

Charlotte Stegemann senkte den Kopf und lächelte ihren Beilagensalat an. Ihr Lächeln war jünger als ihr Gesicht.

„Ist doch chic", sagte Patricia Trirad.

„Von wegen", entgegnete Mammen. „Ich seh' Scheiße aus, und das weiß ich auch, aber ..."

„Für das, was man trägt, entschuldigt man sich nicht. Du hattest doch die Wahl", sagte Clara Albee.

„Eben nicht", entgegnete Mammen sauer. Er legte sein Besteck beiseite, weil er plötzlich keinen Hunger mehr hatte. Eigentlich wollte er am Nachmittag Hosen, Hemden, Socken und Unterwäsche kaufen, da er für einen längeren Aufenthalt in New York nicht ausgerüstet war, aber dafür hatte die Zeit nicht mehr gereicht.

„Mike schreibt für ein Blatt in Deutschland", sagte Charlotte. „Er ist Journalist."

„Blatt? Habe ich Blatt verstanden?", murmelte Mammen. „Ein Blatt ist ein Druckerzeugnis für Menschen, die ihre Lippen beim Lesen bewegen."

„Meinetwegen. Also, Mike arbeitet bei *Arena*, Deutschlands größtem Wochenmagazin. Wir sind beim Verlag beschäftigt."

„Muss es bei euch denn immer gleich ein Rockmusiker sein?", fragte Mammen.

„Ich kenne nur einen", gab Clara Albee zurück. „Roger Golin."

„*Den* Golin?", fragte Mammen beeindruckt.

Zu Hause hatte er alle CDs von Golins Band „Bloodline" im Regal stehen. Die Mischung aus Rock'n'Roll und Heavy Metall entsprach genau seinem Geschmack.

Clara Albee machte eine wage Kopfbewegung, die man mit jeder der vier Himmelsrichtungen hätte interpretieren können.

„Nicht weit von hier, in einem kleinen Club, der früher das Kleiderlager von Donna Karan gewesen ist, hat ‚Bloodline' vor handverlesenem Publikum ihr fünfjähriges Bühnenjubiläum gefeiert. Anna und ich waren auch eingeladen. Es war am Valentinstag, alle Leute trugen Pink und Schwarz, überall standen Champagnerflaschen herum. Nach einer Stunde waren wir ziemlich beduselt, fühlten uns wie auf einem heimlichen Ausflug vom Mädchenpensionat und schlugen ein bisschen über die Stränge."

Der Rausch des Erzählens trug Clara Albee durch alle Stromschnellen; ihre Geschichte strömte rasch dahin.

„Wir flirteten gut gelaunt ein bisschen hier und da herum und tanzten zu den Oldies, mit denen der DJ vor dem Auftritt die Stimmung anheizte. Um Mitternacht kam die Band. Golin torkelte auf die Bühne, besoffen oder stoned, wahrscheinlich beides. Mit seiner rotzigen, blasierten Stimme sang er die ersten Stücke, und jedes Mal, wenn der Gitarrist ein Angeber-Solo spielte, ging er hinter das Schlagzeug, um Alkohol nachzutanken. Ich fragte mich, wie er es schaffte, überhaupt noch einen richtigen Ton zu treffen, er konnte ja kaum noch stehen. Die Band spielte zwei Stunden nonstop. Die Mädchen kreischten sich die Höschen feucht. Ich gebe zu, er war verdammt sexy.

Zum letzten Song holte er Anna und mich auf die Bühne. Wir tanzten und grölten gemeinsam mit ihm den Refrain ins Mikro. Als das Stück zu Ende war, drosch der Bassist sein Instrument in bester Sid-Vicious-Manier gegen eine Lautsprecherbox und machte anschließend Kleinholz daraus.

Daraufhin geriet alles außer Kontrolle. Golin packte Anna und wollte ihr seine Zunge in den Hals stecken. Er hielt sie fest und grapschte an ihr herum. Ich versuchte, ihr zu helfen. Er packte meinen Arm und wirbelte mich herum. Ich flog über die halbe Bühne und landete mit dem Rücken auf einer Scheinwerferbox. Es tat höllisch weh, doch niemanden kümmerte es, was der Kerl da mit uns anstellte. Die Leute johlten, sie hielten es für einen Teil der Show. Auch die Roadies griffen nicht ein.

Mit seinem ganzen Gewicht warf Golin sich auf mich. Ich fühlte, wie er an seinem Schlitz rumfummelte. Der DJ legte wieder Musik auf. Alle amüsierten sich prächtig. Wäre Anna nicht gewesen, hätte dieser Mistkerl mich vergewaltigt, auf offener Bühne.

Anna schnappte sich den Mikrofonständer und knallte ihm das Ding mit voller Wucht an den Kopf. Er kippte von mir runter wie ein gefällter Baum, mit einer hübschen Beule über dem rechten Ohr. Das sah nicht besonders gut aus, aber mir war's recht. Endlich kapierten ein paar Zuschauer, dass etwas nicht stimmte, und kamen uns zu Hilfe. Golin wurde aus dem Verkehr gezogen und ins Krankenhaus verfrachtet, wo die Wunde mit zehn Stichen genäht werden musste.

Als Anna und ich wieder halbwegs beieinander waren, fragte ich sie, ob wir nach Hause gehen sollten. Sie sagte, auf keinen Fall, wir hätten auf eine Party gewollt, hier sei eine Party, und die Party gehe weiter, mit uns. Wir blieben bis sechs Uhr morgens, dann fuhren ins Paramount-Hotel zum Frühstücken."

„Ich muss mal", sagte Mammen und wollte aufstehen, doch Patricia Trirad hielt ihn am Handgelenk fest.

„Ich würde bleiben", sagte sie. „Claras Golin-Story hat nämlich einen zweiten Teil. Erzählst du ihn uns, Clara?"

„Warum nicht", sagte sie. „Beide gehören ja irgendwie zusammen. Es passierte ein halbes Jahr später, am Tag der Oscar-Verleihung, da trafen sich die beiden im Beverley Hills Hotel in Los Angeles zufällig wieder. Ich war auch eingeladen, mit meinem damaligen Freund, einem Kameramann, der für Universal arbeitet. Anna wollte mit Dylan Caldwell gehen, einem britischen Theaterschauspieler, der zwei Jahre jünger war als sie. Caldwell war für seine Rolle als behinderter IRA-Terrorist in einem Film von Miramax nominiert worden. Die zwei gaben ein attraktives Paar ab.

Dylan war ein netter Junge, der seine Arbeit ernst nahm und keine Lust verspürte, seine Zeit auf Partys zu verschwenden.

Ich verabredete mich mit Anna zu einem schnellen Lunch in der Hotel-Lounge. An diesem hektischen Tag, der mit Friseur-Terminen und Make-up-Sitzungen überladen war, konnten wir uns keine längere Pause leisten. Anna bestellte ein Clubsandwich und einen Cappuccino und zündete sich eine Zigarette an.

– Aufgeregt?, fragte ich sie.

– Ein bisschen.

– Du musst nur dasitzen und ein nettes Gesicht machen.

– Dylan hätte ihn verdient, findest du nicht?

– Den Oscar?

– Ja.

– Im Kino war der Film ein Flop, gab ich zu bedenken.

– Kann ihm das schaden?

– Honey, Hollywood ist Kommerz. Hier werden jeden Tag Millionen bewegt, und wenn sie nicht bewegt, sondern versenkt werden, sind die Schauspieler die Dummen, egal, ob der Regisseur den Film vergeigt hat, das Drehbuch miserabel war oder der Produzent ihn mit seinem Ego ruiniert hat. Der Verlierer ist immer der Schauspieler.

In diesem Moment rauschte Roger Golin heran, im Schlepptau ein russisches Edelgroupie. Wie ein Kometenschweif folgte ihnen eine zehnköpfige Entourage. Die Russin hieß Amalija, aber jeder nannte sie Li. Offiziell gehörte ihr eine Fotogalerie in San Francisco, aber ihre wahre Leidenschaft waren Rockstars. Berühmte Rockstars. Es ging das Gerücht, dass sie die Schwänze der Musiker, mit denen sie gevögelt hatte, eingipste und sich in die Vitrine stellte.

Golin nahm seine Sonnenbrille ab und grinste.

– Schade, dass es mit uns beiden nicht geklappt hat, sagte er zu Anna. – Ich hätte dir mit Vergnügen gern Vergnügen bereitet.

Anna war die Begegnung unangenehm, ich sah es daran, wie sie auf dem Stuhl herumruckelte.

– Kommt drauf an, was du unter Vergnügen verstehst, sagte sie.

– Kann ich dir zeigen.

– Ich steh nicht auf Gewalt.

– Es geht auch anders, sagte Golin, trat einen Schritt näher an sie heran und starrte auf ihren Busen.

– Sind das deine Brüste?

– Natürlich sind das meine Brüste. Ich habe sie doch selbst bezahlt, sagte Anna und drückte ihren Oberkörper durch. – Sie kommen mir wie neugeborene Zwillinge vor. Magst du sie anfassen? Mach ruhig, fühlt sich super an.

– Bei dir oder bei mir?, fragte Golin. Er war einigermaßen verdattert.

– Ich mache keine Gefängnisbesuche.

– Komm runter von deinem Thron, Anna Hansen, sagte er, – du bist bloß eine Schaufensterpuppe, hörst du? Eine Schaufensterpuppe, mehr bist du nicht.

– Die haben keinen Schlitz. Ich habe einen. Willst du ihn sehen?

Der Russin wurde die Sache langsam unheimlich.

– Komm, Roger!, sagte sie und versuchte, Golin mit sich zu ziehen.

– Wir sind noch nicht fertig miteinander, sagte Golin zu Anna.

– Hast du es nicht gemerkt? Ich bin gerade gekommen.

Golin beugte sich tief zu ihr hinunter. Ich rechnete damit, dass er ausflippt, stattdessen nahm er die Schale mit Erdnüssen vom Tisch und gab sie ihr.

– Ich wünschte, es wären Perlen, sagte er.

– Ich bin froh, dass es Erdnüsse sind. Ich habe einen Riesenhunger.

– Richtig süß bist du. Ich glaube, ich werde einen Song für dich schreiben.

– Du kannst schreiben?

Er schüttelte amüsiert den Kopf und schnaufte.

– Nicht ein nettes Wort?

– Ich sage, was ich denke. Was ich auch denke, ich sage, wie es ist. Schreib mir ein Lied, dann sehen wir weiter.

Golin zwinkerte ihr zu.

– Darauf kannst du wetten. Einen Song nur für dich. Du wirst ihn bekommen.

Ungefähr ein halbes Jahr später veröffentlichte Bloodline den neuen Titel ‚Mystery Swan'. Und das ist auch schon fast die ganze Geschichte", sagte Clara Albee und sah neugierig in die Runde, um die Wirkung ihrer Worte zu prüfen.

Mammen kannte das Stück, es zählte nicht zu seinen persönlichen Favoriten, aber das Lied, das von der Einsamkeit eines Models handelte, schaffte es unter die ersten Zehn der amerikanischen Charts.

„Wir sollten aufbrechen", sagte Charlotte. „Es ist spät."

Das ist nicht gut, dachte Mammen. Da ist noch mehr zu holen, dachte er. Bloß keine Hektik jetzt.

Die zweite Folge seiner Serie begann Konturen anzunehmen, daher verspürte er wenig Neigung, die Quelle frischer Fakten gegen eine öde Party einzutauschen, auf der er sowieso niemanden kennen würde.

„Können wir nicht einfach gemütlich hier sitzen bleiben und die Anna-Hansen-Gedächtnisstunde ein weinig ausdehnen?", fragte er.

„Du hast schon genug Informationen abgeräumt", sagte Charlotte Stegemann vorwurfsvoll. „Ich muss mich auf jeden

Fall noch bei Anna Sui sehen lassen. Wichtiger Anzeigenkunde, du verstehst?“

„Ich komme mit“, verkündete Clara Albee.

„Was ist mit euch beiden?“, fragte Charlotte.

„Keine Party mehr“, sagte Mammen müde und winkte ab. „Ich will aufschreiben, was Clara erzählt hat. Wenn ich trinke, und auf eurer Party würde ich das tun, allein schon, um sie durchzustehen, vergesse ich die Hälfte.“

„Ich nehme noch einen Campari und fahre dann ins Hotel“, sagte Patricia Trirad. „In den nächsten Tagen sind wir noch oft genug eingeladen. Heute lasse ich den Cocktail ohne schlechtes Gewissen an mir vorübergehen.“

Clara und Charlotte standen auf. Charlotte wandte sich zum Gehen und blieb in der nächsten Sekunde wie schockgefroren stehen.

Zwei Männer schlenderten den schmalen Gang zwischen den Tischen entlang, direkt auf sie zu. Einer der beiden Männer trug eine Reisetasche über der Schulter und sah aus, als sei er der New Yorker Unterwelt entstiegen: blass, mit tiefen Augenringen und gebeugt von einer unsichtbaren Last.

Uli Remstedt setzte seine Tasche ab und sagte mit müder Stimme:

„Hallo Charlotte!“

„Hallo“, sagte sie.

„Nunnally hat mich abgeholt.“

„Ja, ich verstehe.“

Charlotte und Nunnally Johnson waren einander oft begegnet und begrüßten sich mit einer flüchtigen Umarmung. Johnson winkte Mammen zu und sagte: „Manhattan hat fünf Millionen Einwohner, und wir laufen uns innerhalb von 24 Stunden zum zweiten Mal über den Weg. Da ist was fällig.“

Er küsste Patricia Trirad auf beide Wangen und setzte sich neben Mammen, der neugierig Charlotte Stegemann und Uli Remstedt beobachtete.

Remstedt sagte zu ihr: „Ich wohne hier, bei Jason. Er sagt, ich kann so lange bleiben, wie ich will. Ich wollte gerade reingehen und meine Tasche aufs Zimmer bringen, da sah ich dich hier sitzen."

„Gut", sagte Charlotte. „Gut."

Reglos standen sie einander gegenüber.

„Es tut mir leid", sagte Charlotte.

„Mir tut es auch leid", sagte Remstedt.

Mammen sah ihnen nach, wie sie davongingen und vor der Eingangstür kurz miteinander sprachen. Dann betrat Remstedt das Lokal, und Charlotte ging zu dem Taxi, in dem Clara Albee bereits auf sie wartete.

„Wer ist das?", fragte Mammen und deutete auf Remstedt.

Nunnally Johnson sah ihn an, als wäre er in die falsche Subway gestiegen.

„Der da? Annas Mann natürlich, feiner Kerl. Uli Remstedt. Es geht ihm nicht besonders gut, er hat vor einer halben Stunden seine Frau identifiziert."

Mammen konnte sein Glück kaum fassen.

„Was ist jetzt", sagte Johnsen, „gibst du einen aus?"

„Ihr beide kennt euch?", fragte Patricia Trirad.

Mammen erzählte ihr von der Begegnung am Abend zuvor, wie sie mit Carole Delrieux in der „Milaydy's" Bar gelandet waren und über Anna gesprochen hatten.

„Ich wollte ihm auch eine Geschichte über Anna erzählen", sagte sie. „Trifft sich gut, dass du da bist, Nunn, denn du kommst auch darin vor."

Die *Vous*-Redakteurin und der Fotograf hatten in den vergangenen Jahren viele Mode-Produktionen auf der ganzen Welt gemacht, daher wussten sie viel voneinander, ohne dass je eine Affäre ihre Beziehung gereizt oder getrübt hätte.

„Dann mal los, meine Süße“, sagte Johnson und lehnte sich zurück, die Arme lässig über die Rückenlehne seines Stuhls gebreitet. „Ich ahne schon, auf welche Geschichte es hinausläuft.“

Patricia Trirad sah Mammen an, der sich erwartungsvoll über den Tisch zu ihr hinüberbeugte, um keines ihrer Worte zu verpassen.

„Nach dem öffentlichen Desaster“, begann sie, „und der schnellen Trennung von Zac Stewart, hat Anna alle Termine abgesagt und kam zu mir nach Paris. Sie wohnte im Gästezimmer, wie immer, wenn sie in der Stadt war.

Ihr Lieblingsplatz in Paris war die Südspitze der Ile de la Cité an der Seine, wo sich die jungen Leute aus aller Welt treffen und trinken und Musik machen und sich lieben. Ein zauberhafter Platz, vor allem nachts, wenn sich die Lichter zu beiden Seiten der Insel im Fluss spiegeln. Am ersten Abend nahmen wir eine Flasche Rotwein, Baguette und Ziegenkäse mit und setzten uns auf die Kai-Mauer und redeten. Am nächsten Morgen ging es ihr schon viel besser. Wir machten einen langen Spaziergang, der uns in die Rue de Bourgogne brachte, eine der letzten exklusiven Enklaven in Paris. Dort, zwischen der Nationalversammlung an der Place Palais Bourbon und dem Musée Rodin, kauft die elegante Pariserin ihre Blumen bei Moulié Savart, dem prestigeträchtigsten Floristen von Paris, oder sie bestellt beim Inneneinrichter Christian Liaigre ihre Sofatische und nebenan einen Muschel-Lüster bei Thomas Boog.

Anna bewunderte die französischen Frauen.

Sie sagte: – Die Amerikanerin hält sich für sehr chic. Aber die Pariserin wagt immer etwas mehr.

Das stimmt. Die Pariserin ist selbstbewusster. Sie *hält* sich für chic, ob sie es nun ist oder nicht. Französinnen fühlen sich den Männern ebenbürtig. Sie erlauben sich, auch als Verlegerin oder Politikerin sexy und feminin zu sein. Sie brauchen sich nicht als Mann zu verkleiden, um Erfolg zu haben. Dieses Selbstbewusstsein macht sie attraktiv, für Männer *und* Frauen.

Am Nachmittag kamen wir zufällig bei Jean Géré vorbei. Sein Atelier liegt in einem Hinterhof am linken Seineufer unweit des Schwarzenberg Palais. Stellt euch das Gesicht von Jean Gabin vor, die Haare von Maurice Chevalier, nur etwas grauer, und die Brille von Jean-Paul Sartre – das ist er. Mit seinen beinahe 80 Jahren verkörpert er die bildende Kunst unseres Landes wie kaum ein anderer. Seine expressionistischen Skulpturen, die er Szenen der alten Mystiker und der Bibel nachbildet, gehören für mich zum künstlerisch Schönsten, was ich mir vorstellen kann. Erst vor zwei Monaten hat der Louvre wieder zwei seiner Werke erworben. Bedauerlicherweise sind seine Meisterstücke für mich unerschwinglich, daher trifft es sich gut, dass Jean der beste Freund meines Großvaters war. Auf diese Weise gelangte ich den Besitz einiger seiner schönsten Arbeiten. Seit er keine Familie mehr hat, kümmere ich mich ein bisschen um ihn, denn um keinen Preis der Welt würde er in ein Seniorenheim gehen."

Mammen und Johnson stießen mit einem frischen Bier an. Johnson sagte erleichtert: „In der Geschichte bin ich nicht drin."

„Du kommst schon noch an die Reihe ... Also, wir kauften Kuchen in der Pâtisserie und besuchten den guten Jean. Während ich damit beschäftigt war, den Kuchen auszupacken und das Kaffeewasser aufzusetzen, zeigte er Anna seine Arbeiten. Anna mochte Jean sofort. Er sie auch. Ich kenne ihn gut genug, um seine Gesten zu lesen. Wenn er jemanden mag, geht er auf

Tuchfühlung. Er berührt gerne andere Menschen, ich meine, er tut das unwillkürlich, ohne Hintergedanken, nicht mit der Absicht, jemandem zu nahe zu treten. Ich hörte die beiden reden.

– Das ist Damballah, ein Schlangengott, sagte Jean, und ich sah, wie er beinahe zärtlich über den Stein strich. – So stelle ich ihn mir vor.

– Ein mächtiger Loa des Voodoo, sagte Anna und trat näher.

– Sie verstehen etwas davon?

– Dann werden Sie sich bestimmt als nächstes Ayida vornehmen, die Göttin des Regenbogens.

– Ich weiß, ich weiß, die beiden gehören zusammen, wie Yin und Yang. Sie sehen, ich habe mich damit beschäftigt.

Es machte ihm Freude, mit jemandem zu reden, der sich auskannte in den Dingen, die ihn interessierten.

– Ich wollte nicht unhöflich sein, entgegnete Anna.

– Bevorzugt als Opfergabe Eier, sagte Jean.

– Seine Farbe ist weiß, und die kleinen Probleme der Menschen sind ihm ziemlich schnuppe, sagte Anna.

Jean klatschte aufgeregt in die Hände und hakte sich bei Anna unter. Sein Kopf reichte ihr bis zur Schulter.

– Bemerkenswert, außerordentlich bemerkenswert.

– Gilt er nicht auch als Hüter des kosmischen Schatzes?, fragte Anna und ließ es bereitwillig geschehen.

– Setzen wir uns. Ich glaube, wir haben uns viel zu erzählen.

Von da an war ich Luft für sie. Von Zeit zu Zeit schnappte ich ein paar Wortfetzen auf, mit denen ich nichts anfangen konnte: Tika-Baka. Zanj. Wanga. Legba. Also überließ ich sie ihrer Fachsimpelei und schenkte Kaffee nach. Anna ging noch einmal zu der Götterskulptur und berührte sie mit ihren Fingerspitzen an der Brust.

– Ich bewundere, wie aus einem groben Steinblock ein solches Kunstwerk wird.

Der gute Jean nahm seine Brille ab, rieb seine Augen und lächelte.

– Ich haue einfach das weg, was nicht nach diesem Damballah aussieht, frei nach Michelangelo.

– Sie sehen in den Steinen schon das fertige Objekt, bevor Sie überhaupt anfangen?

– Aber natürlich, sonst weiß ich ja nicht, was zu tun ist.

Ich war froh, als wir nach drei Stunden endlich gingen. Beim Abschied sagte Jean zu Anna:

– Besuchen Sie mich bald wieder. Das nächste Mal werden wir hoffentlich etwas mehr Zeit miteinander verbringen. Ich werde Ihnen mein Vermächtnis zeigen, das ich unten im Keller aufbewahre. Eine hübsche Anzahl Voodoo-Götter, Mambos und Priesterinnen. Sie werden Ihnen gefallen.

– Passen Sie gut auf sich auf, Monsieur Géré, sagte Anna und drückte liebevoll seine Hand. – Sie wissen ja, wie gefährlich einem die Götter werden können.

Am dritten Abend klingelte es bei uns zuhause an der Tür. Mein Mann, Anna und ich saßen vor dem Fernseher und sahen uns einen alten Film von Stanley Kubrick an."

Nunnally Johnson verdrehte die Augen.

Er sagte: „Jetzt kommt's dicke!"

„Sei still", entgegnete Patricia neckend. „Also, es war der da", sie zeigte auf Johnson „mal wieder völlig betrunken. Auf der Suche nach *seiner* Anna war er bei uns gelandet. Er kam aus New York, um eine Printkampagne für Hermès zu fotografieren, und hatte erfahren, dass Anna bei mir untergetaucht war. Die Geschichte ereignete sich zu einer Zeit, als mit Nunnally nicht mehr viel los war", sagte Patricia Trirad. „Verbessere mich ruhig, Nunn, wenn ich etwas Falsches erzähle. Kam häufig zu spät zum Shooting, fing morgens schon zu trinken an und meckerte bei jeder Kleinigkeit, die ihm nicht passte. Man konnte nicht mehr mit ihm rechnen, was in unserer Branche einem Todesurteil gleichkommt."

Nunnally Johnson machte keine Anstalten zu widersprechen. Als ginge ihn die Geschichte nichts an, als sei das nicht *seine* Geschichte, räkelte er auf seinem Stuhl und hörte einfach nur zu.

„Er war ziemlich hinüber", sagte Patricia Trirad. „Seine damalige Freundin hatte ihn gerade vor die Tür gesetzt. Sie hielt seine ständige Trinkerei einfach nicht mehr aus und verabscheute sein Selbstmitleid, das daraus resultierte. Bei uns trank er weiter, zwei Flaschen Merlot. Dann ging er aus heiterem Himmel auf Anna los und beschimpfte sie. Anna sei ein Modeflittchen, ohne jeden Funken Talent, sie verschwende die Zeit aller ehrlichen Modefashionistas, die mit ihr arbeiteten, und sei das Honorar nicht wert, das man ihr zahle. Eine gute Freundin sei sie ihm auch nie gewesen.

Das hat Anna tief verletzt. Sie versuchte, es sich nicht anmerken zu lassen, aber ich kannte sie lange genug und sah, wie sich ihr Körper verspannte. Für sie war Nunnally immer ihr bester Freund gewesen, und auf einmal musste sie sich eine Tirade anhören, die jeden anderen aus dem Haus getrieben hätte, aber sie ertrug die Beleidigungen mit bewundernswerter Gelassenheit.

Mein Mann war nahe dran, ihn rauszuwerfen. Trotzdem war er es, der Nunnally's Verhalten an diesem Abend richtig zu deuten wusste und auf den Punkt brachte.

Als Nunnally auf dem Klo verschwand, sagte er zu Anna:

– Hast du mal darüber nachgedacht, dass der Kerl total verschossen in dich ist? Das ist er nämlich. Er ist eifersüchtig auf die Männer, die dir nachlaufen, und noch eifersüchtiger ist er auf die anderen Männer, auf die, denen *du* nachläufst.

Doch davon wollte Anna nichts wissen.

– Wir sind wie Bruder und Schwester, antwortete sie. – Und mehr werden wir nie sein.

Nunnally kam vom Klo zurück. Er torkelte durchs Wohnzimmer und fiel aufs Sofa. Offenbar hatte er sich beim Pinkeln etwas abgekühlt, dabei schämte er sich bloß, denn kaum saß er, sagte er:

– Tut mir leid, Leute! Ich glaube, ihr müsst euer Badezimmer renovieren.

Er schnappte sich ein Kissen, machte es sich auf dem Boden gemütlich und schlief sofort ein.

Ich wollte nachsehen, in welchem Zustand Nunnally unser Badezimmer zurückgelassen hatte, da stand Anna auf und sagte, sie werde sich schon darum kümmern, und davon ließ sie sich nicht abbringen. Es war typisch. Aus Gründen, die ich nie kapiert habe, fühlte sie sich verantwortlich für Nunnally, wenn er mal wieder Mist gebaut hatte.

Ihren Entschluss bereute sie allerdings spätestens, als sie die Tür zum Badezimmer aufmachte, denn sie blieb stehen und stöhnte auf:

– Was, um Gottes willen ...!

Sie brauchte einige Zeit, um die Schweinerei zu beseitigen.

Wir ließen Nunnally schlafen und gingen zu Bett.

Am nächsten Morgen frühstückten wir alle gemeinsam. Nunnally war erstaunlich fit und die Reue in Person.

– Das war Scheiße gestern, nicht?, sagte er und spülte mit einem Schluck Orangensaft zwei Aspirin hinunter.

– Oberscheiße, sagte Anna.

– Mach ich nicht wieder, sagte er. – Versprochen.

– Entleere deinen Mageninhalt bitte das nächste Mal woanders, sagte mein Mann. Manchmal redet der so.

– Anna, sag doch was, bat Nunnally zerknirscht. Doch sie war schweigend mit ihrem Croissant beschäftigt.

– Wenn eine Frau nicht spricht, sollte man sie auf gar keinen Fall unterbrechen, sagte mein Mann.

Wir lachten. Anna auch.

Am frühen Nachmittag nahmen die beiden die Air-France-Maschine nach New York. Ein Fleurop-Bote brachte später am Abend einen sündteuren Orchideenstrauß. Auf der Karte stand: *War ein bisschen unsortiert und seelisch erkältet. Bitte verzeiht mir. Ich hoffe, dem Badezimmer geht es heute besser. Danke für alles! Nunn.*

Eine halbe Stunde darauf klingelte es wieder: der nächste Fleurop-Lieferant, einen gewaltigen Frühlingsstrauß im Arm.

– Soll ich hier abgeben, sagte er. – Die gehört auch dazu.

Er drückte mir eine Schachtel Pralinen in die Hand, in deren Zellophanschlitz ein Kärtchen steckte. Ich nahm es heraus und las: *„Ihr Lieben! Nunnally bedauert so sehr, was gestern passiert ist. Bitte, nehmt es ihm nicht übel. Er gelobt Besserung. Bis bald in N.Y.! Eure Anna.*

Ja, so war sie. Es gab Zeiten, da hat sie sich sogar um die Entschuldigungen anderer Menschen gekümmert. Ich wünschte, ich hätte das Gleiche ein paar Mal öfter für sie getan."

Johnson klatschte demonstrativ in die Hände.

„Eine rührende kleine Geschichte und so wunderbar erzählt", sagte er.

„Habe ich was ausgelassen?", fragte Patricia spöttisch.

Der Kellner brachte brennende Teelichter, auf jeden Tisch stellte er drei.

„Wäre Anna jetzt hier, würde sie aufstehen und gehen", sagte Johnson und deutete auf die Teelichter. „Sie war ja so abergläubisch."

„Und wie", sagte Patricia Trirad und verdrehte die Augen. „Deswegen haben wir uns sogar einmal gestritten. Ich wollte mit ihr übers Wochenende arbeiten und versuchte, den Termin von Sonnabend auf Freitag vorzuverlegen, weil ich früher als geplant nach Paris zurück musste. Wisst ihr, was sie geantwortet hat? Sie würde niemals etwas an einem Freitag beginnen. Die besten Argumente, nicht mal ein höheres Honorar, konnten sie umstimmen."

„Das geht noch besser", sagte Johnson. „Die französische *Marie Claire* wollte unbedingt eine Junkie-Strecke in den Slums von Süd Los Angeles inszenieren, wo es wieder zu Krawallen mit Schwarzen gekommen war. Die Redaktion hatte sich in den Kopf gesetzt, genau dort ein realistisches Alltagsbild zu entwerfen, künstlerisch überhöht natürlich. Sogar ein paar Bodyguards einer privaten Security-Firma wurden angeheuert, die das Set zwei Tage lang abschirmten. Beschützen trifft es eigentlich besser, denn die Menschen, in deren Vorhof wir uns breitmachten, zeigten kein Verständnis für diese Art Extravaganz. Sie bombardierten uns mit faulem Obst und mit Steinen. Keiner fühlte sich wohl in seiner Haut. Ich machte mir wirklich Sorgen um meine Ausrüstung.

Die Redakteurin von *Antoinette* schien das Theater nicht zu stören. Sowieso gehörte sie zu der Sorte, die nicht für die Leserinnen produzieren, sondern aus dem einzigen Grund, dass ihre Produktionen bei Kolleginnen und Konkurrentinnen auffallen oder, besser noch, von möglichen Arbeitgebern gesehen werden, bei denen sie ihren Preis im Fall einer Verpflichtung in die Höhe treiben können.

Am zweiten Tag rückte eine Gang an, um sich mal anzusehen, was in ihrem Revier passierte. Wir wurden von den Security-Leuten in die Wohnwagen geschickt. Anna kam mit zu mir. Wir rauchten und sahen hinaus.

Sobald drei Kippen im Aschenbecher lagen, leerte Anna ihn aus.

– Bist du abergläubisch?, fragte ich sie.

– Ich würde nicht in ein Flugzeug mit drei Nonnen einsteigen, falls du das meinst.

Später erfuhr ich, dass sie auch keine Unheil verheißende Telefonnummer anrufen konnte, in der zum Beispiel drei Mal die Neun vorkam. Sie konnte es auch in keinem Hotelzimmer aushalten, in dem gelbe Rosen standen, obwohl gelbe Rosen ihre Lieblingsblumen waren."

In diesem Moment kehrte Uli Remstedt an den Tisch zurück. Er hatte seine Sachen aufs Zimmer gebracht und geduscht. Jason Manning, der Besitzer des „Pastis", begleitete ihn.

Manning trug ein weißes Hemd, das beinahe bis zum Bauchnabel aufgeknöpft war und eine haarige, graue Brust freilegte. Er winkte einen Kellner heran und bestellte für alle teuren Rotwein, der in einer geschliffenen Karaffe im Handumdrehen serviert wurde.

„Wie ihr wisst, ist es sonst nicht meine Art, mich zu meinen Gästen an den Tisch zu setzen, aber heute Abend mache ich eine Ausnahme, wenn ihr erlaubt."

Er zog sich einen Stuhl heran. Patricia Trirad entschuldigte sich, sie müsse jetzt gehen, weil sie einen anstrengenden Tag erwarte, mit Meetings bis zum Überdruss.

„Bist du mir böse", fragte sie im Aufstehen Nunnally Johnson, „dass ich aus dem Nähkästchen geplaudert habe?"

„Dafür wirst du gegrillt. Aber das hat Zeit. Gute Nacht, meine Hübsche." Er warf ihr eine übertriebene Kusshand hinterher.

Manning füllte die Weingläser.

„Lasst uns auf Anna trinken", sagte er und hob sein Glas.

Sie stießen an und tranken.

Er stellte sein Glas ab und wischte sich mit dem Handrücken über den Mund.

„An der Bar da drinnen hat sie oft gesessen", sagte er. „Nie werde ich das Bild vergessen, das sich mir bot, als sie mein Restaurant zum ersten Mal betrat. Sie schwebte schwerelos dahin, wie eine Möwe über der Flut. Außer einer Weißgoldbrosche und zwei schlichten Ringen hatte sie auf jeden Schmuck verzichtet, und das verlieh ihrer äußeren Erscheinung einen fast asketischen Ausdruck. Sie bestellte ihren ersten L'Amande Pastis, und wir fanden schnell Kontakt. Ich erzählte ihr von meinen deutschen Vorfahren, die aus Karlsruhe stammen; meine Großmutter lebt immer noch dort. Ich glaube, allein diese Tatsache sorgte bei ihr für eine Art Heimatgefühl, das sie sonst in der Stadt nirgendwo fand. Seitdem kam sie immer wieder.

An den Wochenenden blieb sie häufig so lange sitzen, bis ich die Bar schloss. Viel getrunken hat sie nie, zwei, höchstens drei Cocktails, sonst nur Wasser oder Tomatensaft. Was sie machte, war, sich Menschen ansehen.

Als ich sie danach fragte, sagte sie:

– Ich lerne Gesichter."

Uli Remstedt nickte beifällig. Er kannte die Besonderheiten seiner Frau. Er ging davon aus, dass sie sich in den Jahren seit ihrer Trennung nur unwesentlich geändert hatte.

Am Arm eines gut aussehenden Südländers erschien nun auch noch Carole Delrieux auf der Terrasse des *Pastis*. Sie war beschwipst und lachte ein bisschen zu laut. Dann sah sie Uli Remstedt. Ihr Lachen verstummte. Sie ging zu ihm hin und legte ihre Arme um seinen Hals.

„Kommst du damit zurecht?", fragte sie Remstedt und hielt ihn fest.

„Es geht schon." Er drückte sie an sich.

„Setzt dich zu uns, Carole", sagte Jason Manning.

„Ich würde gern, aber es wartet jemand auf mich."

Sie zeigte auf den Mann, der vor dem Eingang stehen geblieben war und zu ihr herübersah.

„Dich würde ich immer noch viel lieber nehmen“, sagte sie zu Remstedt und schmunzelte. „Ihr müsst nämlich wissen, dass ich mal ganz versessen auf ihn war und ihn richtig angemacht habe. Anna hatte ihn mit ins Fotostudio in Brooklyn gebracht, aber das wusste ich in dem Moment noch nicht. Gott, wie lange ist das her! Acht Jahre? Mindestens.“

„Elf“, verbesserte Remstedt. „Ich kann mich gut an den Morgen erinnern.“

„In seiner hellen Cordhose und dem schwarzen Rollkragenpullover sah er umwerfend existenzialistisch aus. Mir gefielen seine langen Haare und die Hornbrille. Die Brille gab ihm das intellektuelle Aussehen eines Filmstudenten. Nicht dass ich je einen gekannt hätte, aber so stellte ich sie mir vor. Er flegelte auf einem Hocker an der Coffeebar und nippte an einem Latte Macchiato. Zuerst dachte ich, er sei vielleicht schwul, so wie er mit dem süßen Tommy hinter der Theke herumalberte. Die Szene ist ja bekanntlich belebt mit Männern, die Männer lieben. Andererseits umgab ihn eine Coolness, die nur Männern eigen ist, die ungern etwas anbrennen lassen.

Ich ging also rüber zur Bar und bestellte einen doppelten Espresso bei Tommy“, fuhr Carole fort. „Der Platz neben dem Filmstudenten war frei, klar, dass ich mich zu ihm setzte. Ich kam vom Make-up und sah, glaube ich, einigermaßen umwerfend aus. Er rutschte mit seinem Stuhl ein Stückchen zu Seite, um mir Platz zu machen und sagte:

– Hi!

Ich erwiderte: – Dich kenne ich noch nicht. Bist du Annas Freund?

– Ich glaube schon.

– So was weiß man doch.

Er hatte eine sehr rauchige Stimme und sehr blaue Augen. Als Antwort auf meine Frage zog er die Schultern hoch.

– Wenn du nicht ihr Freund bist, könntest du meiner sein, sagte ich. – Was machst du denn so?

– Ich versuche zu schreiben. Für den Film, und weil ich das noch nicht besonders gut kann, bin ich in New York.

– Macht dir das Spaß, zu schreiben und so?, fragte ich.

– Ist ein einsames Geschäft, aber wenn man es raus hat, will man nie wieder was anderes machen. Man hat ja genug Menschen, um die man sich kümmern muss beim Schreiben.

– Was stellst du denn mit denen so an?

– Ich denke dabei nicht ans Schreiben. Ich stelle mir einfach eine Szene vor, einen Raum, eine Landschaft und da gehe ich rein, fühle die Atmosphäre und sehe mir die Leute an, die sich dort aufhalten, und höre ihnen zu. Das setzt eine Geschichte in Gang, ich brauch sie bloß noch aufzuschreiben und dafür zu sorgen, dass sie gut klingt. Der Klang eines Wortes, ein holpernder Rhythmus, eine gebrochene Melodie können eine Story ruinieren. Manchmal reicht schon ein falsches Komma.

– Ich habe heute Abend frei. Wir könnten gemeinsam den korrekten Gebrauch von Allegorien und Alliterationen vertiefen und vielleicht etwas gegen deine Einsamkeit unternehmen, schlug ich vor.

Er lachte und sagte: – Das wäre nett, aber ich bin schon verplant ... mit ihr.

Er deutete mit dem Kopf nach hinten. Ich drehte mich um und sah Anna auf uns zusteuern.

– Wie ich sehe, habt ihr euch schon bekannt gemacht, sagte sie. – Wie weit seid ihr gekommen?

– Oh, wir machen passable Fortschritte, sagte ich. – Ich habe versucht, ihn ins Bett zu kriegen, aber was das angeht, ist er wohl ein bisschen schüchtern.

– Das hoffe ich doch, sagte Anna und küsste ihn. – Er gehört mir, Carole. Also Finger weg!

Ich brauchte Anna nur anzusehen und wusste sofort, hier haben wir jemanden, der gerade sein Talent zum Glücklichsein entdeckt hat."

Remstedt brachte ihre Geschichte zu Ende: „Seit diesem Tag sind Carole und ich gute Freunde. Sie hat Anna und mich später oft in Deutschland besucht."

„Versprich mir, dass du mich anrufst", sagte Carole zum Abschied und streichelte seine Wange. „Wir haben uns viel zu erzählen. Ich würde schrecklich gern bleiben, aber ich habe Miguel versprochen, mit ihm ins Riverside Café zu fahren. Ich möchte ihm die wunderschöne Aussicht auf die Skyline zeigen."

„Okay", sagte Remstedt und schaute ihr nach. Er mochte sie. Er würde sie anrufen, sobald er die Zeit dafür fand.

Als Jason Manning eine zweite Karaffe Wein bestellen wollte, winkte Uli Remstedt ab.

„Nicht für mich. Ich möchte mir noch ein bisschen die Beine vertreten. Es ist kühl geworden. Ich glaube, das wird mir guttun", sagte er.

Manning nickte.

„Geh nur", sagte er. „Lauf dir den Kopf frei. Wir sehen uns dann morgen zum Frühstück."

„Was dagegen, wenn ich mitkomme?", fragte Mammen. Remstedt sah ihn an, zögerte.

„Off records", fügte Mammen rasch hinzu. „Ich werde nichts bringen, was du nicht vorher autorisiert hast. Worüber wir unterwegs reden, bleibt unter uns, wenn du es so willst."

Remstedt zögerte immer noch. Eigentlich wäre er lieber allein gegangen.

„Wohin willst du?", fragte Mammen. „Einfach bloß rumlaufen?"

Remstedt zog die Schultern hoch.

„Weiß nicht."

„Ein guter Weg", entschied Mammen, „darf ich dir trotzdem einen anderen vorschlagen? Ich wollte noch einmal in die Prince Street. Mir fehlen noch ein paar Details vom Unfallort. Wie wär's, wenn wir's jetzt gemeinsam tun?"

„Ein ganz schönes Stück", gab Jason Manning zu bedenken.

„Wir können jederzeit umkehren oder ein Taxi nehmen", sagte Mammen.

„Meinetwegen", sagte Remstedt. „Ist ja auch egal."

Sie schlugen den Weg Richtung Washington Square ein, marschierten dann runter nach SoHo. Die erste Viertelstunde gingen sie schweigend nebeneinander. Mammen wurde bewusst, dass es nicht leicht sein würde, Anna Hansens Mann zum Reden zu bringen, und das Dümmste, was er tun konnte, war, ihn zu drängen.

Als sie an einer Parkbank vorbeikamen, fragte er Remstedt, ob sie sich einen Augenblick setzen könnten. Dann holte er sein Handy aus der Tasche, klickte auf das Telefonbuch, suchte die Nummer seiner Tochter Tammy und drückte die Anruftaste. Es war kurz nach Mitternacht, in Deutschland Zeit zum Aufstehen.

„Guten Morgen, Spatz", sagte er, als er ihre verschlafene Stimme hörte. „Ich wollte dir unbedingt als Erster zum Geburtstag gratulieren."

„Du bist aber nicht der Erste, Paps." Ihre Stimme klang wach und fröhlich. „Louis ist bei mir!"

„Klar, Louis, der mit den Rastalocken."

„Paps, das war Fiffy."

Als Mammen und seine Frau sich vor einem halben Jahr getrennt hatten, war Tammy bei Carla geblieben. Die beiden wohnten nur ein paar Straßen weiter. Sie trafen sich oft, aber natürlich entging ihm vieles, was das Leben seiner Tochter ausmachte, und jetzt war wieder einer jener Momente, wo ihm – und Tammy – dies klar wurde. Carla und er waren seit ihrer Jugendzeit zusammen gewesen, hatten geheiratet, Tammy bekommen und sich auf ein gemeinsames Leben eingestellt. Carla arbeitete seit dem Studium als Lehrerin an einem Gymnasium in Harvestehude, Mammen war Journalist geworden.

Sein beruflicher Ehrgeiz und die dauernden Trennungen, wenn er auf Reportagereisen ging, hatten sie einander entfremdet. Vor einem Jahr stellte Carla ihm ein Ultimatum: Entweder, er suchte sich einen neuen Job, einen Redaktionsposten, der ihm mehr Zeit ließ für die Familie, oder sie würde ihn verlassen. Am nächsten Tag sprach Mammen mit dem Chefredakteur. Walter König zeigte Verständnis für Mammens familiäre Probleme und bot ihm die vakante Leitung des Deutschland Ressorts an, das spannendste und wichtigste Ressort, das *Arena* zu bieten hat. Mehr Geld gab es auch.

Nach drei Monaten kam König in sein Zimmer, abends, lange nach Büroschluss, es war kaum noch jemand da, zog die Tür hinter sich zu und setzte sich auf den Besucherstuhl. König versicherte ihm, wie sehr er seine Arbeit schätze, die Kollegen wären begeistert von ihrem neuen Chef, prima Geschichten und überhaupt. Aber die Ressortleitung, dass wär' wohl ein Fehler gewesen, von ihnen beiden. Mammen sei ein Reporter, sein bester Mann, und kein kleinkarierter Geiger in einem Provinz-Orchester. Er müsse wieder raus, die Drecksarbeit machen, davon lebe das Blatt, verwalten sollten andere.

Vom ersten Tag an hatte König gespürt, dass ständige Konferenzen, Personalentscheidungen, Termine und die Koordination der Redakteure und Reporter Mammen gegen den Strich gingen.

So wurde Mammen wieder Reporter und war keineswegs unglücklich darüber. Doch Carla hielt an ihrer Drohung fest und zog wenige Wochen später mit Tammy aus. Es war keine Trennung im Zorn. Mammen liebte seine Frau noch immer, und von Scheidung hatten sie nie gesprochen. Sie trafen sich regelmäßig zum Essen, meistens war Tammy dabei, aber oft gingen sie auch allein aus.

Mammen vermisste seine beiden Frauen sehr.

„Ich wäre heute gerne bei dir", sagte Mammen. „Das weißt du hoffentlich. Aber ich muss noch ein paar Tage in New York dranhängen."

„Schon gut, Paps, weiß ich doch. Ich bin ja kein Kind mehr. Ich bin dir nicht böse. Warst du bei Abercrombie & Fitch?"

„Vielleicht morgen."

„Denkst du an die Polos?"

Wann immer er in New York war, kaufte er für seine Tochter bei A & F ein. Löchrige Jeans, zerschlissene Cordjacken, viel zu enge T-Shirts mit dem Aufdruck der Kult-Company und Mini-Röcke. Ihr halber Kleiderschrank hing mit Abercrombie-Klamotten voll.

„Und die Hosen? Und die Hängetops?", erinnerte sie ihn.

„Mal sehen", sagte Mammen.

„Ich habe Geburtstag, Paps!"

„Ich habe schon ein Geschenk für dich."

„Was ist es?"

„Grüß Mumm von mir. Sag ihr, ich melde mich in den nächsten Tagen."

„Du bist gemein!"

„Du musst jetzt aufstehen, Süße, und ich muss Schluss machen. Ist doch schön, dass diese beiden Dinge jetzt zusammentreffen."

„Pass auf dich auf, Paps."

„Ich drück dich."

Als Mammen das Gespräch beendete, fühlte er, wie sich eine plötzliche Leere in ihm ausbreitete. Er kannte das Gefühl.

„Wie alt ist sie geworden?", fragte Uli Remstedt, als sie ein Stück weit gegangen waren.

„Siebzehn", antwortet Mammen. „Meine Frau und ich, wir sind auseinander. Tammy lebt bei ihr."

„Schlimm", sagte Remstedt.

Nach einer Weile setzte er hinzu: „Anna und ich haben auch eine Tochter gehabt."

Darüber hatte nichts in den Unterlagen gestanden, das wusste Mammen genau.

„Sie ist viel zu früh gestorben, nicht einmal ein Jahr alt."

Mammen sagte nichts.

„Frag mich ruhig", sagte Remstedt.

„Was denn?"

„Deshalb bist doch mitgekommen, um mit mir zu reden."

Nach kurzem Zögern fragte Mammen: „Wie war ihr Name?"

„Marie."

„Und warum ist sie so früh gestorben?"

„Anna gab mir die Schuld an Maries Tod."

„War Marie krank?"

„Es ging ganz schnell", sagte Remstedt ausweichend.

Sie kamen zur Springstreet, die um diese Stunde menschenleer war, nur in einigen Restaurants herrschte noch Betrieb.

Plötzlich blieb Remstedt stehen und schaute über die Straße zu einem hell erleuchteten italienischen Lokal.

„Stimmt was nicht?“, fragte Mammen.

„Da drüben gibt es fabelhafte schwarze Nudeln mit Paprika, Sardinen und Lauch.“

„Wie kommst du darauf?“

„Da habe ich Anna wieder getroffen, viele Jahre nach unserem ersten Zusammensein und lange vor unserer Hochzeit. Es war Zufall. Ich war für sechs Monate nach New York gekommen, um an der Film Academy am Union Square ein Drehbuchseminar über das Schreiben von Komödien zu belegen. Eine deutsche Produktionsfirma hatte mich hergeschickt, weil ich nach der Rückkehr Konzepte und Drehbücher für den deutschen Markt entwickeln sollte. Sie bezahlten den Flug, die Kursgebühr und ein schäbiges Loch im ersten Stock einer Bruchbude auf der Lower East Side, die ich jede Nacht mit einem Haufen Betrunkener teilte, die in der Kneipe unter meinem Bett Billard spielten und erst nach Hause gingen, wenn der Laden gegen zwei Uhr morgens endlich dichtmachte. Anna war zu dieser Zeit längst ein Star in der Modeszene und verdiente Millionen.

Am ersten Sonntag schlenderte ich mittags allein durch SoHo. Ich ließ mich treiben, ohne Ziel. Irgendwann landete ich hier, in dieser Straße, und da sah ich sie. Ungeschminkt, so, wie ich sie am liebsten mochte und in Erinnerung behalten hatte, hellblaues Polo-Shirt, gelbe Flip-Flops und eine kurze Khaki-Hose.

Unsere letzte Begegnung, die Abiturfeier, lag Jahre zurück, und noch mehr Zeit war vergangen, seit unsere erste Liebe durch ihre Dummheit und meine Sturheit ein Ende gefunden hatte, noch ehe sie eine Chance bekam, erwachsen zu werden.

Bevor ich nach New York flog, hatte ich keine Sekunde daran gedacht, Anna zu besuchen. Ich war fertig mit ihr. Es gab keinen Grund für mich, an eine Vergangenheit anzuknüpfen, die ich selbst für beendet erklärt hatte.

Trotzdem habe ich all die Jahre an sie gedacht. Jeden Tag. Sobald sie in meinen Gedanken auftauchte, begann mein Herz schneller zu schlagen. Ein winziges Aufblitzen der Zeit mit ihr genügte, und sie war wieder da, und das Gefühl, das dann entstand, sagte mir, dass sie eine Lücke hinterlassen hatte, die kein anderes Mädchen zu schließen vermochte.

Ich blieb stehen und sah so lange zu ihr hinüber, bis sie mich bemerkte. Langsam legte sie ihr Besteck neben den Teller und stand auf. Sie sah mich an und rührte sich nicht. Keiner sagte ein Wort. Wie lange standen wir so? Eine Minute? Zwei?

Schließlich machte ich einen Schritt auf sie zu.

– Nicht!, rief sie über die Straße, eben laut genug, dass ich es hören konnte.

Ich ging dennoch weiter.

– Nein, Uli! Bleib stehen, bitte! So, wie es war, so ist es gut. So soll es bleiben.

Ich zögerte.

– Ich soll also weiter vor dir weglaufen?, fragte ich.

– Wenn es sein muss.

– Anna, wir waren die besten Freunde. Können wir nicht das wenigstens wieder sein, gute Freunde?

– Nein, es würde nicht funktionieren.

– Weil du es dir nicht verzeihen kannst? Es war dumm, ja, ziemlich dumm, aber es ist lange her.

– Es war gestern, Uli. Gestern. Und du hattest Recht, als du mich weggeschickt hast.

Ich ging weiter. Auf sie zu. Direkt über die Straße. Ein Auto bremste, der Fahrer ließ das Fenster herunter und rief mir etwas nach, das sich wie ‚Bloody bastard' anhörte.

Dann stand ich vor ihr.

– Du kannst nicht einfach so wieder in meinem Leben sein, sagte sie leise. – Ich habe zu lange gebraucht, um dich daraus wegzudenken.

Ich legte meine Arme um sie und hielt sie fest, roch an ihrem Haar, und sie ließ es geschehen.

So standen wir da, eng umschlungen, an diesem heißen Tag in New York City. Zwei Verlorene.

Später gingen wir gemeinsam durch die Straßen der sonntagsleeren Stadt und redeten. Es war leicht.

In der Nacht zuvor hatte es geregnet. Überall standen Pfützen, denen wir auswichen. In jeder der dunklen Pfützen schwamm eine kleine, makellose Sonne.

Wir bummelten durch SoHo, rüber nach Little Italy und weiter nach Chinatown. Wir redeten die ganze Zeit. Wir liefen die Eastside hoch bis zum Central Park, wo wir uns auf eine Bank in der Nähe des hell erleuchteten Plaza-Hotels setzten. Inzwischen war es dunkel geworden. Es war eine warme Nacht. Und wir redeten.

Bis zuletzt fürchtete ich die eine Frage, die noch zwischen uns stand, aber sie musste kommen, weil sie unvermeidlich war. Anna stellte sie, als ich versuchte, ihre Hand zu nehmen. Seit dem Mittag, seit der ersten Umarmung, hatten wir einander nicht wieder berührt.

– Ich muss es einfach wissen, Uli. Hast du mir verziehen, was damals geschehen ist?

Ich zog meine Hand zurück.

– Ich habe nie wirklich darüber nachgedacht. Ich verstand das mit Harald Blanken einfach nicht. Ich fühlte mich gekränkt und blamiert und traurig und war wütend auf dich und auf ihn. Auf mich war ich auch wütend.

– Kannst du bitte trotzdem meine Hand nehmen? Sie ist kalt.

Ich tat es, und so saßen wir da. Die ganze Nacht. Und wir redeten.

Morgens um sechs lud ich sie zum Frühstück bei Howard Johnson am Times Square ein, mit Pfannkuchen, Crème und Ahornsirup, das war alles, was ich mir damals leisten konnte. Dann brachte ich sie im Taxi nach Hause.

In den nächsten Tagen trafen wir uns jeden Abend zum Essen, gingen ins Kino, sahen uns im Theater ‚Cats' und ‚Miss Saigon' an, aber Händchen halten war alles, was wir uns erlaubten. Ich nehme an, wir spürten, wie zerbrechlich das vorsichtige Sich-Nähern noch war.

Dann musste Anna zur Haute Couture nach Paris, wo sie für mehrere Schauen gebucht war. Danach ging es gleich weiter nach Mailand und London.

Den Abend vor ihrer Abreise verbrachten wir im ‚Pastis'. Es war das erste Mal. Jedermann schien Anna zu kennen und winkte ihr zu. Vorher hatten wir nur Lokale besucht, in denen niemand wusste, wer sie war.

– Frag nicht, Jason, sagte sie lächelnd, als Jason Manning uns begrüßte. – Er ist ein guter Freund. Ein sehr guter Freund. Wir sind zusammen zur Schule gegangen. Im Moment besucht Uli die New York Film Academy und bleibt einige Monate in der Stadt. Und, nein, er wohnt nicht bei mir.

Jetzt wusste ich wenigstens, woran ich war. Sie hatte es soeben klargestellt, ein guter Freund aus Deutschland, mehr nicht.

Nach einem Absacker an der Bar mit Nunnally Johnson, der nach uns gekommen war, nahmen Anna und ich ein Taxi. Der Fahrer raste den Broadway runter. Die Leuchtreklamen der Geschäfte, die links und rechts am Fenster vorbeiflogen, glichen den verwischten Konturen von langzeitbelichteten Highwayfotos bei Dunkelheit.

Wir sprachen nicht. Jeder hing seinen Gedanken nach. Meine kreisten um die Frage, wie es wohl weitergehen würde mit uns, wenn Anna von ihrer Reise zurückkehrte. Würde es weitergehen?

Das Taxi bog in die Prince Street ein und hielt vor Annas Haus. Sie stieg aus und bezahlte den Fahrer.

Ich ließ das Fenster herunter, lehnte mich hinaus und sagte: – Wirf deinen Körper nicht weg!

Was habe ich mir bloß dabei gedacht? Ich schämte mich und versuchte, ein Lächeln zustande zu bringen.

– Entschuldige bitte, das war dumm, sagte ich zerknirscht.

– Du kannst bei mir wohnen, solange ich weg bin, sagte Anna. – Willst du?

Was für eine Frage? Wer über einem Bumslokal wohnt und jede Nacht auf der Matratze von den körperlich fühlbaren Bässen und Drums der Musik hin- und hergeworfen wird, ist nicht besonders wählerisch.

Sie löste einen Schlüssel von ihrem Schlüsselbund und gab ihn mir. Zum Abschied küsste sie mich auf die Wange.

– Wir müssen reden, sobald ich wieder da bin, sagte sie.

Und das mussten wir. Auf jeden Fall."

Remstedt hatte sich nicht von der Stelle gerührt. Unverwandt starrte er zum „Mezzogiorno" hinüber und fand erst nach und nach den Weg zurück in die Gegenwart. Mammen ließ ihn kommen und beschloss, es für heute gut sein zu lassen.

„Wie ging es weiter mit euch?" Das sollte seine letzte Frage sein.

„Das ist eine längere Geschichte."

„Ja, gut. Na, dann fahr ich jetzt besser", sagte Mammen, „können wir uns irgendwann noch einmal treffen? Wegen der längeren Geschichte?"

„Ich bleibe ein paar Tage in New York. Du weißt ja, wo du mich findest."

„Klar. Ja, gut. Im Pastis."

Mammen, der spürte, wie ihm seine Worte aufgrund der Müdigkeit zu entgleiten begannen, und kaum noch in der Lage war, einen geraden Satz über die Lippen zu bringen, war froh, als ein leeres Taxi vorbeifuhr, das er anhalten konnte.

Als der Wagen losfuhr, legte er seinen Kopf nach hinten gegen die Polster und schloss die Augen.

Was für ein Tag, dachte er, was für ein langer, verdammter Tag. Dann nickte er kurz weg.

Sein Handy schreckte ihn auf. Er war benommen und fummelte im Dunkeln an den Tasten herum, bis er das Gespräch endlich hatte. Es war Harold Dardis von der *New York Times.*

„Interesse am Autopsiebericht?", fragte er.

10.

Zwanzig Minuten später, kurz vor Mitternacht, saß Mammen in Dardis' Wohnung vor dem Computer und las das offizielle Arbeitsblatt der Abteilung für Forensic des New Yorker Police Departments (NYPD). Der Dienst habende Pathologe hatte es nach der Obduktion von Anna Hansen angefertigt und mit seiner Unterschrift beglaubigt.

Dardis kochte in der kleinen Küche Kaffee. Das Apartment war nicht besonders groß, aber hell, es lag auf der Brooklyn-Seite des East River, direkt am Wasser, mit einem atemberaubenden Blick auf die Skyline von Manhattan.

„Woher hast du die Akte?", fragte Mammen.

„Kein großes Ding", rief Dardis aus der Küche. „Ich mache meinen Job schon ein paar Jahre. Du kannst dir vorstellen, dass ich in den wichtigsten Behörden dieser Stadt ein paar Leute kenne, die mir wohlgesonnen sind. Man weiß nie, wozu man sie braucht."

Mammen ließ die endlosen Beschreibungen von Drüsen, Organen und den Allgemeinzustand des Körpers außer Acht und wandte sich den letzten Seiten der Schlussfolgerung zu.

„Keine große Überraschung", sagte er, als Dardis die dampfenden Kaffeetassen hereintrug. „Es ist so, wie der Staatsanwalt gesagt hat."

„Sieh dir die Seite sieben noch einmal an", forderte Dardis ihn auf. „Ich frage dich, würde eine Frau, die schwanger ist, Kokain und Psychopharmaka zu sich nehmen?"

„Anna Hansen war schwanger?"

„In der sechsten Woche."

„Vielleicht hat sie es nicht gewusst."

„Das möchte ich gern herausfinden", sagte Dardis.

„Wir müssen mit ihrem Arzt reden", sagte Mammen.

„Dr. Guy Korda", sagte Dardis. „Gilt in Manhattan als Dr. Feelgood. Stellt bereitwillig die abenteuerlichsten Rezepte aus: Schmerztabletten, Beruhigungsmittel, Stimmungsaufheller, die ganze Familie. Heute Nachmittag habe ich in seiner Praxis angerufen, aber die Sprechstundenhilfe hat mich vertröstet. Als ich mit ihr sprach, wusste ich von der Schwangerschaft allerdings noch nichts. Den Autopsiebericht bekam ich erst vor einer Stunde."

„Ich hätte auch eine Frage an den Doktor", sagte Mammen.

„Und welche wäre das?"

Dardis nippte an seinem Kaffee. Mammen fragte, ob er eine Zigarette rauchen dürfe. Dardis zeigte auf das Fenster, es stand halb offen. Mammen klopfte eine filterlose Gitanes auf seinem Handrücken fest, ging zum Fenster, schob es ganz hoch, zündete die Zigarette an und blies den Rauch nach draußen.

„Von wem hat Anna Hansen die Antidepressiva bekommen, die bei ihr gefunden wurden?", fragte er und ließ seinen Blick über den spiegelnden Fluss gleiten. Das Empire State Building schien zum Streicheln nahe. Über die Brooklyn Bridge rauschte der Verkehr.

„Worauf willst du hinaus?", fragte Dardis.

„Ich bin mir nicht sicher, aber ist es nicht üblicherweise so, dass der behandelnde Arzt, der Psychiater oder der Psychotherapeut die Medikamente verschreibt?"

„Natürlich. Warum?"

„Nur mal angenommen: Was wäre, wenn in den letzten Wochen *keiner* von denen ein Rezept ausgestellt hat? In den Archivunterlagen aus den letzten Monaten stand, Anna Hansen habe sich gefangen und sei wieder gesund. Wie passt das mit den Funden der Polizei zusammen?"

„Du bist mein Mann, ich hab's gewusst", sagte Dardis und pfiff anerkennend durch die Zähne. „Dann gibt es nur zwei Möglichkeiten: Entweder hat ihr ein anderer Arzt die Pillen verschrieben ..."

„... oder jemand hat sie absichtlich dort hingelegt, damit die Polizei sie findet."

Mammen nickte und schnippte seine Kippe aus dem Fenster.

„Okay, das hätten wir", sagte er. „Und jetzt wüsste ich gern, warum du mir den Obduktionsbericht gezeigt hast." Dardis versuchte gar nicht erst, empört zu klingen.

„Du hast gesagt, du kennst ein paar von Anna Hansens Freunden. Vielleicht hat einer von denen einen Schlüssel zu ihrer Wohnung. Sollte sie versiegelt sein, werden sie die Siegel vermutlich schon morgen früh entfernen, jedenfalls dann, wenn sich die Staatsanwaltschaft der Auffassung der Pathologen anschließt und es auf Selbstmord hinausläuft."

Mammen überlegte.

„Ich glaube, dass lässt sich machen", sagte er. Er dachte an Charlotte Stegemann, an Nunnally Johnson und Uli Remstedt. Zweifellos würde einer von ihnen im Besitz eines Schlüssels sein.

„Ich kümmere mich darum", versprach er.

„Gut", sagte Dardis. „Eine Hand wäscht die andere. Um 9.30 Uhr morgen früh, bevor sein Dienst beginnt, habe ich eine Verabredung mit einem Detective beim NYPD. Er ist für diesen Fall zuständig. Du kannst mitkommen, wenn du willst."

„Ist er der Lieferant des Obduktionsberichts?", fragte Mammen.

„Es könnte auch ein anderer sein", sagte Dardis ausweichend.

„Kapiert."

Es klang wie eine Wortsymbiose aus *ich durchschaue dich* und *du kannst mich mal.*

„Enthusiasmus habe ich mir anders vorgestellt", sagte Dardis.

„Ist nicht gegen dich. Hab in letzter Zeit nur zu wenig geschlafen."

DRITTER TAG

Freitag

1.

„Hast du einen Schlüssel zu Annas Wohnung?“, fragte Mike Mammen.

„Bist du verrückt, weißt du, wie spät es ist?“, erwiderte Charlotte Stegemann schlaftrunken. „Noch nicht mal sieben. Was soll das?“

„Konnte nicht mehr schlafen.“

„Ist das mein Problem?“

Sie setzte sich in ihrem Bett auf und presste den Hörer ans Ohr.

„Was willst du in der Wohnung?“

„Sie mir ansehen. Die Polizei wird die Versiegelung wahrscheinlich heute aufheben. Hab’ eben mit Uli Remstedt gesprochen, er ist auch schon auf den Beinen. Er sagt, er hat keinen Schlüssel, aber du hättest einen. Remstedt ist übrigens später bei Annas Anwalt.“

„Meistens habe ich während der Fashion Week bei Anna gewohnt“, sagte Charlotte.

„Dieses Mal nicht?“

„Hat Uli Remstedt dir nichts erzählt?“

„Was denn?“

„Nicht so wichtig. Auf jeden Fall hat Nunnally einen Schlüssel. Soweit ich weiß, produziert er heute in den Pier Studios. Versuch’s bei ihm.“

2.

Mammen erklomm die Treppe zum Hauptquartier des New Yorker Police Department, das im gleißenden Morgenlicht lag. Dardis saß auf der obersten Stufe und las die *Times.* Er sah auf und lächelte.

Zusammen passierten sie die Sicherheitsschleusen und betraten einige Minuten später das Großraumbüro der Beamten, die für den Bezirk Süd-Manhattan zuständig waren.

„Der Cop, mit dem wir verabredet sind, heißt Jack Fitzgerald", sagte Dardis. „Seit ich eine hübsche Geschichte über seinen Sohn geschrieben habe, einen talentierten jungen Cellisten, glaubt Jack, mir etwas schuldig zu sein. Die Mutter des Jungen hat mir zu Thanksgiving sogar einen selbst gebackenen Marmorkuchen geschickt. Auf das Portrait ist ein bekannter Lehrer am Konservatorium in Milwaukee aufmerksam geworden und hat dem Jungen ein Stipendium besorgt."

Dardis steuerte durch die Gänge und blieb vor einem klobigen Schreibtisch stehen, hinter dem ein Cop mit einem aus der Mode gekommenen schwarzen Schnauzbart saß und in einem Bericht blätterte. Die Miene des Cops hellte sich schlagartig auf, als er Dardis erblickte. Er schwitzte stark und war so dick, dass er kaum in seine Uniform passte. Der Hosenbund verschwand unter einem enormen Bauch, der das Hemd zu sprengen drohte, das sich rund um die Knopflöcher bereits gefährlich spannte.

„Hallo Jack", sagte Dardis. „Darf ich dir meinen Kumpel vorstellen? Mike Mammen, kommt aus Deutschland. Können wir uns irgendwo ungestört unterhalten?"

„Ihr Jungs lasst nicht locker, das gefällt mir", sagte Fitzgerald und wischte sich mit einem großen weißen Taschentusch übers Gesicht. „Holt euch da drüben einen Kaffee und kommt mit nach nebenan, da ist es etwas kühler. Unsere Klimaanlage ist hinüber. Die Handwerker tauchen hier garantiert erst in zwei Stunden auf."

Sie setzen sich in das Eckzimmer von Fitzgeralds Chef, der zu einer Lagebesprechung fortgegangen war.

„Na, dann mal los, Jack."

„Was wollt ihr hören?"

„Erzähl uns einfach, wie du sie vorgestern Abend gefunden hast."

„Keine zehn Minuten nach dem Anruf war ich draußen. Als ich zum Tatort kam, drängte sich bereits eine Menschenmenge vor den Absperrbändern. Ein paar Kollegen, die noch schneller waren als ich, hatten sie um die Leiche gezogen, damit nichts angerührt wurde. Dass es Selbstmord war, dachte ich auf den ersten Blick, so wie sie da lag. Wenn man seit beinahe fünfundzwanzig Jahren beim NYPD arbeitet, hat man viele Suizide gesehen und weiß, worauf es ankommt.

In der rechten Tasche ihrer Hose fanden wir einen Haifischzahn. Es klebte Blut daran. Eine Schnittverletzung in ihrer linken Handfläche rührte von diesem Haifischzahn her. Wahrscheinlich handelte es sich um einen Talisman oder so etwas. In derselben Tasche hatte sie einen blauen Stein, einen von der Sorte, die spitz und kantig sind, unangenehm. Außer ihrem Ehering trug sie weiter nichts bei sich. Wusstet ihr Jungs, dass Anna Hansen auf Shelter Island ein Sommerhaus besaß?"

Dann erzählte er, wie sie im Zuge ihrer Ermittlungen noch in derselben Nacht hinausgefahren waren und auch dort eine beträchtliche Menge Antidepressiva und Kokain sichergestellt hatten. Das Kokain fanden sie unter den Holzdielen im Vorratsraum, ein angebrochenes Tütchen lag in einer leeren Shiseido-Cremedose auf der Ablage vor dem Badezimmerspiegel.

Anna Hansen sei zuletzt ungefähr 36 Stunden vor ihrem Tod gesehen worden, von dem Angestellten eines Coffeeshops in der Nähe ihrer Wohnung, wo sie gewöhnlich jeden Morgen einen großen Latte Macchiato und eine Apfeltasche kaufte.

„Zwei Fragen sind jedoch noch ungeklärt“, sagte Fitzgerald. „Erstens: Wo ist ihr Wohnungsschlüssel? Die Tür war nämlich abgeschlossen, als wir uns Zutritt verschaffen wollten, aber im Apartment haben wir keinen Schlüssel gefunden. Wir suchten auch auf der Straße und auf dem Fußweg danach. Hätte ja sein können, dass der Schlüssel beim Sturz aus ihrer Tasche gefallen ist. Aber auch da Fehlanzeige. Dafür kann es meiner Meinung nach nur zwei Erklärungen geben: Jemand hat den Schlüssel mitgenommen, jemand, der in der Wohnung gewesen ist. Oder Anna Hansen hat ihn tatsächlich verloren, als sie sprang, und wir waren bloß zu dämlich, ihn zu finden.

Zweitens: Aus den Unterlagen der Telefongesellschaft Verizon geht hervor, dass Anna Hansen in den Stunden vor ihrem Tod vier Telefongespräche geführt hat. Zwischen 15.42 Uhr und 16.37 Uhr wählte sie fünf Mal dieselbe Nummer. Es handelt sich um ein Handy mit Vodafone-Netz in Deutschland. Das Handy war auf den Namen ihres Mannes registriert. Ulrich Remstedt hatte sein Handy jedoch drei Tage zuvor in einem Vodafone-Shop in der Hamburger Innenstadt als verloren gemeldet. Umso merkwürdiger ist deshalb, dass um 16.48 Uhr von diesem Apparat bei Anna Hansen angerufen wurde.

Nach Lage der Dinge bin ich mir keineswegs mehr sicher, dass es Selbstmord gewesen ist. Wenn ihr Jungs mich fragt, hätten wir an der Sache dranbleiben müssen. Aber wen interessiert schon die Meinung eines kleinen Detectives? Die Forensiker kamen zu einem eindeutigen Ergebnis, und die Staatsanwaltschaft hat sich dem angeschlossen. Klappe zu, Akte tot. Seht euch hier mal um, überall stapeln sich meterhoch die Mappen mit den ungelösten Fällen. Normalerweise freuen wir uns deshalb über jeden Ermittlungsbericht, der für immer in der Registratur verschwindet, doch an diesem Fall wäre ein bisschen mehr Engagement unsererseits nicht verkehrt gewesen, das ist meine Meinung. Vielleicht ändert der Staatsanwalt seine Entscheidung ja noch. Mein Boss hat morgen früh einen Termin in seinem Büro, um ihm unsere Bedenken vorzutragen, besonders was diese Anrufe, den Schlüssel und die Schwangerschaft angeht. Habt ihr Jungs sonst noch Fragen? Dann macht schnell, in fünf Minuten beginnt meine Schicht."

Sie verneinten und verabschiedeten sich.

Mammen drehte sich noch einmal um.

„In den Berichten ist die Rede von Psychopharmaka. Können Sie uns was über die Herstellerfirma sagen, Jack?"

Fitzgerald ging zu seinem Schreibtisch, zog die Akte Anna Hansen unter einem Klemmbrett hervor und begann, darin zu blättern.

„Hier, da haben wir's ja. Trevilor, das Medikament, das sie nahm, hieß Trevilor."

3.

Es war fünf Minuten nach zehn. In der Anwaltskanzlei Kervorkian, Jeffries & Manning, die das ganze Stockwerk eines Wolkenkratzers in der Madison Avenue einnahm, eilten Anwälte, Referendare, Assistenten und Sekretärinnen über die Flure. Die tiefen Teppiche verschluckten jedes Geräusch. Das dezente Klingeln der Telefone, die weiche Stimme der Empfangsdame, die leisen Gespräche und die edelholzgetäfelten

Decken und Wände, an denen teure Ölgemälde hingen, verströmten eine Aura ausgesuchter Exklusivität.

Seit zwanzig Minuten wartete Remstedt in einem schweren Besuchersessel, in dem er beinahe vollständig versank. Er hatte den Eindruck, nur noch seine Nase rage aus den Polstern hervor. Der Kaffee, den man ihm gebracht hatte, war heiß, schmeckte aber furchtbar und passte so gar nicht zu dem perfekten Ambiente der Distinguiertheit, mit dem die Kanzlei Kervorkian, Jeffries & Manning sich schmückte, um ihre Mandanten in kompetenter Geborgenheit zu wähnen.

Eine schwere Doppeltür schwang auf. Heraus trat eine junge Dame in einem cremefarbenen Kostüm, die sich als Kervorkians Assistentin vorstellte. Sie hatte ihre Haare mit einem Perlmuttkamm hinten hochgesteckt und forderte ihn auf einzutreten.

Aram Kervorkian war ein schlanker Mann in seinen Sechzigern, mit Tennisspielen und Joggen hielt er sich fit. Seine Großeltern waren vor über hundert Jahren aus Armenien ausgewandert, was seinen kräftigen Haarwuchs, die schwarzen Augen und das zerfurchte Gesicht erklärte. Noch gut erinnerte sich Kervorkian an die Zeit, als die ganze Großfamilie – Großeltern, Eltern und sechs Geschwister – in einer Vier-Zimmer-Wohnung gehaust hatte. Selten war genug Geld da, um Brot und Milch zu kaufen. Aus eigener Kraft arbeitete er sich aus dem Sumpf empor, verdingte sich als Laufbursche in einem Gemüseladen und finanzierte als Nachtportier sein Studium, das er mit dem zweitbesten Examen seines Jahrgangs abschloss. Daraufhin bemühte sich die renommierte Anwaltskanzlei Jeffries & Manning um seine Dienste, die er ihnen gegen ein fürstliches Gehalt und angenehme Prämien bereitwillig zur Verfügung stellte. Zielstrebig verschaffte er sich Anerkennung und Respekt und stieg in der Hierarchie jedes

Jahr ein Stückchen höher, bis Jeffries & Manning nicht mehr umhinkamen, ihn zum Partner zu machen. Inzwischen waren die beiden verstorben, seitdem herrschte Kervorkian allein im Reich von Recht und Ordnung, zu dem sich jeder Zutritt verschaffen konnte, der bereit war, die enorm hohen Stundenhonorare der Kanzlei zu bezahlen.

Kervorkian stand am Fenster, in der Hand eine frisch angerauchte Havanna. Eine italienische Seidenkrawatte mit perfektem Windsorknoten veredelte seinen braunen Westen-Anzug. Dünne Rauchschwaden zogen durch das Zimmer und verströmten den Duft lederner Männlichkeit. Nach einer kurzen förmlichen Begrüßung kam Kervorkian auf das Thema ihrer Begegnung zu sprechen.

„Ihre Frau, Herr Remstedt, hat mich beauftragt, im Falle ihres Todes mit Ihnen in Kontakt zu treten. Ich schätze mich glücklich, dass ich ihr viele Jahre lang als Berater und juristischer Beistand meine Hilfe angedeihen lassen durfte. Sie hörte auf mich, wenn ich das so sagen darf. Hier sollte ich etwas vorausschicken. Auf mein Drängen hat sie ein Testament aufgesetzt, das die Verteilung ihres beträchtlichen Vermögens regelt. Meine Mandantin war eine sehr wohlhabende Frau, und das Vermögen wächst beständig weiter. Neben einer stattlichen Anzahl von Bankguthaben in verschiedenen Ländern besaß sie Immobilien in Miami, New York und auf Shelter Island, außerdem hielt sie Beteiligungen an einem Hotelkomplex im Banff National Park auf der kanadischen Seite der Rocky Mountains, an einer Diskothek auf den Bahamas sowie an einem britischen Modehaus, das ein Label unter ihrem Namen, ‚AHL – Anna Hansen Lingerie‘ vertreibt, eine Investition, die sich ausgezahlt hat. Die Linie ist weltweit ein überwältigender Erfolg. Ich darf wohl behaupten, dass ich den Rest ihres Vermögens so gewinnbringend angelegt habe, dass sie jederzeit aus ihrem

Beruf hätte aussteigen und bis an ihr Lebensende im Luxus hätte leben können."

„Warum erzählen Sie mir das?", fragte Remstedt.

Kervorkian bedachte ihn mit einem Blick, den Anwälte für ihre minder begüterten Mandanten auf Lager haben.

„Meine Mandantin hat Sie in ihrem Testament als Alleinerben eingesetzt, Herr Remstedt. Das ist zwar schon ein paar Jahre her, aber jedes Mal, wenn ich sie später danach fragte, betonte sie, es solle genauso bleiben, wie sie es verfügt habe. Nun ist mir ja durchaus bekannt, dass Ihre Ehe nur noch auf dem Papier existierte, deshalb wunderte ich mich natürlich über diese Entscheidung. Können Sie das verstehen? Wir sprechen immerhin von einer Gesamtsumme in Höhe von 34 Millionen Dollar."

Remstedt schluckte und fuhr sich mit der Hand durch die Haare.

„Das muss ein Irrtum sein", sagte er. „Bestimmt gibt es ein weiteres Testament."

„Ich kann Ihnen versichern, es gibt nur dieses eine. Sie werden bald ein reicher Mann sein, Herr Remstedt, ein sehr reicher Mann. Ich möchte nicht verhehlen, dass ich mehr als einen Versuch unternommen habe, um meine Mandantin zu überreden, Sie auszuzahlen, um klare Verhältnisse in ihre finanziellen Angelegenheit zu bringen. Als Sie beide geheiratet haben, hielt ich es für meine Pflicht, Ihre Frau auf die Notwendigkeit eines Ehevertrages hinzuweisen, doch davon wollte sie nichts hören. Bitte glauben Sie mir, ich wollte immer nur das Beste für sie. Allein aus diesem Grund ging ich einige Zeit nach Ihrer Trennung sogar so weit, eine Abfindungserklärung aufzusetzen. Sie hätten zwei Millionen Dollar bekommen, doch Ihre Frau zerriss das Papier, als ich es ihr zur Unterschrift vorlegte. Wissen Sie, was sie gesagt hat, beide Male, zum Ehevertrag und zur Abfindungsregelung?

– Uli ist mein Mann, ich bin seine Frau, ich liebe ihn und das wird so lange bestehen bleiben, wie ein Vogel braucht, um mit einem Seidenband im Schnabel den Mount Everest bis zum Meeresspiegel abzutragen.

Ich fragte sie, was das zu bedeuten habe. Sie antwortete, das zu erklären sei ein bisschen kompliziert. Liege ich richtig mit meiner Vermutung, dass Sie dieses Bild kennen, Herr Remstedt?“

Remstedt nickte. Er war wie betäubt von den Neuigkeiten, die Kervorkian ihm in den letzten fünf Minuten eröffnet hatte.

Die Tür wurde geöffnete. Kervorkians Assistentin trug ein Tablett mit Kaffee und Keksen herein und flüsterte ihrem Chef zu, er werde dringend für ein paar Minuten bei der Übernahmeverhandlung von Gator & Chesterfield im Konferenzraum gebraucht. Die Gespräche seien festgefahren und drohten zu scheitern. Kervorkian entschuldigte sich und legte, als er sein Büro verließ, eine federnde Forschheit in seinen Schritt.

Remstedt gab zwei Stück Zucker in seinen Kaffee und rührte ihn gedankenverloren um. Seine Hochzeit mit Anna schien eine Ewigkeit her zu sein. Er lehnte sich zurück, schlug die Beine übereinander und versuchte, sich die Einzelheiten jenes Tages in Erinnerung zu rufen.

Als er Anna damals im „Mezzogiorno“ wieder getroffen hatte, war er zutiefst irritiert gewesen, doch die folgenden Tage, Wochen und Monate, in der sie jede freie Minute zusammen verbrachten, ließen sie das Gefühl der Einzigartigkeit erleben. Niemals würde er vergessen, wie sie eines Abends durch die 47th Street gebummelt und vor dem Gotham Bookmarket stehen geblieben waren, einem alten schäbigen Laden, in dem selbst die Luft knarrte. Früher war der Gotham Bookmarket ein beliebter Treffpunkt für Schriftsteller und Liebhaber anspruchsvoller Literatur gewesen. Thornton Wilder und Arthur Miller verkehrten hier ebenso wie Dorothy Parker und Tennessee Williams.

Als sie vor dem Schaufenster standen und die ausgelegten Bücher betrachteten, sagte er zu Anna:

– Geh rein und kauf dir einen Ratgeber. Frauen kaufen Ratgeber, wenn sie nicht wissen, was sie wollen, weil sie nicht mal ahnen, was sie könnten, wenn sie wollten.

– Ich weiß ja, was ich will, erwiderte sie lächelnd und küsste ihn. – Und ich werde es bekommen.

Sie erzählte ihm von einem Test, der ergeben habe, dass es bei Mäusen tatsächlich eine Frage der Gene sei, ob sie polygam oder monogam seien.

– Wenn das Ergebnis auf uns Menschen übertragbar ist, bin ich eindeutig eine Monogam-Maus. Ich finde den Zustand, mit einem Menschen zusammen zu sein, sehr schön. Niemand sollte allein leben, aber es ist ganz gut, wenn man es ertragen kann. Außerdem ist es schrecklich, morgens neben jemandem aufzuwachen, der keinen Humor hat. Und du bringst mich zum Lachen, Uli. Du bist der einzige Mensch, der das kann.

Es musste einen Grund geben für das Lächeln des Schicksals, denn es traf Anna zu einer Zeit, da sie sich leergefragt und wegfotografiert fühlte. Sie fragte sich schon seit einiger Zeit, ob darin der Sinn des Daseins liegen könne, sich jeden Frühling und Herbst neue Kleider anzuziehen und zwischendurch Shampoos, Faltencremes und Körperlotionen anzupreisen. Jedes andere Leben schien ihr ungleich reizvoller als jenes, das ihr aufgezwungen wurde und dem sie sich freiwillig, aber immer unwilliger unterwarf.

Eine Woche vor Remstedts Rückflug nach Deutschland – seine Studienzeit an der Film Academy ging zu Ende – machte sie einen Schwangerschaftstest, weil ihre Periode überfällig war.

Der Test war positiv. Bei einem romantischen Dinner erzählte sie ihm die Neuigkeit mit einer gewissen Besorgnis, denn sie wusste um seine Pläne, für ein halbes Jahr nach Nepal, Indien und Tibet zu reisen.

Remstedt nahm ihre Hand und sagte: – Wie ich dich kenne, Bee, hast du auch schon einen Namen für das Baby.

– Marie, sagte sie. – Wenn es ein Mädchen wird, soll es Marie heißen.

– Und wenn wir einen Jungen bekommen?

Anna streichelte ihren Bauch.

– Es wird ein Mädchen, und wir wollen es Marie nennen. Das heißt natürlich, nur wenn du einverstanden bist.

– Danke, dass du gefragt hast.

Zwei Wochen später sprach sie mit ihrer Agentur, absolvierte die gebuchten Fototermine und sagte alle anderen Termine ab. Sie wollte das Kind unbedingt in Deutschland zur Welt bringen und zog zu Uli in seine kleine Drei-Zimmer-Wohnung, die praktisch nur aus Schrägen bestand. Immerhin gab es einen kleinen Balkon, auf den ein Tisch und zwei Stühle passten.

Anfangs war Remstedt nicht sicher gewesen, ob es funktionieren würde. Ob Anna die Rückkehr nach Deutschland, in die alte Umgebung, auf Dauer würde aushalten können. Doch wenn er heute darüber nachdachte, begann damals die schönste Zeit seines Lebens.

Nach längerer Suche fanden sie am Rand der Lüneburger Heide ein zweistöckiges Fachwerkhaus, in das sie sich sofort verliebten. Es hatte einen großen Garten mit Apfelbäumen, wilden Sträuchern und einem Gemüsebeet, allerdings erforderte die Immobilie diverse Restaurierungsarbeiten, und Anna machte sich mit großem Enthusiasmus und Geschick an die Arbeit. Bezahlt wurde das Anwesen von Anna. Remstedt hätte sich kaum einen neuen Kühlschrank leisten können. Er nahm die ungleiche Vermögensverteilung mit gequältem Humor hin. Als ein Freund ihn fragte, ob dieser Umstand ihm zusetze, antwortete er, die Kohle habe Anna, so sei das nun mal. Sie wolle sie ausgeben, und er habe nichts dagegen. Von dem Haus werde ihm kein Ziegelstein gehören, aber das sei ihm egal. Hauptsache, es gebe einen Platz, wo er seinen Laptop hinstellen könne. Er wolle Anna festhalten, für immer, denn er wisse – diese Frau ist einmalig. Der Heiratsantrag war eine seiner größten Szenen. Schwach im Dialog, aber perfekt inszeniert. Auf einer Dampferfahrt bei Nacht die Elbe abwärts.

Hätte ein Wettbüro nach der Lebensdauer dieser Liebe gefragt, die Quote wäre eindeutig auf „glücklich bis an das Ende ihrer Tage“ gefallen.

Die Hochzeitfeier wurde von einem ärgerlichen Zwischenfall getrübt.

Niemand hatte gesehen, woher er kam, aber plötzlich war er da. Harald Blanken, von seiner Frau verlassen und arbeitslos, erklomm, die Band machte eine Pause, die Bühne und schnappte sich das eingeschaltete Mikrofon. Remstedt war der Erste, der ihn sah, und ahnte das Unheil schon, bevor es seinen Lauf nahm. Das Mikrofon gab ein kreischendes Geräusch von sich. Das Gemurmel der Unterhaltungen verstummte. Alle Augen wandten sich der kleinen Bühne zu.

– Liebe Anna, begann Blanken. – Nach unserer wunderbaren Nacht vor vielen Jahren hast du allen erzählt, du wärst betrunken gewesen. Ich stand da wie ein Trottel, wie jemand, der sich gegen deinen Willen mit dir vergnügt hat. Heute weiß jeder, was für ein Flittchen du bist. Die Zeitungen posaunen es in die ganze Welt hinaus, wenn wieder ein neuer Mann in deinem Bett gelandet ist, denn das magst du ja, immer neue Männer ausprobieren. Hast du es damals etwa nicht genossen? Du hast es gewollt und mir gezeigt und gesagt, wie du es gern hast.

Remstedt rannte los.

– In Wahrheit bist du nicht die Anna Hansen, die alle kennen. Als die Sache mit dem Schwarzen Hund passierte und deine Begeisterung für Voodoo immer absurdere Züge annahm, ist mir klar geworden, dass du nicht echt bist. Du spielst. Du nimmst. Du häutest dich. Du bist jeden Tag eine andere.

Remstedt sprang auf die Bühne, riss Blanken das Mikrofon aus der Hand, drehte seine Arme auf den Rücken und zerrte ihn durch die stummen Hochzeitgäste zum Ausgang.

Draußen stieß er ihn die Treppe hinunter. Blanken stolperte und fiel auf den Asphalt.

Remstedt half ihm wieder auf die Beine.

– Was bist du bloß für ein dummer Kerl, sagte er. – Was wolltest du mit deinem Auftritt erreichen?

– Es gab Tage, da hätte ich sie umbringen können, verstehst du? Für ihre Lügen, für das, was sie allen erzählt hat. Je mehr Zeit verging, desto mehr wünschte ich mir, sie würde dafür bezahlen. Und ich? Ich fand es einfach nur schön.

– Verschwinde jetzt, sagte Remstedt. – Geh nach Hause.

– Ich bin noch nicht fertig mit ihr.

– Himmel, es ist beinahe dreizehn Jahre her. Hau ab! Ich sollte dir die Fresse polieren für das, was du über Anna gesagt hast.

Als Remstedt in den Saal zurückkehrte, saß Anna auf einem Stuhl, den jemand herangeschafft hatte. Die Musik begann wieder zu spielen, und bald füllte sich die Tanzfläche. Auch Remstedt zog seine Frau auf die Tanzfläche, hielt sie ganz fest und flüsterte ihr ins Ohr:

– Ich weiß, du bist all das, was ich in dir sehe, und damit will ich den Rest meines Lebens verbringen.

– Was du siehst, wird immer wahr sein, sagte Anna.

Die Tür fiel ins Schloss und schreckte Remstedt aus seinen Tagträumen. Kervorkian bat um Entschuldigung, dass es so lange gedauert habe. Man habe ihm, sagte er, soeben mitgeteilt, dass die Behörden Annas Leichnam freigegeben hätten. Wenn er, Remstedt, damit einverstanden sei, würde sich die Kanzlei um die Formalitäten kümmern. Wie er sicher wisse, wollte Anna neben ihrer Tochter Marie in Hamburg beigesetzt werden. Da sei eine Menge Papierkram zu erledigen.

Remstedt nickte dankbar.

„Da ist noch etwas, das Sie wissen sollten, sagte Kervorkian. „Kurz vor ihrem Tod rief Ihre Frau mich abends zu Hause an. Sie sagte, sie brauche in einer delikaten Angelegenheit meinen juristischen Rat. Es sei sehr dringend. Ich bot ihr an, sofort am Telefon darüber zu sprechen. Am nächsten Tag hatte ich keine Zeit, weil ich zu einem Gerichtstermin, der meine Anwesenheit erforderte, nach Boston fliegen musste. Aber sie bestand auf einem persönlichen Treffen. Ich sah in meinem Kalender nach und schlug einen Termin drei Tagen später vor, da ich vorher nicht zurück sein würde. Sie zögerte einen Moment, akzeptierte dann aber meinen Vorschlag. Ich bat sie um ein Stichwort, damit ich eine Vorstellung davon bekäme, um was es ginge. Sie erwiderte, das könnte warten, bis wir uns sehen.

Unerklärlicherweise flog ich am nächsten Morgen mit einem ahnenden Gefühl ab und bedauerte, nicht sofort mit ihr gesprochen zu haben. Anna gehörte nicht zu jenen Mandanten, die meine Hilfe ohne Grund in Anspruch nahmen, das hätte ich bedenken müssen. Ich bin mir keineswegs sicher, dass die Sache, über die sie mit mir reden wollte, etwas mit ihrem Tod zu haben könnte, dennoch habe ich unser Gespräch der Polizei zur Kenntnis gebracht."

Nachdem alles Weitere besprochen war, verließ Remstedt die Kanzlei, verwirrter denn je.

4.

„Zuerst in Annas Wohnung? Oder zu ihrem Arzt?“, fragte Mammen. Bei einem zweiten Frühstück kaute er mit Harold Dardis noch einmal den Besuch im New York Police Department durch.

Dardis sah auf die Uhr. Es war 10.40 Uhr.

„Zum Arzt muss ich gleich selber“, sagte Dardis. „Um halb zwölf. Seit drei Wochen warte ich auf diesen Termin. Den kann ich jetzt unmöglich sausen lassen. Wenn du allein zu Annas Arzt fahren willst, geht das in Ordnung. Du kannst mir später alles erzählen.“

„Bis dahin habe ich auch den Schlüssel zu Annas Wohnung“, versprach Mammen.

Dardis schrieb ihm Dr. Guy Kordas Telefonnummer und Adresse auf. Sie verabreden sich für 14.30 Uhr vor Anna Hansens Haus in der Prince Street.

Mammen blieb sitzen, bestellte noch einen Kaffee und wählte auf seinem Handy Dr. Kordas Nummer.

Der Doktor sei nicht in der Praxis, sagte die Sprechstundenhilfe. Er nehme an einem Ärztekongress in Washington teil.

Ob man ihn dort erreiche könne, fragte Mammen.

Das sei schwierig. Er verbringe fast den ganzen Tag in Arbeitssitzungen, und für den Abend sei ein Empfang beim Gesundheitsminister vorgesehen. Sie wisse nicht, wann Dr. Korda wieder im Hotel sein werde. Ob Mammen nicht bis zu seiner Rückkehr warte könne?

Bestimmt habe Dr. Korda doch sein Handy dabei, insistierte Mammen. Es sei dringend, wirklich dringend. Er müsse mit ihm über Anna Hansens Tod reden, in einer delikaten Angelegenheit. Soweit er wisse, sei Anna Hansen doch seine Patientin gewesen.

Sie dürfe aber Dr. Kordas Handy-Nummer nicht herausgeben, sagte die Helferin.

Dann solle sie ihn anrufen und ihm seine, Mammens, Nummer geben. Keine Sorge, es habe alles seine Richtigkeit, nur sei Eile geboten, sonst werde Dr. Korda in seinem, Mammens, Bericht möglicherweise in einem ungünstigen Licht dargestellt.

Er hörte, wie die Helferin schluckte. Sie versprach, sein Anliegen ihrem Chef vorzutragen. Mammen bedankte sich, bezahlte sein Frühstück und fuhr ins Hotel, um seine Notizen für die nächste Anna-Hansen-Folge zu vervollständigen.

Mitten in der Niederschrift des Berichtes von Detective Jack Fitzgerald wurde er vom Klingeln seines Handys unterbrochen.

Dr. Guy Kordas Stimme klang gereizt.

„Sie wollen über Anna Hansen schreiben?“, fragte er.

„Ich denke schon, ja“, entgegnete Mammen. „Haben Sie damit ein Problem?“

„Was kann ich für Sie tun?“

„Warum ist Anna Hansen zu Ihnen gekommen? Hatte es mit ihrer Depression und dem Burn-Out-Syndrom zu tun?“

„Man braucht ein starkes Herz, um ohne Wurzeln zu leben“, sagte Korda. „Die ständige Fliegerei zu Modeaufnahmen rund um den Globus brachte Anna Hansen aus dem Gleichgewicht. Physisch und psychisch. Ihre innere Uhr geriet aus dem Takt. Es ist schon ein paar Jahre her, da konsultierte sie mich zum ersten Mal. Seit Wochen litt sie unter Einschlafproblemen, die mit der Zeit immer schlimmer geworden waren. Sie sagte, es sei nicht gerade vorteilhaft in ihrem Beruf, reizbar, nervös und übermüdet zu sein, wenn von einem erwartet werde, dass man frisch und glatt im Studio erscheine.

Ich empfahl ihr autogenes Training, das entspannt Körper und Seele und lindert die Überreizung der Nerven. Es ist schnell zu erlernen, und mit einem bisschen Übung erzielt man bemerkenswerte Erfolge.

Vorübergehend verschafften die Übungen ihr eine gewisse Erleichterung, doch schon bald kam sie wieder und klagte, sie sei völlig erschöpft, weil sie drei Nächte hintereinander wach gelegen habe. Man sah es ihr an.

Ich verschrieb ihr leichte Schlaftabletten auf pflanzlicher Basis, ohne Risiko der Abhängigkeit. Wochen danach gestand sie mir, sie habe sich auf ihren Reisen immer neue Packungen besorgt und die Dosis eigenmächtig erhöht, was zur Folge hatte, dass die Tabletten nicht mehr wirkten. Sie bat mich um etwas Stärkeres. Ich willigte ein, ermahnte sie aber, sparsam damit umzugehen.

Wenn ich sie bei späteren Konsultationen, meistens handelte es sich um harmlose grippale Infekte, auf ihre Schlafstörungen ansprach, sagte sie, es sei alles in bester Ordnung. Heute bin ich überzeugt, sie hat sich bereits damals weitaus stärkere Mittel beschafft, mit denen sie glaubte, ihren gestörten Lebensrhythmus überlisten zu können."

„Haben Sie ihr auch Antidepressiva verschrieben?"

„Vor drei Jahren suchte sie mich in einem Zustand totaler Hilflosigkeit auf. Nach dem Gespräch war mir sofort klar, dass die mangelnde Konzentrationsfähigkeit, das Schuldempfinden und das herabgesetzte Selbstwertgefühl, von denen sie mir erzählte, auf eine ernst zu nehmende Depression hindeuteten.

Bedauerlicherweise wird diese Erkrankung in unserer Gesellschaft immer noch tabuisiert, vor allem von den Kranken selbst. Die Meinung ist weit verbreitet, dass ein Mensch, der an einer Depression leidet, labil, irre oder verrückt sei. Das ist großer

Unsinn, denn in Wahrheit ist es genau anders herum. Eine intakte Hirnfunktion und ein normales soziales Umfeld sind geradezu die Voraussetzungen zur Entwicklung einer Depression. Man könnte sogar sagen, sie ist eine elementare menschliche Schutzreaktion, eine Art Bremse, die greift, wenn äußerer Schutz verloren geht. Unser Unterbewusstsein duldet es nicht, dass wir längere Zeit über unsere wahren Bedürfnisse hinausgehen, die alle Energien, körperlich und geistig, absorbieren und dabei unsere Gesundheit aufs Spiel setzen.

Anna Hansen grübelte über den Tod, klagte über ihre immer schlimmer werdende Erschöpfung und Ruhelosigkeit. Außerdem wurde sie von einer unerklärbaren Angst beherrscht.

– Es ist, sagte sie, – als würde ich im Schatten des Mondes leben, unter dem Tau des Himmels. Ich bin verschwunden in einer unendlichen Kette lichtloser Tage und verzweifelter Nächte. Was soll ich bloß tun? Das war die Frage, die sie mir und sich selber stellte."

„Welches Mittel haben Sie ihr verschrieben, Dr. Korda?"

„Ich glaube, das ist nicht von Bedeutung."

Sehr sorgfältig wählte Mammen seine Worte und setzte alles auf eine Karte.

„Meine Kollegen von der *New York Times* sind im Besitz zweifelhafter Informationen, deren Ursprung sie derzeit recherchieren. Möglicherweise könnte ich sie davon überzeugen, dass an den Verleumdungen, die Sie betreffen, nichts dran ist."

Die Bemerkung brachte Korda aus dem Takt.

„Habe ich Sie richtig verstanden? Sie wollen mich erpressen?"

„Der Grat auf dem wir uns bewegen, ist schmal und rutschig. Ein falscher Tritt, die Unachtsamkeit eines Augenblicks, und auf einmal führt kein Weg mehr zurück", sagte Mammen. „Welches Medikament haben Sie Anna Hansen gegeben?"

„Ich entschied mich für Fluvoxamin. Sie hat ausgezeichnet darauf angesprochen. Nach ein paar Tagen waren die üblichen Nebenwirkungen verschwunden. Kopfschmerzen, leichte Schwindelgefühle, trockener Mund."

„Was für ein Medikament ist das?"

„In Fachkreisen ist Fluvoxamin als selektiver Serotonin-Wiederaufnahme-Hemmer bekannt. Es blockiert Transportstoffe, die Serotonin nach erfolgter Signalübertragung wieder in die Speicherplätze zurückbefördern. So verbleibt das Serotonin länger an seiner eigentlichen Wirkungsstätte, dadurch steigt seine Wirksamkeit. Das Medikament wirkt stimmungsaufhellend und hat in der Regel keinen beruhigenden oder dämpfenden Effekt. Unwillkürlich wiederkehrende und oft als quälend empfundene Gedanken oder Handlungen als Kennzeichen von Zwangsstörungen können durch Fluvoxamin reduziert oder verhindert werden. Sind sie damit zufrieden?"

„Fakten sind im Grunde genommen ermüdend", erwiderte Mammen. Diese Erkenntnis entsprang seiner inneren Überzeugung.

Er fragte: „Ich vermute, Frau Hansen hat auf ihren Rat hin psychotherapeutische Hilfe in Anspruch genommen. Können Sie mir einen Namen nennen?"

Am anderen Ende der Verbindung herrschte Schweigen.

„Doktor? Sind sie noch da?"

„Ihr Name ist Dr. Martha Greenberg. Und jetzt entschuldigen Sie mich bitte. In wenigen Minuten beginnt unsere nächste Arbeitsrunde. Ich möchte sie auf keinen Fall versäumen. Auf Wiederhören!"

Soeben hatte Anna Hansens Vita wieder einige Nuancen hinzugewonnen. Aber was bedeuteten sie im Hinblick auf ihren Tod?

5.

Mammen fuhr in die Pier 59 Studios und holte Nunnally Johnson ab. Sie trafen pünktlich vor Annas Haus in der Prince Street ein, wo Harold Dardis in seinem Wagen bereits auf sie wartete.

Als sie den kleinen Fahrstuhl betraten, zwängte sich ein kleiner alter Mann mit einer braunen Tüte im Arm zu ihnen hinein. Seine Augen blitzten übergroß durch eine schwarzrandige Brille mit flaschenbodendicken Gläsern. Die Haare, eine dünne graue Matte, fielen ihm bis auf die Schultern und wurden von einer Baseballkappe der New York Knicks bedeckt. Die Haut spannte sich über den Gelenken, und die Einkaufstüte wirkte in seinen Händen unnatürlich groß.

Mammen drückte den Knopf für den siebten Stock.

Der Mann legte den Kopf schief und schaute ihn über den Rand seiner Tüte misstrauisch an.

„Wollen Sie zu mir?“, wandte er sich an Nunnally Johnson. Und dann: „Ich kenne Sie doch!“

„Sind Sie nicht Matty Malneck?“, fragte Johnson. „Wir sind uns gelegentlich auf Annas Partys begegnet. Sie wohnen gleich nebenan, stimmt’s?“

Malneck nickte und ließ die Tüte, die er wie schützend vor sein Gesicht gehalten hatte, langsam sinken.

In seinen mittleren Jahren war Matty Malneck ein berühmter Stand-up-Comedian gewesen, mit einer eigenen Fernsehshow, jeden Freitag um 23 Uhr. Seine Tourneen durch das Land waren beinahe drei Jahrzehnte lang ausverkauft.

„Darf ich erfahren, warum Sie hier sind?“, fragte er Johnson.

„Ich habe einen Schlüssel zu Annas Wohnung. Die beiden Herren in meiner Beleitung sind Freunde von mir. Sie möchten sich ein Bild von Annas Lebensumfeld machen.“

„Journalisten, ja?"

Es klang weder nett noch vorwurfsvoll.

„Erraten", sagte Johnson.

Der Fahrstuhl hielt. Malneck stieg als Erster aus und ging zu seiner Wohnung. Er schloss seine Tür auf, blieb stehen und beobachtete sie. Annas Tür war nur angelehnt, Johnson gab ihr einen Stoß.

Die Wohnung war keine Wohnung mehr.

Alles war von seinem ursprünglichen Platz gerissen, umgestoßen und weggerückt worden. Zerfetzte Polster, zertrümmerte Möbel und zersplitterte Gläser, Teller und Vasen bedeckten den Boden. Der Parkettboden war an einigen Stellen wahllos aufgerissen worden. Wahrscheinlich waren die beiden Salzwasseraquarien das Einzige, was unversehrt geblieben war. Langsam, als wäre nichts geschehen, drehten die fetten Fische ihre Runden.

„Wir müssen die Polizei rufen", sagte Mammen.

Dardis hatte sein Handy schon in der Hand und suchte im gespeicherten Telefonbuch Jack Fitzgeralds Nummer. Er bekam ihn sofort an den Apparat. Der Detective sagte, er werde in ein paar Minuten da sein.

„Wenn Sie möchten, können Sie so lange bei mir warten", schlug Malneck vor.

Nunnally Johnson sagte, er müsse zurück ins Studio. So ein Studio koste einen Haufen Geld. Sie seien spät dran, weil ihr Stylist Eric Pigani, ein gewöhnlich zuverlässiger Kollege, am Morgen nicht zur Arbeit erschienen sei und erst Ersatz gefunden werden musste.

Den Schlüssel für Annas Wohnung gab er Mammen, für alle Fälle.

Malneck kochte Tee. Bevor der Tee fertig war, trafen Fitzgerald und seine Kollegen vom NYPD ein. Sie sprachen kurz mit Mammen und Dardis, dann machten sie sich an die Arbeit, und Dardis verabschiedete sich. Der Zweck seines Kommens hatte sich erledigt. Die Wohnung, die er sich anschauen wollte, war hinüber und wimmelte von Polizisten.

Mammen blieb bei Malneck. Sie tranken Jasmin-Tee. Nachbarn, das wusste er aus langjähriger Erfahrung, erwiesen sich in aller Regel als erstklassige Informanten, man musste nur ein bisschen Geduld aufbringen.

„Ihre Kollegen von der Presse sind mir noch in der Nacht von Annas Tod auf die Pelle gerückt", sagte Malneck. „Ich habe mein Telefon und die Türklingel abgestellt, um meine Ruhe zu haben."

„Was waren denn das für Leute, die zu Anna Hansens Partys eingeladen waren?"

„Sie feierte immer nur im Sommer, oben, auf der Dachterrasse, die zu ihrer Wohnung gehört. In einer Ecke gab es eine kleine Bar, wo ein gemieteter Barmixer ausgezeichnete Cocktails zubereitete. In der anderen Ecke stellte ein DJ seine Anlage auf. Anna war eine aufmerksame Gastgeberin, die sich um das Wohl ihrer Gäste kümmerte. Jedes Mal erschien auch eine Menge Prominenz. Ich sah Keanu Reeves, Sean Penn, Sylvester Stallone, Sharon Stone und viele Gesichter, die ich aus Zeitschriften und aus dem Fernsehen kenne. Das größte Erlebnis war für mich jedoch die Begegnung mit Woody Allen."

Das wird eine lange Geschichte, dachte Mammen. Dem musst du Raum geben, dachte er, dann liefert er dir vielleicht den einen oder anderen Hauptsatz, und mit etwas Glück auch eine Handvoll Kommata, mit dieser Prise Puderzucker bestäube ich die nächste Anna-Folge, also lass ihn reden, dachte er, soll er doch reden.

„Woody wollte Anna überreden, in seinem nächsten Film mitzuspielen. Sie überlege noch, sagte er. Wenn ich etwas tun könnte, um ihre Entscheidung zu seinen Gunsten zu beeinflussen, wäre er mir äußerst dankbar. In seinem Film sei noch eine kleine Rolle zu besetzen, die mich bestimmt interessieren würde. Mit Woody zu arbeiten, Himmel, das habe ich immer gewollt, also versuchte ich mein Glück. Anna stand mit Moss Hart, dem Medienmogul aus Chicago, am Geländer des Dachgartens. Sie sahen zum Chrysler Buildung hinüber, dessen Dach die Strahlen der tief stehenden Sonne auffingen und über ganz Manhattan streuten. Klare Luft, der grüne weite Himmel hinter den Wolkenkratzern, die ersten kalten Lichter der Straße, ein Flugzeug über den Häuserschluchten. Man fühlte sich wie in einem treibenden Ballon über all dem Lärm."

Malneck schien verzückt von seinen eigenen Worten und träumte ihnen einen Moment lang nach. Dann gewann der Comedian in ihm die Oberhand.

„Mit seinen Glubschaugen sah Moss Hart irgendwie schilddrüsenkrank aus. Ich ging zu ihm und sagte:

– Mr. Hart, würden Sie mir Anna für einen Augenblick überlassen? Es geht um Leben und Tod.

– Matty, lassen Sie den Unsinn, sagte Anna. – Ich habe Sie lange nicht in so guter Verfassung gesehen.

– Ach, Anna, Sie sind reizend und sehen wunderbar aus, sagte ich. – Man sollte eine Blume nach Ihnen benennen.

– Sie wunderbarer Lügner. Trinken Sie noch einen Schluck?

– Fürs Erste, denke ich, sind zwei genug, danke. Haben Sie sich die Sache mit Woodys Film durch den Kopf gehen lassen?

– Hat er Ihnen davon erzählt?

– Warum nicht? Von Woody für eine Rolle gefragt zu werden, ist keine Beleidigung.

– Er will, dass ich russisch spreche, erwiderte sie und verzog den Mund.

– Na und?

– Matty, meine Fans verlangen Glamour von mir. Außerdem interessiert mich die Schauspielerei nicht. Kennen Sie ein Model, das es mit Anstand vom Laufsteg auf die Leinwand geschafft hat? Für mehr als zwei Filme? Wenn ja, musste sie in den ersten zehn Minuten sterben, damit sie im Rest des Films kein Unheil mehr anrichten konnte.

– Sie würden mir persönlich einen Gefallen erweisen. Wenn man alt wird und jeden Abend seine Kleider *und* seine Zähne ablegt, gehen die Regisseure und Produzenten grußlos an einem vorbei.

– Was hat er Ihnen versprochen, Matty?

– Nichts ... äh ... nun ja ... nicht direkt.

– Sie sind ein raffinierter Kuppler, mein Lieber. Kommen Sie, gehen wir an die Bar. Ich liebe Filme, aber darin mitspielen will ich nicht. Manchmal frage ich mich sowieso, ob da nicht jemandem ein Riesenirrtum unterlaufen ist, dass ich diese Karriere gemacht habe. Ich möchte mein Glück nicht noch mehr strapazieren.

Schließlich gab Woody die Rolle Charlize Theron. Der Film hieß ‚Celebrity'. Ich komme übrigens auch darin vor. In einer Schlüsselszene darf ich dem Hauptdarsteller ein Glas Wasser hinstellen."

Der Mann, dachte Mammen, ist ein begabter Schwadroneur. Mammen erhob sich, die Geschichte, dachte er, ist zu Ende. Vorhang. Schluss. Aus. Doch er hatte die Hartnäckigkeit und den Mitteilungsdrang seines Gastgebers unterschätzt.

„So bleiben Sie doch", ereiferte sich Malneck und schenkte Jasmin-Tee nach. „Ich bin ja überhaupt noch nicht fertig. Eines Tages lernte ich nämlich auch Annas Freund kennen."

Na gut, dachte Mammen, darauf kommt es jetzt auch nicht mehr an. Setz dich wieder hin, dachte er, und nimm es wie ein Mann. Hör ihm einfach zu.

„Dieser Uli Remstedt“, fuhr Malneck fort, „zog eines Tages bei ihr ein. Das ist schon sehr lange her. Die beiden gingen nur selten aus und hatten wenig Besuch. Sie waren einander genug und genossen ihre Zeit. Wenn Anna zu Aufnahmen verreiste, stellte ihr Freund bei schönem Wetter einen kleinen Tisch auf die Dachterrasse um zu arbeiten. Er benutzte eine alte Schreibmaschine, ein schwarzes Ungetüm, das einen Heidenlärm verursachte. Manchmal ging ich zu ihm und nahm eine Flasche Rotwein mit hinaus.

Er sagte, er schreibe an einem Film, eine Komödie über einen untalentierten Münchner Straßenmaler, der über Nacht durch einflussreiche Freunde bei der Presse zum neuen Superstar der Kunstszene avanciert. Der Stümper wird reich, berühmt und zum Schluss hängt eines seiner Bilder sogar in der Münchner Pinakothek. Mit dem letzten Akt seines Films hatte Remstedt jedoch Probleme, er kriegte ihn einfach nicht hin, verhedderte sich beim Aufbau der Szenen und feilte an den Dialogzeilen, ohne dass sich eine zündende Idee einstellte.

Ich habe einige hundert Drehbücher in meinem Leben gelesen, gute und schlechte, meistens schlechte, deshalb schlug ich ihm vor, mir seine fertigen Seiten anzusehen. Während er sich weiter mit dem dritten Akt herumquälte, las ich. Es wurde dunkel. Ich bestellte zwei Peperoni-Pizzen und holte eine Flasche französischen Sauvignon aus meiner Wohnung. Vom East River wehte ein kühler Abendwind herauf. Die Lichter und das Rauschen der Stadt und die Polizeisirenen gaben eine wunderbare Kulisse ab für unser Abendmahl.“

Schwätzer, dachte Mammen, aber mach nur weiter. Red bloß einfach schneller, dann haben wir es bald hinter uns.

Malneck kam dieser Aufforderung nach, ohne dass Mammen sie aussprechen musste. Ein Logorrhö-ähnlicher Wortschwall setzte ein.

„Er konnte zuhören, das konnte er.

– Hübsche Idee, sagte ich zu ihm. – Bloß, dass sie nicht funktioniert. Sie könnte aber funktionieren, wenn Sie einen kleinen Kniff anwenden.

– Nur zu, lassen Sie mal hören.

Ich sagte ihm, die Story klinge an einigen Stellen dünn und unglaubwürdig, vor allem, was das Verhältnis der beiden Protagonisten angehe.

– Die beiden mögen sich, sie *müssen* sich mögen, das sieht ja jeder Trottel. Trotzdem scheinen sie einander fremd zu sein. Für die Geschichte ist es jedoch wichtig, dass sie nicht bloß komisch ist, sondern beim Zuschauer tiefe Emotionen auslöst. Geben Sie ihren One-Linern noch ein paar Gefühle mit auf den Weg, und Sie haben ein fabelhaftes Skript.

– Emotionen, also gut, Matty. Was noch?

– Bringen Sie sich selber ein. Sie sind zu weit weg vom Stoff. Gehen Sie ran! Dringen sie ein! Geben Sie mehr von sich preis, und ich versichere Ihnen, dass ganze Buch wird zu leben anfangen.

– Man schreibt doch, um nicht andauernd man selbst sein zu müssen.

– Ha! Da haben wir's! Sie spielen Gott und setzen Menschen in die Welt, die tun, was Sie ihnen sagen. Was aber sagen Sie sich selbst? Oder hören Sie sich gar nicht zu? Das ist doch nicht logisch.

– Ist alles ein bisschen viel, was Sie mir da an den Kopf knallen.

– Mein lieber Junge, lassen Sie es einfach raus! Das ist der ganze Trick. Wenn Sie das beherzigen und Ihren beiden Figuren auch noch ein Kind an die Seite schreiben, garantiere ich Ihnen, dass ein Spitzenfilm daraus wird. Das Kind ist der Schlüssel, der Klebstoff.

Eines Morgens steckte ein dicker Umschlag in meinem Briefkasten. Ein Drehbuch. Uli Remstedt hatte es vollständig umgeschrieben und auf den Rand des Deckblatts gekritzelt: *Hat ein bisschen länger gedauert, bis ich kapiert habe, was Sie meinten, Matty. Vielen Dank. Und danke auch für das Mädchen.*

Er hatte tatsächlich ein Kind in seine Geschichte eingebaut, ein Mädchen mit dem Namen Marie. Dem Hauptdarsteller, diesem Maler, gab er außerdem einen Spitznamen, er nannte ihn Matty. Mächtig nett von ihm, was?"

Jetzt sollte ich besser gehen, dachte Mammen, jetzt oder nie, bevor die Sache außer Kontrolle gerät. Er hatte nur noch eine Frage.

„Was haben Sie gemacht in der Nacht, als der Unfall geschah? Waren Sie hier in Ihrer Wohnung? Haben Sie denn gar nichts gehört oder gesehen?"

„Wie bitte?"

Die Wendung des Gesprächs irritierte Malneck. Sein schmächtiger Körper versteifte sich, die Hände krampften sich ineinander.

„Das hat die Polizei mich natürlich auch gefragt. Ich war hier, aber wie Sie sehen, trage ich ein Hörgerät." Er wandte Mammen die rechte Seite seines Kopfes zu. „Dadurch lebe ich akustisch ein wenig eingeschränkt. Von dem Unglück erfuhr ich erst, als die Polizei eintraf und das Blaulicht von der Straße über die Wände meines Wohnzimmers flackerte. Ich schaute aus dem Fenster und sah Polizisten und Schaulustige die Hauswand hinaufstarren. Dann klingelte es an meiner Tür."

„Es wird Zeit für mich", sagte Mammen und stand resolut auf. „Vielen Dank für das aufschlussreiche Gespräch."

„Sie können meinen Namen ruhig verwenden", sagte Malneck eifrig und sprang überraschend flink auf die Füße.

Angetrieben von der Befürchtung, Malneck könnte ihm womöglich seine alten Filme zeigen wollen, ging Mammen rasch zur Tür und warf ihm im Weggehen ein flüchtiges „Bye-bye" zu. Plötzlich rief Matty ihn zurück:

„Ach, übrigens, ich habe am Mittwoch doch etwas wahrgenommen. Damit konnte ich aber der Polizei nicht kommen, das war viel zu vage. Zum fraglichen Zeitpunkt habe ich zufällig – durch meinen Türspion – einen Schatten vorübergleiten sehen."

6.

„Da können Sie jetzt nicht rein", rief ein Angestellter der Pier 59 Studios Mammen zu, als er zielstrebig auf das Studio zuging, in dem Nunnally Johnson fotografierte. Mammen kam aus der Prince Street und wollte ihm den Schlüssel zu Annas Wohnung zurückbringen.

„Kann ich bei Ihnen etwas für Nunnally Johnson abgeben?"

„Das hier ist kein Fundbüro, Mann. Warten Sie, bis er fertig ist, oder kommen Sie später wieder", sagte der Angestellte kurzangebunden und eilte in ein anderes Studio davon.

Mammen holte sich einen Kaffee an der Bar und setzte sich so, dass er das Studio, in dem Johnson arbeitete, im Blick hatte.

Eine geschlagene halbe Stunde verstrich. Endlich wurde die Tür aufgestoßen und Johnson erschien, gefolgt von einem gedrungenen Mann im gestreiften Zweireiher, der eindeutig zu warm und zu eng war. Schweißperlen standen auf seiner Stirn, und er keuchte.

„So bleiben Sie doch stehen", rief er hinter Johnson her.

„Wenn Ihnen das so nicht gefällt, suchen Sie sich einen anderen Knipser. Der Schuh ist gut und schön, Modell Kara, nicht?

Ich sage Ihnen noch einmal: Nur mit einem Fuß in diesem Schuh transportieren wir die Gediegenheit Ihres Produktes nicht. Ein Gesicht muss her, verstehen Sie? Eines, das zu Kara passt, dann funktioniert das Ensemble, sonst haben wir am Ende bloß ein Tischfeuerwerk mit einer Extraportion Funkenregen."

Johnson stoppte an der Bar.

„Gib mir einen Glenfiddich, Ellen", sagte er zur Bedienung, „einen doppelten."

„Ist ja gut, Johnson", lenkte der Zweireiher ein, „Sie führen sich auf wie eine verdammte Primadonna. Kriegen Sie sich wieder ein, Mann!"

Mammen stand auf. Johnson sah ihn und verdrehte die Augen, was zweifellos dem Mann galt, der ihn bedrängte.

„Eduardo", sagte Johnson, „darf ich Ihnen Mike Mammen vorstellen? Er schreibt über Ihre Freundin Anna."

Der Mann unterbrach seinen Redefluss.

„Freundin? Weißt heißt hier Freundin? Sie wissen ganz genau, dass an dieser infamen Geschichte nicht das Geringste wahr ist. Und jetzt hören Sie auf, mir mit Ihrem künstlerischen Anspruch zu kommen. Ich sehe Sie in fünf Minuten im Studio. Oder Sie sind gefeuert. Basta!"

„Kommen Sie, Eduardo, nehmen Sie sich auch einen Drink. Wir setzen uns in die Sonne und gönnen uns eine Pause", sagte Johnson. Und zu Mammen gewandt. „Eduardo Balladori. Schuhfabrikant. Italien."

Das Wort Schuhfabrikant gefiel Balladori offenbar, denn sein aufgebrachtes Gesicht glättete sich und wurde beinahe abrupt von einem nachsichtigen Lächeln überflutet.

„Kaufen Sie einem Mädchen die richtigen Schuhe und es kann die Welt erobern", sagte er. „Stilettos sind ein Muss. Wer nicht in Stilettos laufen kann, sollte Taxi fahren."

Draußen setzten sie sich auf eine Bank, von der aus sie die Freiheitsstatue und Ellis Island sehen konnten. Balladori war für Mammen kein Unbekannter. Manche behaupteten, er sei das italienische Gegenstück zu Manolo Blahnik, fühle sich in der Rolle des Fabrikanten aber ungleich wohler als in der des Designers. Fabrikant, das klang nach mehr, und mehr, das war für ihn immer ein erstrebenswertes Ziel gewesen, diktiert von Geld und Gefallsucht.

„Dann mal los, Eduardo. Erzählen Sie ihm von Anna und ihrem Besuch auf Ihrer Yacht“, forderte Johnson ihn auf, um Balladori von ihrem kleinen Streit abzulenken.

Balladoris Eitelkeit vermochte der Versuchung nicht zu widerstehen.

„Ich fühlte mich sehr geschmeichelt, als Anna Hansen meine Einladung annahm, mit uns auf meiner Yacht ‚Lily‘ im August 1997 zwei Wochen lang durch das östliche Mittelmeer zu kreuzen.“

„Schwimmender Luxus“, warf Johnson ein, „sechs Mann ständige Besatzung, goldene Wasserhähne und echte Expressionisten an den Kabinenwänden. Auf der Reise, von der er spricht, war der italienischer Außenminister dabei, außerdem ein inkontinenter Großmaler, dessen Name nichts zu Sache tut, und ein bizarrer Vogel aus Buenos Aires, angeblich der beste Opernsänger Argentiniens, sowie zwei Prinzessinnen ohne Land. Und natürlich Anna, nebst ihrem damaligen Liebhaber.“

„Das hat Johnson, wie immer ein Ausbund an Takt, ziemlich genau getroffen“, bestätigte Balladori ziemlich geschmeichelt.

Der drängt ins Heft, dachte Mammen, der will da rein. Ein paar Zeilen, um das Ego zu befriedigen, dachte Mammen, mal sehen, wie weit er geht.

„Sightseeing langweilte Anna. Das hatten wir beide gemeinsam. Wir machten während der Reise um Ruinen, Museen und Galerien einen großen Bogen.

– Wenn man ein griechisches Theater gesehen hat, sagte sie, – dann hat man sie alle gesehen. Man muss schon die Augen eines Adlers haben, um die Unterschiede zu bemerken. Sie sind wie Kathedralen, die eine ist nur ein bisschen besser oder zumindest anders ausgeschmückt als die andere.

Am vierten Tag ankerten wir vor der Küste von Rhodos. Ein Ausflug zu den Säulen von Lindos stand auf dem Programm.

– Ich würde lieber auf dem Schiff bleiben, wenn es Ihnen nichts ausmacht, sagte sie. – Ich will keine alten Steine mehr. Das ist doch alles so – *tot.*

Ich schloss mich ihr an. Unsere Mitreisenden fuhren im Dingi an Land, und wir blieben mit der Besatzung an Bord zurück. Annas Freund, ein Schauspieler namens Dylan Caldwell, ein Architektur-Kenner und Archäologie-Liebhaber, ging mit den anderen.

Nach einem ausgedehnten Frühstück legte sich Anna zum Sonnenbaden auf das Achterdeck. Zwischendurch las sie oder kühlte sich mit einem Sprung ins Wasser ab. Ich sah in meinem Salon unter Deck ein paar Dokumente durch, die unterschrieben werden mussten. Um 16 Uhr nahmen wir einen Sundowner unter dem Sonnensegel am Heck. Unsere Begleiter waren noch nicht zurück. Nach dem Drink sprang Anna noch einmal ins Meer."

Worauf will er hinaus?, dachte Mammen.

„Ich hatte gewiss keine unehrenhaften Absichten. Meine Frau weiß, dass ich sie liebe. Deshalb war es umso ärgerlicher, als kurz darauf die italienische Zeitschrift *Oggi* ein Foto von mir und Anna veröffentlichte, auf dem zu sehen war, wie ich ihr, als sie aus dem Wasser steigt, ein Handtuch reiche und den Rücken abtrockne. Was diese Schmierfinken unter das Bild geschrieben haben, muss ich Ihnen vermutlich nicht erklären, Sie sind ja aus dem Geschäft. Meine Frau brauchte eine Weile, um die Absurdität der Unterstellung einzusehen, es war kein Friede, aber ein Waffenstillstand; er kostete mich ein Collier von Tiffany."

Der Leidenschaft nach zu urteilen, mit der er die Einzelheiten vorträgt, dachte Mammen, scheint die Reise ein Höhepunkt seines bisherigen Lebens gewesen zu sein.

„Ich bekam ziemlich schnell mit, dass dieser Caldwell, ein muskulöser Knabe, braungebrannt und unausgesetzt charmant, es auf eine der Prinzessinnen abgesehen hatte. Und sie es auf ihn, nur noch mehr. So etwas passiert, wenn man tagelang auf einer Yacht unterwegs ist. Ich habe oft beobachtet, wie sich zwischen einigen Gästen nach einer gewissen Zeit eine Liaison anbahnt und in aller Heimlichkeit schließlich vollzieht. Sobald man festen Boden unter den Füßen hat, flauen diese erotischen Stürme wieder ab. Nur selten wird aus diesem Bootsverkehr später eine ernsthafte Romanze."

Balladori kicherte über sein Bonmot. Nunnally Johnson saß neben ihm, das Glas in der Hand, die Augen geschlossen. Mammen heuchelte Interesse.

„Die Prinzessin, eine kleine, hinterhältige Brünette, deren Namen ich nicht nennen möchte, hatte einen Narren an diesem Caldwell gefressen. Sie war ausgesprochen intelligent und sexy und hatte wunderbare grüne Augen, die je nach Wetter die Farbe wechselten, wie das Meer. Auf einem Ausflug erreichte sie ihr Ziel. Die Geschichte flog auf, als wir im Hafen von Esmeralda auf Sardinien an Land gingen, um mittags in einem Club am Strand einen kleinen Imbiss zu uns zu nehmen. Das Essen ging bald in eine Party über. In den Eiskübeln klimperten Dreiliterflaschen Rosé, aus den Boxen dröhnte die Musik von Madonna. Rund um den Pool lagen, dezent bronziert und den Duft von Sonnenöl verströmend, ein paar makellose Mädchen und ebenso makellose Männer unter Pinien auf weißen Laken. Unten herum trugen die Mädchen sehr bunte und sehr kleine Dreiecke, oben große Sonnenbrillen und Designer-Strohhüte.

Der Besitzer des Clubs sagte: – Wissen Sie, was das Wichtigste in meinem Club ist, Monsieur Balladori? Schöne Frauen. Und das Zweitwichtigste? Schöne Frauen. Aber die schönste von allen ist heute in Ihrer Begleitung.

Dabei schmachtete er Anna an, die allein tanzte, nahe der Stelle, wo das Meer auf den Strand plätscherte. Ein paar Mädchen gesellten sich zu ihr. Ihre Körper bewegten sich rhythmisch zur Musik. Wir gingen von Rosé zu Cocktails über. Die Prinzessin bekam wohl einige zu viel davon ab."

Mammen unterdrückte den Impuls, es Johnson gleichzutun und seine Augen zu schließen. Die Geschichte und die sonore Art, in der Balladori sie erzählte, versprühte den Esprit eines Werbespots für Staubsaugerbeutel und drohte, ihn einzuschläfern.

„Mit jedem Song stieg die Stimmung. Unser Gastgeber hatte ein Auge auf Anna geworfen und offenbar beschlossen, seine Aufgaben als Clubbesitzer für eine Weile zu vernachlässigen. Er tanzte um Anna herum wie ein dämlicher Gockel. Unterdessen ging Caldwell auf Tuchfühlung mit der Prinzessin. Anna sah es, und was sie sah, gefiel ihr nicht, aber sie ließ sich nichts anmerken. Von meinem Platz am Pool aus konnte ich sie alle beobachten.

Anna gab Caldwell ein Zeichen, sie aus der Bedrängnis ihres Verehrers zu befreien. Caldwell sah es und löste sich aus den Armen der Prinzessin, die einen Moment innehielt, bis sie begriff, wohin er wollte, mit dem Resultat, dass er keine drei Schritte weit kam.

– Hast du sie nicht über? Hast du das nicht selbst gesagt, Dylan?, schrie sie hinter ihm her, aschfahl vor Wut. Ihre ansonsten annehmliche Stimme kippte über in ein nervtötendes Kreischen.

– Zum Ficken bin ich gut genug, und jetzt? Wie geht es weiter? Die Nächste bitte? Oh, Verzeihung, die Alte? Ja, seht nur her, seht mich an! So sieht eine Frau aus, die sich von einem miesen Schauspieler hat vögeln lassen. Mein Gott, ein Schauspieler!

Sie warf ihr Glas nach ihm, drehte sich um, stieß gegen einen Sonnenschirm, umkurvte ihn, rannte am Pool vorbei zum Beiboot.

Der DJ legte Reggae-Musik auf. Die Leute tanzten weiter. Anna stellte ihren Freund zur Rede. Noch ein Scharmützel, dachte ich. Ich stand nah genug, um es mitzukriegen.

– Stimmt es, was sie gesagt hat?

– Anna, ich ...

– Hast du mit ihr geschlafen? Ja, ich sehe es dir an. Warum denn bloß? Sieh dich an, wie du dastehst! Ich dachte, wir beiden hätten ... Pläne ... Wie oft? Sag mir, wie oft?

– Ein einziges Mal, nur ein einziges Mal. Ich schwöre, es ist einfach passiert.

– Nicht weiterreden, Dylan, sagte sie und legte ihm einen Finger auf den Mund. – Du machst es nur noch schlimmer.

– Ich verstehe ja, wenn du jetzt gehen willst, Anna, sagte Caldwell beruhigend. – Aber, bitte, lass uns in Ruhe darüber reden, wenn wir wieder in New York sind.

Sie sah ihn einigermaßen verblüfft an.

– *Du* wirst abreisen, sagte sie. – Habe ich Recht, Eduardo?

– Wenn du es sagst, Anna, sagte ich.

So wurde auch ich zu einem Teil dieses Dramas. Ich mochte den Jungen, der war nicht verkehrt, aber natürlich konnten jetzt nicht mehr beide auf der Yacht bleiben.

Ich nahm Anna tröstend in die Arme.

– Du wirst bald wieder jemanden zum Neben-dir-Schlafen finden, sagte ich.

Ich glaube, Anna hat diesen Caldwell wirklich gemocht, denn den Rest der Reise verkroch sie sich in ihrer Kajüte und kam nur zu den Mahlzeiten herauf, das Gesicht verheult wie ein verschmähter Teenager."

„Ist später wegen gefährlicher Körperverletzung verurteilt worden", schob Johnson grinsend nach.

„Die Prinzessin?", fragte Mammen.

„Idiot", entgegnete Johnson und stand auf. „Caldwell natürlich."

„Einen Moment noch", sagte Mammen. „Ich wüsste gern, wer mir etwas ausführlicher über Annas Interesse an Voodoo Auskunft geben könnte. Kennst du jemanden, Nunnally? Ich weiß, du willst damit nichts zu tun haben. Aber früher oder später komme ich sowieso drauf."

Johnson überlegte.

„Meinetwegen. Da ist dieser Voodoo-Experte, den Anna gelegentlich besuchte. Professor Dominique Prouvost, ein esoterischer Lackaffe in meinen Augen. Die bessere Adresse scheint mir Liz Sullavan zu sein, allerdings wohnt sie in Santa Fé. Wenn du ihre Adresse haben willst, ruf bei ‚Model Mania' an. Für die hat sie früher gearbeitet ... Kommen Sie, Eduardo. Wir machen es so, wie Sie sagen. Ich brauch das Geld ... Ach, Mike, ich bin gegen 21 Uhr im Pastis. Komm rüber, wenn du Lust hast."

Mammen lag noch eine Frage auf dem Herzen, und jetzt war der Moment, sie zu stellen.

„Weiß die Polizei, dass du einen Schlüssel zu Annas Wohnung hast?", fragte er Johnson.

Ohne einen Anflug von Unmut oder Ärger antwortete er:

„Bisher hat mich keiner danach gefragt.“ Er verschwand im Studio.

„Seit Annas Tod ist er ziemlich daneben“, sagte Balladori. „Man muss Geduld mit ihm haben. Übrigens, er war derjenige, den Dylan Caldwell krankenhausreif geprügelt hat. Lief tagelang mit zwei Veilchen und einem gebrochenen Nasenbein herum. Was da vorgefallen ist, weiß ich nicht. Am besten fragen Sie ihn selbst. Ich schätze, es ging um Anna.“

7.

„Die Seele ist kein Ding. Sie hat keinen Ort. Sie beruht auf dem komplexen Zusammenspiel von Milliarden Nervenzellen, verknüpft mit den täglichen Ereignissen und Erfahrungen unserer Umwelt“, sagte Dr. Martha Greenberg.

Seit einer halben Stunde saß Charlotte Stegemann der Psychologin in ihrer modern möblierten Praxis gegenüber und versuchte, dem geheimen Seelenleben ihrer Freundin Anna auf die Spur zu kommen.

„Wenn die Seele krank ist, kann man von außen nichts sehen. Kein Blutbild, kein EKG, keine Kernspintomografie macht die inneren Qualen sichtbar“, sagte Dr. Greenberg, eine gelassene Herrin ihres Fachs. Die grauen Haare waren an ihrem Hinterkopf zu einem Knoten hochgesteckt.

Sie saß auf der Ledercouch, die sonst ihren Patienten vorbehalten war, während Charlotte es sich in jenem Sessel bequem gemacht hatte, aus dem heraus Dr. Greenberg gewöhnlich ihre Fragen stellte.

Es hatte für Charlotte nur eines Anrufs bedurft, um Dr. Greenberg zu einem Gespräch zu bewegen. Sie hatte keinerlei Berührungsängste gezeigt, was vor allem daran lag, dass sie Charlotte Stegemann bereits kannte, von zwei Abendessen, zu denen Anna neben anderen Gästen auch sie beide eingeladen hatte.

„Anna hungerte regelrecht nach einer Phantasie, die sie aus dem Alltag holte. Nach Liebe. Anna hat, von ihrem Vater abgesehen, wohl nur ein einziges Mal wahrhafte Liebe erlebt, durch ihren Mann, und danach niemals wieder. Vielleicht konnte oder wollte sie auch selbst nicht mehr lieben, weil ..."

Ein Klingeln an der Tür unterbrach das Gespräch.

„Bitte entschuldigen Sie mich einen Augenblick. Ich erwarte eigentlich keinen Besucher, aber vielleicht ist es ein Notfall."

Als Martha Greenberg wiederkam, war sie nicht allein. Mike Mammen war ebenso erstaunt, Charlotte Stegemann anzutreffen, wie sie erstaunt war, ihn in Begleitung von Dr. Greenberg zu sehen, hatte sie doch gehofft, allein mit der Psychologin zu reden.

Sie sah ihn scharf an.

Nach kurzer beiderseitiger Irritation verständigten sich Mammen und Charlotte darauf, das Gespräch gemeinsam fortzusetzen. Ihre Allianz war nur vorübergehend. In Wahrheit hatten sie unterschiedliche Ziele.

Dr. Greenberg willigte in das Arrangement ein. Aus Erfahrung wusste sie, dass eine gute Presse ihren durchaus glänzenden Ruf nur noch mehren konnte, deshalb fuhr sie ohne Überleitung fort. Ihr Bericht war unmittelbar und präzise.

„In unseren Sitzungen erwähnte Anna manchmal einen schwarzen Hund, der sie in ihren Träumen heimsuchte. Sie sagte, zum ersten Mal sei ihr der Hund in einer Gewitternacht so real erschienen, dass sie meinte, ihn berühren zu können, wenn sie es gewollt hätte. Ich fragte sie, ob sie es versucht hätte.

– Nur im Traum, sagte sie. – Nicht, als er sich mir zum ersten Mal zeigte.

– Haben Sie den Hund vorher schon einmal gesehen? War es ein Tier, das Sie kannten?

– Nein.

Sie quälte sich mit der Vorstellung, Traum und Wirklichkeit nicht mehr voneinander trennen zu könne. Eine Erfahrung, die sie besonders häufig in jener Zeit machte, in der sie, wie sie sagte, *in die Nacht stürzte.* So nannte sie ihre depressiven Schübe, derentwegen sie mich aufgesucht hatte. Diese Schübe folgten in immer kürzeren Abständen und manifestierten sich in einem chronischen Stadium. Meiner Ansicht nach spielte der schwarze Hund in der Entwicklung der Depression eine zentrale Rolle. Legt man die Erkenntnisse der klassischen Traumdeutung Annas Erlebnissen zu Grunde, so kann man davon ausgehen, dass eine Horde wilder Hunde verborgene Gefühle darstellt, vor denen der Träumende Angst hat. Auf der spirituellen Ebene ist in einem Traum der Hund der Führer in die Unterwelt.

Ich war mir sicher, dass der frühe Tod ihres Vaters, der schwarze Hund und ihre gescheiterte Ehe die Ursachen für ihre emotionale Instabilität gewesen sind. Nach jahrelanger Analyse kann ich über meine Patientin eines jedenfalls mit Sicherheit sagen und ein für alle Mal richtigstellen, was in den letzten Jahren ihres Lebens immer wieder für Spekulationen in der Klatschpresse gesorgt hat. Das ist der einzige Grund, weshalb ich überhaupt mit Ihnen rede: Anna Hansen war definitiv nicht schizophren!“

„Was können Sie uns über ihren Gesundheitszustand zum Zeitpunkt des Todes sagen?“, fragte Mammen.

„Eine Depression hat viele Gesichter. Manchmal kommt sie schlagartig, dann wieder schleicht sie sich langsam heran.

Oft versteckt sie sich hinter körperlichen Beschwerden, ebenso kann eine familiäre Disposition die Ursache sein. Heute wissen wir, dass die Stimmungsbotenstoffe Serotonin und Noradrenalin bei einer Depression eine wichtige Rolle spielen. Sie leiten die Signale im Gehirn weiter. Fehlt einer dieser Botenstoffe oder fehlen sogar beide, kommt es zu einer Fehlfunktion. An den Synapsen, den Verbindungsstellen zweier Nervenzellen, liegt ein winziger Spalt, der nicht durch elektrische Impulse überbrückt werden kann. Das leisten nur die so genannten Neurotransmitter. Sie lösen bei der nächsten Nervenzelle wieder einen elektrischen Impuls aus. Ist diese Verbindung gestört, funkt die Nervenzelle zwar die guten Nachrichten, doch die positiven Gefühle und Gedanken kommen nicht an, weil sie den Spalt nicht überspringen können. Grübeleien und gedrückte Stimmung sind die Folge."

„Verstehe ich Sie richtig, Anna Hansen litt noch immer unter Depressionen, als sie starb?", fragte Mammen.

„Diese Frage kann ich Ihnen leider nicht genau beantworten. Bis zu dem Unglück war ich davon überzeugt, dass sie von ihrer Depression geheilt sei, soweit man das überhaupt sagen kann. Alles sprach dafür. Aus welchen Gründen auch immer, sie wurde offenbar erneut in die Welt der dumpfen Freudlosigkeit gezogen."

„Was könnten das Ihrer Meinung nach für Gründe gewesen sein?", fragte Mammen.

„Ich weißt es nicht, und das ist die Wahrheit. Wer unter Depressionen leidet, lebt in einem düsteren Sturm, wo ihn niemand mehr erreicht. Als ihr Hausarzt Dr. Korda sie zu mir schickte, bat ich sie in unserer ersten Sitzung, mir möglichst detailliert ihren seelischen Zustand zu beschreiben, und war erstaunt, mit welch einfühlsamer Präzision sie die Worte fand. Sie erzählte mir von ihren Qualen, denn tatsächlich sind es

Höllenqualen, die ein Mensch mit Depressionen durchleidet, jeden Tag aufs Neue, in einer endlosen Prozession von Leid, Scham und Unglück. Am schlimmsten sind die Nächte. Der Kranke wird von einer abgrundtiefen Traurigkeit getrieben, aus der es für ihn nur einen Ausweg zu geben scheint."

„Selbstmord?", warf Charlotte ein.

Dr. Greenberg nickte.

„Während wir in der ersten Sitzung miteinander sprachen, wurde sie oft von Weinkrämpfen geschüttelt. Sie konnte nicht mehr weiter, ihr Körper und ihr Geist verweigerten sich."

„Sie sprechen darüber", sagte Mammen, „als hätten Sie das selbst schon durchlitten."

„So ist es", sagte Dr. Greenberg ernst. „Als mein Mann mich für eine jüngere Geliebte verließ und meine Eltern sich scheiden ließen, beides geschah ungefähr gleichzeitig, glitt ich selbst in eine tiefe Depression. Um damit fertig zu werden, musste ich professionelle Hilfe eines Kollegen in Anspruch nehmen und konnte zum ersten Mal selbst an Körper und Seele nachempfinden, wie es meinen Patienten in einer solchen Phase geht. Man bewegt sich durch Tage voller Mühsal und Überflüssigem, belagert von rastlosen Gedanken, die in eine ständig abwärts drehende Spirale treiben, aus der es kein Entrinnen gibt. Anna sagte es so:

– Um mich herum tobt unablässig ein Wetterleuchten von greifbarer Unheimlichkeit. Und wenn ich morgens aufwache, ist das ein zähes, langsames Zu-mir-Kommen, als müsste ich mich aus einem Morast hocharbeiten. Ich fühle mich so ermattet, als hätte ich die ganze Nacht in Wut und Trauer mit einem Messer gegen eine unendliche Wand aus schwarzer Watte gekämpft. An diesen Tagen würde ich am liebsten in mir selbst verschwinden."

Dr. Greenberg lächelte plötzlich.

„Unter Psychiatern gibt es einen nicht ganz ernst gemeinten Spruch, den ich persönlich jedoch sehr zutreffend finde: Ein Melancholiker befindet sich in der schlechtesten Gesellschaft der Welt – nämlich seiner eigenen."

Das klingt gut, dachte Mammen, damit kann ich was anfangen. Nicht eben üppig, aber hübsch eingestreut in den Text, werden die Worte eine ungewöhnliche Wirkung entfalten.

„Hippokrates", fuhr Dr. Greenberg fort, „glaubte noch, ein Überschuss an schwarzer Galle sei die Ursache für die Traurigkeit und Verwirrung. Wie die meisten seiner Zeitgenossen konnte er der Verdunkelung der Seele wenig Positives abgewinnen. Aristoteles dachte später über den Horizont hinaus und fragte: Warum sind alle hervorragenden Männer, ob Philosophen, Staatsmänner oder Dichter, offenbar Melancholiker gewesen? Aus seiner Perspektive vereint die Depression Trübsinn mit Tiefsinn."

„Was bedeutete das konkret im Fall Hansen?", fragte Mammen.

„Annas Krankheitsbild war eindeutig. Ich hielt eine medikamentöse Behandlung für angezeigt und verschrieb ihr ein modernes Antidepressivum. Imipramin. Es wirkt stimmungsaufhellend. Dr. Korda hatte es zuvor ohne durchschlagenden Erfolg mit Fluvoxamin versucht, was sie später, ohne ihn zu informieren, einfach absetzte. Mit katastrophalen Folgen, denn die bipolaren Störungen stellten sich bald wieder ein, und zwar schlimmer als je zuvor. Nach kurzer Zeit wurde mir klar, dass ich die tägliche Dosis von 75 Milligramm Imipramin über die nächsten vier Wochen auf die Höchstdosis steigern musste, um die gewünschte Wirkung zu erzielen. Auf die möglichen Nebenwirkungen des Medikaments wies ich sie ausdrücklich hin, denn diese Mittel können den Stoffwechsel des Körpers um das Zweifache verlangsamen und zu einer Gewichtszunahme von zehn Kilo und mehr führen. Natürlich ist das für ein Model keine erstrebenswerte Perspektive, aber mir blieb keine Wahl. Die Gefahr, Anna zu verlieren, wäre sonst zu groß gewesen. Sie war wie ein kleines Kind, das man schlägt, und es weiß nicht warum. Meiner Ansicht nach hatte sie eine unerklärliche Versagensangst, die irgendwann in eine Versagenssehnsucht umgeschlagen war. Sie sagte, sie habe Phasen grundloser Furcht und Trauer schon häufiger durchlebt, diese jedoch nie als belastend empfunden, sondern eher als Tagesverstimmung akzeptiert. Sie sagte:

– Als ich klein war, fühlte ich manchmal einen schweren Schleier auf mir lasten, den ich wünschte zerreißen zu können, um endlich unbeschwert und fröhlich zu sein wie die anderen Kinder, aber ich wusste nicht, wie man das macht. Mein Herz war in einer hölzernen Schachtel, und da ist es noch heute.

Eine Zeitlang malte sie Münder in ihren Terminkalender, für jeden guten Tag einen Mund mit hochgezogenen Mundwinkeln, für jeden schlechten Tag einen Mund mit herabhängenden Mundwinkeln. Auf diese Weise wollte sie herausfinden, ob es für ihre starken Stimmungsschwankungen rückblickend eine logische Erklärung gab."

„Treten Depressionen häufiger auf als in früheren Jahrzehnten?", fragte Charlotte.

„Eindeutig ja. Sie sind ein Phänomen unserer Zeit. Diese negative Entwicklung ist besonders rasant in den Ländern der westlichen Welt zu beobachten. Viele meiner Kollegen, ich selber übrigens auch, schließen daraus, dass unsere Gesellschaft selbst krank ist. Ich bin sicher, dass die überwältigende Massen- und Medienkultur, die Anonymität in Behörden und Konzernen bei vielen Menschen ein starkes Gefühl der Ohnmacht erzeugt, mit dem sie allein nicht mehr fertig werden. Aufgrund meiner langjährigen Erfahrung und der vielfältigen Literatur zu diesem Thema betrachte ich eine Depression vor allem als Suche nach der eigenen Orientierung. Das ist umso schwieriger zu verstehen, als die Kranken meist in der Vergangenheit leben und etwa verletzende Ereignisse aus der Kindheit endlos durchspielen, bis in die Gegenwart hinein: Ablehnung durch die Eltern, Missbrauch, Versagen und so weiter und so weiter. Zum Zeitpunkt seiner Krankheit sitzt der Mensch in einer Falle aus Vergangenheit und Zukunft, aus der er einen Weg in die Gegenwart finden muss. Dieses innere Drama hält ihn ohne sein Wissen gefangen. Das Gefühl der eigenen Wertlosigkeit ist absolut. Der Betreffende sperrt sich gegen Ermutigung und Zuwendung, weil er zutiefst überzeugt ist, sie nicht zu verdienen. In der Regel öffnet er sich seiner Umgebung erst wieder, nachdem er für sich und sein Leben einen persönlichen Sinn und eine neue Richtung gefunden hat. Die Inder haben dafür ein schönes Bild, sie sagen: Nur aus dem Sumpf kann eine Lotusblüte wachsen. Ich glaube, es war dieser Satz, der Anna zum ersten Mal seit langer Zeit wieder Hoffnung gab, vielleicht selbst eines Tages wieder eine Lotusblüte zu sein.

Aber noch lief sie der Illusion hinterher, mit ihrem Erfolg ihrer ehrgeizigen Mutter imponieren zu können. Sie glaubte, Reichtum und Ruhm würden ihre Selbstachtung steigern, die ihre Mutter ihr genommen hatte. Wenn das wirklich so sei, versuchte ich ihr zu erklären, warum haben dann so viele erfolgreichere Menschen auf dem Gipfel ihrer Karriere Selbstmord begangenen? Maler. Schriftsteller. Musiker. Hat auch nur einer durch Ruhm die wahre Liebe gefunden, seine innere Einsamkeit besiegt oder seine Ängste gebannt?

Viel interessanter sind doch die Fragen: Welcher Sinn, welche Botschaft steckt hinter einer Depression? Welchen Wert hat sie? Patienten, die eine Depression überwunden haben, überraschen mich häufig mit ihrer offenen Haltung zum Leben, ihrem tiefen Humor und ihrer Ernsthaftigkeit. Sie sind an ihrer Krankheit gewachsen und haben sich befreit. Ich behaupte, das traf in den Wochen vor ihrem Tod auch auf Anna Hansen zu. Die Wahrheit seiner Seelenfinsternis zu kennen und mit anderen darüber zu sprechen, bedeutet nicht logischerweise, dass man selbst die Wahrheit hören will und bereit ist, Konsequenzen zu ziehen. Deshalb verweigerte sich Anna zunächst auch meinem Vorschlag einer stationären Behandlung. Ihre Verzweiflung und Leere beunruhigten mich jedoch so sehr, dass ich nicht lockerließ. Schließlich konnte ich sie zu einem vierwöchigen Aufenthalt in der Churchill Priory Clinic in London überreden, einer Spezialklinik für Depressionen und Suchterkrankungen, die letzte Zuflucht für prominentes Strandgut, wo Diskretion oberstes Gebot ist.

Ich war sehr erleichtert, denn sonst wäre ich gezwungen gewesen, sie wegen akuter Eigengefährdung in eine geschlossene Einrichtung einweisen zu lassen. Ein letaler Ausgang liegt in diesem Stadium der Krankheit im Bereich nicht nur des Möglichen, sondern des Wahrscheinlichen. Ich konnte einen Suizidversuch Frau Hansens nicht ausschließen."

„Hat die Behandlung in London den gewünschten Erfolg gebracht?", fragte Mammen.

„Anna begriff, dass ihr Leben endlich ist. Seitdem hat sie sich, soweit mir bekannt ist, nie wieder auf Drogen und Alkohol eingelassen. Sie plante sogar, sich im kommenden Jahr aus dem Modelgeschäft zurückzuziehen, um einer sinnvolleren Beschäftigung nachzugehen."

„Hat sie da schon gewusst, dass sie schwanger ist?", fragte Mammen.

Charlotte Stegemann fuhr hoch. Ihr Notizblock fiel auf den Teppich.

„Was sagst du da?", fragte sie ungläubig.

„So steht es im Autopsiebericht", antwortete Mammen.

Dr. Greenberg runzelte die Stirn.

„Davon weiß ich nichts", sagte sie.

„In der sechsten Woche", sagte Mammen.

Er stand auf. Er hatte genug gehört. Er wollte gehen.

„Darf ich kurz Ihre Toilette benutzen?", fragte Charlotte.

„Sie finden sie am Ende des Flurs", erwiderte Dr. Greenberg und erhob sich ebenfalls.

„Ich besorg uns ein Taxi", sagte Mammen.

Nach drei Minuten kam Charlotte zurück. Während sie ihre Sachen packte, fragte sie Dr. Greenberg beiläufig, ob Anna bei ihrem letzten Besuch ein Foto erwähnt habe.

Nein, daran könne sie sich nicht erinnern, sagte die Psychologin, ein Foto sei nie Gegenstand ihrer Gespräche gewesen.

Unten auf der Straße rutschte Charlotte Stegemann zu Mammen auf den Rücksitz des Taxis.

„Bist du ganz sicher?", fragte sie ihn, als der Wagen anfuhr und sich mit lautem Gehupe in den zäh fließenden Verkehr einfädelte.

„Darauf kannst du Gift nehmen", sagte Mammen. „Ist amtlich beglaubigt."

Charlotte verfiel in Schweigen.

„Tut es dir manchmal leid?", fragte sie plötzlich.

„Wir beide waren zur falschen Zeit am richtigen Ort", sagte Mammen.

„Für dich war es nur ein One-Night-Stand, aber nicht für mich."

Es war vor vier Jahren nach einer Weihnachtsfeier passiert, an der die Redaktionen des ganzen Verlages teilgenommen hatten.

„Du hast gewusst, dass ich verheiratet bin. Früher oder später ..."

„... hättest du mich sowieso verlassen. Willst du mir das sagen?“

„Habe ich dir je etwas versprochen?“

„Dafür bist du viel zu klug, mein Lieber. Weißt du, dass ich dich wirklich sehr gemocht habe?“

„Wieso bist du dann drei Wochen später mit Thomas Moschke ins Bett gegangen?“

Moschke war der Polizeireporter der Hamburger Morgenpost. Mammcn kannte und mochte ihn.

„Und warum bist du weiter mit deiner Frau ins Bett gegangen?“

„Beantworte meine Frage.“

„Ich wollte dich eifersüchtig machen.“

„Das ist dir gelungen.“

„Es war nicht von Bedeutung“, sagte Charlotte und legte ihrc Hand auf Mammens Arm.

„Immerhin habt ihr eure Körperflüssigkeiten ausgetauscht.“

„Ich wollte, dass du es erfährst.“

„Hab ich ja auch. Bloß hat dir meine Reaktion nicht gepasst.“

„Du hast mich sofort fallen lassen“, sagte Charlotte. Ihre Hand lag jetzt auf seinem Oberschenkel.

„Ich mag keine Wanderpokale.“

„Du lebst nicht mehr mit deiner Frau zusammen, habe ich gehört.“

„Was die Leute so reden.“

Das Taxi hielt vor dem Bryant Park Hotel.

„Hättest du Lust, mit raufzukommen?“, fragte Charlotte. „Da oben gibt es ein weiches Bett. Im Bett haben wir uns doch sofort verstanden.“

Mammen nahm ihre Hand und legte sie in ihren Schoß zurück.

„Es ist gut so, wie es ist“, sagte er.
„Ein armseliger Spießer in Reinkultur“, sagte sie.
„Ich bin ein lausiger Chancenverwerter, das war schon als Kind beim Fußball so.“
Charlotte Stegemann, gedemütigt in ihrer Weiblichkeit und ihrer Eroberungslust, riss die Tür auf, kletterte aus dem Wagen, drehte sich um, bückte sich in den Wagen hinein und sagte: „Es gibt, verdammt noch mal, nichts Schlimmeres als verheiratete Männer. Ihr denkt immer, ihr seid euren Frauen etwas schuldig. Loyalität. Fairness. Freundschaft. Das ist doch alles großer Quatsch.“
„Wie wär's mit Liebe?“
Charlotte knallte die Wagentür zu.
„Dann bumst man keine anderen Frauen!“

8.

Auf der Weiterfahrt zum Sheraton legte Mammen einen Stopp bei Banana Republic ein, wo er Boxer-Shorts, Socken, drei Polo-Hemden, mehrere T-Shirts und zwei Paar Chinos kaufte.

In seinem Zimmer checkte er die E-Mails. Neben einer Irrsinnsmenge Spams fand er eine Nachricht von Vanessa von Samson. In Rissen bei Hamburg hatte sie eine weitere Schulfreundin von Anna Hansen aufgespürt. Es war ihr gelungen, ein langes Gespräch mit dieser Tanja Wolfers zu führen, dessen Einzelheiten sie auf zwölf Seiten zusammengefasst hatte.

Mammen setzte sich mit seinem Laptop aufs Bett, riss die Folie von einer neuen Packung Zigaretten und begann zu lesen.

Penibel hatte Vanessa von Samson das Gespräch so abgetippt und bearbeitet, dass Mammen sich ein klares Bild von dem Interview und der Interviewten machen konnte.

Kompliment, dachte er, ich will sehen, was ich für sie tun kann. Vermutlich ist König nicht abgeneigt, sie von der mühseligen Recherchearbeit in den elitären Autorenpool zu befördern. Aber wie sah es mit ihm aus? Wer würde ihn dann aus der Ferne so zuverlässig mit stichhaltigem Material beliefern?

Die ersten Seiten des Berichts überblätterte er. Im Wesentlichen wiederholten sie die Aussagen von Annas Freundin Silke Steinhoff und Annas Mutter zu Kindheit, Jugend und Hochzeit.

Ab Seite 8, die im Originalton von Tanja Wolfers formuliert war, wurde es spannend.

– Das neue Haus, Uli und Marie, ihre Tochter, die pünktlich und ohne Komplikationen drei Wochen nach Weihnachten zur Welt kam, 3 500 g schwer, mit schwarzen Haaren und grünen Augen – das wurde nach der Hochzeit Annas Lebensanker.

– Merkwürdig, sagte Anna zu mir, – wie Menschen an einen ganz bestimmten Ort zu gehören scheinen. An einen Ort, an dem sie nicht geboren sind. Man kommt in Städte, in denen man sich sofort zu Hause fühlt. Für mich sind dies New York, Honolulu, Bremen, London, Hamburg, Paris. Und dann sind da die anderen Städte, die, die man am liebsten mit dem nächsten Flieger gleich wieder verlassen möchte: Manila, Nairobi, Las Vegas, Tokio, Bangkok, Miami, Kairo.

Das neue Haus in der Lüneburger Heide richteten sie aufwendig, aber nicht protzig her. Annas Geschmack bestimmte das Innendesign. Sie kümmerte sich um das kleinste Detail, selbst wenn es sich nur um einen Kerzenständer handelte, der zur Terrakottavase passte musste. Sie hatte Spaß an diesen Dingen, und sie wollte, dass sich ihre Familie wohl fühlte.

In den ersten Monaten genoss sie jede Minute mit Marie, jede Sekunde, und sie aß alles, was ihr schmeckte. Nach sieben Monaten hatte sie Marie abgestillt und kam zu dem Schluss, dass es keinen Grund mehr gab, sich länger gehen zu lassen. Statt Couch hieß es jetzt Coach.

Den Ansporn lieferte ein japanischer Kosmetikkonzern, der ihr für eine neue Kampagne zwei Millionen Dollar bot. Sie kannte das Unternehmen von einem früheren Job und mochte die Crew, mit der sie arbeiten würde. Deshalb wollte sie das Angebot unbedingt annehmen und sich sexy präsentieren. Für das Shooting hatte sie allerdings noch mindestens sechs Kilo zu viel auf den Hüften.

Vier Wochen lang konzentrierte sie sich darauf, wieder in Form zu kommen, trainierte jeden Tag drei Stunden lang, schwamm, radelte, quälte sich auf dem Stepper und lief morgens fünf Kilometer durch den Wald.

Uli gefielen ihre Reisepläne gar nicht. Anna hatte ihm versprochen, mindestens ein Jahr lang auszusetzen. Die Japaner wollten sie aber sofort oder gar nicht. Das führte zu ihrem ersten richtigen Streit. Es gab ein paar unschöne Szenen.

Anna sagte, Frauen und Männer hätten durch Märchen anscheinend Erwartungen, die in der Realität nicht umsetzbar seien. Jeder Mensch habe doch Wünsche und Schwächen, die man unterstützen und verzeihen sollte.

Meinem Eindruck nach orientierte sie sich ein bisschen zu sehr an Hollywood-Filmen. Die meisten Menschen sind dann enttäuscht, wenn sie Schwächen am Gegenüber entdecken. Aber auch in der Liebe gibt es nun mal Höhen und Tiefen. Den perfekten Menschen wird man nirgendwo finden, und wenn man nicht aufpasst, endet alles in gegenseitigem Türenknallen.

– Ihr solltet an eurer Beziehung arbeiten, bevor es zu spät ist, sagte ich, nachdem ich Zeuge einer ihrer Kräche geworden war.

– Wenn du etwas magst, Lesen, Tanzen oder Segeln, sagst du dann, du musst daran arbeiten? Nein, du liebst es einfach, erwiderte Anna.

Die Worte hakten sich in mir fest wie eine schlechte Melodie.

Immerhin gab es Marie. Anna und Uli vergötterten und verwöhnten sie. Anna war regelrecht vernarrt in die Kleine und vernachlässigte Uli, jedenfalls glaubte er das und sagte es ihr auch.

– Versteh einer die Frauen. Früher hatten Anna und ich jeden Tag Sex, und es war toll. Seitdem Marie da ist, spielt sich nichts mehr ab.

– Das ist normal, gab ich zu bedenken. – Gib ihr ein bisschen Zeit.

Für die Dauer ihrer Japan-Reise organisierten sie ein holländisches Kindermädchen, denn Uli musste ein Drehbuch für einen Sat1-Film umschreiben und konnte sich deshalb nicht ständig um Marie kümmern.

Amelie aus Venlo kam zwei Tage vor der Abreise ins Haus und bezog ein Zimmer unter dem Dach. Sie war kaum über zwanzig und studierte Informatik. Da Semesterferien waren, kam ihr der Babysitterjob gerade recht.

Einige Tage nach Annas Abreise besuchte ich Uli. Ich hatte Anna versprechen müssen, gelegentlich bei ihm und Marie nach dem Rechten zu sehen. Er saß mit seinem Laptop im Garten und arbeitete. Amelie gab Marie die Flasche. Während ich sie betrachtete, fiel mir auf, dass sie ein außergewöhnlich hübsches Mädchen war, sehr schmal und sehr groß, mit einem knackigen Po. Sie wich meinem Blick aus, nahm Marie und ging mit ihr ins Haus.

Augenblicklich wurde mir alles klar. Frauen haben einen sechsten Sinn für die Wahrnehmung sinnlicher Situationen. Es machte mich wütend.

– Hast du mit ihr geschlafen?, fragte ich Uli. – Anna und du, ihr seid erst ein paar Monate verheiratet, und du vögelst das erstbeste Mädchen, das in euer Haus kommt?

– Geht dich nichts an.

– Wie erbärmlich, sagte ich, – wie gottverdammt erbärmlich du bist!

Dann drehte ich mich um und ging weg. Uli machte keine Anstalten mir zu folgen.

Auf dem Weg nach Hause versuchte ich mir darüber klar zu werden, ob ich Anna davon erzählen sollte. Genau genommen waren die beiden jetzt quitt. Anna hatte es mit Harald getan, auch wenn das inzwischen lange her war und sie und Uli damals noch nicht verheiratet waren. Und Uli, dieser Idiot, hatte es mit Amelie getrieben. Ich beschloss, die Sache auf sich beruhen zu lassen. Wenn es etwas gab, worüber die beiden reden mussten, sollten sie das unter sich ausmachen.

Doch es kam viel schlimmer.

In dieser Nacht klingelte mein Handy. Ich war eben erst eingeschlafen und brauchte eine Weile, um zu mir zu kommen.

Es war Uli.

– Es ist wegen Marie, sagte er. – Sie hat seit heute Abend Fieber, es steigt und steigt. Die ganze Zeit schreit sie und lässt sich nicht beruhigen. Sie wollte nicht trinken und nicht essen. Jetzt bin ich mit ihr im Krankenhaus. Die Ärzte wissen nicht, was sie hat. Ich soll hierbleiben und warten.

– Mach dir keine Sorgen, so was kommt vor. Nach ein paar Stunden ist das Schlimmste vorüber. Möchtest du, dass ich komme?“

Ich spürte sein Zögern.

– Nein, sagte er schließlich. – Nein, ich glaube, das ist nicht nötig.

– Wenn du willst, komme ich.

– Wahrscheinlich hast du Recht, es wird schon nicht so schlimm sein. Schlaf weiter. Entschuldige, dass ich dich geweckt habe.

– Ruf mich morgen früh an. Ich möchte wissen, wie es Marie geht.

Einige Stunden später wurde ich ein zweites Mal geweckt, diesmal durch die Türklingel. Ich sah auf die Leuchtziffern meiner Armbanduhr. Halb fünf. Widerwillig stand ich auf und zog mir einen Bademantel über.

Draußen stand Uli. Grau im Gesicht, und seine Augen waren rot. Er sah mich an und rührte sich nicht.

– Darf ich reinkommen?

– Komm!

– Sie ist tot ... Sie ist vor einer Stunde im Krankenhaus gestorben.

Ich führte ihn ins Wohnzimmer, kochte uns Kaffee und setzte mich zu ihm aufs Sofa.

Es dauerte eine Zeitlang, bis er mir erzählen konnte, wie er mit Amelie, Marie auf dem Schoß, ins Krankenhaus gerast war, weil Marie plötzlich keine Luft mehr bekommen hatte. Wie die Ärzte ihn beruhigten und wie Marie plötzlich ganz still in ihrem Bettchen lag.

Die Ärzte schickten ihn aus dem Zimmer. Nach einer Weile kam ein Arzt heraus. Als Uli ihn sah, habe er gewusst, dass mit Marie etwas nicht stimmte. Und der Arzt sagte es ihm.

Ich verstand nur so viel, dass es sich um eine seltene Virusinfektion handelte, die auch die besten Ärzte nicht sofort diagnostizieren können. Und selbst wenn sie es gekonnt hätten, wäre wahrscheinlich jede Hilfe zu spät gekommen. Marie fiel ins Koma und wachte nicht wieder auf.

– Weiß Anna es schon?, fragte ich.

Er schüttelte den Kopf.

– Ich habe sie noch nicht erreicht. Die Zeitverschiebung.

Anna landete am nächsten Abend. Ein Häufchen Elend, übermüdet vom langen Flug und gebeugt von der Last des Schicksalsschlages, der sie so unvorbereitet und weit weg von ihrem Kind getroffen hatte. Ich fuhr mit Uli zum Flughafen, um sie abzuholen.

Ihr Gesicht war vollkommen ausdruckslos, und ihren Augen sah man an, dass die letzten vierundzwanzig Stunden ihre Tränen restlos aufgebraucht hatten. Uli schloss sie in die Arme. Ohne eine Reaktion ließ sie es geschehen.

Sie wollte sofort zu Marie, davon war sie nicht abzubringen. Wir fuhren zu der kleinen Kapelle, in der Marie aufgebahrt war. Den ganzen Tag hatte Uli alles in Bewegung gesetzt, um Marie dorthin zu bringen, in eine angenehme Atmosphäre, damit Anna nicht im Kühlhaus des Krankenhauses von ihrer Tochter Abschied nehmen musste.

In der Kapelle brach Anna zusammen.

Es war so ungerecht, so zum Heulen. Eben noch waren die drei eine glückliche Familie gewesen, und über Nacht blieben zwei Menschen mit gebrochenem Herzen zurück.

Anna stand tagelang unter Schock. Die Beerdigung überstand sie nur mit starken Beruhigungsmitteln. Selbst Uli fand keinen Weg zu ihr, obwohl er sich um sie sorgte und versuchte, alles Mühselige von ihr fernzuhalten. Dabei ging es ihm selbst kaum besser. Man musste ihn sich nur ansehen, und man wusste, dass er mit seiner Kraft am Ende war.

Anna hat sich die Schuld an Maries Tod gegeben. Es war ihr nicht auszureden. Sie hatte die Arbeit über das Wohl ihres Kindes gestellt und war vom Schicksal dafür bestraft worden, so sah sie es. Wäre sie in Hamburg geblieben, hätte Marie vielleicht noch am Leben sein können. Dass sie mit ihrer Sicht der Ereignisse indirekt ihrem Mann die Schuld gab, weil er Marie nicht beschützt hätte, nahm sie nicht wahr. Sie nicht, Uli schon.

Anna sagte, sie sei noch nicht so weit, sie brauche mehr Zeit, um Maries Tod zu verarbeiten. Ihm falle es ja offensichtlich leichter als ihr, sagte sie, mit einem Vorwurf in der Stimme, der unüberhörbar war.

Weil Uli sich mit Schreiben, Joggen, Lesen und Fernsehen ablenkte, um nicht ständig an Marie denken zu müssen, unterstellte sie ihm, er trauere nicht in gleichem Maße um Marie wie sie selbst. Das war nicht fair und verletzte ihn sehr. Er schob es auf ihren Zustand und ging darüber hinweg.

Sie war unfähig, irgendetwas zu tun, in jeder Hinsicht. Die meiste Zeit saß sie im Garten auf der Bank neben der Schaukel, die sie für Marie an einem Ast des Apfelbaums aufgehängt hatten. Nur zum Essen kam sie herein, setzte sich an den Tisch, aß ein paar Bissen und stand gleich wieder auf.

Dann fand sie den Zettel. Er lag in Ulis Arbeitszimmer unter dem Laptop. Darauf standen nur zwei Sätze, aber sie genügten, um das Ende zu besiegeln: „Es war schön mit Dir. Das mit Marie tut mir unendlich leid."

Es bedurfte keiner Phantasie zu enträtseln, wer diesen Zettel geschrieben hatte. Amelie, die holländische Studentin. Noch in derselben Stunde packte Anna die Koffer und zog zu mir.

Uli rief ständig an, aber Anna wollte nicht mit ihm reden.

Bevor ich sie ein paar Tage später zum Flughafen brachte, ließ ich ihm eine Nachricht zukommen, natürlich ohne ihr Wissen. Wenn er sie noch einmal sehen wolle, müsse er sich beeilen.

Er schaffte es gerade noch rechtzeitig. Anna stand bereits in der Warteschlange vor der Sicherheitskontrolle, als er sie von weitem rief.

Überrascht drehte sie sich um, während er atemlos und verschwitzt die letzten Meter zurücklegte.

– Willst du wirklich so gehen, Anna?, fragte er.

Sie trat aus der Reihe.

– Geh nicht!, sagte er.

Sie strich ihm über die Wange und legte ihm einen Finger auf die Lippen.

– Du wirst immer in meinem Herzen sein, sagte sie. – Aber ich gehe jetzt und verlasse dich. Wünsch mir Glück.

Dann küsste sie ihn und fuhr ihm durch die Haare, wie ich es so oft bei ihnen gesehen hatte.

– Ich werde da sein, wenn du mich brauchst, sagte Uli und nahm ihre Hand.

Sie erwiderte: – Niemals.

Und Uli sagte: – Niemals ist ziemlich lange.

Dann ließ er sie gehen.

An dieser Stelle endete der Bericht von Tanja Wolfers.

Tolle Leistung, dachte Mammen, Vanessa weiß, worauf es ankommt, und sie kann, worauf es ankommt. Er ging ins Bad, zupfte ein Kleenex aus dem Halter und wischte die Feuchtigkeit aus seinen Augen. Dann rief er bei „Model Mania" an und ließ sich von einer hilfsbereiten Dame die Telefonnummer von Liz Sullavan in Santa Fé geben.

Liz Sullavan zeigte Verständnis für Mammens Anliegen, aber sie wollte nur persönlich mit ihm reden, nicht am Telefon.

Beinahe sieben Flugstunden für eine Strecke, das bedeutete für Mammen zwei verlorene Tage. Dieser Einwand erzielte bei ihr jedoch nicht die gewünschte Wirkung. Zähneknirschend willigte er ein, am nächsten Morgen den ersten Flieger zu nehmen. Liz Sullavan sagte, sie werde ihn in Albuquerque am Flughafen abholen.

Er legte sich aufs Bett und schloss die Augen. Zwei Stunden später erwachte er mit einem Mordshunger. Er duschte, zog sich die neuen Sachen an und fuhr zum Pastis, wo er Uli Remstedt, Nunnally Johnson und vielleicht ein paar von Annas Freunden zu treffen hoffte.

Kurz nach 21 Uhr setzte das Taxi ihn vor dem Lokal ab. Der Himmel war nachtblau. Polizeisirenen schrillten durch die Straßen. Im Restaurant empfing ihn der Duft von Knoblauch und gebratenem Fisch.

An einem Tisch hinter dem Besteckregal entdeckte er Jason Manning, den Besitzer des Pastis. Mit ihm am Tisch saßen Carole Delrieux und Charlotte Stegemann, außerdem war eine kräftig gebaute Frau bei ihnen, mit durchdringenden, dunklen Augen, einem schwarzem Bob und fangofarbenen Stiefeln. Ihrem Gesicht nach zu urteilen, einer schlaffen, traurigen Masse, die clownsbleich gepudert war, musste sie weit in den Vierzigern sein, aber ihre lebhafte Geschwätzigkeit ließ sie jünger erscheinen. Sie versprühte einen altmodischen Joan-Crawford-Charme, diese Sonntags-Nachmittags-Mischung aus treusorgender Erotik und frivoler Unberechenbarkeit.

Unter amerikanischen People-Journalisten genoss Phyllis Kane, die für die Gesellschaftsseite der *New York Post* schrieb, einen Ruf wie Hedda Hopper und Elsa Maxwell, weil sie noch jeden zum Reden gebracht hatte, ob er wollte oder nicht. Außerdem war sie ebenso eitel und streitsüchtig wie ihre Vorbilder, die in den glorreichen Vierzigern und Fünfzigern des letzten Jahrhunderts das amerikanische Kino mit ihrem giftspeienden Klatsch begleiteten.

„Ich möchte nicht zu viel Zeit mit langweiligen Menschen verbringen“, sagte sie eben zu Jason Manning, wobei sie einen missmutigen Ton zu treffen suchte, als Mammen sich auf den freien Platz neben sie setzte. „Andererseits möchte ich auch mit amüsanten Menschen nicht allzu lange zusammen sein. Ich finde Konversation ermüdend. Für mich ist sie immer eine Anstrengung."

Sie hob ihr Weinglas und nahm einen großen Schluck.

„Und du so?"

Ihre Frage galt Mammen. Die Worte baumelten lustlos in der Luft.

Jason Manning übernahm es, sie einander vorzustellen.

„Ich dachte eben darüber nach", sagte Mammen, „warum jede Klatschtante, der ich bisher begegnet bin, mit dem sozialen Gewissen eines Esels und der schlichten Arroganz einer Jungfrau ausgestattet ist."

Schweigen.

Mammen hielt ihrem Blick stand. Es war leicht, denn was er gesagt hatte, entsprang seiner innersten Überzeugung.

Ihre Gesichtzüge verharrtem in einem unpersönlichen Grinsen, dann verzog sie die Mundwinkel zu einem boshaften Lächeln. Kalt. Verächtlich. Plötzlich lachte sie auf. Ihr Lachen erleichterte die Runde und löste die aufkommende Verkrampfung.

„Interessante Kombination, Esel und alte Jungfer. Mir gefällt ein Mann, der sagt, was er denkt. Nur zu, wir Kolumnisten haben ein breites Kreuz."

Mammen bestellte einen La Tomate, Pernod mit Kirschsirup und wusste nach dem ersten Schluck, es war ein Fehler. Das Zeug schmeckte so fürchterlich, dass er das Glas am liebsten an die Wand geworfen hätte, aber nach einer Weile war sein Nervensystem so paralysiert, dass dieser Reflex unterdrückt wurde und es ihm nichts mehr ausmachte.

Zehn Minuten später tauchte Nunnally Johnson auf. Er war blass und wirkte angestrengt. Wortlos zog er einen Stuhl an den Tisch.

„Eric Pigani ist tot", sagte er.

Das Schweigen war wieder da.

„Was ist passiert?", fragte Jason Manning.

„Ich wollte heute mit ihm arbeiten, aber er ist nicht ins Studio gekommen", sagte Johnson. „Ich habe mir Sorgen gemacht, sonst ist er immer einer der Ersten am Set. Also fuhr ich nach dem Job bei ihm vorbei um nachzusehen, ob alles in Ordnung ist. Als ich vor seiner Tür stand, krabbelten jede Menge Ameisen darunter durch. Ich holte den Hausmeister, er sperrte die Tür auf und ging als Erster rein. Er fing an zu keuchen und brüllte, ich soll draußen bleiben und die Polizei rufen, sofort. Der Bastard ließ mich nicht zu Eric rein, bis die Polizei da war, und was ich dann hörte, klang so, als sollte ich froh darüber sein, dass er mich ausgesperrt hat."

„Wer ist Eric Pigani?", fragte Mammen.

„Zurzeit einer der gefragtesten Stylisten", klärte Jason Manning ihn auf. „Eric gehörte zu meinen Stammgästen."

„Er wurde ermordet", sagte Johnson. „Mehr wollte die Polizei nicht sagen. Irgendetwas Furchtbares muss mit ihm passiert sein."

„Kann es sein, dass es einen Zusammenhang gibt zwischen Anna Hansen und diesem Eric?" Mammen schaute fragend in die Runde.

„Die Deutsche hat sich doch selbst umgebracht", sagte Phyllis Kane in einem abfälligen Ton.

„Was hat Anna dir bloß getan?", fuhr Johnson sie an. „Wieso hast du sie in deiner Kolumne immer kaputtgeschrieben?"

„Sie war kaputt, lange bevor ich damit angefangen habe."

Johnson strafte sie mit einem bösen Blick.

„Hör mit dem Quatsch auf. Es weiß doch jeder, dass sie dir den Kerl ausgespannt hat. Dylan Caldwell. Deshalb hast du sie verheizt, wo du nur konntest."

„Kann schon sein“, gab Phyllis Kane mit einem maliziösen Lächeln zu. „Frauen werden eben gemein, wenn man sie sitzen lässt. Manchmal muss es eben die Neue ausbaden.“

„Bravo, das ist dir gelungen“, sagte Johnson. „Deine Kolumne nach ihrem Schwarz-Weiß-Ball war eine Unverschämtheit.“

„Hat es denn nicht gestimmt, was ich geschrieben habe? Es war ein Kaleidoskop des Glamours und des Irrsinns, und mittendrin die Hansen, als einsame Ballkönigin, der landesweite Schlagzeilen mal wieder gewiss waren.“

„Ein klasse Fest war das“, widersprach Jason Manning. „Bis zu Annas Ausrutscher zum Schluss.“

„Danach zerfiel der Ball in seine Einzelteile“, fuhr Phyllis Kane fort. „Keiner weiß, was genau passiert ist. Spielt plötzlich verrückt, zerschlägt Gläser, führt sich auf wie eine kreischende, betrunkene Göre.“

„Trotzdem hättest du nicht schreiben müssen, ihre Locken wären die eines Zwergpudels nach sieben Tagen Monsun, und ihr Aufzug, ein Kleid von Diane von Fürstenberg, erinnere an den Kostümfundus von Eliza Doolittle aus My Fair Lady“, sagte Johnson wütend.

„Du hast ein gutes Gedächtnis. Aber Anna hat sich selbst zum Punchingball der Kritiker gemacht. Ich war nicht die Einzige, die so über ihren Aufzug berichtet hat.“

Johnson grinste und sagte: „*Women's Wear Daily* hat mir nach dem Ball den Award für den schlechtest angezogenen Mann verliehen. Ich trug einen dreckigen Regenmantel und darunter einen schwarzen Schlips und einen dunklen Anzug. Alles was recht ist, beide waren ziemlich zerknittert.“

„Unter aller Sau“, sagte Phyllis Kane.

„Ihr fragt euch, was mit ihr los war in der Ballnacht?“, fragte Manning. „Ich kann's euch erzählen.“

Es war erst kurze Zeit her, da hatte sich der Medien-Tycoon Moss Hart in den Kopf gesetzt, Anna zu Ehren einen Schwarz-Weiß-Ball im Marriott Marqué zu geben. Der tatsächliche Anlass war jedoch die erfolgreiche Übernahme einer australischen Senderkette gewesen. Der Kauf machte seinen Konzern zu einem einflussreichen Global Player im Fernseh- und Zeitschriftengeschäft.

Bald kursierten Gerüchte, wer eingeladen war und wer nicht. Wochen vor dem Ball setzte das Gossip-System der Oberen Zehntausend ein und brachte über Nacht ein paar dutzend Namen in Umlauf: Hollywoodstars, Politiker, Schriftsteller, Wirtschaftsbosse, Maler, Sportler. Der Abend wurde schon vorher zu einem Spektakel aufgebauscht, dass jeder dabei sein wollte, ja, dabei sein *musste*, denn wer nicht eingeladen war, spielte in der Gesellschaft keine Rolle. Selbst Schauspieler, die 15 Millionen Dollar pro Film verdienten, riefen persönlich in Moss Harts Büro an, um sicherzustellen, dass man sie nicht vergaß. Man erzählte sich, es habe ihm außerordentliches Vergnügen bereitet, einige Leute über verschlungene Wege wissen zu lassen, dass es für sie nicht bis ins Marriott Marqué reichen werde.

„Als seine Gästeliste komplett war“, sagte Manning, „erlaubte er Anna, zwanzig Namen zu streichen und durch Personen ihrer Wahl zu ersetzen. Sie bat mich, ihr dabei zu helfen.“

„Aber nur, weil ich im Urlaub auf den Seychellen war“, sagte Johnson.

„Da drüben an der Bar saßen wir und legten los. Ich kann euch sagen, es war ein Heidenspaß, Jennifer Lopez mit einem fetten Bleistiftstrich auszulöschen. Darüber schrieb Anna: Jason Manning. Damit war ich auch von der Partie. Anschließend mussten Tom Cruise, Oprah Winfrey, Zac Stewart, Mick Jagger, Mariah Carey, eine Reihe überschätzter Fernsehleutchen und der Vize-Präsident der Vereinigten Staaten dran glauben."

Die Erinnerung ließ in Manning den Spaß von damals wieder aufkommen.

„Gefällt es euch bis jetzt? Wartet ab, gleich wird es euch noch viel besser gefallen."

Für seinen Ball hatte Moss Hart sich einen besonderen Clou ausgedacht. Auf der Einladung, auf exquisitem Bütten gedruckt, wurde jeder Gast aufgefordert, mit einer Maske zu erscheinen, die er erst um Mitternacht abnehmen durfte. Er wollte der Welt ein Zeichen setzen: Seht her, ich stehe zu ihr. Anna Hansen ist wieder da. Sie ist wunderbar. Gebt ihr eine Chance. Sie hat es verdient.

„Anna und ich bestellten unsere Masken bei Carla Alta in Venedig. Stundenlang hockten wir vor dem Computer und durchstöberten den Website-Katalog", erzählte Manning. „Sie entschied sich für ein außergewöhnlich schönes Exemplar, das sich ‚Grand Moulin' nannte. Die Maske war aus Gold und bedeckte ihre Augenpartie, die Stirn und einen Teil der Nase. Ein riesiger Busch aus feinen, violett gefärbten Federn klebte am oberen Rand der Maske und wogte über ihrem Kopf. Ich wählte die schlichte Version ‚Casanova Baroque', die ohne viel Tamtam nur aus Silber und wenig Schnörkeleien bestand."

Hoffentlich kommen die bald auf den Punkt, dachte Mammen, so viele Lichtergirlanden bringen die Geschichte auch nicht zum Leuchten, dachte er.

Aber die Geschichte war im Fluss und ließ sich nicht mehr aufhalten. Was folgte, war ein Mosaik der Ballnacht, zu dem Nunnally Johnson, Charlotte Stegemann, Jason Manning und Phyllis Kane ihren Teil beitrugen, denn sie waren alle dabei gewesen.

Am Abend des Balls regnete es in Strömen. Vor dem Marriott drängte sich schon Stunden vorher eine beträchtliche Menschenmenge, die das Schaulaufen der Prominenten um keinen Preis versäumen wollte. Das grelle Licht der Fernsehscheinwerfer erleuchtete das Hotel und den roten Teppich, der sich die Stufen hinab ergoss. Sobald eine Limousine das Meer der Menschen und Fotografen teilte und ihre kostbare Fracht dem Wagen entstieg, zuckten Blitzlichter auf, und die Menschen klatschten und jubelten ihren Idolen zu. Anna fuhr in Moss Harts schwarzer Strech-Limou vor. Die Paparazzi stellten sich um den Wagen wie bettelnde Spatzen.

Die Wände des Saals waren mit auberginefarbenem Stoff bespannt, auf den Tischen brannten tausende Kerzen in schweren Lüstern. Ein Heer von Kellnern mit weißen Perücken lief zwischen den Tischen umher. Mindestens zehn Milliarden Dollar waren im Saal versammelt, und die Besitzer dieses gigantischen Vermögens amüsierten sich prächtig. Der Champagner floss in Strömen. Erhitzte Gesichter hinter den Masken, wirbelnde Paare dicht an dicht. Dann Rock 'n' Roll. Der Energielevel war enorm.

Anna Hansen gab dem Fest, von dem zu diesem Zeitpunkt niemand ahnte, dass es Society-Geschichte schreiben würde, einen hoffnungslos melancholischen Unterton.

„Die Deutsche war ganz klar ein Mondgeschöpf“, sagte Phyllis Kane. „Die wollen Licht, ohne Licht sind sie dunkel, denn eigenes Licht haben sie nicht.“

„Anna tanzte mit einer Grazie und Anmut, die jeden Mann neidisch auf ihren Partner machen musste“, sagte Nunnally Johnson. „Sie nippte nur an ihrem Glas und unterhielt sich angeregt mit jedem, der ihre Gegenwart suchte.“

„Der Wolfsfisch hat geschmeckt wie eine Grabbeigabe von Tut-Ench-Amun“, sagte Phyllis Kane.

Im Pastis wurde es plötzlich still. Alle Augen wandten sich dem Eingang zu, wo eine matronenhafte Erscheinung im Pelzmantel aufgetaucht war. Das lichte schwarze Haar der Frau war seltsam toupiert, und ihr Gesicht braun verbrannte Haut. Sie war in Begleitung eines asketisch wirkenden älteren Mannes mit Glatze, bei dem sie sich untergehakt hatte.

„Polly Morley“, flüsterte Charlotte Stegemann Mammen zu. „Chefredakteurin der *Madonna.* Alles tanzt nach ihrer Pfeife. Sie hält ihren Finger nicht in den Wind, um einem Trend nachzuspüren, sie *ist* der Wind. Der Mann an ihrer Seite hat es irgendwie fertig gebracht, mit geschickter PR zum Guru einiger einflussreicher Leute in dieser Stadt aufzusteigen. Eigentlich ist er bloß ein Yoga-Lehrer.“

Johnson und Manning sprangen auf, um sie zu begrüßen.

„Oh, Schatz“, sagte Polly Morley zu Johnson, „wie entsetzlich! Unser Eric war einer der Besten, und jetzt lebt er nicht mehr. Können wir irgendetwas für ihn tun?“

Sie drückte Manning ihren Pelz in die Hand und setzte sich wie selbstverständlich auf seinen Stuhl. Der Yoga-Lehrer nahm den Platz neben ihr ein.

Aus langjähriger Erfahrung wusste Johnson, dass Polly Morley auf ihre Frage keine Antwort erwartete; sie war rein rhetorisch gewesen. Denn Polly Morley hatte für schwule Männer so viel übrig wie für schmutzige Schuhe. Und Stylisten waren sowieso unter ihrer fünfzehnjährigen Chefredakteurinnen-Würde.

„Carole, Liebes, du warst phantastisch heute bei Ruben Eliott“, sagte sie. „Nicht, dass mir seine Kreationen gefallen haben. Zu vulgär! Zu gewöhnlich! Aber du hast dein Bestes gegeben, um aus seinem Mittelmaß kein Desaster werden zu lassen. Denn das war es dieses Mal, ein glattes Desaster.“

Neue Stühle wurden geholt. Die Königin der Fashion hielt Hof.

„Der Schwarz-Weiß-Ball? Eine Katastrophe!", sagte sie eine Spur zu laut, als Manning erzählte, worüber sie am Tisch gesprochen hatten, ehe sie erschien.

„Ich mag Anna. Hab sie immer gemocht. Auf dem Ball sagte ich zu ihr:

– Herzchen, du siehst furchtbar aus. Und was ich in den Zeitungen über dich lese, gefällt mir gar nicht, mein Kind. Ich will, dass du ein braves Mädchen bist, verstanden? Ich erwarte von dir, dass du es mindestens 50 Jahre länger auf der Erde aushältst als ich und dass du es dir schön machst. Die andere Seite kriegst du nämlich früh genug zu sehen, du brauchst dich also nicht zu beeilen.

Ihr glaubt nicht, was sie geantwortete hat, Kinder, und im Nachhinein bekommt das eine völlig neue Bedeutung.

– Da wo ich bald bin, sind sicher Läden, Polly. Ich hoffe, ihr verkauft dort auch die *Madonna*."

„Ihr redet alle über diesen Ball. Was ist denn so Außergewöhnliches passiert?", wollte Mammen wissen. Er fühlte sich ausgeschlossen.

„Nunnally, Schatz, du bist doch derjenige gewesen, der am dichtesten an ihr dran war in den letzten Jahren", sagte Polly Morley.

„In ihr drin war", sagte Phyllis Kane spitz.

„Jason", sagte Nunnally Johnson ohne aufzublicken, „wenn diese Schlampe noch eine Minute länger hierbleibt, kannst du dein Lokal mit ihr tapezieren."

„Aber Schatz, du wirst doch nicht die Presse vergraulen", sagte Phyllis Kane.

„Schmeiß sie raus!" sagte Johnson. „Sie ist eine elende Giftspritze."

„Hoppla hopp", sagte Phyllis Kane. „Der Knipser hat gesprochen."

„Der Besitzer auch“, sagte Manning. „Besser du gehst. Anna war unsere Freundin, und wenn du meinst, du kannst hier gegen sie stänkern, dann sieh zu, dass du Land gewinnst. Mach das woanders.“

„Ist das dein Ernst? Das Pastis könnte leicht einen Haufen Gäste verlieren, wenn ich in meiner Kolumne darüber schreibe.“

Bevor Manning antworten konnte, sagte Polly Morley kühl: „Und die *New York Post* könnte über Nacht eine talentierte Kolumnistin verlieren, wenn wir uns in *Madonna* mit ihr beschäftigen.“

„*Madonna* müsste sich vermutlich eine neue Chefredakteurin suchen, wenn ich mit der alten fertig bin“, konterte Phyllis Kane.

„Du musst nicht den Kopf einziehen, wenn keiner nach dir wirft, meine Liebe. Willst du es wirklich darauf ankommen lassen? Aber ja, das möchtest du. Um deine Macht zu beweisen. Ich sehe es dir an.“

Phyllis Kane stieß ihren Stuhl zurück.

„Sie glauben, die *Madonna* ist ein mächtiger Thron?“, rief sie.

„Aber ja, Liebes“, sagte Polly Morley resolut. „Natürlich ist sie das.“

„Sie werden wünschen, Sie hätten den Platz *hinter* dem Thron, denn dieser Platz ist immer der sicherste.“

„Und du, meine Liebe, würdest dir wünschen, du hättest nie die Laufbahn einer Journalistin eingeschlagen. In meinem Telefonbuch stehen ein paar exzellente Leute, die sich freuen würden, wenn sie dein Leben ein bisschen auf den Kopf stellen dürften. Sie verstehen sich hervorragend darauf, pikante Informationen aus dem Privatleben für ein hübsches Portrait auszugraben.“

Phyllis Kane stürmte wortlos aus dem Lokal.

„Sie ist intelligent. Sie ist schnell. Aber sie ist auch feige“, sagte Polly Morley zufrieden.

Seit ihrem Erscheinen dominierte Polly Morley den Tisch uneingeschränkt. Sie holte weit aus und steuerte auf die Untiefen des Model-Geschäfts zu.

„Einige Mädchen beginnen gut, kommen in Schwung, scheinen zu Großem bestimmt, aber plötzlich und unerklärlich büßen sie ihre Vitalität ein und sinken ins Mittelmaß zurück. Bei Anna Hansen war das etwas anderes. Sie ragte sofort heraus aus der Masse der heuschreckendürren Mädchen, die damals die Branche beherrschten. Auf ihrer ersten Schau trat sie mit durchlöcherter Jeans und weißen Wollhandschuhen aus dem Backstage-Bereich, behängt mit Ketten aus Sicherheitsnadeln, und lief los, ins Scheinwerferlicht hinein. Die Fotografen am Ende des Runway starrten sie an, als wäre soeben ein doppelstöckiger Bus durch die Mauer gebrochen. Ich musste dauernd zu ihr hinsehen, und während ich schaute, überkam mich der seltsame Gedanke, gleich legt sie los und pöbelt die Leute in der ersten Reihe an. Die Rolle des Punk-Flittchens, das sie auf dem Laufsteg spielte, nahm man ihr unbedingt ab. Souverän schwang sie weit vor zur Rampe, zeigte den Fotografen ein strahlendes Lächeln und ein winziges Stückchen ihrer Brustwarze, als die Träger ihres Tops verrutschten. War das Absicht? Nein, ich glaube nicht. Dann bog sie die Hüften, machte eine Extradrehung und schlenderte zurück, als habe sie das schon ihr ganzes Leben lang gemacht. Wie weich eine Frau gehen kann, dachte ich.

Anna musste nie daran arbeiten, sexy zu sein. Sie war es von Natur aus. Sobald sie das Anna-Lächeln anknipste, waren alle begeistert. Dieses Lächeln konnte einen ganzen Raum aufheitern. Kein Wunder, dass die Fotografen bei den Schauen verrückt nach ihr waren. Ich selber kann mich an keinen ihrer früheren Auftritte erinnern, wo sie ihr nicht zuriefen: Free the two, Anna! Free the two. Und das bei ihr. Sie war verzweifelt wegen ihrer kleinen Brüste. Sie hätte es gern runder gehabt.

– Die Frauen wundern sich, warum sie nicht so aussehen wie wir, sagte Anna einmal zu mir. – Was sie nicht wissen, ist, dass wir ohne Styling auch nicht so aussehen.

Ich habe verfolgt, wie sie größer und größer wurde. Und schöner. Brillant. Viele Prestigemarken von Weltruf schalteten bei uns Anzeigen mit ihrem Foto. Sie selbst besaß einen exquisiten Geschmack, sie wusste, was ein großartiges Kleid ist. Nicht mal in ihrer Anfangszeit sah man sie in billigen Kopien von Class-Fashion. Die können ja gut aussehen, aber nur, wenn man vierzehn ist. Bist du über dreißig und physisch nicht in bester Verfassung, sehen billige Kleider billig aus, und Retro-Klamotten, die sind niemals stylish, nicht mal, wenn man sie Vintage nennt. Anna wählte nicht nur immer das für sie passende, sondern auch das richtige Outfit aus, was nicht unbedingt dasselbe ist. Bei ihr zu Hause hingen garantiert keine Mode-Leichen im Schrank, diese traurigen Fehlgriffe, von denen jede Frau ein Lied singen kann.

Ein perfektes Kleid, meine Lieben, existiert immer nur bis zum nächsten Augenblick, längstens bis zum Ende einer Party. Nur bei den Großen, ich meine bei den wirklich Großen, wie Lagerfeld, Dolce & Gabana oder Armani gibt es Momente, in denen die Mode für die Ewigkeit bestimmt zu sein scheint. Über die jungen Designer, die selber nur verschossene Jeans am Leib tragen, unförmige Pullis und plumpe Schuhe, hat Anna Hansen sich oft lustig gemacht. Marc Jacobs verglich sie mit einem Chemie-Referenten und Stella McCartney, sagte sie, sehe aus wie eine Flasche Baileys, von der das Label abblättert.

– Ich mag Kleider, mit denen man ohne fremde Hilfe in ein Taxi einsteigen kann, sagte sie. – Außerdem gehöre ich zu jenen Mädchen, die bei einem neuen Kleidungsstück sofort das Label rausschneiden. Was bedeutet es schon, ob ein Seidenkleid von Chanel ist oder von Roland Mouret, eine Hose von Paco Rabanne oder von Cavalli?

Die logische Folge war, dass die bunten Blätter eine Stil-Ikone aus ihr machten, der Mädchen und Frauen auf der ganzen Welt nacheiferten. In ihrem ersten Interview, das *Madonna* mit ihr führte, fragte unsere Reporterin, was Mode für sie bedeute. Ihre Antwort wirkte so elegant und selbstsicher, als hätte Anna sie bereits vor Jahren für diese Gelegenheit auswendig gelernt:

– Mode bedeutet Veränderung, Spontaneität, Kommunikation. Mode ist ein Stimmungsträger, der mit Gefühlen und Sinnlichkeit zu tun hat.

Das hätte ein Nachwuchsdesigner nicht schöner sagen können, bloß, dass Anna damals erst 21 Jahre alt war. Vom ersten Tag an war sie mehr als eine Vorführfigur. Sie war eine Leinwand. Sie erwischte das Zeitalter der überschnappenden Götzenhysterie in der Modewelt. Was dann folgte, glich einem Märchen. Sie brachte es schnell auf zwei bis drei Millionen Dollar pro Jahr. Jeder Designer wollte sie anziehen. Gucci, Tom Ford, Alexander McQueen, Michael Kohrs, Hilfiger, selbst die jungen Nachwuchsdesignerinnen, die in Madrid, Amsterdam und Berlin arbeiten und Kleider entwerfen, die sie selber nie anziehen würden.

Sie wurde groß und größer geschrieben. Zum Sexsymbol. Zur perfekten Jungfrau. Mal so, mal so. Jeder glaubte, was er glauben wollte, dass sie sei. In einem Interview versuchte sie klarzustellen, sie sei weder das eine noch das andere. Irgendwo dazwischen, sagte sie, gebe es ja wohl auch einen Platz, und da fühle sie sich am wohlsten.“

Carole Delrieux unterbrach Polly Morleys Wortschwall und sagte:

„Für uns war damals die ganze Welt ein First-class-Dauerzustand. Die Menschen begannen, sich plötzlich für Designer zu interessieren, weil sie sich für uns interessierten, die wir deren Kleider trugen. Wir dachten, es würde ewig so weitergehen. Unsere Brüste und Hintern wurden mit Millionen versichert und in den Adelsstand erhoben. Ständig küssten uns irgendwelche TV-Moderatoren, die mehr Make-up aufgelegt hatten als wir selbst. Eines Tages, nach einem Defilee für Dior, machte Anna einen so entrückten Eindruck, dass ich sie fragte, was mit ihr los sei.

– Nach der Show, sagte sie, – komme ich zurück in mein eigenes Leben, aber dafür brauche ich etwas Zeit. Je länger ich diesen Job mache, desto länger brauche ich, um zurückzufinden. Im Moment ist es noch nicht so weit.

Für Annas Busen galt von der ersten Stunde an Fotoverbot. Als vor zwei Jahren die ersten Bilder in der Presse auftauchten, auf denen sie keinen BH trug, wusste ich, dass sie mit ihren Prinzipien gebrochen hatte. Das verhieß nichts Gutes.

Trotz ihres enormen Erfolges lebte Anna in ständiger Angst, ihre heile Welt könnte jeden Tag zerbrechen. Und je mehr Erfolg sie hatte, desto bedrohlicher wurde dieses Gefühl. Sie begriff, dass sie das Bild, das die Medien von ihr entwarfen und das die Menschen von ihr erwarteten, nicht länger an sich heranlassen durfte, allerdings wählte sie die falschen Mittel. Sie begann, die Welt durch ein schwarzes Prisma zu sehen. Es sei doch alles nur äußerlich, was sie gemacht habe. Na gut, sie habe Erfolg, aber was bedeute das schon? Sie mache den Menschen doch nur etwas vor. Im Grunde sei sie das alles gar nicht. Models seien allenfalls eine Projektionsfläche, keine Persönlichkeiten, sie verdienten die ganze Aufmerksamkeit gar nicht, die ihnen zuteil werde.

Diese Erkenntnis trieb sie mehr und mehr in eine Zurückgezogenheit, in der sie viel Zeit mit sich selbst verbrachte. Dieses Zusammensein Annas mit Anna schaffte Raum und Zeit für Grübeleien, die sie zunehmend verwirrten und zutiefst verunsicherten. Sie lebte ein Leben, das sich allen Maßstäben entzog. Sie ließ sich willenlos treiben und hatte sämtliche Gefühle über Nacht restlos aufgebraucht.

Immer häufiger erwischten die Paparazzi sie mit roten Augen und offener Bluse. Zum Schluss setzte der Wirbel über ihre Wundertüten-Moral ein. Ständig sah man neue Männer ihrer Seite, was zwangsläufig zu Spekulationen über Promiskuität führte. Die Gerüchte streunten durch die Gegend wie herrenlose Hunde."

Carole Delrieux erzählte schnell. Sie trank einen Schluck Wasser.

Mammen schnappte begierig jeden Satz auf. Der Lärm im Lokal wurde immer lauter.

Jetzt ergriff Polly Morley die Chance und nahm den Fortgang der D-Zug-Biografie auf.

„Annas Niedergang begann in einer Phase, als das Modelbusiness schwerfällig wurde, unbeweglich, unkreativ. Der Untergang der Supermodel Ära stand bevor. Die Designer hatten es satt, dass die Mädchen die ganze Laufstegaufmerksamkeit auf sich zogen. Sie stahlen den Designern die Show, die sie den Models zehn Jahre zuvor verschafft hatten. Also strichen sie die teuren, penetrant selbstgefälligen Models, die inzwischen 300 000 Dollar für einen Tag forderten, aus ihrem Booking-Kalender und bedienten sich neuer Gesichter ohne Namen und Klatschspaltenvergangenheit. Die italienischen Designer zogen die Reißleine, sie waren die Ersten."

„Wann hat das angefangen mit Anna Hansen?", wollte Mammen wissen. „Ihre Trinkerei. Das Rauschgift."

„Wenn der Glanz nachlässt, beginnen die Fragen", sagte der Yoga-Lehrer. Das war sein erster Beitrag zur Unterhaltung. Und sein letzter.

„Nach dem Tod ihrer Tochter Marie, würde ich sagen", sagte Johnson, „da verlor sie ihren ganzen Lebensmut. Als Marie starb und sie sich von ihrem Mann trennte, war das der Moment, wo sich die Sanduhr ihres Lebens drehte. Zum ersten Mal wurde sie sich ihrer Sterblichkeit bewusst. Und dann ging alles ziemlich schnell."

„Ihr fehlte ein Anker", sagte Manning. „Es war niemand mehr da, der ihr jemals Nein sagte. Manchmal kreuzte sie hier mit einer Meute von sieben, acht Leuten auf, die über jeden ihrer Witze lachten und sie vollkommen von der Realität abschirmten. Das musste Folgen haben, und es hatte Folgen."

Polly Morley sagte: „Wer sich in seiner eigenen Haut nicht wohl fühlt, wird sich auch niemals in fremden Kleidern wohl fühlen. Und niemand will seine Kleider jemandem anziehen, der sich in seiner Haut nicht wohl fühlt. Darum war es eine logische Folge, dass sie zum Schluss immer weniger Aufträge bekam. Mit ihren weltfremden Ansichten hätten sich Psychologen oder ein Café voller Existenzialisten eine Ewigkeit beschäftigen können, und sie wären doch nur zu der Erkenntnis gelangt, dass Anna ihr Urvertrauen verloren hatte. Sie suchte einen Kurs und fuhr Schlangenlinien.

Zu einem intimen Essen zu zweit bei Elaine's erschien sie in einem Outfit der Heilsarmee. Ach, ich sage euch, so ist man heute nicht mal mehr in der Sado-Maso-Szene von Boise, Idaho, unterwegs. Krempelaufschläge, Koppelgürtel. Ihr berühmtes Gesicht wirkte über Nacht ausgebleicht von den vielen Blitzlichtern, denen sie ausgesetzt war. Aber was sollte ich tun? Wie kann man jemandem helfen, der einem sagt, es gehe ihm gut?

Jeder von uns hat das Recht, ins Feuer zu laufen, sogar wenn wir wissen, dass Feuer brennt. Ich meine, das ist der freie Wille. Wie Marcel Proust begann sie zu glauben, dass die wahren Paradiese die verlorenen sind.

Ich hatte dieses Treffen mit Anna verabredet, denn ich wollte aus erster Hand erfahren, ob es stimmte, was die Leute munkelten. Sie habe ihr Selbstvertrauen verloren und das berühmte Anna-Lächeln sei erloschen. Wenn es so wäre, würde sie nicht mehr lange im Geschäft sein. Die Mode verzeiht keine Schatten. Ich musste wissen, wie es um sie stand. Während wir auf unseren Ceasar's Salade warteten, musterte ich sie und fragte mich, ob es ratsam wäre, sie weiter für *Madonna* zu buchen. Einzig ihre Offenheit und ihr Humor, mit denen sie über ihre letzten Monate sprach, ließen mich vorübergehend glauben, dass sie vielleicht doch noch eine Chance haben könnte. Ich fragte sie, ob sie wisse, wann es für ein Model Zeit sei, die Karriere zu beenden. Sie antwortete:

– Einer dieser sinnlosen Zufälle wird dazu führen. Bedauerlicherweise wird mir niemand eine goldene Uhr in die Hand drücken, wenn es vorbei ist. Im Moment bin ich auf der Suche, Polly, wenn nicht nach mehr Glück, dann wenigstens nach weniger Unglück."

„Wenn du sie so gern gehabt hast, wie du sagst, warum hat *Madonna* sie als Erste fallen lassen?", fragte Johnson.

„Ach, Schatz, wir genügen auch nur den Anforderungen des Marktes." Das entsprach nicht der Wahrheit. Es war *Madonna*, die den Markt *machte*.

Polly Morley fuhr fort: „Über Nacht waren Mädchen aus Osteuropa gefragt. Mädchen mit gebrochenem English und der Sehnsucht, der Öde und Armut ihres Heimatlandes mit einem Gratisticket zu entfliehen. Sie hatten gute Chancen, denn inzwischen verlangten alle nach dreidimensionalen

Models wie Carmen Kaas aus Estland oder Natalie Vodianova. Sie haben Gesichter, die wahre Geschichten erzählen, das gefällt. Mit ihren hohen Wangenknochen und juvenilen Minibusen sind sie nicht weniger schön als die so genannten Diven. Und nichts verkauft sich heute so gut wie Realität. Ich selber nehme für mich in Anspruch, bei diesem Trend ordentlich mitgeholfen zu haben, auch wenn du das nicht gern hörst, Carole, meine Liebe. Ihr seid Kreaturen unserer Zeit, jedoch nur so lange, wie ihr etwas repräsentiert, das anspricht, aufwühlt. Dort oben auf den Gipfeln eurer Anmut herrschen raue Winde, ich weiß ..."

„... und wer ihnen nicht widersteht", sagte Carole Delrieux, „steigt ab, so ist das Gesetz."

„Anna hatte ihren Höhepunkt hinter sich", sagte Polly Morley. „Wie jene Models, die ausgemustert wurden und sich heute um Delphine und herrenlose Hunde kümmern, Dosensuppen unter ihrem Namen auf den Markt bringen oder ins Yoga-Mattengeschäft einsteigen. Eine beträchtliche Anzahl konserviert ihren einstigen Ruhm auch in Maitais und Margueritas."

„Hört! Hört! Das heilige Wort vom Berg Fashion", warf Johnson ein.

„Du gehst hart mit uns ins Gericht", sagte Carole Delrieux.

„Ist nichts Persönliches. Ich sage nur, was alle wissen. Natürlich gibt es Ausnahmen, vielleicht sogar viele. Wenn Anna in Bestform gewesen wäre, hätte sie es noch auf zwei, drei gute Jahre bringen können, doch sie rannte ihrem Kult bereits hinterher. Nur die Sonne kommt wieder, wenn sie verschwindet. Totgelaufene Models kehren niemals zurück. Niemals!"

Mammen fühlte, wie die Stimmung am Tisch zu kippen drohte, und lenkte das Gespräch wieder auf die Ballnacht im Mariott Marqué.

„Was ist damals geschehen? Können wir jetzt endlich darüber reden?“

Johnson sagte, gegen zwei Uhr morgens habe sich das Fest allmählich aufgelöst.

„Endlich fand ich die Gelegenheit, mich mit Anna zu unterhalten. Den ganzen Abend war sie von Gästen umringt gewesen, jeder Mann wollte mit ihr tanzen, und nun saß sie an der Bar. Allein.

– Hey, sagte sie, als sie mich sah. – Ein schönes Fest, findest du nicht? Entschuldige, dass ich noch keine Zeit für dich hatte.

Ich hatte das Gefühl, sie von weit her zu holen.

– Niemand da, der mit dir spielen will?, fragte ich.

– Ich nehme gerade eine Auszeit. Ich will nur hier sitzen, wie es mir passt, und Träume träumen.

Während sie das sagte, befand sie sich hinter einem grauen Schleier. Sie sah müde aus. Ehrlich gesagt, sie sah sogar ziemlich fertig aus.

– Er ist wieder da, sagte sie.

Von wem sprichst du?

– Der Hund, erwiderte sie und schaute sich vorsichtig um.

– Anna, du bist auf einer wunderbaren Party. Hier gibt es keinen Hund.

Sie kippte ihren Martini hinunter.

– Noch einen, befahl sie dem Barkeeper. – Einen doppelten.

– Hast du nicht schon genug?, fragte ich.

– Es geht nur so.

– Anna, du musst darüber hinwegkommen. Ihr lebt seit vielen Jahren getrennt. Ihr redet nicht einmal mehr miteinander, und du wunderst dich darüber?

Langsam setzte sie ihr Glas ab und starrte mich an.

– Wovon redest du?

– Ich dachte ...
– Was?
– Oh! Er hat es dir nicht erzählt?
– Was denn?
– Das soll er dir selber sagen.
– Ich bin deine beste Freundin, Nunn. Was ist los?
Dann fiel der Groschen.

– Nein, das nicht ... das kann nicht sein ... rede mit mir ... bitte, du musst!

Sie riss den Mund auf, als sei sie unerwartet an einer Bushaltestelle stehen gelassen worden.

– Von wem weißt du es?, fragte sie.

– Er hat es mir erzählt. Ich fliege nächste Woche für eine *Vous*-Produktion nach Hamburg und rief ihn an, ob er Zeit für ein paar Bierchen hat. Du weißt ja, ich mag ihn, und mir ist es egal, ob ihr getrennt lebt oder nicht. Er hat es mir erzählt, als wir telefonierten.

Sie holte aus und schleuderte das Martiniglas in die Flaschengalerie an der Rückwand der Bar und verfehlte dabei nur knapp den Kopf des Barkeepers. Mit der anderen Hand fegte sie sämtliche Gläser und Aschenbecher vom Tresen. Mit lautem Krachen zersplitterten die Gläser auf dem Boden. Überall flogen Zigarettenkippen umher.

– Das darf er nicht!, schrie sie. – Warum tut er das? – Es war doch abgemacht, dass er mein Mann ist. Für immer.

– Ich weiß, sagte ich. – Weiß ich doch! Ich versuchte, sie zu beruhigen.

Moss Hart rannte herbei, schlang seine kräftigen Arme um Anna und fuhr sie an:

– Hör sofort damit auf. Du ruinierst meinen Abend. Es sind noch Gäste da. Du bist betrunken und solltest nach Hause gehen. Mein Fahrer fährt dich heim. Ich bringe dich nach draußen.

Anna kreischte, biss ihm in die Hände und versuchte, sich aus seinem Klammergriff zu befreien. Dann erschlaffte sie. Ihr Kopf fiel kraftlos gegen seine Brust. Erleichtert hob er sie hoch, setzte sie auf einen Hocker und lehnte sie mit dem Rücken gegen die Bar.

Zwei Fotografen knipsten die hässliche Szene aus einiger Entfernung.

– Verschwindet!, brüllte Hart und drohte mit der Faust.

– Könnten Sie sich freundlicherweise einen Moment um sie kümmern?, fragte er mich. – Ich bin gleich zurück. Halten Sie sie einfach nur fest.

Anna sah mich an und begann zu weinen.

– Sag, dass es nicht wahr ist, bitte, sag es!

Ich hielt sie in meinen Armen, spürte ihre Tränen über meinen nackten Hals laufen und wartete, bis sie sich beruhigte.

Warum hatte ich bloß davon angefangen? Was ging es mich an, dass Uli Remstedt die Scheidung wollte?

Anna griff in ihre Handtasche, holte ein Papiertaschentuch heraus und wischte sich das Gesicht ab. Die Wirkung des Alkohols verebbte langsam. Sie raffte alle Energie zusammen und zog einen roten Beutel aus ihrer Handtasche.

– Seit damals trage ich ihn bei mir, sagte sie und rieb den blanken Stoff des Beutels zwischen ihren Fingern, wie sie es wohl schon tausend Mal getan haben mochte.

– Er ist das Bindeglied, sagte sie."

Mammen stellte eine Zwischenfrage: „Wann war der Ball?"

„Vor ungefähr drei Monaten", sagte Johnson. „Im Juni."

Mammen musste noch einmal mit Remstedt reden, über den Tod seiner Tochter und was danach geschah. Und er musste ins Bett. Jetzt gleich. Es war fast Mitternacht, und morgen früh klingelte um halb fünf der Wecker. Johnson schloss sich ihm an. Sie teilten sich ein Taxi.

„Scheiße ist das mit Eric!“, fluchte Johnson und brütete vor sich hin. „Was für ein Schwein muss das sein, der so etwas tut? Auf so eine fiese Art?“

„Warum hat Dylan Caldwell dir eine verpasst? Du weißt schon, die Sache, von der die Kolumnistin angefangen hat“, fragte Mammen.

„Das willst du gar nicht wissen“, erwiderte Johnson gereizt. „Geht nur Anna und mich etwas an, und dabei soll es bleiben.“

„Du tust ihr nicht mehr weh“, setzte Mammen nach.

Johnson schwieg.

„Ehrenwort?“, brummte er schließlich. „Vielleicht wird es Zeit, dass ich es mal loswerde.“

„Verlass dich drauf.“

„Nach einem langen Tag im Studio zog ich mit ein paar Jungs um die Häuser, das ist schon viele Jahre her. Ein Bier hier, ein Glas Rotwein da und Cocktails überall, sehr entspannt. Die Frühjahrs-Fashion-Week war in vollem Gange, und da beginnt der Spaß erst richtig, wenn die Mädchen abgeschminkt und zwangsernährt sind. Gegen Mitternacht landeten wir im Pastis. Anna hockte fröstelnd und alt vor Müdigkeit am Tresen, mit dem Blick einer Frau, die weiß, dass Leben weh tut. Sie hatte ein paar oberschlaue Drogenfachleute im Schlepptau, mit Augen so groß wie Pizza-Pfannen. Ich weiß, wovon ich rede. Koks verschafft dir die Illusion von Genialität und Unverletzbarkeit. Wenn der Stoff im Hirn ankommt, wird die Seele taub und stumm. Ich habe Kokainmädchen gesehen, die sahen mit sechzehn aus wie zweiunddreißig und mit achtzehn wie fünfzig, und als sie einundzwanzig wurden, konnte man nicht mehr hinsehen.

Jason Manning bedeutete mir mit einem Handzeichen, ich solle mich zu ihr setzen. Ich bestellte Bacardi-Cola und trank vier oder fünf davon, weil Anna keine Lust zum Reden hatte.

Sie selbst verputzte etliche Glas Wodka. Wir hielten aus, bis der Laden dichtmachte. Sie schlief beinahe im Stehen ein, also brachte ich sie nach Hause, zog sie aus, legte sie aufs Bett und deckte sie zu. Als ich gehen wollte, nahm sie plötzlich meine Hand und sagte:

– Nunnally, du bist so kalt.

– Ich bin in Ordnung, keine Sorge.

– Leg dich zu mir unter die Decke.

Das machte ich, angezogen natürlich.

– Was ist so falsch daran, mich zu küssen?, fragte sie nach einer Weile.

– Nichts, sagte ich. – Überhaupt nichts. Aber morgen wird es uns leid tun.

– Küss mich!

Schließlich war sie es, die *mich* küsste. Zuerst ganz vorsichtig, dann wieder und wieder. Die ganze Zeit war ich darauf gefasst, dass sie es sich anders überlegte.

– Ist dir klar, dass wir niemals in unserem Leben wieder eine Stunde wie diese haben werden?, fragte sie.

Ich verließ sie erst im Morgengrauen. Wir haben nie darüber gesprochen, ich schätze, weil wir beide ahnten, dass daraus nicht mehr werden würde als diese eine Nacht, die von nun an unser Geheimnis war."

„Nie wieder darüber geredet?", fragte Mammen überrascht.

„Nein!"

„Es auch nicht noch einmal probiert?"

„Nein!"

„Hast du es bereut?"

„Nein!"

„Hat sie es bereut?"

„Schluss jetzt", sagte Johnson.

„Hat Caldwell von eurem Quickie erfahren?"

„Sag nicht Quickie. Ich hasse dieses Wort. Es hört sich an wie ein Fruchtcocktail für Kinder mit vielen Vitaminen."

„Caldwell?"

„Hat es wahrscheinlich von Anna, obwohl sie immer behauptete, dass das nicht sein kann."

„Und dann gab es Haue?"

„Der Bursche stellte mich zur Rede. Und noch bevor ich etwas sagen kann, tritt er mir in die Eier und verpasst mir einen Haken in die Rippen, dass ich Sterne sehe. Hatte keine Chance gegen diesen Feigling, sonst hätte ich Gemüse aus ihm gemacht."

„Aber verklagt hast du ihn."

„Yep! Da vorn an der Ecke kannst du mich rauslassen. Das letzte Stück geh' ich zu Fuß. Und halt ja die Klappe, hast du verstanden?"

„Warte, einen Moment! Hast du eine Ahnung, wo sich Uli Remstedt aufhält? Ich hoffte, ihn heute Abend im Pastis zu treffen, weil ich noch ein paar Fragen an ihn habe."

„Bin ich sein Kindermädchen? Jason hat gesagt, Uli sei heute in die Gerichtsmedizin gefahren, um Annas Überführung nach Deutschland zu veranlassen. Was weiß ich."

Als Mammen in sein Zimmer kam, blinkte das Message-Signal an seinem Telefon. Charlotte Stegemann. Sie hatte erst vor fünf Minuten auf das Band gesprochen. Charlotte bat um seinen Rückruf, es sei dringend.

Mammen probierte es auf ihrem Handy; sie ging nicht ran. Er versuchte es im Bryant Park Hotel, aber dort war sie noch nicht eingetroffen. Im Pastis sagte man ihm, sie habe kurz nach ihm das Lokal verlassen.

Erneut probierte Mammen es auf dem Handy. Wieder ergebnislos.

9.

Zehn Minuten vor Mitternacht kehrte Jill Bright von einer Party zurück, die das Magazin *Debbie*, ihr Arbeitgeber, für ausgesuchte Anzeigenkunden in der kleinen, aber piekfeinen Bar des Morgan Hotel veranstaltet hatte. Sie stieg die letzten Stufen der Subway-Station an der 77th Street hoch und blieb mit einem Absatz ihrer Highheels im fingerbreiten Spalt einer Steinplatte hängen. Der Absatz knackte entzwei wie ein spröder Knochen. Sie zog die Schuhe aus und legte den Rest des Weges barfuß zurück, auf der Hut vor Zigarettenkippen und ausgespuckten Kaugummis. Mit den Fersenriemchen der Highheels im Mund suchte sie in ihrer Tasche nach dem Wohnungsschlüssel, sperrte die Tür auf und ließ die Schuhe neben den Regenschirmständer plumpsen.

Tonye Kountché wartete seit Stunden auf sie. Er saß im Dunkeln in einem Sessel am Fenster, das einen herrlichen Blick über den Lichtersee der Upper East Side bis zum East River und nach Brooklyn bot. Der zitternde Glanz der vorübergleitenden Boote auf dem Fluss war seine einzige Abwechselung gewesen.

Auf dem Weg ins Bad begann Jill Bright sich auszuziehen. Zuerst das hellblaue Versace-Jäckchen, dann ihre Bluse, die Jeans und schließlich das schwarze Tanga-Höschen. Alles glitt in beinahe gleichem Abstand zu Boden. Eine dumme Angewohnheit.

Sie nahm eine heiße Dusche und wollte nur noch ins Bett.

„Was für ein zauberhafter Anblick“, sagte Kountché, als sie das Schlafzimmer betrat. „Es war wohl sehr schön dort, wo Sie herkommen?“

Sie schrie auf. Die zweite Reaktion war, ihre Blößen mit den Händen zu bedecken, eine reine Instinkthandlung, die ihre Hilflosigkeit nur unterstrich.

„Das sollten Sie nicht tun. Sie haben einen wunderbaren Körper. Lassen Sie mich ihn ansehen. Er ist so ... elegant."

Jill Brights Gehirn arbeitete fieberhaft.

Was will der Mann? ... Mich ausrauben? ... Vergewaltigen? ... Beides? ... Wie komme ich hier raus? Wo ist das Telefon? ... Ich muss die Polizei rufen. Aber wie? ... Sein Lächeln macht mich verrückt ... Ich muss mir etwas anziehen ... Lass mich in Ruhe! ... Er ist schwarz ... Die Polizei. Ich muss die Polizei rufen ... Zurück zur Tür und raus auf den Flur. Schreien. Schreien? ... Das könnte ihn reizen ... Ruhe, ich bewahre Ruhe ... Er darf nicht merken, dass ich Angst habe ... Aber ich habe Angst.

Kountché betrachtete sie ungerührt. Sein Blick wanderte über ihren Hals, die zarten Schultern, zu den Brüsten, die sie unter einem Arm verbarg, zum Bauchnabel, glitt über die Hand, die ihre Scham bedeckte, und weiter.

„Bitte, tun Sie mir nichts", sagte Jill Bright leise. Sie spürte, wie ihr Herz raste. „Bitte!"

„Kommen Sie zu mir." Kountché streckte seine Hand aus, als wollte er sie zum Tanzen auffordern.

Sie rührte sich nicht.

„Ziehen Sie sich etwas über, aber schreien Sie nicht. Ich werde Sie kein zweites Mal darum bitten, haben Sie verstanden?"

Jill Bright bewegte sich rückwärts, ohne ihren Besucher aus den Augen zu lassen, und nahm ihren Bademantel vom Haken an der Schlafzimmertür. Als sie ihn angezogen und den Gürtel zu einer engen Schleife geschlungen hatte, fühlte sie sich ein wenig wohler, aber keineswegs sicherer.

„Kommen wir zum Anlass meines Besuchs", sagte Kountché und faltete die Hände vor dem Bauch. „Ich brauche eine Auskunft, nur eine kleine Auskunft, das ist alles."

Er zog das Foto aus seinem Jackett.

„Sie müssen mir nicht sagen, wer auf diesem Bild zu sehen ist. Ich kenne die Namen bereits. Mich interessiert lediglich, ob Sie wissen, wer einen Abzug dieses Fotos besitzt. Ich möchte ihn haben und würde dem Besitzer eine Menge Geld dafür zahlen, verstehen Sie? Könnte es sein, dass Sie selbst sich die Eigentümerin dieses Abzugs nennen dürfen? Sagen Sie mir Ihren Preis, ja?“

In diesem Moment begriff Jill Bright, dass sie nicht der erste Mensch war, mit dem er über das Foto verhandelte.

„Sie ... Sie ...“ Mehr brachte sie nicht heraus.

Kountché fuhr sie scharf an.

„Sie kombinieren schnell.“

Er sprang auf, packte sie am Arm und zwang sie aufs Bett nieder.

„Ich will dieses Bild! Wenn Sie es haben, geben Sie es mir. Jetzt!“

Jill Bright schüttelte den Kopf.

„Ich weiß, wann es aufgenommen wurde“, stammelte sie. „Aber von wem ...? Was wollen Sie mit dem Bild ...? Was ist damit ... Ich verstehe das nicht.“

„Das müssen Sie auch nicht.“

Kountché zog ein aufgewickeltes, schwarzes Ledertui aus seiner Jackentasche, setzte sich zu ihr auf den Bettrand, legte das Etui auf seine Knie, löste den Knoten, der es zusammenhielt, und rollte das Etui aus. Das Etui enthielt sieben Stahlnadeln, alle etwa zwölf Zentimeter lang, jede steckte in einem separaten Fach. Das Kopfende der Nadeln war ein Bambusstück, auf dem eine schwarze Perle steckte. Die bunt gefärbten Federn eines Huhnes waren daran befestigt und ließen die Nadeln wie Wurfpfeile aussehen. Aus Erfahrung wusste er, dass meistens der bloße Anblick der Nadeln für ein schnelles Geständnis genügte.

Kountché entschied sich für die zweite Nadel von links, sie war geringfügig länger als die anderen und hatte einen grünen Schweif.

„Ich verstehe mich ein wenig auf die Kunst des Voodoo", sagte er. „Vielleicht haben Sie von diesen Nadeln gehört, ja? Gewöhnlich sticht man sie in den Körper einer Strohpuppe, und der Mensch, an den man dabei denkt, erleidet furchtbare Qualen. Vielleicht stirbt er sogar. Es wird geschehen, was der Auftraggeber wünscht. Aber das ist nur eine Spielerei, etwas für Schüler, für Anfänger. Künstler wie ich wissen weitaus filigraner mit den Nadeln zu arbeiten. Möchten Sie eine kleine Kostprobe?"

Jill Bright rutschte von ihm weg, bis an die äußerste Kante des Bettes. Auf ihrer Oberlippe stand ein dünner Schweißfilm.

„Nein ... ich ... Warum glauben Sie mir nicht?"

Kountché packte den Arm, der ihm am nächsten lag, durchstach mit der Nadel die Schlagader am Handgelenk und saugte mit dem Mund an der winzigen Wunde.

„Ich muss Sie schmecken, um zu beurteilen, ob Sie die Wahrheit sagen", sagte er.

Jill Bright fühlte keinen Schmerz.

Genießerisch leckte Kountché sich die Lippen und murmelte kaum hörbar: „Offene Lichtung im dunklen Wald, Fichtenzweig in Kriegerhand. Rauch von Alraun sendet den schwarzen Wächter aus."

Er richtete die Nadelspitze im Abstand von zwanzig Zentimetern auf ihre Stirn.

„Spüren Sie das?"

Sie schüttelte den Kopf.

„Sagen Sie mir, wo das Foto ist!"

„Gehen Sie weg!"

Kountché zündete die Kerze auf dem Nachtisch an und hielt die Nadelspitze in die Flamme.

Die Spitze begann, im Feuer zu glühen. Er zog sie aus der Flamme und richtete sie erneut gegen ihre Stirn.

Ein Schrei gellte auf. Jill Bright riss, um sich vor dem bestialischen Schmerz zu schützen, die Hände hoch und presste sie gegen die Stirn.

Was geschah mit ihr? Der Mann rührte sie nicht an, und doch spürte sie einen Schmerz, der alles übertraf, was sie jemals gefühlt hatte.

„Ich arbeite mit Ihrer Aura", erklärte er, als habe er die Frage geahnt. „Es ist nur ein Anfang, um Ihnen zu zeigen, welchen Weg wir gehen werden. Möchten Sie sich ausruhen? Ist Ihnen der Weg zu anstrengend? Wir können rasten. Ich unterhalte mich gern, wenn ich raste. Haben Sie mir etwas zu erzählen?"

Er richtete die Spitze der Nadel gegen die Decke und wartete einen Augenblick. Dann senkte er sie wieder.

„Tun Sie das nicht", flehte Jill Bright. „Bitte, tun Sie das nicht."

Ein glühender Strahl traf ihre linke Brust und bohrte sich tief in das Fleisch. Sie warf sich herum. Der Schmerz traf ihre Schulter, ihren Nacken, das Ohr. Als der Schmerz das Trommelfell zerriss, hörte sie in ihrem Kopf einen dumpfen Knall.

„Nun", sagte Kountché in liebenswürdigem Ton, „sind wir jetzt so weit, ja?"

Sie lag mit dem Kopf zur Wand, den Rücken Kountché zugewandt.

„Warum machen Sie es sich so schwer?"

Er blies die Kerze aus und beugte sich über sein Opfer. Dann setzte er die Nadel mit sicherer Hand zwischen dem

11. und dem 12. Brustwirbel an und stieß zu, bis zum Spinalnerv. Der Körper bäumte sich auf, ein Schrei entrang sich der Kehle, das laute Keuchen der schnell pumpenden Lungen erfüllte das kleine Zimmer. In Jill Brights Handflächen bildeten sich rote Abdrücke, dort, wo sich die Finger ins Fleisch bohrten.

„Ich kann Sie erlösen. Nennen Sie mir den Namen oder geben Sie mir das Bild, und ich entferne mein kleines Instrument“, sagte Kountché. Mit beiden Händen hielt er den sich windenden Körper fest.

Plötzlich zog er die Nadel heraus.

„Nun?“

Jill Bright antwortete nicht. Sie konnte nicht. Aus Erfahrung wusste Kountché, dass niemand diesen Schmerz freiwillig ein zweites Mal erduldete, wenn sich ein Ausweg bot, dies zu verhindern. Sein Opfer wusste nichts von dem Bild, das er suchte, so viel stand fest. Das Schicksal Jill Brights war besiegelt, aber das wusste sie nicht.

Es wurde Zeit für ihn, die Sache zu beenden. Mit dem Daumen seiner linken Hand tastete Kountché den Haaransatz am Hinterkopf seines Opfers entlang und suchte die Stelle, wo die Ocipitalplatte des Schädels endet und das Foramen magnum liegt, eine kleine Öffnung im Knochen, unter der das Rückenmark in das Stammhirn übergeht. Dort legte er die Nadel präzise an und trieb sie mit dem Hieb seines Handballens durch das empfindliche Gewebe hinauf und direkt ins Gehirn. Die Nadel verschwand bis zum Bambusaufsatz im Hals und verletzte auf ihrem Weg mehrere lebenswichtige Gefäße. Jill Bright zuckte zusammen wie bei einem Schlaganfall, zuckte noch mehrmals und verdrehte die Augen. Nur noch das Weiße war in den Höhlen zu sehen.

Kountché wartete, bis er keinen Puls mehr fühlte, entfernte die Nadel vorsichtig, wischte sie am Bademantel seines Opfers ab und steckte sie sorgfältig zurück in den Köcher seines Lederetuis.

VIERTER TAG

Sonnabend

1.

Charlotte Stegemann stand in der Schlange der Gratulantinnen, die Giorgio Armani nach seiner phänomenalen Show ihre Aufwartung machten. Es war 11.15 Uhr.

Ein Krähenschwarm schwarz gekleideter Journalistinnen, die sich an ihre Handys klammerten, schwirrte um sie herum, aneinandergekettet durch den gnadenlosen Takt der Schauen, eingehüllt in eine Wolke aus teurem Parfum. Der enge Stundenplan erlegte ihnen nicht selten sieben und mehr Veranstaltungen am Tag auf. Soeben erreichte die Chefredakteurin der amerikanischen *Vous* den italienischen Schneider. Die Fingernagelkrallen ihrer Hände sahen aus wie Werkzeuge aus dem Obi-Markt. Ihre Honneurs beanspruchten immer etwas mehr Zeit als die der anderen Mode-Fürstinnen. In Kenntnis dieser Tatsache ergaben sich die Wartenden in ihr Schicksal. Missmutig nutzten sie die Zeit und sondierten die Gäste auf der Suche nach ihren Intimfeindinnen.

Charlotte wurde durch das Klingeln ihres Handys abgelenkt.

„Ja? ... Moment, ich höre nichts! ... Wer ist da?“

Sie trat ein paar Schritte beiseite, hinaus aus dem Dunstkreis des Geplauders.

„Wer? ... Golin ... Ja, der Empfang ist jetzt besser ... Roger Golin? ... Ja.“

Ein Raunen ging durch die Kolleginnen, die nahe genug standen, um das Gespräch mitzuhören.

„Können wir uns heute Mittag treffen?“, fragte Golin. „Ich bin für ein Konzert in der Stadt und möchte mit dir über Anna reden. Um 12.30 Uhr? Zum Essen?“

„Moment, ich muss erst nachsehen.“

Die anderen Frauen umringten Charlotte. Eine fragte: „Roger Golin? D*er* Golin? Woher kennst du ihn?“

„Ich habe ihn nur ein einziges Mal getroffen, zu Hause bei Anna. Sie hatte einige Freunde zum Geburtstag eingeladen. Ich saß neben ihm. Keine große Sache.“

„Nimm mich mit!“, kreischte eine. „Ich sitze nur da und sage kein Wort. Ehrlich.“

„Er ist mein Gott! Mein GOTT!“

„Der Gott der Exzesse!“

„Lass mir was von ihm übrig.“

„So ein knackiger Kerl. Darf ich für dich gehen?“

Charlotte bedeutete ihnen, ruhig zu sein, schlug ihren Filofax auf und überflog die Termine.

„Mist, Mist, Mist!“, fluchte sie kaum vernehmlich, als sie zur fraglichen Zeit auf eine Verabredung zum Lunch mit der Public Relations Managerin von Ralph Lauren stieß.

„Ginge es auch am Abend?“, fragte sie.

„Komm ins Hotel Paramount. Ich nehme an, du weißt, wo das ist. Wie wär’s um 19.30 Uhr?“

„Ich werde da sein“, sagte sie.

Sie strich einen anderen Termin aus, den sie um dieselbe Zeit gehabt hätte, ein Cocktaildate mit jemandem von Dior, und schrieb Golin darüber.

Plötzlich stand sie vor Armani.

2.

Liz Sullavan erwartete Mammen in der Ankunftshalle des im Pueblo-Stil errichteten Flughafens von Albuquerque mit einem Pappschild in der Hand, auf dem sein Name stand. Nicht besonders originell, aber effektiv. Zehn Minuten später fuhren sie in ihrem Jeep auf der Interstate 25 durch die raue Landschaft von New Mexiko nach Santa Fé.

Liz Sullavan hatte eine kleine Nase, breite Lippen, ein feines Gesicht. Trotz ihres Alters wirkte das Ex-Model mit der knabenhafte Taille zierlich und jung.

Sie bemerkte, dass Mammen ihren berühmten, überlangen Pferdeschwanz ansah, und lächelte.

„Ich habe ihn nie abschneiden lassen. Die Männer finden ihn sexy. Ich mag ihn auch, außerdem ist er praktisch."

Draußen türmten sich schwarze Wolken auf. Das Gewitter setzte ein, als sie Santa Fé erreichten und spülte Passanten in die Cafés, Restaurants und Galerien.

„Seit ich vor zehn Jahren hierher gekommen bin, ist die Stadt ein teurer Fleck geworden", sagte Liz Sullavan. „Die Immobilenpreise haben sich seit den 80er Jahren praktisch alle drei Jahre verdoppelt. Aus dem staubigen Nest von damals ist ein Ort geworden, an dem alles möglich scheint. Hier leben Heiler, Göttinnen, Frauengruppen, Navajos, Sikhs und Zahnärzte in einer Harmonie, wie man sie wohl selten sonst auf der Welt findet. Du sprichst mit der Verkäuferin im Supermarkt über deine letzte Meditation und gehst mit einem Bandscheibenvorfall zum Schamanen. Anna hat es hier gefallen. Sie war hingerissen von den Bildern der Malerin Georgia O'Keefe, liebte deren erotische Blütenkelche und wollte unbedingt zu ihrer Ghost Ranch hinausfahren, die eine Stunde nördlich von Santa Fé in Richtung der Tafelberge liegt. Es wurde ein unvergesslicher Ausflug."

Liz Sullavan hielt in der Stadtmitte vor dem La Fonda Hotel, wo ein Zimmer für Mammen reserviert war. Sie händigte einem Park-Assistenten ihren Wagenschlüssel aus.

Im Restaurant suchten sie einen Tisch, wo sie ungestört reden und essen konnten.

„Das Frühstück ist ausgezeichnet“, sagte sie. „Ich empfehle die Huevos Rancheros. Ein Margarita dazu geht in Ordnung.“

Frühstück. Es war kurz vor drei Uhr nachmittags.

„Wann ist Anna Hansen das letzte Mal bei Ihnen in Santa Fé gewesen?“, begann Mammen das Gespräch, nachdem sie ihr Essen bestellt hatten.

„Ist noch gar nicht lange her. Zwei Monate vielleicht. Sie hatte die Nase endgültig voll vom Modebusiness. Aber noch viel schlimmer traf sie die Nachricht, dass ihr Mann sich scheiden lassen wollte. Sie hatte auf dem Schwarz-Weiß-Ball in New York eher zufällig davon erfahren. Die beiden lebten zwar schon seit Jahren nicht mehr zusammen, trotzdem war es für sie ein Schlag aus heiterem Himmel. Sie brauchte eine Auszeit, deshalb kam sie zu mir.

Je mehr sie arbeitete, desto mehr wurde ihr bewusst, wie kostbar Zeit ist. Ich kenne dieses Gefühl. Irgendwann hing mir selbst die ganze Fummelwelt zum Hals raus. Das Gefühl ließ erst nach, als ich begann, nach dem wahren Sinn des Lebens zu suchen. Dass ich ihn schließlich fand, verdanke ich meinen spirituellen Lehrern und einigen glücklichen Zufällen. Ich stellte fest, dass ich jemand bin, der einen Glauben braucht. Es wäre doch trostlos, wenn der Mensch nur ein Zufall der Fauna wäre und eines Tages alles Leben durch einen Schluckauf der Sonne und ein kosmisches Niesen ausgelöscht wird. Mit dem Glauben ist es wie mit den schwarzen Löchern: Man weiß, es gibt sie, aber man kann sie nicht berühren, man kann sie auch niemandem erklären.“

Mammen schob sich eine Gabel scharf gewürztes Bohnenmus in den Mund. Er versuchte Liz Sullavan zu verstehen, aber er wusste nicht, was sie ihm sagen wollte.

Direkt über seinem Kopf drehte sich bedächtig ein großer Holzventilator.

„Sie hatte also wirklich vor, sich aus dem Geschäft zu verabschieden?“, fragte er. „Ich habe etwas anderes gehört, nämlich dass niemand mehr mit ihr arbeiten wollte.“

„So ein Quatsch!“, sagte Liz Sullavan. Sie schnitt eifrig an ihrem Filetsteak herum, zerlegte es in viele gleich große Teile.

„Das war Annas Entscheidung! Hier in Santa Fé. Sie hatte genug von der so genannten Reality, es wurde auch Zeit, denn als sie zu mir kam, war sie völlig erschöpft. Sie sagte:

– Liz, ich will kein aufgedonnerter Mode-Klon mehr sein. Noch ein Job, Liz, ein einziger Job noch, und dann ist es endlich vorbei.

Sie schaltete aus freien Stücken ihr Handy aus, weil sie für niemanden erreichbar sein wollte. Nur ihre Agentin Helen Topher wusste, wo sie sich aufhielt. Während der ganzen Zeit, die sie zu Gast auf meiner Ranch war, rührte sie keinen Tropfen Alkohol an. Sogar das Rauchen gab sie auf.

Ich versuchte, ihr zu erklären, dass in jedem Mensch ein Archetyp wohnt, den auch sie suchen solle. Archetypen sind der Schlüssel zu unserem wunderbaren Ich und unserem Schicksal. Anna ließ sich darauf ein.

Wer auf sein höheres Selbst hört, hat jederzeit unbeschränkten Zugang zu einer höheren Daseinsebene, wo Vergangenheit, Gegenwart und Zukunft gleichzeitig existieren. Ich vergleiche das gern mit einer CD mit sechzehn Tracks. Man weiß, sie sind alle da, aber hören kann man immer nur einen. Wenn man nicht wüsste, dass sie da sind, könnte man annehmen, die anderen fünfzehn existierten überhaupt nicht.“

So fängt es an, dachte Mammen. Du lässt dich mit Archetypen, Religion und schwarzen Löchern ein, und eines Tages siehst du weiße Mäuse aus der Wand flitzen. Dabei hat sie so einen süßen Pferdeschwanz! Es war einmal – da hätte Mammen einiges dafür gegeben, Liz Sullavan mit offenem Haar zu sehen.

„Eines Tages kam Anna vom See zurück, wo sie den Wind fotografiert hatte, wie sie das nannte. Sie sagte, sie habe sich um die Mittagszeit mit ihrem Sandwich auf einen Stein nahe am Wasser gesetzt. Ihr Blick sei über die dunkle Oberfläche geglitten, und sie habe sich darin verloren, bis eine leichte Berührung am Arm sie plötzlich zurückgeholt habe. Da hätten sich ihre tosenden Gedanken zum ersten Mal seit Jahren geklärt. In ihrem Kopf sei es so ruhig geworden, wie es der See selbst gewesen war. Die Berührung, sagte sie, sei wie ein Flügelschlag Gottes gewesen, ein Frieden bringender Windhauch, ein Augenblick ohne Zeit. Sie hätte schwören können, dass in diesem Moment jemand bei ihr gewesen sei, doch als sie sich umdrehte, war niemand da.

Noch am selben Abend begann sie in der Bibel zu lesen. Ich besitze ein altes Exemplar von meiner Mutter. Anna hat es in der Bibliothek gefunden. Als ich am nächsten Tag aus meinem Atelier kam, lag die Bibel aufgeschlagenen bei Lukas 12 auf dem Küchentisch. Eine Stelle war mit Bleistift unterstrichen: *Seid auch ihr bereit! Denn der Menschensohn kommt zu einer Stunde, da ihr's nicht meint.*"

„Ja. Gut. Schön", sagte Mammen, weil er zu dieser Episode nicht mehr zu sagen wusste. Und irgendwann, dachte er, tragen sie dann alle diese weißen Jacken, die hinten auf dem Rücken zusammengebunden werden.

„Anna saß draußen in einem Liegestuhl am Pool, die Beine angezogen, und hielt einen Block auf den Knien. Ich beobachtete sie. Sie schrieb, die Augen mit einer Sonnenbrille geschützt, langsam Zeile um Zeile bis zum Ende der Seite, riss sie ab und legte sie auf einen kleinen Stapel Blätter neben sich auf den Rasen.

– An wenn schreibst du?, fragte ich.

– An niemanden. Es soll ein Buch werden. Für Kinder. Heute Morgen bin ich aufgewacht, und die ganze Geschichte war fertig in meinem Kopf. Ich sehe die Figuren nicht wie in einem Film, der vor meinem inneren Auge abläuft, sondern als wäre ich selbst ein Teil der Geschichte. Es ist ... *überwältigend!*

Am nächsten Morgen stand ich sehr früh auf. Es war Hochsaison, und die Touristen bringen als Andenken aus New Mexiko gerne Bilder mit nach Hause. Ich trank meinen Kaffee draußen im Garten und atmete die frische Bergluft. Unter der Liege, auf der Anna tags zuvor gesessen hatte, entdeckte ich eine zerknüllte Seite, die beim Einsammeln der Blätter ihrer Aufmerksamkeit offenbar entgangen war. Ich ging hin, hob sie auf, faltete sie auseinander und las. Die Geschichte, die sie in ihrer winzigen Kleinmädchenschrift geschrieben hatte, handelte von einem Pony, und als ich den Namen las, Polly Pony, fiel es mir wieder ein: So hieß die berühmte Kinderbuchfigur ihres Vaters.

Mit jedem Tag, den sie an dem Buch arbeitete, entspannte Anna sich mehr. Sie machte Witze am laufenden Band, lachte und sah die Schönheit der Welt in dem verkümmerten Arm eines Kaktus, der gegen jede Regel eine Blüte trieb. Eine ganze Zeit lang hielt dieser Zustand an, bis zu dem Tag, als Helen Topher ihr die Scheidungspapiere schickte, die der Anwalt von Annas Mann an die Agentur in New York gesandt hatte.

Ich fragte sie, was sie tun werde. Sie wischte ihre Tränen ab, holte ihre Brieftasche aus ihrem Zimmer, setzte sich neben mich aufs Sofa und zeigte mir zwei Bilder: Ihre Tochter Marie in einem hellrosa Strampelanzug auf dem Wickeltisch, jauchzend vor Freude, und eine Schwarz-Weiß-Aufnahme, die älter, etwas abgegriffen und an einigen Stellen der inzwischen gelben Seitenränder eingerissen war. Darauf war ein höchstens siebzehnjähriger Junge zu sehen. Er trug eine schwarze Lederjacke über einem schwarzen T-Shirt, hatte nasse Haare und einen pubertär herausfordernden Blick, der eher scheu als überheblich wirkte.

– Wir waren auf einer Klassenfahrt in Irland, sagte sie. – Ich machte das Foto, als die Jungs von einem Fußballspiel kamen, lange, bevor wir zum ersten Mal ein Paar wurden. Schon damals war Uli der einzige Mensch, dem ich alles erzählen konnte, der alles verstand, selbst wenn es töricht, egoistisch und dumm war. Und jetzt ist es so, als hätte es all die anderen Männer in meinem Leben nicht gegeben, verstehst du das? Er war immer der Einzige in meinem Herzen.

Ich nahm ihr das Bild aus der Hand und betrachtete es.

– Hübscher Bengel. Hast du dich jemals gefragt, warum er nicht wieder geheiratet hat?

– Vielleicht will er das jetzt nachholen. Als ich von seiner Absicht erfuhr, die Scheidung einzureichen, begriff ich auf einmal, wie viel er mir immer noch bedeutet. Ich habe ihm so Unrecht getan, und es wird Zeit, dass ich ihm sage, wie leid es mir tut. Ich möchte den Rest meines Lebens mit ihm verbringen. Klingt das verrückt? Sag mir ruhig, wenn das verrückt klingt, aber so ist es nun mal. Ich weiß, es wäre schön und gut und richtig.

– Dann ist es richtig. Geh hin und hol ihn dir.

Tatsächlich dachte ich: Um Himmels Willen, wenn er sie nicht mehr will und der Traum zerplatzt, dann gibt es keine Hoffnung mehr für sie.

– Das will ich auch. Aber vorher muss ich nach Savannah.

– Was willst du in Savannah? Savannah ist eine dieser Städte, in die einen normalerweise nur ein Flugzeugabsturz führt.

– Jill Bright vom *Debbie*-Magazin" will ein Foto-Shooting im historischen Viertel mit mir machen. Die Idee dazu kam von ihrer Chefredakteurin. Sie weiß, dass ich mich für Voodoo interessiere. Sie hat den Roman ‚Mitternacht im Garten von Gut und Böse' gelesen und meinte, daraus ließe sich eine interessante Modeproduktion mit einem Interview machen. Es soll eine große Geschichte werden, denn erst kürzlich hat der Westküsten-Korrespondent der Redaktion mitgeteilt, dass Voodoo bei Hollywoodstars groß im Kommen ist. Michael Jackson ist der Erste gewesen, von dem bekannt wurde, dass er sich auf Voodoo eingelassen hat. Den Recherchen einer *Vanity-Fair*-Reporterin zufolge flog er vor einigen Jahren in die Schweiz zu einem Priester namens Baba, um sich den Tod von Steven Spielberg und David Geffen zu wünschen. Im Blut von 42 Kühen soll er gebadet und 150 000 Dollar für die Zeremonie bezahlt haben.

– Soweit ich weiß, geht es Spielberg und Geffen ziemlich gut, sagte ich.

– Michael Jackson ist kein Einzelfall, sagte Anna. – Du wirst sehen, es dauert nicht lange, und genervte Regisseure, neurotische Schauspieler und gelangweilte Produzenten-Ehefrauen aus Beverly Hills werden einmal im Jahr nach Afrika reisen – ein Kontinent, der sie eigentlich ängstigt, um sich mit Ziegenblut und Affenhaaren von ihren Sünden zu reinigen oder um einander zu verfluchen.

Dabei hat sie gelacht.

– Warum hat *Debbie* sich ausgerechnet Savannah als Location ausgesucht?, fragte ich.

– Die Stadt hat Magie. Sie vibriert vor Schwüle, Emotionen, Andeutungen und dunklen Geheimnissen. Außerdem habe ich darauf gedrängt.

– Warum?

– Ich habe seit langem die Absicht, eine Voodoo-Priesterin aufzusuchen, die dort lebt. Angeblich gehört sie zu den besten ihres Fachs.

– Natürlich! Wegen deines Mannes. Wie konnte ich das vergessen.

– Vor vielen Jahren hat Voodoo mir geholfen, ihn für mich zu gewinnen, vielleicht gelingt es ja ein zweites Mal.

– Wie du das sagst, klingt das nach einer Nasenoperation. Warum fliegst du nicht gleich nach Deutschland und probierst es diesmal ohne fremde Hilfe? Einfach nur du und er. Der Zauber der Zweisamkeit.

– Hast du nicht Lust, mit nach Savannah zu kommen?, fragte sie.

– Ich wäre dir nur im Weg.

– Eine Freundin aus Deutschland ist auch dabei. Ich habe ihr von Savannah erzählt. Garry Lindquist wird die Fotos machen. Soll ich ihn von dir grüßen?

Als ich noch arbeitete, war Garry mein Lieblingsfotograf und in vielen Nächten auf langen Reisen auch mein Trost.

Zwei Tage später fuhr ich Anna nach Albuquerque. Beim Abschied versprach sie mir, bald wiederzukommen. Das Letzte, was ich von ihr sah, war, wie sie auf dem Flughafen im schwarzen Schlund einer aufspringenden Schiebetür verschwand, in der sich, als sich die Tür hinter ihr schloss, der weite blaue Himmel über New Mexiko spiegelte.

Und jetzt frage ich dich, bringt so jemand sich um?"

Draußen war es dunkel geworden. Mammen und Liz Sullavan saßen vor ihrem dritten Becher Kaffee. Mammen schaute aus dem Fenster. Der Regen war verweht. In der sauberen Luft sah er das silberne Sternengestöber. Er sehnte sich nach einer Zigarette.

„Danach habt ihr keinen Kontakt mehr gehabt?", fragte Mammen.

„Doch, ja. Sie rief mich noch einmal an. Das war gleich nach ihrer Rückkehr aus Savannah. Sie schwärmte mir vor, wie sensationell es gewesen sei. Bei unserem nächsten Treffen, versprach sie, werde sie mir alles erzählen."

„Diesen Lindquist, kann man den anrufen, ich meine, hast du noch seine Nummer?", fragte Mammen.

„Ich habe sie sogar hier", sagte Liz Sullavan und kramte in ihrer Tasche. Sie schrieb die Nummer auf eine rote Serviette.

Mammen nahm sein Handy und ging nach draußen, zog eine Gitanes aus der Packung, sog den Rauch tief in die Lunge und ließ ihn durch die Nase entweichen. Das war überfällig. Die Luft war jetzt kalt und feucht. Die Bürgersteige glänzten vor Nässe.

Er wählte Lindquists Nummer und erwischte ihn bei einem Zwischenstopp in Honolulu, auf dem Rückflug von einem Shooting auf den Philippinen. Lindquist sagte, er werde erst morgen Mittag wieder in New York eintreffen. Sie verabredeten, sich um 16.30 Uhr in seiner Wohnung am Union Square zu treffen.

„Zeit, etwas zu essen!" sagte Liz Sullavan fröhlich, als er in die Bar des La Fonda zurückkehrte. „Etwas Richtiges. Du musst unbedingt die Burritos im ‚El Elcanto' probieren. Sie sind einfach herrlich! Und die Chili-Shrimps. Einfach herrlich!"

Viel lieber wäre Mammen auf sein Zimmer gegangen, aber einmal in Santa Fé, wollte er auch was davon sehen, und in Liz Sullavan hatte er zweifellos eine talentierte Führerin.

„Meinetwegen", sagte er und bezahlte die Rechnung.

Auf dem Weg zum Auto hakte sie sich gut gelaunt bei ihm unter und strahlte ihn an.

„Du bist ein hübscher Bursche. Ich fahre dich morgen früh zum Flughafen."

„Danke. Den Teil, der davor kommt, vergessen wir trotzdem besser."

„Wir werden ja sehen."

3.

Pünktlich zu der mit Roger Golin verabredeten Zeit betrat Charlotte Stegemann das Paramount, ein von Philip Stark gestaltetes Designer-Hotel in Midtown Manhattan. In der exquisiten Lobby saßen durchgestylte Werber, PR-Profis, IT-Spezialisten und jede Menge Touristen, die das Paramount und seine VIP-Gäste aus der Nähe besichtigen wollten. An der Rezeption erfuhr sie, Golin erwarte sie an einem Tisch oben auf dem Innenbalkon.

Golin war nicht allein. Zwei Musiker seiner Band, derangierte Sprücheklopfer mit aufgesprungenen Lippen, leisteten ihm Gesellschaft. Auf dem Tisch stand eine Flasche Whisky, bereits zur Hälfte leer. Immerhin erhoben sie sich, als Charlotte Stegemann an den Tisch trat.

Golin war groß und schlank. Er trug speckige Jeans, die nicht vintage oder stonewashed war, sondern schlicht speckig, ein schwarzes Muscle-Shirt, ein Secondhand-Sakko, weiße Converse All Stars, zwei Armbänder aus Rosenholzperlen und eine Ray-Ban-Sonnenbrille. Allzu gern hätte sie seine lagunenblauen Augen gesehen, denn seine Augen – mehr noch als seine Stimme – faszinierten sie.

Golin schickte seine Kumpels weg und bat Charlotte, Platz zu nehmen. Von unten sahen ein paar kichernde Teenager zu ihnen hinauf, die den Sänger von „Bloodline" erkannt hatten.

Im Rock-Geschäft genoss Golin den Ruf, ein leicht erzürnbarer Zeitgenosse zu sein, der – so schrieb *Rolling Stone* – *bereits zum Frühstück die erste Flasche Jack Daniels trinkt, weil er glaubt, Keith Richard mache das genauso. Dieser Mann hält Kokain für eine Boutiquendroge, gut genug für Fahrradkuriere und Nagelstudio-Assistentinnen. Einen wie ihn aber lässt sie völlig kalt, es sei denn, der Moment bietet nichts Besseres, und das Bessere sind in seinem Fall Crack und reines Heroin.*

Anlass der Geschichte war das Erscheinen des zweiten Albums „Fist“ gewesen, das *Rolling Stone* mit den Worten *produziert von Roger Golin und Gott* zur besten CD des Jahres kürte.

Die Story erschien mit der Band auf dem Cover. Sie förderte Golins Ruf als Ikone der Verschwende-Deine-Jugend-Epoche. Mit ein paar tadellosen Skandalen sorgte er dafür, dass dieses Image nie wieder verblasste. Als die Band wieder einmal wie eine Rockdonnerwolke durch die Staaten zog, waren deren Mitglieder bereits jenseitsfertig, zerschossen, körperlich ruiniert, wie es eigentlich nur Rockmusikern zusteht, die fünf Welttourneen und vier Scheidungen hinter sich haben. Auf dieser Tour wurde Golin zum zweiten Mal in seiner Karriere verhaftet: In Chicago hatte er probiert, wie schnell man einen unfreundlichen Hotelportier in einer Drehtür beschleunigen kann. Das erste Mal war er in Japan im Knast gelandet, wegen Verstoßes gegen das Rauschmittelgesetz.

„Sieh dir das an“, sagte Golin und schnippte Charlotte die *Village Voice* zu. „Sieh dir das an, was dieser Wichser über unser Konzert schreibt: *Es war wie bei einem Verkehrsunfall, absolut schrecklich, aber man konnte nicht wegsehen* ... Lies das mal! ... Was hat dieser Arsch denn erwartet? Wegwerfmelodien fürs Handy? Wir sind eine Garagenband, das waren wir immer, echter Rock ’n’ Roll, mit viel Lärm, nicht mal am Anfang unserer Karriere haben wir affige Coverversionen nachgeleiert oder was die Hitparaden sonst so hergaben, bloß um mal beim Schulfest aufzutreten. Wir waren immer authentisch. Vom ersten Tag an haben wir unsere Songs selbst geschrieben.“

„Wieso wolltest du mich treffen?“, fragte Charlotte.

„Du bist doch die Freundin von Anna.“

„Eine von ihnen.“

„Glaubst du, sie wurde ermordet?"
„Im Moment geht die Polizei davon aus, dass es Selbstmord war."
„Hab ich gehört. Sind die Ermittlungen schon abgeschlossen?"
„Warum willst du das wissen?"
„Ich mochte Anna."
„Du hast sie verprügelt."
Golin sackte die Kinnlade herunter. Er lachte ein unechtes Lachen.
„Hat sie dir das erzählt?"
„Wenn es dich interessiert, was am Mittwochabend mit ihr passiert ist, warum fragst du dann nicht selbst die Polizei?"
„Mein Verhältnis zur Polizei ist ein wenig angespannt", sagte Golin und grinste vielsagend.
„Ich schreibe ein Buch über Anna", sagte Charlotte Stegemann. „Eine Biografie. Du kommst auch darin vor. Können wir darüber reden, wie du Anna kennen gelernt hast und wie es weiterging mit euch?"
„Sonst steht wahrscheinlich nur drin, dass ich ihr mal eine gelangt habe." Wenn Golin sprach, war das ein leises, kratziges Murmeln. Charlotte konnte kaum verstehen, was er sagte.
„Ich kann nur schreiben, was ich weiß. Je mehr ich weiß, desto ehrlicher wird das Buch."
Golin sah sie scharf an, er dachte nach. Mit einem Finger strich er über seine langen Koteletten, dehnte und streckte sich, schenkte sich einen neuen Whisky ein und ließ ihn im Glas kreisen.
„Also gut", sagte er. „Ich tue das nur, weil Anna eine fantastische Frau war. Außerdem bin ich nicht ein so übler Kerl, wie du denkst."
Charlotte stellte ihr kleines Aufnahmegerät auf den Tisch.

„Ist das in Ordnung?“, fragte sie.

Golin nickte.

„Wir hatten keinen guten Start, Anna und ich“, sagte er. „Unsere beiden ersten Begegnungen waren ein Fiasko. Erst Jahre später traf ich sie wieder, im Hogs & Heifers, einer Biker-Kneipe im Meat Packing District, wo lauter BHs von der Decke baumeln. Von Julia Roberts soll auch einer dabei sein. Die halbnackten Mädchen hinter der Bar fegten, als ich reinkam, gerade alle Flaschen und Gläser vom Tresen, heizten mit einem Megaphon die Stimmung an, bespritzten die Gäste mit Wasser, sprangen auf die Theke und legten einen rasanten Cowboy-Stepp hin, dass die Absätze ihrer Stiefel nur so knallten. Der Schuppen war proppevoll, aber Anna sah ich sofort. Sie spielte Billard, umgeben von ein paar gelackten Schulterklopfern.

Ich liebe an Frauen alles, was bizarr und düster und am Rande des Wahnsinns ist. Früher hätte eine Frau wie Anna mich nicht wirklich interessiert, ich meine, als sie noch eine dieser aseptischen Laufstegtrullas war. Nachdem ich sie eine Weile beobachtet hatte, spürte ich jedoch, dass sie die Seiten gewechselt hatte, vom Good Girl zum Bad Girl. Das kam mir gelegen. Nach außen hin gab sie noch immer das glamouröse Partygirl, aber ich konnte hinter ihre Augen sehen. Irgendwann ging ich mit einem Bier zu ihr und entschuldigte mich für all den Mist, den ich verbrochen hatte. Ich fragte sie, ob sie vielleicht Lust hätte, mit mir ins Studio zu fahren. Ich müsste noch einmal hin, weil die Jungs auf mich warteten. Wir arbeiteten an unserem Album ‚Long Valley‘ und hatten die Studiozeit bereits überzogen, und so schoben wir ein paar Nachtschichten ein. Sie kam tatsächlich mit und blieb bis zum Morgengrauen. Die ganze Zeit saß sie hinter der Scheibe neben dem Produzenten am Mischpult und sah einfach nur zu.

Als wir endlich Schluss machten, wollte sie zum Battery Park und sich den Sonnenaufgang ansehen. Wir nahmen ein Taxi und fuhren durch die leeren Sonnabendmorgen-Straßen den Broadway runter zur Südspitze Manhattans. Im Park bei der Staten Island Ferry fanden wir eine Bank. Ich hatte meine Gitarre dabei und improvisierte ein bisschen, während die Sonne höher und höher stieg. Bald sang sie dazu: *Those weird and twisted nights. Never mind the nights, my love, because they never really happened anyway.* In der Kühle des Morgens schmiegte sie sich an mich, sah nach Osten, in die aufgehende Sonne und sagte, als ich zu spielen aufhörte:

– Da drüben, da komme ich her und da will ich wieder hin.

Es war, als wäre sie nach Jahren unter Wasser wieder aufgetaucht, getrieben von einer plötzlichen Sehnsucht.

Wir blieben ein paar Monate zusammen. Es war eine sehr schöne Zeit."

„Anna hat mir von eurer Reise nach New Orleans erzählt", sagte Charlotte.

„Sie hatte sich in den Kopf gesetzt, eine Voodoo-Priesterin zu befragen, Violaine Marceau. Sie erzähle mir auch von einer anderen Priesterin, allerdings wohnte die in Savannah. Anna wollte mit Violaine Marceau über ihre Depression und über den schwarzen Hund sprechen. Ich nehme an, du kennst die Geschichten von ihrer Krankheit und diesem Hund. Ehrlich gesagt, ich fand die Aussicht, diese Frau kennen zu lernen, ausgesprochen reizvoll.

Wie sich herausstellte, war New Orleans genau der richtige Ort für Anna und ihren Voodoo-Fimmel. In New York, Rom oder Paris rufst du den Concierge an, wenn du ein Ticket für ein Musical brauchst oder einen Tisch bei Fouquet's mit Blick auf den Arc de Triomphe. Ruf ihn in New Orleans an, und er besorgt dir in Nullkommanichts ein paar Hühnerknochen, mit denen du deinem Chef eins reinwürgen kannst.

Die Priesterin, eine düstere Alte mit Augen, die einem bis in die Seele schauten, hatte einen kleinen Laden in der Rampart Street. Sie erzählte uns vom Leben und vom Tod und weissagte uns die Zukunft, anschließend verschwand sie mit Anna in ein Hinterzimmer, dessen Tür hinter einem bunten Perlenvorhang verborgen war. Ich durfte nicht mit.

Während die beiden Frauen ihr Ding abzogen, sah ich mir die Utensilien im Laden an. Kräuterpyramiden in Korbschalen, handgefertigter Pentagrammschmuck, Glücksbringer und Amulette, Stoffpuppen in allen Farben und Größen, Pekannüsse und Mandeln, Jasminblüten und Seerosen in Plastiktütchen, Schildkrötenblut und Rattenblut, abgefüllt in Phiolen und aufgereiht in einem Regal neben mürbem Alligatorfleisch. Es roch nach verbrannter Vanille. Die Dämpfe machten mich schwindelig.

Nach einer Stunde kamen sie zurück. Zum Abschied drückte die Priesterin Anna etwas in die Hand.

– Tu, was ich dir gesagt habe, ermahnte sie Anna. – Trag ihn um die Hüfte oder um den Hals.

Wir traten in die sonnenglühende Hitze der Rampart Street. Ich fragte Anna: – Wie war's?

– Wir haben ihn geholt, sagte sie.

– Wen?

– Den schwarzen Hund. Er war da, bei uns im Zimmer, aber die Priesterin hat auf ihn aufgepasst.

– Hat sie dir irgendetwas gegeben, das du vorher essen oder trinken musstest?

– Nein, keine Drogen. Sie hat ihn einfach gerufen.

– Was geschah dann?

– Sie sagte ihm, wer ich bin und dass er mich von jetzt an in Ruhe lassen soll, sonst werde sie ihn töten und seine Gebeine dem großen Gèdè vorwerfen.

– Hat ihn das beeindruckt?

– Er knurrte und senkte den Kopf und die Augen. Dann ist er verschwunden, ebenso schnell wie er gekommen war. Die Priesterin versprach, er wird nie wieder kommen. Ich glaube ihr.

– Offenbar hat sie ihm die Hölle heiß gemacht, erwiderte ich. – Was hast du da in deiner Hand?

– Ein geweihter Fetisch. Sie hat ihn mit einem Schutzzauber versehen.

Anna zeigte mir einen großen Haifischzahn. Ich wollte danach greifen, aber sie zog ihn zurück.

– Sei vorsichtig, er ist sehr scharf!

Durch die schmalen schattigen Straßen schlenderten wir durch das französische Viertel, vorbei an alten Häusern mit schönen Balkonen und Blumenkästen. Überall spielten schwarze Straßenmusiker ausgezeichneten Jazz und Blues. Wir spähten in die Fenster der unzähligen Antiquitätenläden und aßen bei Sonnenuntergang in einem Restaurant am Jackson Square creolischen Catfisch.

Es schien, als sei eine Last von ihr gefallen. Auf dem Rückweg zu unserem Hotel schob sie mich in einen Club, in dem eine einheimische Band lauten Rock 'n' Roll spielte. Eine junge Kellnerin brachte uns Bier in Plastikbechern. Sie hatte Mühe, sich einen Weg durch die Menschenmenge zu bahnen, die tanzend und grölend den Raum bis auf den letzten Stehplatz füllte. Wir stellten uns dicht an die Bühne und hörten zu. Der Gitarrist erkannte mich schließlich und schlug die ersten Akkorde von ‚Midnight Maid' an, unserem bekanntesten Stück. Er winkte mich auf die Bühne, drückte mir seine zweite Gitarre in die Hand, und dann zeigten wir's denen. Zum Schluss drehten wir mit ‚Mall Fighting Woman' richtig auf. Ein paar Frauen, voll bis zum Scheitel, kriegten sich in die Wolle, weiß der Teufel, warum. Sie rissen sich an den Haaren, traten mit den Füßen und droschen mit den Fäusten aufeinander ein. Ihre Typen versuchten, sie zu trennen, mit dem Resultat, dass im Handumdrehen die schönste Prügelei im Gange war. Wir machten, dass wir wegkamen.

In der Nacht liebten wir uns. Dann löschten wir das Licht und lauschten der Musik, die aus den Kneipen auf der Bourbon Street zu uns heraufdrang. Irgendwann wachte Anna auf, schweißgebadet. Wie eine Schlafwandlerin ging sie zum Schreibtisch und kritzelte etwas auf den Block neben dem Telefon, dann legte sie sich wieder ins Bett und schlief weiter. Am nächsten Morgen stand ich als Erster auf um zu duschen. Ich schaute auf den Block und auf das, was Anna geschrieben hatte: *Die Augen sind offen für die Toten, aber nicht offen für die Lebenden.*

Als sie aufwachte, erinnerte sie sich an nichts mehr, weder daran, dass sie aufgestanden war noch was die Worte bedeuteten. Sie riss den Zettel vom Block und warf ihn in den Papierkorb.

Nach dem Frühstück besuchten wir das Grab von Marie Laveau. Schon morgens drang aus allen Souvenirshops nervtötendes Cajun-Geschrammel. In den Jazz-Kneipen wurden die Holzfußböden geschrubbt, und die ersten Touristen gingen mit Plastikbechern voll Bier auf Besichtigungstour.

Marie Laveaus Grab liegt auf dem Louis-Armstrong-Friedhof. Vor dem weißen Grabmal lauter Kerzen, Muscheln, Puppen, Perlenkränze und viele Münzen.

– Es heißt, die Menschen in New Orleans reden mit ihr, sagte Anna mit Nebel in den Augen, als wir davor standen. – Träumen von ihr. Haben Visionen.

In den folgenden Tagen ging sie noch drei Mal zu dieser Priesterin. Das beruhigende Netz der Rituale fing sie auf, alles Unheil blieb draußen, das Schicksal schien wieder beherrschbar. Sie kannte kein anderes Thema mehr als diesen Voodoo-Scheiß, allmählich ging mir ihr Geschwafel auf die Nerven.

Als wir wieder in New York waren und sie eines Tages einen haitianischen Wahrsager anschleppte, den sie jede Woche über ihre und meine Zukunft ausquetschte wie andere ihren Astrologen, hatte ich in die Nase voll. Ich stellte ihr ein Ultimatum: Entweder du machst Schluss mit diesem Spuk, oder ich gehe.

Willst du wissen, was sie geantwortet hat?

– Ich treffe meine Entscheidungen gerne selbst, sagte sie. Und entschied sich für die Geister."

„War nicht Zac Stewart der Grund, weshalb Anna dich verlassen hat?", fragte Charlotte.

„So ein Quatsch!", erwiderte Golin.

Charlotte hakte nach.

„Ein Fling mit einem völlig Fremden, einmal im Leben, die schnelle Nummer zwischendurch, unerwartet und heftig, das gehört zu den Wunschvorstellungen jeder Frau. Ich habe dieser Neigung auch schon nachgegeben und bereue keine Sekunde. Man hat Anna und diesen Stewart bei der Wiedereröffnung des ‚Le Tuessrock' auf Mauritius zusammen gesehen. Hast du sie deshalb verprügelt?"

Charlotte fragte sich, warum sie ihm das von sich erzählt hatte, die Sache mit dem Quickie. Wollte sie ihn auf sich aufmerksam machen? Auf ihre Bereitschaft, heute Abend mit ihm zu gehen, wenn er wollte? Schließlich hatte Anna ihn ja auch gehabt.

Golin wurde wütend. Er trat gegen den Tisch und beugte sich weit zu ihr hinüber.

„Ich habe Anna nicht verprügelt! Nie! Kein einziges Mal! Aus meiner Wohnung habe ich sie geworfen, als sie auf einer Party mit Jimmy, unserem Bassisten, rumgeknutscht hat. Ihre Eskapaden reichten mir ganz einfach. Ich hatte die Nase voll, verstehst du? Und soll ich dir was sagen? In dem Moment habe ich sie gehasst und gedacht, das zahle ich dir heim, du Flittchen. Das macht keine Frau mit mir, du nicht und keine andere. Erst die Sache mit diesem Möchtegern-Broker Zac Stewart und dann, direkt vor meiner Nase, mit meinem besten Kumpel. Als ich sie nach Mauritius fragte, sagte sie, da sei nichts gewesen, und sie lächelte, aber ich wusste, dieses Lächeln war eine Beigabe zu der Lüge, die sie mir auftischte. Wer sich solche Geschichten ruhig ansieht, der kriegt von mir eine Dauerkarte für den Olymp der Volltrottel."

„Sie war krank und unglücklich, das hast du doch gewusst."

„Ach, ja? Wenn krank und unglücklich die Legitimation fürs Rumvögeln ist, dann bin ich von jetzt an auch krank und unglücklich."

„Seit wann bist du in New York?", fragte Charlotte.

„Was soll das werden?"

„Du hast Anna schon einmal aufgelauert. Sie hat mir davon erzählt."

„Jetzt reicht es! Willst du mir was anhängen?"

„Warst du Mittwochabend schon in der Stadt?"

„Stell das verdammte Ding da ab!"

Golin sprang auf.

Er schnappte sich die Whiskyflasche, drehte sich um und rempelte zwei kleine Mädchen an, die mit einem Block in der Hand auf ein Autogramm warteten.

„Verpisst euch!"

Charlotte schaute ihm nach, unschlüssig, ob sie froh darüber sein sollte, dass er weg war, oder enttäuscht, weil aus der gemeinsamen Nacht nichts werden würde.

FÜNFTER TAG

Sonntag

1.

„Willst du einen Joint?"

Garry Lindquist hielt Mammen, der missmutig die traurigen Reste anderer Joints im Aschenbecher betrachtete, eine selbst gedrehte Zigarette hin. Der Aschenbecher war aus dem Ritz in Paris.

„Gibt's auch einen Kaffee?"

Die Fliegerei nach Santa Fé, sechs Stunden hin, sechs Stunden zurück, die kurze Nacht im Hotel, die Zeit mit Liz Sullavan, und das alles in 30 Stunden, hatten seine Reserven restlos aufgezehrt. Um wach zu bleiben, brauchte sein Körper dringend Koffein.

Lindquist, ein hagerer, blasser Mann mit einem Mittelscheitel, der seine Haare, strohig-lange, ausgebleichte Locken, exakt in zwei gleiche Hälften teilte, war dabei, sein Foto-Equipment auszupacken. Auf Mammen wirkte er wie einer, der, wenn er kein Gras rauchte, gern ein Glas zu viel trank. Wie diese Trinker, die um 17 Uhr in einer Bar in New York einen Drink bestellen und vier Tage später mit Vollbart in einem Motel in Los Angeles wieder zu sich kommen.

Der Fußboden war übersät mit Hemden, Hosen, Schuhen, Shirts und Polos, Kameras, Objektiven, Filmen, Stativen und Blitzlichtern.

„Ein ganz schöner Schlamassel, was? Ich bin hier gleich fertig", sagte Lindquist und warf die Schmutzwäsche auf einen großen Haufen neben die Badezimmertür. Er hatte einen Schweißfilm auf der Haut und schnaufte, als wäre er gerade die 13 Stockwerke zu seiner Wohnung hochgerannt.

„Ich hab Zeit“, sagte Mammen und trat ans Fenster. Weit unten sah er den Markt auf dem Union Square, die Buchhandlung Barnes & Nobles, das Restaurant „Republic“, in dem es asiatische Suppen zu vernünftigen Preisen gab, die Schachspieler und Portraitzeichner, und wenn er genau hinschaute, konnte er auch die Eichhörnchen sehen, die im Gras nach Futter suchten.

Die Wohnung war groß, mit hohen Decken, also teuer. Als hätte Lindquist seine Gedanken erraten, sagte er:

„Die Bude gehörte meinem Alten. Er nannte das Haus das November-Haus, weil viele der Leute, die zu seiner Zeit hier wohnten, im November Geburtstag hatten.“

Der Joint klebte zwischen seinen Lippen, damit er die Hände frei hatte. Ein süßlicher Duft, den selbst die Klima-Anlage nicht kleinkriegte, waberte durch das Zimmer.

Mammen wandte sich den Bücherregalen zu, die mit wissenschaftlicher Literatur vollgestopft waren.

„Die spannendsten Abenteuer des menschlichen Geistes finden heute in den Naturwissenschaften statt“, sagte Lindquist. „Ich wollte Physiker werden, Atomphysiker, um genau zu sein, aber meine Lehrer machten mir schnell klar, dass man dafür hart arbeiten muss, und das ist weiß Gott nicht mein Fall. Ich geh es lieber etwas ruhiger an.“

Er hantierte an der Espressomaschine in der Küche herum, legte ein Kaffeepad ein und schäumte die Milch auf. Nach drei Minuten schaukelte er zwei heiße Cappuccini durchs Wohnzimmer, kickte eine Stelle auf dem Fußboden frei, einen Tisch gab es nicht, stellte die Tassen ab und setzte sich im Schneidersitz daneben.

„Von mir aus kann es losgehen“, sagte Lindquist. Seine Augen blickten müde vom langen Flug. „Dich interessiert also die Savannah-Reise?“

„Stimmt es, dass Anna in Savannah bei einem Voodoo-Priester war?"

„Kann man wohl sagen. Wir waren seit langer Zeit mal wieder gemeinsam unterwegs. Es war immer angenehm, mit Anna zu arbeiten. Vor der Kamera war sie nie nervös, vor allem war sie keine Drama-Queen, die aus jedem Shooting eine Personality-Show macht, von der Sorte gibt es eine ganze Menge. Mich faszinierte diese verborgene Aggression in ihr, dieser hintergründige Sex. Ohne erotische Spannung ist es schwer, ein gutes Bild zu machen. Sobald eine Frau eine Beziehung mit der Kamera eingeht, ist das für mich ein erotischer Moment. Vor Menschen hatte sie jedoch eine seltsame Scheu. Ich merkte bald, das bei ihr das Tragische ein paar Umdrehungen schneller lief.

Für ein abgefucktes Shooting der britischen *Clara* habe ich sie einmal bis an den Rand des Grotesken getrieben. Kurz darauf holte ich sie zurück und ließ sie wieder menschlich erscheinen. War alles ein wenig zu überdreht, im Chic der Mager-Mode. Anna kam vom Styling auf das Set, eine kunstvoll frisierte Tussi mit dem Teint einer Untoten, gezwängt in ein hämatomfarbenes Samtkleid, und mit einem Lidschatten wie ein ausgewachsenes Veilchen. Es war grässlich. Aber alle wollten es so zu dieser Zeit, vielleicht wollten es auch nur ein paar, aber alle machten mit. Anna verabscheute die Bilder.

– Dass Hässlichkeit *so* hässlich sein kann, hätte ich nicht gedacht, sagte sie, als wir die Polaroids durchgingen. – Bitte, gebt mir einen Schuss, sonst kann ich nicht weitermachen, sagte sie in gespielter Verzweifelung.

Die Redakteurin, eine schräge Mutter mit kunstschwarzen Haaren, schwarzem Faltenmini, fettem Punkgürtel und roter Strumpfhose, konnte mit Annas Ironie nichts anfangen. Sie wollte Elend, das nicht elend genug aussehen konnte. Wahrscheinlich ist sie als Straßenwaise in Liverpool aufgewachsen, oder eben nicht, und wollte diese Erfahrung jetzt nachholen. Gott sei Dank sind die Fotos nie erschienen. Es muss einen Menschen mit Geschmack gegeben haben, der das Blatt – und Anna – vor dieser Peinlichkeit bewahrte."

„Was hat das mit Savannah zu tun?", fragte Mammen.

„Anna Hansen hat nie etwas ausgelassen. Wenn sie die Wahl zwischen zwei Lastern hätte, sagte sie, würde sie das für sie neue wählen. In Savannah ging richtig die Post ab."

„Bist du dabei gewesen?"

„Yep!"

Lindquist erzählte, es sei spät abends gewesen, als die Crew im Hyatt Hotel an der River Street eincheckte.

„Wenn ich zum ersten Mal in eine Stadt komme, mache ich meine Elefantenrunde. Ich muss wissen, wo ich bin, wie es dort aussieht, wie es riecht, wie es schmeckt und sich anfühlt, wie die Leute reden."

Nach dem Essen bummelte er allein in der faulig-süßen Schwüle des Südens, durch die dunklen, schweigenden, menschenleeren Straßen. Neben den Eingängen einiger Häuser brannten Gaslaternen, wie vor hundert Jahren. Im historischen Viertel überspannten gewaltige Eichen mit ausladenden Kronen die Straßen und Plätze. Die Äste, behängt mit dichten grau-grünen Lamettaflocken spanischen Mooses, reichten an manchen Stellen bis zum Boden und raschelten einsam im Nachtwind. Auf jedem Platz thronten Denkmäler und Obelisken, angestrahlt in gelbem Licht, und in der Bull Street reihten sich stilvoll renovierte Herrschaftshäuser aneinander, mit hohen und breiten französischen Sprossenfenstern. Hinter den von schweren Stoffvorhängen eingerahmten Fenstern verbreiteten Tischlampen und Kronleuchter ein behagliches Licht. In den Salons standen Ohrensessel und Magnolien in bauchigen Vasen.

„Es war so unsagbar schön, so unsagbar großartig, dass ich wenig überrascht gewesen wäre, in einem der Fenster Scarlett O'Hara vorbeischweben zu sehen", schwärmte Lindquist.

Für die Produktion hatte *Debbie* das Mercer Haus am Monterrey Square gemietet. Früher wohnte dort der Antiquitätenhändler John Williams. Er brachte es durch einen Mordfall zu zweifelhafter Berühmtheit, weil ein *Esquire*-Reporter namens John Berendt ihm, einem Mörder, in seinem Buch „Mitternacht im Garten von Gut und Böse" ein Denkmal setzte. Das Haus wird heute für Partys, Hochzeiten, Lesungen und Fotoshootings vermietet.

Am City Markt wurde Lindquist von einem Regenguss überrascht und suchte Zuflucht in einer Kneipe, aus der laute Musik auf die Straße drang. Durch die großen Fenster sah er, dass der Laden mit Leuten bis unters Dach vollgepackt war. Sobald er die Tür öffnete, schwoll der ungeheure Lärm hinaus auf die Straße. Drinnen lachten und schrieen die Menschen durcheinander. Von der Musik war keine Melodie zu hören, bloß ein stampfender Rhythmus, zu dem eine angeheiterte Runde College-Girls mit den Köpfen wackelte, dass ihre blonden Mähnen nur so durch die Luft flogen und einigen Leuten an den Kopf klatschten.

„Die Dixiemäuschen", erzählte Lindquist, „quietschten vor Vergnügen und hopsten, mit den Titten wackelnd, umeinander herum in ihren perfekten Jeans, ihren perfekten spitzen Schuhen und ihren perfekten Oberteilen. Eine zelebrierte den perfekten Schwung ihrer Hüften und trug einen tiefen V-Ausschnitt, dessen Spitze so tief hinunterreichte, dass ich ... jedenfalls löste der Anblick ein leichtes Kribbeln in meiner Lendengegend aus. Als ich ein zweites Bier bestellen wollte, sagte mein Nachbar:

– Probier's mal mit 'nem Sweetwater, ist von da, wo ich herkomme, Atlanta, und kann es mit den andern auf jeden Fall aufnehmen. Mit einem breiten Grinsen stellte er sich mir als Steven Whitehead vor.

– Bist 'n Neuer hier, was?, fragte er.

Sein Südstaaten-Slang dehnte die Silben bis zum Geht-nicht-mehr. Er trank einen großen Schluck Bier.

– Nich' viel los bei uns, wirst schon noch merken. Die Stadt schließt um Mitternacht, danach sind nur noch zwei, drei Delis geöffnet und wenn du Glück hast ein paar Beine.

Über unseren Köpfen rührten ein paar Ventilatoren in der zähen Luft. Sie waren nichts weiter als eine nette Attrappe, denn die Klima-Anlage blies uns ihren Eishauch aus einer Öffnung in der Decke direkt in den Nacken", erzählte Lindquist.

Steven Whitehead arbeitete als Reporter im Lokal-Ressort der *Savannah Morning News*. Obwohl er erst seit zwei Jahren in der Stadt war, konnte er Lindquist alles über Savannah erzählen. Vor allem die alten Geistergeschichten hatten es ihm angetan.

Irgendwann hatte er begonnen, die besten Storys zu sammeln, um eines Tages daraus ein spannendes Buch zu machen. Er hoffte, es würde ein gutes Buch werden und ihn berühmt machen, so dass man ihm danach einen Job in einer attraktiven Yankee-Stadt im Norden anbieten würde. New York stand auf seiner Wunschliste an erster Stelle. Die Geschichten gingen ihm leicht von der Zunge."

„Wahrscheinlich lag es daran, dass wir ziemlich schnell vor unserem vierten Bier saßen", sagte Lindquist.

„Auch in dem alten Kasten, erzählte Whitehead, – in dem sich seit 1850 unsere Redaktion befindet, sind ein paar merkwürdige Geschichten passiert. Die bekannteste scheint mir die mit dem Hexendoktor zu sein, der in den Zwanzigern in den Newsroom stürmt und mit donnernder Stimme brüllt: Wo ist Mary Stout ...? Wo ist sie ...? Mary Stout?

Da war Ruhe im Saal, kann ich dir sagen. Alle schauten zu dieser Mary Stout rüber, einer Polizeireporterin. Sie hatte eine Geschichte über diesen Typ geschrieben, der eine Geldstrafe aufgebrummt bekam, weil er ein Huhn in der Öffentlichkeit geschlachtet und das Blut über den Bürgersteig verspritzt hatte.

Sie gibt sich ihm also zu erkennen. Der Hexendoktor baut sich vor ihr auf, wenn du verstehst, was ich meine. Ein paar Kollegen machen sich startklar, um ihr beizustehen, falls die Situation eskaliert. Der Alte knallt seinen knorrigen Gehstock auf ihren Schreibtisch und sagt: Meine Name ist *Dabba,* nicht *Bubba*!

Dreht sich um, und weg isser."

Eine der fröhlichen Studentinnen suchte Anschluss und leistete Lindquist und Whitehead Gesellschaft. Ihre Freundinnen waren schon gegangen. Whitehead kannte das Mädchen vom Sehen, sie wohnte mit ihrem Freund, einem Verkäufer in einer Art Galery, in dem Apartment direkt unter seinem. Sie war in der reichen Oglethorpe Street aufgewachsen, nur ein paar Straßen weiter.

Sie fragte, ob sie auch eine Geistergeschichte erzählen dürfe.

„Whitehead", sagte Lindquist, „rief eine Bestellung über den Tresen und gönnte sich das altmodische Vergnügen, seine Hand um die Taille des Mädchens zu legen. Die Geschichte, die sie dann erzählte, ist ihrer Mutter zugestoßen, als diese noch ein Kind war, zwölf oder bestenfalls dreizehn Jahre alt.

Ihre Mutter lag nachts im Bett und wurde von einem Geräusch geweckt, das sie noch nie gehört hatte. Zuerst dachte sie, es käme vom Kühlschrank, da ihr Zimmer gleich neben der Küche lag. Der Kühlschrank lief auch, aber als er ausging, war das Geräusch noch da, und sie begriff, dass es in ihrem Zimmer sein musste. Sie machte Licht und holte ihre Eltern, die das Geräusch ebenfalls hörten. Alle machten sich auf die Suche. Schließlich öffnete ihr Vater den Kleiderschrank, und da sahen sie es: Sämtliche Kleiderbügel im Schrank schwangen hin und her und stießen, wo keine Blusen, T-Shirts und Hosen aufgehängt waren, wie von Geisterhand bewegt, klappernd aneinander. So plötzlich, wie es begonnen hatte, hörte das Geräusch wieder auf und kehrte nie wieder."

„Und was haben diese Geschichten mit Anna Hansen zu tun?", fragte Mammen und rollte ungeduldig eine Zigarette zwischen Daumen und Zeigefinger.

„Wart's ab, dazu komme ich gleich. Die kleine Einführung soll dir erstmal ein Bild davon geben, wie die Menschen in Savannah ticken. Irgendwann kapierte ich, dass ich überflüssig war, denn Whitehead und das Mädchen begannen, sich intensiver miteinander zu beschäftigen. Über das Stadium des Hand-um-die-Taille-Legens waren sie jedenfalls längst hinaus. Seine Finger hatten sich am Rücken unter ihr nabelfreies Top geschoben. Sie ließ es geschehen.

Den nächsten Tag überstand ich nur dank einiger Liter Cappuccino, den die Redakteurin in einem nicht abreißenden Strom weißer Styroporbecher vom Gallery Café neben der Kunstakademie heranschleppte. Anna war in Höchstform, so dass wir unser Pensum mühelos schafften und sogar noch etwas mehr. Wir machten pünktlich Schluss, um die Verabredung mit Madame Voodoo einzuhalten, es war nämlich eine Frau und kein Mann."

Lindquist nahm seinen Tabakbeutel und drehte einen neuen Joint.

„Bei Einbruch der Dunkelheit fuhren wir zu ihrem Tempel der Priesterin. Den Weg hatte Anna sich vorher erklären lassen. Nach einer halben Stunde stellten wir den Wagen auf einem Parkplatz am Rand eines schäbigen Wohnviertels für

Schwarze ab, wo ein barfüßiger Junge in dreckigen Khaki-Shorts uns erwartete. Wir folgten ihm durch ein Labyrinth schulterschmaler, pechfinsterer Gassen. Unterwegs mussten wir über ein paar Gestalten steigen, welke Greise, die in sonderbarer Haltung auf dem Weg saßen und so grau und abgetreten aussahen wie das Pflaster. Eine widerliche Hitze stand in den Gassen, die sich mit Rauchschwaden und Gerüchen aus den Blechhütten mischte.

Im Dunkeln des Tempels, einer bloßen Hütte, flackerten schwarze Kerzen. Es roch nach gerösteten Kastanien. Auf der Erde hockten weiße Plastikfrösche, und in einer Ecke stapelte sich Plunder. Über dem Altar hingen drei Heiligenbilder.

Mitten im Raum stand die Priesterin, jung, ein bisschen krumm, aber eine Schönheit, sage ich dir. Ihre Haut spannte sich sanft, irgendwie saß alles an der richtigen Stelle. Besonders die Schnuffelfalte zwischen ihren Brüsten erregte mich.

Sie trat auf uns zu. Was wir von ihr wünschten? Ich war überrascht, dass Anna ihre Depressionen anführte und nicht – wie ich erwartet hatte – die drohende Scheidung von ihrem Mann.

Die Schöne nahm eine Holzfigur in der vagen Form einer Puppe vom Altar, an der getrocknetes Blut klebte. Als ich die Hand danach ausstreckte und sie berühren wollte, zog sie den Fetisch weg und funkelte mich an.

– Der Geist Shangos ist ihn gefahren. Ich muss auf ihn aufpassen wie auf ein Kind, sagte sie. – Kommen Sie ihm nicht zu nahe. Ich rede mit ihm. Und er redet mit mir. Nur Menschen mit meinen Fähigkeiten können ihn hören und verstehen.

Klar, dachte ich, mach dich nur wichtig, du Idiotin. Ich hätte meine Eier darauf verwettet, dass hinter dem ganzen Mummenschanz bloß eine gut inszenierte Touristenverarsche steckte. Die Schnuffelfalte fand ich trotzdem geil.

Anna setzte sich auf einem wackligen Stuhl neben dem Altar. Die Schöne legte die Puppe zurück und begann, einen Strauß rosa Nelken über Annas Körper zu wedeln, streckte die Arme aus und murmelte ein afrikanisches Gebet. Nach jeder Strophe stieß sie das Wort ‚Ashe' aus. Zum Schluss rief sie:

– Hier ist der Geist einer vergifteten Frau. Ich bitte dich, reinige ihn von seinem Übel und geleite ihn auf den richtigen Weg!

Ihr Rücken bog sich. Für einen Moment versteinerten sich ihre Muskeln. Dann wandte sie sich von Anna ab, füllte Wurzeln und Kräuter in ein gelbes Flanelltuch, verknotete es und spritzte verschiedene Öle darüber.

– Von jetzt an trägst du diesen Schatz immer bei dir, sagte sie. – Jeden Tag, auch nachts. Tue dies zwei Monde lang, und du wirst den Erfolg spüren. Komm wieder, wenn wir noch einmal arbeiten müssen.

Das war keine Aufforderung, sondern ein Befehl.

Anna nahm den Beutel und wollte der Frau Geld geben, doch sie lächelte nur und sagte:

– Das erste Mal ist immer gratis. Du wirst wiederkommen.

Der Junge, der uns hergebracht hatte, führte uns durch das Gewirr der Gassen und Winkel zurück zum Auto. Ich gab ihm ein anständiges Trinkgeld, heilfroh, diesem Pfuhl des Elends entronnen zu sein.

Danach brauchte ich etwas Starkes zu trinken und ging wieder in dieselbe Kneipe wie am Abend zuvor – ‚Sorry Charlies'. Anna begleitete mich. Steven Whitehead war auch da. Er saß vor einem Cheeseburger und verfolgte auf dem großen Bildschirm ein Baseballspiel der New York Yankees gegen die Boston Red Sox. Beide hatten es in dieser Saison bis in die Playoffs geschafft. Wir setzten uns zu ihm, und ich bestellte zwei Sweetwater.

Whitehead deutete auf den Fernseher und sagte:

– Hab nie verstanden, warum Menschen stundenlang im strömenden Regen sitzen und sich ein Spiel antun, bei dem ein Haufen Männer in zu engen Trikots es mit einem winzigen Ball treiben. Hab's mehr mit Football. Wie steht's mit dir?“

– Badminton.

– Badminton?

– Badminton.

– Also Federball. Is' das nich' was für Mädchen?

Whitehead verzog sein Gesicht zu einer verächtlichen Miene.

– Dann fahr mal raus nach Tybee, ans Meer, sagte er, – da spielen sie auch Federball. Wer es sich leisten kann, besitzt ein Ferienhaus auf Tybee. Richter George Oliver, der den Prozess gegen John Williams führte, du weißt schon, diese Sache im Mercer Haus, erholte sich dort, als der ganze Schlamassel vorbei war. Schließt sein Haus ab, schaltet die Alarmanlage ein und fährt los. Nach ein paar Wochen kommt er zurück. Das Haus ist verriegelt, die Alarmanlage aktiviert. Trotzdem muss jemand drin gewesen sein. Ein paar Möbelstücke sind verschoben, und in mehreren Ecken liegt weißer Puder, der vorher da nicht gelegen hat. Als seine Frau den Kühlschrank öffnet, um frische Lebensmittel hineinzulegen, findet sie in der leeren Butterdose einen toten Vogel. Niemand weiß, wie der Puder und der tote Vogel ins Haus gekommen sind, aber eins war sofort klar: Es hatte mit Voodoo zu tun.

Soll ich dir was sagen? Ich hätte gemacht, dass ich aus dieser Stadt für immer verschwinde. Wenn es einer dieser Spinner auf dich abgesehen hat, ist damit nicht zu spaßen. Aber was tut der Richter? Baut eine neue Alarmanlage ein und lebt weiter wie bisher, als wäre nichts gewesen.

– Alle Achtung, der hat Mumm, sagte ich.

– Schon, aber so was geht nicht immer glatt ab, wenn du verstehst, was ich meine.“

„Ich erzählte ihm, sagte Lindquist, wo wir uns die letzten Stunden herumgetrieben hatten. Er lachte sich halb tot.

– Is’ stadtbekannt, die Alte, sagte er. – Inseriert in jedem Blättchen, das von Touristen gelesen wird. Ich will ja nicht sagen, dass die Frau nix taugt, aber in Savannah käme keiner auf die Idee, sie um Rat zu fragen. Ihr Name steht hier auf der schwarzen Liste.

Whitehead sah zu Anna hinüber.

– So, so, du fährt also voll auf Voodoo ab? Is’ seit ’ner Weile ’n Typ in der Stadt, der soll es echt draufhaben. Nennt sich Maurice, kommt frisch aus Afrika, heißt es, aus Benin, wenn ich’s richtig verstanden habe. Hat sich so gut eingeführt, dass sogar schon Leute aus dem Filmgeschäft bei ihm gewesen sein sollen, inkognito natürlich. Kann ich so nicht bestätigen, sonst hätte ich längst eine Geschichte für die *Savannah Morning News* draus gemacht. Aber ich weiß, wo ihr diesen Maurice finden könnt. Es gibt jemanden, der schuldet mir noch einen Gefallen. Er kennt den Burschen, hat sich sogar selbst von ihm verarzten lassen. Lauter Warzen an den Armen, der arme Kerl, so groß wie Hühnereier, üble Sache. Nachdem er bei Maurice gewesen ist, waren sie einen Tag später weg, ich schwör’s. Wenn ihr’s ausprobieren wollt, geh’ ich mal kurz raus und ruf ihn an. Soll er was Hübsches für euch arrangieren? Hab ihn aus ’ner unschönen Geschichte rausgehalten. Würde sich bestimmt gern revanchieren, wenn ihr versteht, was ich meine. Kostet allerdings ’nen Haufen Dollars. Nun seht mich mal nicht so an, ich mach ja die Preise nich’.

Anna zögerte einen Moment.

– Wenn er sein Geld wert ist, okay.

– Kann ich natürlich nich’ für garantieren.

Ein paar Minuten später kam Whitehead zurück.

– Geht in Ordnung. Morgen Nacht läuft eine große Chose in den Sümpfen. Mein Freund wird euch hinbringen. Kostet aber ...

– ... 'nen Haufen Dollars, sagte Anna.

– So isses. Um halb elf holt er euch ab. Seid einfach in der Lobby eures Hotels, er wird euch finden.

Zur vereinbarten Stunde holte uns am nächsten Abend ein Schwarzer ab, der nur Französisch sprach. Wir stiegen in seinen 2006 Hummer H 3, eine hässliche Kiste, mehr Bonsai-Panzer als Auto. Er schob eine CD von Jay-Z in den Player, die sofort losdröhnte, während wir mit offenen Fenstern hipp-hoppmäßig über den Savannah River nach Norden brausten. Wir ließen die ausgefransten Ränder der Stadt hinter uns und gelangten durch die Marschen der Küstenebene Georgias nach South Carolina.

Auf halber Strecke nach Charleston bogen wir vom Highway ab, kurvten durch die Ausfahrt auf eine Landstraße und folgten ihr nach Westen. Zehn Meilen später lenkte der Schwarze den Wagen auf einem schmalen Sandweg durch ein Moor, das sich links und rechts im vollen Scheinwerferlicht erstreckte und voller Wassertümpel stand.

Schon von weitem hörten wir die Trommeln, ein dumpfes Pulsieren, dem sich mein Herzschlag auf der Stelle anpasste. Die Musik im Wagen hatten wir vor einer Weile ausgestellt. Unser Fahrer besaß nur noch CDs von P. Diddy, und wer, bitte schön, kann diese Rap-Schwuchtel schon über längere Zeit ertragen?

Aus dem Dunkel tauchte ein baufälliges Anwesen auf, das früher offenbar eine Farm gewesen war, denn vor der Scheune stand noch jede Menge verrostetes Farmgerät herum.

Während der Fahrt hatte unser Fahrer keinen Mucks getan, jetzt öffnete er zum ersten Mal den Mund.

– Maurice empfängt nur selten und stets an verschiedenen Orten. Heute ist ein besonderer Abend. Vollmond. Es kann Stunden dauern. Lasst euch Zeit, nehmt es auf, ergebt euch dem Augenblick.

Im Hinterhof des Hauptgebäudes hatten sich Frauen in weißen Gewändern und mit weißen Kopftüchern versammelt. Ein wenig abseits standen einige Zuschauer, die aus reiner Neugier gekommen waren. Um die Zeremonie nicht zu stören, stellten wir uns zu ihnen.

Die Frauen versuchten, fünf junge Mädchen zum Tanzen zu animieren. Zu Anna kamen sie auch, sie aber schüttelte den Kopf und trat einen Schritt zurück. Die Frauen stießen schrille Schreie aus und fingen an, die Mädchen zu ohrfeigen, bis die Erste begann, sich zum Rhythmus der Trommeln zu bewegen. Ein Mädchen fiel auf die Knie, beugte sich vornüber, schmiegte den Kopf an den Lehmboden, den Unterleib steil nach oben gereckt. Ihr Becken zuckte krampfhaft vor und zurück, als empfinge sie einen unsichtbaren Geist.

Das magische Dröhnen der Trommeln nahm zu. Es wurde schneller und schneller. Ich spürte, wie sich in meinem Körper eine lähmende Trägheit ausbreitete.

Ein gebückter Mann kam aus dem Haus und malte mit Mehl seltsame Zeichen und Figuren auf den Boden. Als er sein Werk vollendet hatte, zog er sich wieder zurück.

Plötzlich tauchte Maurice auf, ein hünenhafter Kerl war das, mit Armreifen aus Holz, Perlen und Silber. Vor der Brust trug er einen skelettierten Ziegenkopf, dessen Hörner bis über die Schultern reichten. Vor ihm drehte sich eine winzige Alte, der er, wie uns die Umstehenden zuraunten, die bösen Geister austreiben sollte. Die waren angeblich verantwortlich für ihre schmerzhafte Arthrose.“

Lindquist machte eine Pause, sprang auf und schritt im Zimmer auf und ab. Er gab sich ganz dem Fluss seiner Geschichte hin.

„Der Priester reinigt seine Hände mit Rum und zündet sie über einer Kerze an. Blaue Flammen züngeln bis zu seinen Ellenbogen hinauf. Er scheint keinen Schmerz zu spüren, denn er setzt die halbvolle Flasche an die Lippen und trinkt sie in großen Zügen leer. Den letzten Schluck behält er im Mund, baut sich vor der Alten auf, bespuckt sie mit dem Rum und wedelt mit einem Federbusch vor ihrem ausgemergelten Körper. Die Alte winselt und heult hysterisch los.

Ein Helfer schleppt ein lebendes Huhn heran; es schlägt mit den Flügeln. Maurice packt es an den Beinen, wirbelt es über seinem Kopf durch die Luft, setzt es auf die Erde, holt eine Handvoll Getreide aus seiner Tasche und streckt dem Tier die Körner auf seiner flachen Hand hin. Das Huhn frisst. Daraufhin packt er das Huhn und bricht ihm in einer fließenden Bewegung die Flügel, dann die Beine, zuletzt reißt er dem Tier mit einem gellenden Schrei den Kopf ab.

Die Tanzenden sangen und klatschten und lachten. Manche Zuschauer verdrehten verzückt die Augen. Maurice verschwand im Haus und kam mit zwei großen Puppen zurück, die am Bauch mit Lederschnüren zusammengebunden waren. Er hielt die Puppen hoch. Die rasenden Trommeln und Schreie verstummten kurz, um gleich darauf umso heftiger einzusetzen.

Drei Mal zog er die Puppen durch das Feuer, schnell genug, dass die züngelnden Flammen sie nicht ergreifen konnten. Eine Puppe fing trotzdem Feuer. Sie brannte an den Füßen. Maurice löschte die Flammen, indem er sie mit der bloßen Hand umschloss und fest zudrückte. Damit jeder sie sehen konnte, hob er die Puppen wieder hoch über den Kopf. Er stand genau vor uns.

Plötzlich zuckte ein Blitzlicht. Maurice erstarrte in der Bewegung. Seine Augen suchten den Fotografen, und seine Helfer schwärmten aus, ihn zu finden. Das Trommeln und die Tanzerei gingen weiter.

Ein paar Minuten später trat unser Fahrer zu uns und sagte:

– Es ist sinnlos, länger hierzubleiben. Wir müssen ein anderes Mal wiederkommen. Maurice ist erbost wegen der Störung und hat entschieden, die Zeremonie abzubrechen.

Die Trommeln verstummten.

Anna war furchtbar enttäuscht, sie hatte sich so viel von diesem Abend versprochen.

Mir wäre es recht gewesen, wenn wir zurückgefahren wären, aber daraus wurde nichts, denn eine tiefe Stimme rief uns zurück.

– Anna Hansen?

Anna drehte sich um. Die Stimme gehörte einem von Maurice' Helfern.

– Ja?

– Maurice möchte Sie und Ihre Freunde begrüßen.

Der Satz schwebte in der Luft, und weil Anna offenbar nicht wusste, was sie sagen sollte, sagte ich:

– In Ordnung.

Wir folgten dem Mann ins Haus. Maurice erwartete uns in einer Kammer, in der ein behelfsmäßiger Altar errichtet worden war.

– Was wollen Sie?, fragte er wirsch. – Jemandem schaden?

Seinen Worten folgte ein kehliges Rülpsen.

– Vielleicht sogar ... töten?

Er deutete auf einen Maisstrohteppich, der auf dem Fußboden ausgebreitet war. Wir setzten uns, und Anna brachte ihren Wunsch vor. Sie sagte, sie wolle ihre Scheidung verhindern und ihren Mann zurückgewinnen, deshalb sei sie zu ihm gekommen.

– Hat man Ihnen gesagt, wer ich bin?, fragte Maurice.

– Nein, sagte Anna, – nur, dass Sie über außergewöhnliche Kräfte und Fähigkeiten verfügen.

– Wenn ich Ihnen helfe, verlange ich ein Opfer, sagte Maurice.

– Natürlich.

Anna blieb vollkommen ruhig, obwohl der Typ sie mit seinen schwarzen Augen eine Ewigkeit lang anstarrte und nicht ein einziges Mal die Lider bewegte.

– Ich zähle mich zu den modernen Magiern, fuhr er fort. – Früchte, Hühner und Ziegen, das sind die Gaben von gestern. Ich biete meine Dienste für Geld an.

– Ich verstehe ... Über wie viel Geld reden wir?

Noch immer zeigte Anna keine Anzeichen von Nervosität, sie behielt die Übersicht und ließ sich von seinem Gockelgetue nicht einschüchtern.

– In Ihrem Fall halte ich zehntausend Dollar für angemessen, sagte Maurice.

Die Summe war von grandioser Dreistigkeit.

– Das ist sehr viel Geld für einen Gefallen, sagte Anna.

– Ihr Weißen denkt noch immer, dass ihr von uns Schwarzen alles bekommt, ohne dafür zu bezahlen.

– So viel Geld habe ich nicht bei mir.

Der Helfer drückte Maurice einen Zettel in die Hand, der ihn an Anna weiterreichte. – Hier steht meine Kontonummer. Sie werden mir das Geld überweisen.

African Consulting Agency. Chase Manhattan Bank. Grand Cayman. Dann die Kontonummer. Anna zögerte. Eine Briefkastenfirma.

– Das ist viel Geld, sagte sie.

– Dafür bekommen Sie Ihren Mann zurück. Oder ist er Ihnen so viel nicht wert?

Damit hatte er sie, das war klar.

– Ich werde die Überweisung gleich morgen veranlassen. Sie haben mein Wort.

– Ich vertraue Ihnen.

– Was muss ich tun? Dürfen meine Freunde bleiben?

Er ließ die Frage unbeantwortet und betete stattdessen eine zweifelhafte Rezeptur herunter.

– Schneide je eine Locke von deinem Haupthaar und deinem Schamhaar ab, gib einige Haare von deinem Arm hinzu, mahle alles zusammen mit dem Puder, den ich dir geben werde, und serviere diese Mischung dem Mann deines Herzens in einem heißen Tee oder Kaffee. Binnen eines Monats wird er dir gehören, und du kannst mit ihm anstellen, was du willst.

Er ging zu den Puppen, die nebeneinander auf dem Altar lagen, verneigte sich tief, nahm ein Messer und schnitt einer der Puppen ein winziges Stück Haut aus dem Oberschenkel, legte es in einen Mörser und zerrieb es mit dem Stößel. Übrig blieb ein grauer Puder, den er in einen durchsichtigen Plastikbeutel schüttete und sorgfältig verschloss.

– Ich vertraue Ihnen, dass Sie mir das Honorar überweisen werden. Vertrauen Sie auch mir, dann wird der Zauber wirken.

Als wir gingen, stand Maurice vor dem Altar, die Puppen wiegend in seinen Armen.

Mann, was der für eine Show mit uns abgezogen hat! Immerhin, Anna war zufrieden. Ich bin sicher, sie hat dem Aufschneider die zehntausend Dollar gezahlt. Hätte ich nicht gemacht. So ein Popelrezept, für das man sich die Schamhaare absäbeln muss – da kriegt man doch die Krätze von, wenn man das trinkt, die Krätze, sag ich dir."

„Hast du gewusst, dass Savannah ihre letzte Produktion sein sollte?“, fragte Mammen.

„Zuerst hielt ich das nur für ein Gerücht, aber als sie nach unserer Rückkehr auf meine Anrufe und Nachrichten nicht reagierte, kam ich mehr und mehr zu der Überzeugung, dass für sie die Zeit wohl tatsächlich gekommen war.“

„Danach hattet ihr beiden keinen Kontakt mehr?“, fragte Mammen.

„Nein, ich nicht, aber Jill Bright hat sie noch ein Mal getroffen, um mit ihr den Text für *Debbie* durchzugehen.“

„Jill Bright war auch in Savannah?“

„Kennst du sie?“

„Flüchtig. Wir sind uns vor ein paar Tagen zufällig im Pastis begegnet.“

Mammen wollte Lindquist die nächste Frage stellen, doch der schaute auf seine Armbanduhr und sagte:

„Hör mal, wie es aussieht, wird das hier eine längere Veranstaltung, aber ich muss jetzt los und meine Bilder abliefern. In der Redaktion warten sie auf mich. Falls du heute Abend nichts vorhast und die ganze Geschichte hören willst, können wir uns von mir aus zum Essen treffen.“

„Kennst du das Pastis?“, fragte Mammen.

„Klar, Mann!“

„Um 20 Uhr?“

„Alles klar.“

Auf dem Weg nach unten, ärgerte sich Mammen, weil er die wichtigste Frage, die ihm unter den Nägel brannte, nicht mehr gestellt hatte: Wer war in Savannah und bei Maurice – außer Anna Hansen, Jill Bright und Garry Lindquist – noch dabei gewesen?

Langsam über die Ostseite des Union Square gehend, Richtung Film Academy, rief er die *New York Times* an und verlangte Harold Dardis zu sprechen.

„Ich bin an einer Story dran und brauche Informationen über einen gewissen Maurice. Einen Nachnamen scheint er nicht zu haben. Ist so was wie ein Voodoo-Priester, der sich in der Gegend von Savannah herumtreibt. Kannst du da was machen?“

„Geht es um Anna Hansen?“, fragte Dardis.

„Ja.“

„Ich habe auch was für dich. Mein Freund beim NYPD hat mir gesteckt, dass Annas Mann, dieser Remstedt, heute Morgen im Krematorium gewesen ist. Von Anna Hansen ist jetzt nur noch ein Häufchen Asche in einer Urne übrig. Der Bursche hat dort richtig Druck gemacht, weil er nach Deutschland zurück will.“

„Geht das denn so einfach?“

„Wenn man den richtigen Anwalt hat, schon.“

„Welchen Anwalt?“

„Praktischerweise hat Aram Kervorkian das erledigt, Anna Hansens Rechtsverdreher.

„So schnell?“

„Wir sind in New York, mein Freund!“

„Danke für den Tipp.“

„Um den Voodoo-Meister kümmere ich mich.“

Als Nächstes telefonierte Mammen mit dem Pastis und erfuhr, Uli Remstedt sei abgereist. Jason Manning sagte, Remstedt habe einen Zettel in seinem Zimmer hinterlassen, der alles erkläre. Nein, über Anna habe nichts darauf gestanden. In einer Urne? Nein, wieso Urne? Anna wollte nicht verbrannt werden, da sei er sicher. Sie habe stets davon gesprochen, dass sie, wenn sie eines Tages sterbe, neben ihrer Tochter Marie beigesetzt werden wolle, in einem richtigen Sarg, Seite an Seite.

Kervorkian, den Mammen danach zu erreichen versuchte, sei nicht in der Stadt, beschied ihn seine Sekretärin schnippisch, erst morgen wieder, nachmittags, nach 17 Uhr, auf keinen Fall früher, es dürfte schwierig werden.

Mammen schulterte die kleine Reisetasche, die ihn nach New Mexiko begleitete hatte, und machte sich auf den Weg. Vor dem Schaufenster von Barnes & Nobles blieb er stehen. Die Auslage war mit dutzenden Exemplaren des neuen Romans von Brian Odlum bestückt, darüber hing ein Plakat, das eine Lesung des Autors am selben Tag in der Barnes-&-Noble-Filiale beim Lincoln Center ankündigte. Mammen war ein Odlum-Fan, hatte beinahe alles von ihm gelesen, deshalb beschloss er, sich dessen neuesten Roman „Demon Diva“ als Lektüre für den Rückflug nach Hause zu besorgen.

Gerade als er die Tür zur Buchhandlung öffnete, betrat ein großer, elegant gekleideter Schwarzer das Haus, das Mammen ein paar Minuten zuvor verlassen hatte, und fuhr hinauf zu dem Apartment von Garry Lindquist.

2.

Für Charlotte Stegemann war es ein gottgewollter Zufall gewesen, dass sie die Plakat-Ankündigung der Lesung von Brian Odlum gesehen hatte. Der Schriftsteller aus San Francisco, der sich mit seinen High-Society-Romanen einen guten Ruf in der amerikanischen Literatur-Szene und ein ordentliches Vermögen erschrieben hatte, interessierte sie nicht als Leserin, sondern als ein Ex-Freund Anna Hansens. Es war nur eine kurze Episode gewesen, von der kaum jemand wusste, und jene, denen Anna davon erzählt hatte, bewahrten Stillschweigen, denn Odlum war verheiratet.

Charlotte saß bei Barnes & Noble im Obergeschoss in der zweiten Reihe und beobachtete, wie Odlum sich mit melancholischem Gesichtsausdruck über sein Buch beugte und mit manchmal tiefer, manchmal schneidend hoher Stimme daraus las. Im Publikum saßen fast nur Frauen, denn sie vor allem kauften seine Bücher. Um seinen weiblichen Fans zu gefallen, hatte Odlum ein blaues Oxford-Hemd angezogen, dessen erster und zweiter Knopf offenstanden, so dass man seine schwarzen Brusthaare hervorquellen sah, dazu trug er enge Jeans und sauber geputzte schwarze College-Schuhe. Seine Haare waren kurz und im Nacken und über den Ohren sauber geschnitten. Das lässige Schwiegersohn-Image war keine gewollte Inszenierung, es beruhte vielmehr darauf, dass er von Haus aus tatsächlich ein Langweiler war, wenn auch gut aussehend und mit Stil.

Er blätterte eine Seite um, beendete den letzten Absatz des Kapitels und klappte das Buch zu. Das Publikum klatschte und durfte dem berühmten Autor Fragen stellen, die wie üblich banal waren und deren Antworten er inzwischen im Schlaf herunterbeten konnte: Woher nehmen Sie Ihre Ideen? Wann schreiben Sie? Mit dem PC oder mit der Hand? Wie heißt Ihr nächstes Buch?

Die ersten Damen standen auf und stellten sich an, um sich Odlums neues Opus signieren zu lassen.

Geduldig wartete Charlotte, bis die Letzte von ihnen zufrieden von dannen zog, marschierte zum Tisch, wo Odlum sein Lesebuch, einen Block und einen Kugelschreiber in eine abgeschrabbelte Ledertasche packte. Als er sie bemerkte, schaute er kurz auf und fragte, ob sie auch ein Autogramm wolle. Vielleicht später, sagte Charlotte, zuerst würde sie gern über Anna Hansen mit ihm reden. Sein ostküstenblasses Gesicht lief knallrot an. Nervös schaute er zu einer Frau hinüber, die in der letzten Reihe saß und ihm fröhlich zuwinkte.

Charlotte brachte ihr Anliegen sofort auf den Punkt. „Sie hatten vor zwei Jahren ein Verhältnis mit Anna."

„Wie kommen Sie darauf?", erwiderte Odlum entrüstet. „Wir waren kurze Zeit befreundet, aber ein Verhältnis? Ich bin verheiratet!"

„Ich vermute, das da drüben ist Ihre Frau", sagte Charlotte. „Haben Sie ihr die Affäre gebeichtet?"

„Was hätte ich denn beichten sollen?" Odlum gewann seine gewohnte Lässigkeit zurück.

„Wie wär's mit dem verlängerten Wochenende auf Marthas Vineyard? Oder möchten Sie mit der Paris-Reise anfangen, als Sie angeblich Ihren französischen Verleger besuchten?"

„Sie hat es Ihnen erzählt", stöhnte er.

Annas Verrat brachte ihn aus der Fassung. Er fuhr sich mit der Hand über die Stirn, wo ein paar Schweißperlen an Größe gewannen, und schaute immer wieder zu seiner Frau, die aufstand und Anstalten machte, zu ihnen hinüberzukommen.

„Noch haben Sie die Wahl, ob Ihre Frau es erfahren muss", sagte Charlotte mit ruhiger Stimme. „Ich möchte nur mit Ihnen reden. Fünf Minuten, mehr nicht. Danach sehen Sie mich nie wieder."

Als seine Frau nur noch weniger Meter entfernt war, nickte er resigniert.

„Also gut. Wenn Sie mir versprechen, dass Sie meinen Namen raushalten."

Seiner Frau, die inzwischen bei ihnen angekommen war und sich bei ihrem Mann untergehakt hatte, sagte er, sie solle vorgehen, er müsse rasch noch einem deutschen Magazin ein Interview geben und werde in ein paar Minuten bei ihr sein. Sie küsste ihn nachsichtig auf die Wange und verschwand.

Charlotte und Odlum setzten sich. Sie stellte ihre Fragen und erfuhr aus seinen Antworten wenig Neues. Als sie auf Annas Tod zu sprechen kamen, sagte Odlum:

„Zeigen Sie mir ein Model, und ich schreibe Ihnen eine Tragödie. Ich wusste, dass es so kommt."

Charlotte hob den Kopf. „Was wussten Sie?"

„Dass sie irgendwann Schluss macht. Sie war anfällig dafür. In meinem ersten Roman ‚Black Dog, White Ladies' ließ ich eine schwarze Dobermann-Hündin eine reiche Washingtoner Familie in ihrem Ferienhaus in Salem terrorisieren. Die Geschichte des Buches basierte auf den Hexenverbrennungen in Salem im 18. Jahrhundert, bis heute ein Musterbeispiel für Verblendung und Demagogie. Eines Abends, nachdem Anna und ich in einem hübschen Fischlokal in Provincetown gegessen hatten und wir es uns in meinem Haus am Meer gemütlich machten, meine Frau war mit den Kindern bei ihren Eltern an der Westküste, begann Anna, in dem Buch zu lesen. Ich saß mit meinem Laptop am Fenster und arbeitete an einem Kapitel meines nächsten Romans, während draußen ein Sturm aufkam und die Wellen der aufgewühlten See auf den Strand schlugen. Anna lag auf dem Sofa. Zwischendurch sah ich zu ihr hinüber. Ich liebte ihre Bedenkenlosigkeit und ihre Nähe. Sie war da, aber sie fiel einem nie zur Last, und sie war fort, ehe man sich versah."

„Was passierte dann?"

„Plötzlich sprang sie auf, warf das Buch auf den Teppich, rannte durch den Flur, riss im Vorbeilaufen ihre Jacke vom Haken, stürmte zur Tür hinaus und auf das Meer zu. Ich lief hinter ihr her und rief, sie soll stehen bleiben, aber sie hörte mich nicht. Es sah aus, als liefe sie direkt in die Wellen hinein. Wie auf einen Abgrund zu. Kurz vor dem Wasser holte ich sie ein, packte ihren Arm und hielt sie fest. Sie machte sich los und lief mit schwerer werdenden Schritten weiter und weiter durch den Sand. Um uns toste der Wind, es begann zu regnen, ich schrie gegen das Meer und den Wind an.

– Bleib stehen, Anna! Bleib endlich stehen, verdammt noch mal. Was ist denn los mit dir, um Himmels willen?

Ich kriegte kaum noch Luft.

Endlich bekam ich sie ein zweites Mal zu fassen. Weil ich mir nicht anders zu helfen wusste, warf ich sie in den Sand und drückte ihre Arme auf den Boden. Sie versuchte sich zu befreien und trat um sich. Es dauerte eine Weile, bis sie schwächer wurde und endlich aufgab.

– Wie kannst du so etwas schreiben?, keuchte sie. – Ein schwarzer Hund, der ein kleines Mädchen zerfetzt, vor den Augen ihres Vaters ... Wie konntest du das tun?

– Anna, sagte ich, – es ist ein Buch, nur ein Buch. Stephen King hat dutzende solcher Bücher geschrieben. Die sind weitaus blutiger als meins. Niemand hat sich darüber aufgeregt.

Sie entspannte sich in meinem Armen, sehr langsam.

– Halt mich fest, sagte sie. – Eines Tages werde ich es dir erzählen. Jetzt ist es noch zu früh dafür, wir kennen uns doch erst seit einem Monat. Du würdest es nicht verstehen.

Sie stand auf und schüttelte das Wasser aus ihren Haaren. Ein Paradiesvogel, der sich verflogen hat, dachte ich, und eine Woge des Mitleids überflutete mich.

Wir blieben keine drei Monate zusammen. Wir stellten fest, dass unsere Interessen, Vorlieben und Neigungen für eine längere Beziehung zu unterschiedlich waren. Trotzdem wünschte ich, es hätte länger gedauert. Am Ende unserer Beziehung ging uns wohl beiden das Glück aus. Glück hat nun einmal keine Mehrzahl. Man muss elastisch leben, sonst wird man zerbrochen, deshalb schneide ich weg, was zweifelhaft ist, in meinen Büchern wie im Leben. In beiden Fällen ist es schmerzhaft.“

„Hat sie Ihnen später erzählt, warum sie damals so reagiert hat?“, fragte Charlotte.

„Das tat sie noch am selben Abend. Wir hatten uns trockene Kleidung angezogen und saßen mit heißem Tee vor dem Kamin. An die Geschichte mit dem Hund, von dem sie sprach, kann ich mich allerdings kaum erinnern, nur noch, dass sie sagte, einmal habe sie versucht, sich das Leben zu nehmen, mit dem Hund hatte das, glaube ich, aber nichts zu tun.“

Die fünf Minuten waren um. Charlotte verließ Brian Odlum in der Gewissheit, dass sie offenbar doch nicht alles über ihre Freundin Anna Hansen wusste.

Ein Selbstmordversuch?

3.

In der Hudson Bar des Sheraton Hotel lief das Geschäft auf Hochtouren. Sonntagabend. Trotz der frühen Stunde, es war kurz nach 18 Uhr, waren bereits alle Plätze besetzt. Vor dem Tresen drängten sich laute New-York-Touristen und genehmigten sich den ersten Cocktail des Tages, bevor sie in die Musicals, Kinos und Theater ausschwärmten.

Viel Spaß, dachte Mammen, macht euch einen schönen Abend mit Roxy Hart. Wenn ihr Glück habt, sitzen keine Puffärmel vor euch.

Er bestellte einen Gin-Tonic und verzog sich mit seinen Unterlagen in die Lobby, wo der Lärm ihn nicht mehr erreichte. Er musste Bilanz ziehen und darüber nachdenken, wie es weitergehen sollte.

Was hatte er? Was fehlte ihm? Was gab es in New York noch zu tun?

Er sichtete und ordnete seine Informationen. Stoff für einen Zehnteiler, dachte er, genug und gewichtig genug, um den Chefredakteur und die 1,2 Millionen Käufer von *Arena* zu begeistern. Die Polizei ging von Selbstmord aus, Anna Hansens Leichnam war bereits in einer Urne unterwegs nach Deutschland. Blieb nur noch Garry Lindquists Savannah-Story. Er wollte sie unbedingt zu Ende hören, und dann nichts wie ab nach Hause. Mammen freute sich auf seine Tochter Tammy und gestand sich einmal mehr ein, dass er sich auch auf seine Frau freute.

Um den Entschluss zu besiegeln, ließ er sich bei der Lufthansa für den nächsten Tag den Nachmittagsflug nach Hamburg reservieren.

Auf seinem Zimmer schrieb er eine E-Mail an Vanessa von Samson. Er bat sie, an Uli Remstedt dranzubleiben, der morgen früh in Hamburg eintreffen werde. Irgendetwas stimme nicht mit dem. Er brauche, schrieb Mammen, mehr Informationen über diesen Mann. Außerdem habe Remstedt eine neue Freundin, die er offenbar heiraten wolle. Wer ist sie?

Dann duschte er und zog sich um.

Eine Viertelstunde vor der verabredeten Zeit traf er im Pastis ein und wartete auf Garry Lindquist. Die Minuten verstrichen. Eine halbe Stunde. Er freute sich auf ein ordentliches Steak und wurde langsam ärgerlich, dass Lindquist sich so viel Zeit ließ. Jason Manning kam mit der üblichen Karaffe Rotwein an seinen Tisch und fragte, ob er ihm Gesellschaft leisten dürfe. Sie unterhielten sich über Uli Remstedts schnelle Abreise, auf die sie sich keinen Reim machen konnten.

Manning kam auf den 11. September 2001 zu sprechen. An jenem Morgen saßen Anna und er beim Frühstück in einem Straßencafé in der Nähe des World Trade Center. Sie sahen, wie das erste Flugzeug eine elegante Schleife zog, sein Ziel anvisierte und Sekunden später in einem grellen Blitz im Nordturm des World Trade Center verschwand.

In den folgenden Tagen und Wochen habe sich Annas Verhältnis zu Amerika völlig verändert, sagte Manning. Sie habe sich nicht mehr sicher gefühlt und sogar erwogen, das Land für immer zu verlassen und nach London, Paris oder Mailand zu ziehen. Nicht wegen der Gefahr, die nach den Anschlägen beinahe körperlich spürbar gewesen sei, sondern wegen des extremen Patriotismus, der sie erschreckte. Jede Nachricht, sagte sie, werde mit Stereotypen aufgepusht, alles rieche nach Terror.

„Sie ist in New York geblieben, aber der Terroranschlag, den sie so hautnah miterlebt hatte, wirkte sich verheerend auf ihre körperliche und seelische Verfassung aus, die ohnehin schon seit Jahren schwer angeschlagen war. Eines Tages", sagte Manning, „rief sie mich an.

– Hallo, Schätzchen, sagte sie. – Ich weiß nicht, ich bin krank, glaube ich. Kannst du vorbeikommen und etwas zu essen mitbringen?

Ihre Stimme klang erschöpft und wie von weit her.

Ich kaufte ein paar Lebensmittel bei einem Deli in der Nähe ihrer Wohnung. Croissants, Orangensaft, Eier, Speck und Toastbrot. Dann klingelte ich bei ihr, fast zwanzig Minuten lang. Ich wollte gerade wieder gehen, da öffnete sie die Tür. In einem grauen Bademantel, den sie lose über einen Slip und ein T-Shirt gezogen hatte, lehnte sie im Türrahmen.

– Ich bin so krank, das waren ihre ersten Worte.

Ich schob sie in die Wohnung und ging in die Küche, um ihr ein Frühstück zu bereiten. Anna verschwand mit schlurfenden Schritten im Schlafzimmer. Dort zog sie die Vorhänge zu, legte sich ins Bett und starrte reglos und gleichgültig an die Decke. In der Wohnung roch es muffig.

Auf der Suche nach einem Teller öffnete ich einen Geschirrschrank. Ein ganzes Regal war gefüllt mit Pillendosen und Gläsern, alles rezeptpflichtige Medikamente mit orangefarbenen Warnhinweisen, jede Sorte Pillen, die man sich vorstellen kann.

Ich brachte ihr das Frühstück auf einem Tablett ins Schlafzimmer. Anna war so schwach, dass sie kaum die Gabel halten konnte. Ich musste sie füttern.

– Soll ich einen Arzt rufen? Du brauchst einen Arzt, Anna.

Sie schüttelte den Kopf.

– Es war schon einer da. Er hat mir was verschrieben. Er sagt, es wird mir bald besser gehen.

Sie klang ertappt und verärgert.

– Dann schlaf jetzt. Ich bin nebenan, ruf mich, wenn du etwas brauchst.

– Aber Schätzchen, es geht mir gut, sagte sie mit einem gequälten Lächeln. – Machen wir das nicht alle? Wir kreieren die Geschichte unseres Lebens, nehmen hier ein bisschen und da ein bisschen und versuchen, eine Ordnung hineinzubringen, die uns hilft, in diesem Chaos von Versuch und Irrtum einigermaßen glücklich und zufrieden zu leben. Zu Überleben. Und manchmal gelingt das eben nicht. Geh und tu, was du tun wolltest. Ich bin bald wieder in Ordnung. Danke, dass du gekommen bist.

Ich sprach besänftigend auf sie ein, aber sie wollte mich loswerden, so viel stand fest.

Schließlich stand sie auf, wie jemand, dem das Drama auf den Leib geschrieben ist, und sagte: – Zum Teufel mit allem! Holte eine Flasche Bourbon, goss ein halbes Wasserglas voll und schüttelte drei Pillen aus einem der Fläschchen im Schrank hinein. In einem Zug spülte sie das Ganze hinunter. Da erst begriff ich das wahre Ausmaß ihres Unglücks.

– Du bringst dich um, wenn du so weitermachst, sagte ich, fasste sie unter dem Arm und stützte sie auf dem Weg ins Schlafzimmer. Langsam kroch sie unter die Decke, ihr Kopf fiel aufs Kissen.

– Hast du keine Angst davor, irgendwann nicht mehr auf dieser Welt zu sein?, fragte ich.

Ihre Augen wirkten seltsam rußig in all dem Weiß. Der Cocktail versetzte sie bereits in einen dumpfen Dämmerzustand.

– Es sind Milliarden und Milliarden Menschen vor uns gestorben, antwortet sie mit müder Stimme. – Warum uns selbst so dramatisieren? Es gibt schon irgendein *Wohin*.

In den Wochen und Monaten vor dem endgültigen Zusammenbruch flatterte sie ruhelos herum und machte manchmal irgendwo Halt um sich auszuruhen. Normalerweise mochte sie Gewohnheiten, aber nun schien sie zu denken, Gewohnheiten seien der erste Schritt zur Monotonie. Das Dasein per se machte sie fertig, und ihr Selbstmitleid erledigte den Rest.

Die Schicksalskratzer unter ihren Augen begannen sich zu mehren. Man tuschelte, Kokain habe ihren Côte du Rhone ersetzt und sie gebe jeden Tag ein paar hundert Dollar für die Droge aus, doch wenn ich sie danach fragte, sagte sie bloß: – Blöde Frage!

Und damit hatte es sich."

In diesem Moment fiel eine lärmende Gruppe ins Pastis ein, zwanzig Frauen und drei junge Männer, angeführt von einem älteren Herrn im dreiteiligen grauen Anzug mit grüner Krawatte und grünem Einstecktuch. Manning stand auf und flüsterte Mammen zu, das sei Antoine Garance, einer der weltgrößten privaten Beauty-Produzenten. Während der Modewoche richte er im Pastis immer ein Essen für Journalisten und Geschäftsfreunde aus. Manning begrüßte den Gast persönlich und wies ihm und seinem Gefolge die Tische an. Unter den Gästen entdeckte Mammen auch Charlotte Stegemann, die Frau an der Seite des Gastgebers war Carole Delrieux.

Zeit zu verschwinden, dachte er, stand auf und ging an die Bar, um einen Espresso zu trinken und seine Rechnung zu bezahlen. Als er sich umdrehte, stand Charlotte Stegemann hinter ihm.

„Warum kommst du nicht auf einen Sprung an unseren Tisch?“, fragte sie.

„Ich dachte, das hätten wir ein für allemal geklärt“, erwiderte Mammen.

„Um ehrlich zu sein, war das nicht meine Idee, sondern die von Carole. Offenbar mag sie dich, und der dicke Garance hat nichts dagegen. Sieh hin, er winkt dir zu!“

Was konnte es schaden? Carole hatte er gern, außerdem schaltete der Konzern Garance la Chance jedes Jahr Anzeigen im Volumen von mehreren Millionen Euro bei *Arena*. Zeit sich zu bedanken, dachte Mammen.

Auf dem Weg an den Tisch begann sein Handy zu vibrieren: Harold Dardis, der Reporter der *New York Times*.

„Es gibt Neuigkeiten“, sagte er. „Wo bist du?“

Mammen sagte es ihm.

„Klingt gut“, sagte Dardis. „Ein kaltes Bier ist genau das, was ich jetzt brauche. In zwanzig Minuten bin ich da.“

Carole Delrieux begrüßte Mammen wie einen alten Freund. Einmal mehr fiel ihm auf, über welch sicheren Geschmack sie verfügte: kniehohe Wildlederstiefel, Jeans mit einem breiten Westerngürtel und ein schwarzes Bolerojäckchen. Prada.

In der Gegenwart dieser hübschen, jungen, lachenden, gut gekleideten Frauen fühlte Mammen sich augenblicklich am richtigen Platz.

Garance drückte ihm fest die Hand und schlug ihm jovial auf die Schulter.

„Sie schreiben also über Anna Hansen. Wenn Sie möchten, könnte ich Ihnen auch die eine oder andere Geschichte über sie erzählen. Aber setzen Sie sich erst mal. Was zu trinken?"

Mammen bestellte einen Campari mit Soda und viel Eis.

„Ich war vernarrt in die Kleine", legte Garance los. „Jedenfalls am Anfang. Mit ihrer ersten Kampagne für uns steigerte sie das Renommee von Garance la Chance, verdoppelte den Umsatz und erfreute mein altes Herz. Zum Dank schenkte ich ihr einen sündteuren Brillantring von Harry Winston. Ich flog eigens nach Paris und lud sie zum Dinner ins Maxim's ein, um ihr den Ring selbst zu überreichen. Sie packte ihn aus, sah ihn an, gab mir einen Tochterkuss auf die Wange, steckte ihn in die Tasche und sagte:

– Diamanten, mein lieber Garance, sind tatsächlich die besten Freunde der Frauen, besonders die großen. Denken Sie das nächste Mal darüber nach, bevor Sie einer Frau einen Ring schenken.

Diese selbstbewusste Unverschämtheit hatte Stil. Konnte ich ihr deswegen böse sein? Ich war es – ungefähr eine Minute lang. Dann verpasste sie mir nämlich einen zweiten Kuss und sagte, es sei nur ein Scherz gewesen, sie freue sich riesig über den Ring. Es fiel mir leicht ihr zu glauben, denn ich wollte ihr glauben."

Lachend schlug er sich auf die Knie. Plötzlich wurde er wieder ernst.

„Weiß der Teufel, warum sie vor ein paar Monaten aus heiterem Himmel auf uns losgegangen ist."

„Haben Sie viel Geld verloren?", wollte Mammen wissen.

„Geld? Ein Vermögen! Unsere Konkurrenz traf es genauso schlimm. Die Angriffe der jungen Dame setzten uns mächtig zu, und die Wirkung ihrer unverständlichen Verleumdungen blieb nicht aus. Haben Sie eine Ahnung davon, was es kostet, ein neues Kosmetikprodukt zu entwickeln? Dann würden Sie vielleicht verstehen, warum uns dieser Medienwirbel zutiefst beunruhigte. In diesem Geschäft geht es um sehr viel Geld. Allein für Gesichtspflegeprodukte werden weltweit mehr als 150 Milliarden Euro im Jahr ausgegeben, aber es dauert lange und ist ausgesprochen kostenintensiv, ein neues Produkt auf den Markt zu bringen. Nehmen Sie zum Beispiel Max Huber, den Erfinder von La Mer, einen ehemaliger Nasa-Physiker. Zwölf Jahre seines Lebens und 6 000 Experimente hat er darauf verwendet, eine Creme zu entwickeln, die seine Narben, die er sich bei einem Brand zugezogen hatte, zum Verschwinden brachte. Diese Creme ist heute das kostspieligste Beauty-Produkt, das es zu kaufen gibt.

In unserem Unternehmen können wir auf einen eingespielten Apparat zurückgreifen, bei uns geht es deshalb etwas schneller, aber es ändert nichts daran, dass dieser Apparat finanziert sein will. Wir müssen Geld verdienen, um ihn am Laufen zu halten. Wir glauben an die Produkte, die wir herstellen, und diesen Glauben lassen wir uns von niemandem kaputtreden. Natürlich hübschen wir mit Worten unsere Ware ein bisschen auf. Wie alle anderen auch. Das müssen wir, denn wir verkaufen ja nicht etwas, das man unbedingt *braucht*, also muss es etwas sein, das man unbedingt *haben will.* Mit hochwertigen Anzeigen, sündteuren Spots, Billboards in den großen Städten und mit ausgefeilten Broschüren helfen wir dem Begehren ein wenig nach, das in jeder Frau latent vorhanden ist. Was ist so schlimm daran?"

„Wie weit würden Sie gehen, um Ihre Interessen zu schützen?", fragte Mammen.

„Ich glaube, ich verstehe Sie nicht."

„Halten Sie es für möglich, dass einer Ihrer Wettbewerber auf den Gedanken gekommen sein könnte, einen so prominenten Quälgeist wie Anna Hansen auf Dauer ruhigzustellen?“

„Vergessen Sie es!“, schnaubte Garance. „Das ist geschmacklos. Infam!“

„Es war nur eine Frage.“

„Wir haben Anna Hansen wegen Verleumdung verklagt. Aber ihr Anwalt leistete gute Arbeit; rein rechtlich war ihr nichts anzuhaben.“

„Kervorkian?“, fragte Mammen.

„Höchstselbst. Ihm wird das Lachen allerdings bald vergehen.“

„Warum?“

„Als die Internet-Blase platzte, hat er ein paar Millionen Dollar verloren, übrigens nicht nur seine, sondern auch die vieler Klienten, die das gar nicht freut. Außerdem geht das Gerücht um, er und ein Konsortium, bestehend aus Deutschen, Schweizern und Amerikanern, hätten in ein lukratives Unternehmen in Russland investiert. Gas und Strom. Putin machte ihnen jedoch einen Strich durch die Rechnung und bootete sie mit regierungsnahen Investoren aus. Kervorkian ist praktisch pleite.“

„Streitet ihr euch?“ Carole Delrieux drängte sich zwischen sie.

„Aber nein, wir reden unter Männern“, erwiderte Garance. „Dein Freund verfolgt eine interessante Theorie, aber ich glaube, sie führt ins Leere.“

Mammen stand auf, denn eben kam Harold Dardis zur Tür herein und ließ seinen Blick suchend über die Köpfe schweifen. Als er Mammen entdeckte, nickte er zur Bar hinüber, wo es noch zwei freie Hocker gab.

„Muss leider los", sagte Mammen. „Es war nett von Ihnen, mich einzuladen, vielen Dank. Ich hoffe, Ihre Geschäfte sind inzwischen wieder in Ordnung."

Garance nickte zufrieden und wandte sich Carole Delrieux zu.

Als Mammen an Charlotte Stegemann vorbeikam, die zwischen lauter Mode-Redakteurinnen von *Instyle*, *Madame*, *Cosmopolitan*, *Madonna*, *Amica*, *Vogue*, *Elle* und *Vous* saß, hielt sie ihn am Arm fest.

„Wann fliegst du nach Hause?"

„Morgen Nachmittag. Hier bin ich so weit durch."

„Ich auch. Nehmen wir ein Taxi zusammen?"

„Meinetwegen", antwortete Mammen. „Ich hole dich gegen zwei Uhr im Hotel ab."

Sie ließ ihn los, und er bahnte sich einen Weg durch die Menge, umkurvte Tische und Kellner, bis er vor Dardis stand.

„Hab schon viel von diesem Laden gehört", sagte Dardis und schaute sich beeindruckt um. „Ist aber das erste Mal, dass ich hier bin."

Aus einer schmalen Ledertasche mit Klettverschluss zog er einen Stapel Papiere und Fotos. Sie bestellten zwei Bier.

„Dann lass mal hören, was du hast", sagte Mammen.

„Dieser Maurice existiert wirklich", sagte Dardis. „Ein Mann mit großem Einfluss."

Dardis zeigte Mammen mehrere Artikel, die in letzter Zeit über Maurice und seine Voodoo-Künste erschienen waren.

„Er wechselt regelmäßig seinen Aufenthaltsort und hat nur wenige Vertraute, die ständig auf dem Laufenden sind, wie und wo er zu erreichen ist. Vor zwei Jahren trat er im Rahmen einer Informationsveranstaltung über alternative Heilmethoden bei Stress, Depressionen, Angstzuständen und Phobien im Beverly Hills Hotel in Los Angeles auf, zusammen mit Schamanen, Prana-Heilern und Experten für Rückführungen und Chanelling. Während seines Vortrags bat er zwei freiwillige Zuhörer mit schweren Hautkrankheiten aus dem Publikum auf die Bühne und vollzog an ihnen ein altes afrikanisches Ritual. Die beiden waren überglücklich, als ihre schwere Neurodermitis zwei Stunden nach der Behandlung praktisch verschwunden war. Unter den Besuchern der Veranstaltung war jede Menge Hollywood-A- und –B-Prominenz. Ab sofort hatte die Filmbranche einen neuen Wunderheiler, denn seine Wundertat sprach sich in Windeseile herum", sagte Dardis. „Jeder wollte einen Termin bei ihm haben. Inkognito. Einige haben sich später geoutet, weil sie von Maurice und seinen Praktiken durch eigene Erfahrung absolut überzeugt waren."

Dardis legte eine Serie von Fotos auf den Tresen.

„Der da ist Maurice", sagte er und deutete auf einen Farbigen im Nadelstreifenanzug, der neben Michael Jackson und Ozzy Osborne stand. Ein anderes Foto zeigte ihn mit Shirley McLaine, auf einem dritten Bild war er mit vier Schauspielerinnen zu sehen, von denen zwei bis zu zehn Millionen Dollar Gage pro Film verdienten.

„Nicht übel", sagte Mammen.

„Und das hier", sagte Dardis und legte ihm einen Zeitungsausriss hin, „ist vielleicht Zufall, aber vielleicht auch nicht."

Der Ausriss stammte aus der *Savannah Morning News.*

„Sieh dir das Datum an!", forderte Dardis Mammen auf. „Die Geschichte ist wenige Tage nach Anna Hansens Aufenthalt in Savannah erschienen."

Mammen überflog die Zeilen:

Auf der Suche nach einem geflohenen Schwerbrecher aus dem Coastel-State-Gefängnis machte die Polizei bei der routinemäßigen Überprüfung eines leerstehenden Gehöfts in der Nähe von Savannah eine furchtbare

Entdeckung: Sie fand zwei Babyleichen, die hinter einer Doppelwand in einer Scheune versteckt waren.

Die Polizei nimmt an, dass die Babys erst wenige Tage alt waren, als sie getötet wurden. Bei der toxikologischen Untersuchung sei ein nicht körpereigener Stoff nachgewiesen worden, der mit großer Wahrscheinlichkeit den Tod der Babys herbeigeführt hat. Sie seien wie Mumien balsamiert und präpariert gewesen. An mehreren Stellen sollen Fleischstücke aus den Körpern herausgeschnitten worden sein.

Nach ersten Ermittlungen gehen die Behörden davon aus, dass die Leichen für Rituale in Zusammenhang mit Schwarzer Magie missbraucht wurden. Voodoo ist in der Gegend um Savannah weit verbreitet. Es sei unwahrscheinlich, dass die Eltern der Babys jemals gefunden werden, da die Afro-Amerikaner eine verschworene Gemeinschaft bilden.

Erst vor einigen Monaten wurde in London der Torso eines zerstückelten nigerianischen Jungen gefunden, der von seinen Landsleuten bei einem Ritual getötet wurde.

Mammen sagte: „Den Namen des Autors dieses Artikels habe ich heute schon einmal gehört."

Der Name lautete Steven Whitehead.

„Fakt ist", sagte Dardis, „dass die Polizei trotz mehrerer Indizien, die eine andere Schlussfolgerung zulassen, immer noch davon ausgeht, Anna Hansen habe Selbstmord begangen. Aber bringt eine Frau sich um, die schwanger ist und sich das Kind wünscht? Wer war der Vater des Kindes? Ihr Mann? Immerhin war er einige Wochen vor ihrem Tod in New York. Warum hat er sie einäschern lassen, wenn sie das doch gar nicht wollte? Für mich gibt es dafür nur einen Grund: Er hat sie einäschern lassen um zu verhindern, dass ihre Leiche, falls es eine neue Beweislage gibt, noch einmal forensisch untersucht werden kann."

Überrascht fragte Mammen: „Woher hast du das mit Remstedt? Dass er in New York gewesen ist?"

„Von Helen Topher, ihrer Agentin. Ich war heute bei ihr, um mit ihr über Anna zu sprechen. Dabei hat sie es erwähnt. Ist ihr leicht von den Lippen gegangen. Hörte sich so an, als hätten Anna und ihr Mann es noch einmal probieren wollen."

Ein scharfer Wiskeyhauch wehte Mammen in den Nacken. Er drehte sich um. Nunnally Johnson, voll wie ein niedersächsisches Schützenfest.

„Remstedt? ... Was is' mit dem? ... Feiner Kerl, sag ich euch ... Lasst den bloß in Ruhe."

Er wankte leicht.

„War er vor Annas Tod in New York?", fragte Mammen.

„Hab ich auch gehört, dass er da gewesen sein soll. Vielleicht wegen der Scheidung. Er hat ganz früher mal Scheiße gebaut mit einem holländischen Kindermädchen. Ich glaube, Anna sah das inzwischen etwas entspannter."

Mann, ist der in Fahrt, dachte Mammen und drückte Johnson ein Bier in die Hand. Redet wie ein Wasserfall. Der Alkohol treibt's raus. Ein Bier noch, beschloss Mammen, dann bring ich ihn nach Hause. Meine letzte Pfadfindertat in New York. Genau betrachtet meine erste.

Johnson trank die Flasche in einem Zug leer, wischte sich mit dem Ärmel seiner Jacke den Schaum von den Lippen und erzählte weiter.

„Mit anderen Worten, Anna hatte keine Lust auf Scheidung. Ich selbst war dagegen froh, als meine Ehe offiziell den Bach runterging."

„Du warst verheiratet?", fragte Mammen.

„Meine einzige Ehe dauerte ungefähr so lange wie eine Baseball-Saison. Sieben Monate, drei Tage und 16 Stunden. Alexis konnte nicht kochen, nicht waschen und nicht vögeln. Wir waren beide erst 21, als wir heirateten, und ich wusste es nicht besser, bis mir auffiel, dass sie in diesen Dingen völlig untalentiert war. Immerhin hatte sie mir den ersten Joint gedreht. Ich nahm an, das Happening würde ewig dauern, aber wenn du jeden Tag nach Hause kommst und erst mal über Berge dreckiger Wäsche und Teller steigen musst, um an dein Feierabendbier zu kommen, dann hört der Spaß auf, Happening hin oder her. Als sie auch noch anfing, einem anderen Kerl die Joints zu drehen, wenn ich weg war, hatte ich die Schnauze voll. Ich hab sie rausgeschmissen, und sie ist mit diesem Macker ab nach Indien, zu 'nem Guru. Dachte wohl, ein bisschen Erleuchtung kann nie schaden."

„Tut mir leid, alter Junge", sagte Mammen ehrlich betrübt. „Und wie war das mit Anna?"

„Sie wollte die noch übrig gebliebenen Familienfetzen zu einem besseren Modell zusammenflicken. Das Ziel war vollkommen klar, aber der Weg dahin fehlte ihr noch. Eines Tages, bald nach der Savannah-Reise, kaufte sie sich ein Ticket und flog nach Deutschland, um die Sache mit ihrem Mann zu besprechen. Nur zwei Tage später war sie wieder da. Ich fragte, was passiert sei, und sie sagte, sie habe einen Fehler gemacht. Ich bohrte weiter und erfuhr, dass sie in Hamburg eine alte Schulfreundin getroffen hatte, kurz bevor sie zu ihrem Mann wollte. Der wusste nichts davon, dass sie auf dem Weg zu ihm war. Von dieser Freundin erfuhr sie, dass ihr Mann mit einer anderen Frau zusammenlebte. Aber das geht mich eigentlich nichts an. Ich mag Uli trotzdem. Uli Remstedt ist mein Kumpel."

Carole Delrieux stieß zu ihnen. Sie war auf dem Nachhauseweg, da sie am nächsten Morgen um sechs Uhr im Studio sein musste.

„Oh Gott, Nunnally! Wo haben sie dich denn so abgefüllt?", fragte sie und tätschelte mitleidig seine Wange. „Du siehst aus, als hättest du dich gerade übergeben."

„Im Prawda“, sagte er grinsend. „Wodka aus Wassergläsern. Schluck. Schluck.“

„Hast du nicht gesagt, du bist am Mittwoch auch im Prawda gewesen, bevor wir uns im Lindy's getroffen und von Annas Tod erfahren haben? Da, mein Lieber, warst du stocknüchtern. Kein Wodka?“

Johnson blickte sie zornig an.

„Komm mir nicht so.“ Er wischte ihren Arm mit einer ärgerlichen Bewegung weg. „Mir reicht's, ich will ins Bett“, sagte er. Seine Hand suchte Halt am Tresen.

Mammen fasste ihn unter, verabschiedete sich von Carole und Dardis, bedankte sich für ihre Hilfe und sagte, er würde sich freuen, sie zu sehen, wenn sie einmal nach Deutschland kämen.

Er bugsierte Johnson zu einem Taxi, hievte ihn rein.

Harold Dardis sagte zu Carole: „Er war im Prawda und nicht besoffen? Das hat noch keiner geschafft, da nüchtern wieder rauszukommen.“

„Ich wunderte mich auch“, erwiderte Carole. „Normalerweise ist Nunnally nicht der Typ, der ein Glas stehen lässt.“

„Um welche Uhrzeit habt ihr euch an jenem Abend getroffen?“, fragte Dardis.

„Verabredet waren wir um 21 Uhr, aber er kam zwanzig Minuten zu spät. Warum?“

„Nach den Ermittlungen der Polizei ist Anna Hansen um 20.37 Uhr gestorben.“

„Was willst du damit sagen?“

„Ist nur so eine Idee“, sagte Dardis. „Wie der Sozialismus.“

SECHSTER TAG

Montag

1.

Für amerikanische Verhältnisse schmeckte der Kaffee sogar recht brauchbar, aber er war nicht annähernd gut und stark genug, um den Hornissenschwarm in Mammens Kopf zu vertreiben.

Lustlos verdrückte er seinen Lachs-Bagel, trank Orangensaft aus einer Plastikflasche. Das Café, für das er sich für sein Frühstück entschieden hatte, lag dem Hotel gegenüber und bestand aus vier Tischen mit schmierigen roten Wachsdecken, zwölf Stühlen, vier Backblechen mit süßen Teigwaren und einem Inder, der unablässig die Espressomaschine quälte.

Mammen wickelte die Reste des Bagels in die Serviette und warf beides zusammen mit dem leeren Kaffeebecher und der Orangensaftflasche in den Mülleimer neben dem Ausgang. Über die 7th Avenue rauschte der Montagmorgenverkehr.

Ihm blieb noch reichlich Zeit, bis er zum Flughafen aufbrechen musste. Er ging mit der *New York Times* unter dem Arm zum Central Park, setzte sich auf eine Bank bei den Droschken und atmete den Geruch der Pferde, der kräftig und so anders war als der typische New-York-Geruch.

Bevor er das Hotel verließ, hatte er sich die Telefonnummer der *Savannah Morning News* herausgesucht und in seinem Handy gespeichert. Jetzt hielt er die Zeit für gekommen, mit Steven Whitehead zu sprechen, dem Autor der Voodoo-Geschichte – vorausgesetzt, die Redaktion war schon besetzt und Whitehead im Büro. Einen Privateintrag von Whitehead gab es nicht, jedenfalls nicht in Savannah.

Mammen hatte Glück. Und Pech.

Die Dame in der Telefonzentrale verband ihn zwar mit der Lokalredaktion, doch was er dort vom Ressortleiter erfuhr, war wenig erfreulich. Steven Whitehead arbeitete nicht mehr bei der *Savannah Morning News*. Ein Verkehrsunfall. Vor zehn Tagen. Keiner weiß, wie es passiert ist. Ja, sofort tot. Betrunken? Nein, kein Alkohol. Von der Straße abgekommen. Keine Bremsspuren. Polizei ermittelt. Zeugen? Nein. Es ist nachts passiert, wenig befahrene Straße. Aus heiterem Himmel. In der Redaktion sind noch alle geschockt. Hervorragender Reporter. Beliebter Kollege. Hatte das Zeug zu was Größerem. Immer hilfsbereit. Familie? Eine Schwester, lebt in Burbank.

Nach dem Telefonat blieb Mammen noch einen Augenblick wie gelähmt sitzen und schaute den Joggern, Hundesittern und Radfahrern zu, die im Central Park ihre vertrauten Runden drehten. Dann stand er auf und ging zum Hotel.

Wenig später fuhr er zum letzten Mal an den weißen Zelten der Fashion Week vorbei. Das Taxi hielt vor dem Bryant Park Hotel, wo einige Frauen mit Trolleys, Kleidersäcken und Einkaufstüten von Barneys, Saks und Bloomingdales auf ihren Transport zum Flughafen warteten. Er stieg aus, um Charlotte Stegemann abzuholen.

2.

Seine Geduld hatte sich verflüchtigt. Tonyo Kountché musste sich eingestehen, dass er von Stunde zu Stunde nervöser wurde. Er war mit der Absicht nach New York gekommen, die Angelegenheit, die ihn bedrückte, so schnell wie möglich zu erledigen, doch die Umstände – oder war es einfach nur Pech? – zwangen ihn, ein paar Extra-Runden zu drehen, auf die er gern verzichtet hätte. Mit der freundlichen Empfangschefin an der Rezeption des Four Seasons Hotel hatte er ausgehandelt, dass er, gegen einen Aufschlag auf den Übernachtungspreis, ein paar Stunden länger in seiner Suite bleiben durfte, als die offizielle Abreisezeit vorsah. Sein Flugzeug ging erst am Abend.

Er saß mit einem T-Bone-Steak, grünen Bohnen und Schmorkartoffeln am Esstisch und sah sich, um die Zeit zu totzuschlagen, im Fernsehen auf HBO einen Kriegsfilm an. Hubschrauberangriff auf ein Vietcong-Lager. Brennende Bambushütten. Schießende Männer. Schreiende Frauen. Weinende Kinder. Viele Tote.

Seine Toten, das waren Eric Pigani, Jill Bright, Garry Lindquist und ein Reporter aus Savannah. Dass sie vergeblich gestorben waren auf seiner Suche nach dem Foto, ließ ihn kalt. Er bedauerte lediglich, dass ihr Ableben ihn keinen Schritt weitergebracht hatte. Deshalb musste er heute eine weitere Reise antreten, um an sein Ziel zu gelangen. Der neuerliche Aufbruch widerstrebte ihm, aber er war unvermeidlich, weil er die Verantwortung niemandem anderen aufbürden wollte.

Ein Vietkong schlitzte dem besten Freund des Hauptdarstellers die Kehle auf.

Das Steak war ausgezeichnet.

SIEBTER TAG

Dienstag

1.

Hamburg, Flughafen Fuhlsbüttel. Selbstverständlich gehörte der erste Koffer auf dem Gepäckband Charlotte Stegemann. Typisch, dachte Mammen, der sich beim Einchecken in New York ans Ende der langen Schlange am Economy-Schalter hatte stellen müssen, wo er erst nach 50 quälenden Minuten an die Reihe kam, während Charlotte am Business-Schalter nach zwei Minuten abgefertigt war.

Die Nacht in dem engen Sitz, das Schreien des Babys auf dem Arm der überforderten Mutter neben ihm und die weinselig aufgeregte Männerclique aus dem Rheinischen, die während des ganzen Fluges Nachschub orderte und immer angeheiterter und lauter geworden war, hatten ihn kaum schlafen lassen. Der Jetlag setzte bei ihm bereits Stunden vor der Ankunft ein. Seine Muskeln schmerzten, die Knochen knackten. Die schlechte Luft in der Kabine gab ihm endgültig den Rest.

Jetzt stand er, blass und bärtig, das Gesicht derangiert, am Gepäckband neben Charlotte Stegemann, die, dank der Segnungen der Business-Class, aussah, als käme sie aus einem Beauty-Salon: Rote Lippen, frisches Make-up, nicht den kleinsten Schatten unter den Augen. Zum Frühstück verwöhnt mit exotischen Früchten, warmen Brötchen und heißem Kaffee aus Porzellantassen.

Mammen war sauer, aber Charlotte konnte nichts dafür, dass der *Arena*-Chefredakteur aus Einsparungsgründen angeordnet hatte, alle Reporter hätten nur noch Economy zu fliegen, selbst auf Langstrecken.

Sie musterte ihn von oben bis unten und konnte es sich nicht verkneifen: „Lange Nacht gehabt?“ Ein entzückendes Lächeln begleitete ihre Worte.

„Dafür bezahlst du das Taxi“, erwiderte Mammen mürrisch. „Das können wir uns nämlich auch nicht mehr leisten.“

„Ich fürchte, dann musst du den Bus nehmen. Ich habe nicht vor, in den Verlag zu fahren. Ich will duschen, nein, baden, lange, so lange wie möglich, in heißem Wasser. In sehr, sehr heißem Wasser.“

Eigentlich hatte er das erwartet. Es gab nur wenige Kollegen, die nach einer langen Reise und einem Nachtflug gleich in die Redaktion fuhren, aber er hatte gute Erfahrungen damit gemacht, so gute, dass er nie auf die Idee gekommen wäre, etwas daran zu ändern. Bei der Arbeit konnte er den Jetlag vergessen und sich dem neuen Rhythmus leichter anpassen.

„Du könntest mir einen Gefallen tun“, sagte sie. „Willst du?“

„Kommt darauf an“, erwiderte er.

„Du hast in New York sicher viel mehr Material gesammelt als das, wovon du mir erzählt hast. Ich übrigens auch.“

„Konkurrenz belebt die Konjunktur.“

„Wenn deine Serie fertig ist, würdest du mir den Rest deiner Informationen für mein Buch überlassen? Natürlich gegen ein anständiges Honorar.“

„Sie sind gut, das wird teuer.“

„Wenn sie es wert sind.“

„Na, dann lies mal die nächste Ausgabe von *Arena.* Ein kleiner Vorgeschmack.“

Mammen half ihr, den großen Rollkoffer vom Band zu heben. Sie riss das Priority-Baggage-Label ab, zog den Griff aus der Halterung, küsste Mammen links und rechts auf die Wange und sagte spöttisch:

„Bis dein Zeug kommt, ist es sicher Mittag."

Dann wandte sie sich um und strebte mit kleinen schnellen Schritten auf den grünen Zollausgang zu.

Sein Zeug kam nach 25 Minuten.

Der erste Kollege, dem er in der Redaktion über den Weg lief, war sein erklärter Liebslingsfeind, Helmut Brunkwein, stellvertretender Chefredakteur, Nervensäge und Oberpedant in Personalunion. Was Walter König an diesem Brunkwein so schätzte, hatte Mammen nie herausgefunden. Eigentlich konnte es nur so sein, dass die beiden eine gemeinsame Leichenhalle im Keller hatten und der eine auf den anderen angewiesen war oder beide gingen Hand in Hand den Bach runter. Vor Jahren waren sie zusammen von einem Münchner Konkurrenzblatt zu *Arena* gewechselt und hatten Mannschaft und Auflage auf Vordermann gebracht.

Brunkwein ging auf die Sechzig zu, trug einen Anzug von der Stange und wie immer eine Fliege, diesmal eine grüne mit schwarzen Punkten, und blank polierte Budapester Schuhe. Die wenigen Haare legte er jeden Morgen ordentlich von links nach rechts über den Kopf, der auf einem überlangen Hals saß. Brunkwein wirkte keinen Deut entspannt, aber das tat er nie.

„Urlaub beendet?", fragte er und blieb mit stumpfem Gesichtsausdruck vor Mammen stehen.

Mammen hatte befürchtet, dass ihr Gespräch diese Richtung nehmen würde.

„Ich habe überlegt, damit aufzuhören, mal sehen, ob er mir fehlt."

Brunkwein machte eine Pistole aus Daumen und Zeigefinger und zielte auf Mammen.

„Deine Spesenabrechnung sehe ich mir sehr genau an."

„Hat dir schon mal jemand gesagt, dass du ständig zur falschen Zeit ins Bild stolperst?“

„An dir ist ein Komiker verloren gegangen, Mammen“, sagte Brunkwein und schaute auf seine Uhr.

„An dir nicht“, erwiderte Mammen. „Ist der Don im Haus?“

„Interviewt mit Heinlein in Berlin den Verteidigungsminister. Sie kommen erst morgen zurück.“

„Hat er dich wieder nicht mitgenommen?“ Mammen konnte es nicht lassen, Brunkwein aufzuziehen. Es war wie ein innerer Zwang.

„Wir sehen uns später“, sagte Brunkwein und machte kehrt.

„Nicht nötig“, rief Mammen ihm nach.

Auf dem Schreibtisch in seinem winzigen Zimmer, das auf die Alster hinausging, stapelten sich die ungelesenen Zeitungen und Magazine der letzten Woche. Er nahm sie und warf sie allesamt in den Papierkorb, setzte sich hin, zündete sich eine Zigarette an und griff zum Telefonhörer.

„Hallo Carla!“, sagte er, als seine Frau sich meldete. „Ich bin wieder da. Ist bei dir und Tammy alles in Ordnung?“

„Nein, ist es nicht“, sagte seine Frau leise. „Du fehlst ihr. Sie versteht nicht, warum ich dich verlassen musste.“

„Das musstest du nicht.“

„Warst du erfolgreich?“

„Wie man's nimmt ... Hast du Lust, heute Abend mit mir zu essen?“

„Ich habe schon eine Verabredung. Morgen würde es mir besser passen.“

„Ein anderer Mann, von dem ich nichts weiß? Du kannst es mir sagen.“

„Ja.“

„Ja, was?“

„Ein anderer Mann.“

Er schwieg.

„Mein Vater“, sagte Carla nach einer kurzen Pause. „Ich glaube, er will mit mir über uns reden. Er macht sich Sorgen um mich. Pass auf dich auf. Bis morgen.“

Verdammter Schlamassel, dachte Mammen, alles geht den Bach runter. Und wozu der ganze Stress?, dachte er. Hierhin und dahin, dachte er, schreiben und wieder weg. Und als Belohnung Brunkwein und Konsorten, dachte er. Was für ein Leben.

Er packte einen neuen Zehnerstapel gelber Schreibblöcke aus, die er sich aus Amerika schicken ließ, und begann, sich Notizen zu machen. Eine Stunde lang schrieb er die Struktur für die nächsten Folgen der Serie über Anna Hansen, versah Unklarheiten mit Fragezeichen und formulierte, wo es sich anbot, bereits vollständige Absätze.

Dann rief er Vanessa von Samson an und verabredete sich mit ihr in der Kantine zum Mittagsessen. Bevor er hinunterging, schaute er im Intranet auf den Speiseplan der Woche. Kohlrouladen mit Kartoffelbrei, chinesische Reispfanne oder Apfelpfannkuchen.

Vanessa von Samson saß bereits vor einem großen Salatteller, als er sich mit seinem Tablett zu ihr setzte. Ihr gewaltiger Busen wölbte sich bis über den Tellerrand und drohte, dem Mozzarella auf ihrem Salat in die Quere zu kommen. Der Busen war das Größte an ihr, alles andere war klein. Sie selbst war es auch.

„Ich könnte ihn ermorden“, sagte sie und versuchte wütend, ein Salatblatt auf die Gabel zu spießen. „Ich hasse, hasse, hasse ihn!“

„Brunkwein?“

„Weißt du, was er gemacht hat? Die Geschichte über die Schmiergelder bei den Hamburger Werften – du erinnerst dich? Heute Morgen sagt er mir, meine Recherche sei unzureichend. Unzureichend hat er gesagt. Was ist denn das für ein Wort? Jetzt will er die Story jemandem anderen geben. Mit dem bisherigen Material, sagt er, könne er keine Geschichte machen. Als ob *der* je eine Geschichte gemacht hätte!"

Sie bebte vor Zorn. Auf ihrem Gesicht bildeten sich rote Flecken. Mammen legte beruhigend seine Hand auf ihren Arm.

„Du kennst ihn doch", sagte er. „Wenn er nicht rumnörgeln kann, wird er krank."

„Brunkwein wird nie zulassen, dass ich große Reportagen schreiben darf", sagte sie und knallte resignierend ihr Besteck auf den Teller.

„Lass mich mal machen. König trifft die Entscheidungen, der hört auf mich ... Und jetzt erzähl mir, was es Neues von Remstedt gibt. Gibt es was Neues?"

„Arschloch! ... Nein, nicht du ... Also, Remstedt ist tatsächlich vor kurzem in New York gewesen."

Mammen wurde hellhörig.

„Bist du sicher?"

„Ungefähr sechs Wochen vor Annas Tod. Ich habe mit ein paar Leuten von Delta Vista Production gesprochen, die mit Remstedt einen Mehrteiler über das Leben von Erich Maria Remarque planen. Und jetzt pass auf: Remstedt hat sich verpflichtet, drei Viertel des Films selbst zu finanzieren. Wie hört sich das an? Zur fraglichen Zeit sagte er einen Termin für eine Drehbuchbesprechung mit der Begründung ab, er müsse überraschend nach New York, weil es Probleme mit den Nachlassverwaltern von Remarque gebe, die er nur vor Ort klären könne. In der Branche wird bereits kolportiert, Remstedt habe sich hoch verschuldet, um diesen Film zu machen. Die Kosten für die Pre-Production laufen aus dem Ruder, und mit dem Skript ist er auch noch nicht so weit. Dabei wollen sie in wenigen Wochen anfangen zu drehen."

„Hast du mit Remstedt darüber gesprochen?“

„Ich hab’s mehrmals versucht. Er geht nicht ans Telefon und die Tür macht er nicht auf.“

„Hast du es auf seinem Handy probiert?“

„Die Nummer wollte man mir nicht geben.“

„Gutes Mädchen“, sagte Mammen. „Und jetzt iss deinen Salat auf. Mit Brunkwein werde ich schon fertig.“

„Was hast du jetzt vor?“

„Ich fahr mal zu Remstedt.“

„Er wird dich nicht reinlassen.“

„Das werden wir ja sehen.“

Remstedt wohnte in der Wiesenstraße in Hamburg-Winterhude. Zwanzig Minuten später klingelte Mammen an seiner Tür. Nichts geschah. Als auch der fünfte Versuch vergeblich blieb, klickte er auf das Telefonbuch seines Handys und wählte die Nummer, die Remstedt ihm in New York gegeben hatte. Nach dreimaligem Rufton meldete er sich und schien nicht nur wenig überrascht, sondern sogar erfreut zu sein, Mammens Stimme zu hören.

„Wie geht’s denn so?“, sagte er. „Die Geschichte schon im Sack?“

„Ich steh vor deiner Tür. Kann ich reinkommen?“

„Was tust du denn da? Ehrlich gesagt, ich hab überhaupt keine Zeit. Ich bin mit meinem Drehbuch im Hintertreffen, darum lege ich ein paar Sonderschichten ein.“

„Gehst du deshalb nicht ans Telefon?“

„Hast du einen besseren Vorschlag, wenn du ungestört sein willst?“

„Ich weiß, dass du vor Annas Tod in New York gewesen bist.“

Mammen machte eine Pause, um die Wirkung seiner Worte zu prüfen.

Remstedt schwieg.

„Warum hast du mir nichts davon erzählt? Was wolltest du in New York? Und warum hast du deine Frau Hals über Kopf einäschern lassen? Sie wollte nicht eingeäschert werden."

Remstedt antwortete nicht.

„Hast du mich verstanden?", hakte Mammen nach.

Immer noch Schweigen. Dann surrte der Türöffner.

Es war eine helle Drei-Zimmer-Wohnung mit Parkett und hohen Decken im zweiten Stock. Remstedt führte Mammen ins Wohnzimmer, das gleichzeitig sein Arbeitszimmer war. Vor einem hohen Fenster stand ein großer amerikanischer Aluminiumschreibtisch mit einem braunen englischen Noppenleder-Drehstuhl; die Kombination passte ungefähr so gut zusammen wie George Clooney und Winston Churchill, sah aber bequem aus. Das Powerbook auf dem Schreibtisch war aufgeklappt und eingeschaltet, daneben lagen Berge von beschriebenem Papier und jede Menge Bücher mit gelben Post-its. Neben den Büchern standen zwei Bilderrahmen. In dem größeren steckte ein privates Schwarz-Weiß-Bild von Anna Hansen, in dem anderen die Fotografie eines lachenden Babys mit Grübchen um den Mund und fröhlichen blauen Augen.

„Ich glaube, es wird länger dauern, oder?", sagte Remstedt. „Also setz dich schon hin. Kaffee?"

Mammen nickte.

„Du schreibst einen Remarque-Film", sagte Mammen und deutete auf den Computer.

„Wenn es bloß das wäre", entgegnete Remstedt und drückte ihm einen roten Becher in die Hand. „Ich produziere ihn auch. Hätte ich geahnt, dass wir derartige Probleme bekommen, hätte ich die Finger davon gelassen. Zum ersten Mal in meinem Leben habe ich Schulden, richtige Schulden, sage ich dir. Einige hunderttausend Euro sind schon weg, und wir stehen erst am Anfang."

„Davon habe ich gehört", sagte Mammen und sah ihn scharf an. „Es heißt, du bist kürzlich wegen des Films in New York gewesen."

„Wer sagt das?"

„Ist da was dran?"

„Wer das sagt, hab ich gefragt."

„Delta Vista."

„Muss ich eigentlich mit dir reden?"

„Musst du nicht. Aber dein Besuch in den Staaten dürfte die Polizei in New York interessieren."

„Willst du mich unter Druck setzen? Dann mach, dass du rauskommst", sagte Remstedt. „Die Polizei weiß es nämlich längst. Von mir, falls es dich interessiert."

„Der Mann mit der Lederjacke. Ich verstehe."

„Was?"

„Schon gut. Warum hast du Anna einäschern lassen?"

„Können wir bitte eins nach dem anderen abhaken?"

Remstedt sagte, in Wahrheit sei er wegen Anna nach New York geflogen. Es sei eine dieser spontanen Entscheidungen gewesen, wie man sie manchmal im Leben trifft, ohne großartig darüber nachzudenken. Silke Steinhoff habe ihm zuvor von Annas Besuch in Hamburg erzählt und von ihrer Absicht, ihn zu sehen. Silke Steinhoff sagte ihm auch den Grund, warum Anna sofort wieder abgereist war.

„Ich wollte Anna alles erzählen, persönlich, so viel war ich ihr schuldig. Ich habe nie ein Geheimnis aus meiner neuen Beziehung gemacht, deshalb war ich sogar ein bisschen überrascht, dass Anna nicht schon früher davon erfahren hat, sondern erst durch Silke, als sie bereits hier in Hamburg war. Ich hätte es ihr sagen müssen, und das wollte ich nachholen.

Bevor ich abreiste, überlegte ich, ob es richtig wäre, Anna vorher anzurufen. Doch ich kannte sie gut genug um zu wissen, dass sie mir aus dem Weg gehen würde, wenn sie gewusst hätte, dass ich komme. Für sie lagen die Dinge ja klar auf der Hand: Ich hatte eine neue Freundin, die ich heiraten wollte. Was gab es darüber zu reden? Es war also der ideale Zeitpunkt, ein für alle Mal klare Verhältnisse zu schaffen. Und genau das hatte ich vor."

„Ich höre immer nur Frau", sagte Mammen. „Hat deine Zukünftige auch einen Namen?"

„Willst du mich verarschen?" Remstedt sah ihn verblüfft an. „Du kennst sie doch längst. Hat sie denn nichts davon gesagt?"

„Wer denn, zum Teufel?"

„Charlotte."

Mammen war sprachlos.

„Charlotte Stegemann? In New York habe ich davon nichts gemerkt", sagte Mammen.

„Konntest du auch nicht. Wir reden nur noch das Nötigste miteinander."

„Ich dachte, ihr wollt heiraten?"

„Das war, bevor ich Anna in New York getroffen habe. Willst du jetzt die ganze Geschichte hören oder weiter Fragen stellen?"

„Mach schon."

„Am Tag meiner Ankunft in New York hatte das Flugzeug stundenlang Verspätung wegen eines heftigen Sturmtiefs über der Ostküste. Als mich das Taxi gegen halb zwei Uhr morgens endlich vor Annas Haus in der Prince Street absetzte, war ich komplett erledigt. Hoffentlich, dachte ich, ist sie zu Hause. Ich brauchte dringend eine heiße Dusche und verspürte keine Lust, um diese Zeit nach einem Hotel zu suchen.

Ich drückte die Klingel neben dem Schild mit dem Namen *Anna Bee* und wartete. Durch die Sprechanlage hörte ich ihre Stimme, blechern und müde.

– Tut mir leid, wenn ich dich geweckt habe, sagte ich, – aber es ist wichtig. Darf ich raufkommen?

Es dauerte eine Weile, bis sie begriff.

– Uli? ... Was tust du hier? ... Ich ... Es geht im Moment nicht ... Himmel, was machst du denn in New York?

Mein Gott, diese Stimme! Immer war ihre Stimme das, was ich am erotischsten an ihr gefunden habe. Sie mochte es, wenn ich ihr sagte, ihre Stimme, so weich, so warm, so vertraut, treibe mich in den Wahnsinn.

– Du hast zu mir gewollt, antwortete ich. – Warum hast du es dir anders überlegt?

– Die Voraussetzungen hatten sich geändert.

– Bitte, ich bin hier, um mit dir darüber zu reden. Mach die Tür auf!

– Ich kann dich nicht hereinlassen.

– Hast du Besuch?

Sie zögerte mit der Antwort, schließlich sagte sie:

– So etwas Ähnliches.

Verdammter Mist, dachte ich, wäre ich doch in Hamburg geblieben. Nun stand ich im strömenden Regen auf einer kleinen miesen Straße in Manhattan, mit der wenig verlockenden Aussicht, mich gleich auf die Suche nach einem Nachtquartier zu begeben, weil meine Frau einen Mann in ihrer Wohnung hatte und mich nicht reinlassen wollte. Es kostete mich einige Mühe, das zu verkraften.

– Dann morgen früh, schlug ich vor. – Ich hole dich um zehn Uhr ab. Gute Nacht!

– Dann bin ich nicht mehr hier.

– Wie meinst du das?

– Ich fliege für zwei Tage zum Geburtstag einer Freundin nach Chicago.

– Dann lass uns jetzt reden, Anna. Bitte!

– Uli, versteh doch, es geht nicht.

– Was gibt es da zu verstehen? Ich bin nass bis auf die Knochen, und wenn das noch länger so geht, schwimme ich weg und verschwinde im nächsten Gully."

– Sei mir nicht böse ... Kannst du um sieben Uhr kommen und mich zum Flughafen bringen?

– Was?

– Zum Flughafen.

Ich sah auf die Uhr. Beinahe zwei Uhr.

– Du machst mir Spaß. Ich hab noch nicht einmal ein Bett und soll schon wieder aufstehen? Kannst du nicht einfach ... ich meine ... deinen Besucher ... kannst du ihn nicht wegschicken?

– Bei mir ist kein Mann, sagte sie. Und nach einer kurzen Pause. – *Du* warst mein Mann. Ich war in Hamburg, um dich zu fragen, ob du es wieder sein möchtest, so wie früher, als wir glücklich waren. Weißt du, ich war nämlich glücklich mit dir und dachte, wenn wir ... deshalb habe ich dich gesucht. Ich wusste nichts von dir und Charlotte und ...

Dann hörte ich sie weinen.

– Anna, lass mich rein. Es ist doch albern, dass wir über diese verdammte Sprechanlage miteinander reden. Bitte, sonst hole ich mir noch ein Frauenleiden.

Ich wollte witzig sein, weil es immer geholfen hat, wenn Anna traurig war, doch diesmal brachte es mich keinen Schritt weiter. Ich wusste, dass sie noch da war und mich hören konnte, deshalb rief ich immer wieder ihren Namen. Zwischendurch hörte ich sie schluchzen.

Langsam schlich die Kälte durch meinen Körper und breitete sich darin aus. Ich beschloss, den Rückzug anzutreten und mir ein geöffnetes Restaurant zu suchen, wo ich die Zeit bis sieben Uhr totschlagen und vielleicht ein Nickerchen machen konnte. Ich klappte den Kragen meines Mantels hoch und sagte:

– Also gut, ich komme morgen früh wieder. Schlaf gut, Bee.

Bee, das hatte ich eine Ewigkeit nicht zu ihr gesagt, vielleicht war es dieses Wort, das der Situation eine überraschende Wendung gab.

Die Tür sprang auf. Während ich im Lift nach oben fuhr, überkam mich eine seltsame Unruhe. Die Erregung wuchs mit jedem Augenblick. Diese Gefühlsmischung aus panischer Angst, gespannter Vorfreude und sinnlichem Verlangen war mir vertraut. So hatte ich mich nur drei Mal in meinem Leben gefühlt: Als ich Anna auf dem Schulhof zum ersten Mal begegnete und kein Mädchen mehr in ihr sah, sondern eine Frau, die ich begehrte. Das zweite Mal, bevor ich sie, Jahre später, in einer Sommernacht, zur Frau machte und das dritte Mal, als ich sie bat, mich zu heiraten.

Ich sah in den Spiegel, der eine Wand des Fahrstuhls einnahm. Meine Haare waren nass, ich hatte dunkle Ringe unter den Augen, überhaupt sah ich ziemlich abgerissen aus mit meiner durchnässten Jacke und der zerknitterten Reisetasche.

Oben stand die Tür zu Annas Wohnung halb offen, sie selbst war nirgends zu sehen. Ich trat ein. Laute Musik. Brian Ferry sang „Fool for Love“. Im Kamin brannte ein Feuer. Vor dem Kamin lagen Ordner mit Zeitungsausschnitten und Fotoalben. Ein beinahe leeres Glas Orangensaft ließ darauf schließen, dass Anna eben noch dort gesessen hatte. Ich stellte meine Tasche ab und zog meine Jacke aus. Meine Hände waren klamm, es kostete mich einige Mühe, sie aus den Ärmeln zu befreien.

Seit ich vor vielen Jahren in dieser Wohnung gelebt hatte, hatte sich kaum etwas verändert, nur der Altar, auf dem zwei weiße Kerzen brannten, war damals noch nicht da gewesen.

– Ich komme gleich, rief Anna aus dem Bad.

Ich streifte meine Schuhe ab, kniete mich vor den Kamin und hielt meine Hände gegen die Flammen, bis sie zu kribbeln anfingen. Neben den knisternden Holzscheiten sah ich die Überreste verbrannter Bilder. Ein beinahe vollständig erhaltenes Foto war bis auf den Boden des Kamins gefallen, wo die Flammen es nicht erreichten, aber die Hitze ließ es bereits wellig werden. Ich nahm den Feuerhaken und zog es vorsichtig heraus. Anna hatte das Foto von mir auf der Klassenfahrt nach Cork in Irland gemacht.

Auf dem Boden lagen mehrere Fotoalben; aus einem waren sämtliche Bilder herausgelöst und offenbar ins Feuer geworfen worden. Am Einband erkannte ich, dass es jenes Album war, in dem Anna die Bilder von unserer Clique und von mir aufbewahrte. Daneben lag das Album, in dem sich unsere Familienfotos befanden: Bilder von unserer Hochzeit, von unserem Haus, Bilder von Marie, von Anna, von mir und von uns dreien am Tag, als ich Anna und Marie aus dem Krankenhaus holte.

Ich hörte ein Geräusch und drehte mich um. Anna kam aus dem Bad. Sie trug enge Jeans mit Schlag und ein weißes T-Shirt. Ihre Haare waren frisch gekämmt und glänzten seidig.

– Hallo, Bee, sagte ich.

– Hey, du, sagte sie leise und lächelte ein wenig.

Ich zeigte auf die Alben und das Feuer. – Was machst du da?

– Ich sagte doch, dass ich nicht alleine bin.

Sie kniete sich neben mich auf den Teppich, klappte ein Album auf und zog ein Bild aus den Klebeecken. Auf dem Bild war ich zu sehen, in einer albernen schwarz-rot karierten

Badehose, in jeder Hand eine Dose Bier und eine Zigarette zwischen den Lippen.

Mit einem tiefen Seufzer warf sie das Bild in die Flammen.

Ich sah, wie das Foto Feuer fing und sich wellte. Wie es zerfiel. Die heiße Luft hielt die kleineren Stücke in der Schwebe.

– Du warst vorhin schon bei mir, sagte sie. – Bevor du gekommen bist. Das habe ich damit gemeint, als ich sagte, ich bin nicht allein. Du warst schon mein ganzes Leben lang bei mir, aber ich habe es nicht immer gewusst.

– Und jetzt willst du ein Ende machen? Glaubst du, das geht?, fragte ich.

– Warum bist du hier?, fragte sie.

– Warum warst du in Hamburg?

Anna stand auf, ging zum Altar und kam mit einem kleinen Plastiktütchen zurück. Sie hielt es mir hin und sagte:

– Das war für dich.

– Was ist das?

– Hat Charlotte dir nichts gesagt?

– Sie hat mir nur von eurer Zeit in Savannah erzählt.

– Ja, ich verstehe, sagte Anna. – Natürlich. Warum hätte sie dir auch erzählen sollen, dass ich in Savannah war, um mir einen Zauber zu besorgen, der ihr vielleicht den Freund wegnehmen würde?

– Sie hat gesagt, du wärst wegen deiner Krankheit in Savannah gewesen.

Dann erzählte Anna die ganze Geschichte und als sie zu der Stelle kam, wo sie sich die Schamhaare abrasiert und zerkleinert hat, musste sie lachen, aber gleich darauf wurde sie wieder ernst.

– Dieses Mal wollte ich es ohne Voodoo probieren. Ich ließ den Zauber hier, als ich nach Deutschland flog, und du siehst, ohne Zauberei funktioniert es nicht mit uns.

Sie warf die Tüte in die Flammen.

– Gut so, ermunterte ich sie. – Wirf es weg. Wirf das ganze verdammte Zeug einfach weg. Du hast diesen Spuk nämlich nicht nötig.

– Irgendwo muss es noch mehr davon geben, sagte sie. – Als ich die Tüte nach Savannah das erste Mal wieder herausholte, fehlte ein Teil des Inhalts. Ich bin mir absolut sicher.

– Was hattest du damit vor?, fragte ich.

– Ich wollte dir etwas davon in den Kaffee schütten, wenn ich die Gelegenheit dazu gehabt hätte.

– Warum, Bee?

– Weil ... ich ...

– Was ist so schwer?

– Weil ... ich ... ich ... dich immer noch lieb habe.

– Weißt du, dass du das noch nie zu mir gesagt hast? Wir waren ziemlich lange zusammen, aber du hast es nicht ein einziges Mal gesagt.

Sie nahm meine Hand, sah sie einen Augenblick lang an und legte sie an ihre Wange.

– Die schönsten Hände der Welt, sagte sie. – Und die wärmsten.

Dann nahm sie auch die andere Hand und schmiegte ihr Gesicht in beide Hände.

– Halt mich fest, flüsterte sie. – Kannst du das?

Bild auf Bild jagte durch meinen Kopf. Wie viele Männergesichter hatte sie so zwischen ihren Händen gehalten? Vielleicht wäre es mir gleichgültig gewesen, wenn ich Anna nicht zusammen mit diesen Männern in den Magazinen gesehen hätte. Wenn ich ihre Gesichter nicht gekannt hätte.

Ich zog meine Hände zurück. Anna sank auf den Teppich und sagte:

– Oh ... wie dumm von mir ... Ich musste dich nur einfach noch einmal berühren ... Charlotte ... ich meine ... sie hat großes Glück, dass sie dich bekommt.

Dann legte sie ihren Kopf auf die Seite und sah mich nachdenklich an.

– Es ist doch wegen Charlotte?

In diesem Augenblick wirkte sie so verletzlich, dass ich sie am liebsten in den Arm genommen hätte, doch eine innere Stimme hielt mich zurück.

– Es ist doch wegen Charlotte?, fragte sie erneut.

Ich sagte, ja, es sei wegen Charlotte.

Sie stand auf, legte eine CD von Art Blakey in die Hifi-Anlage und holte zwei Cola aus dem Kühlschrank.

Draußen regnete es ununterbrochen weiter. Die Tropfen klatschten gegen die Fenster. Die Wolkenkratzer sahen aus, als würden sie von einem Wasserfall überflutet.

– Ich bin froh, dass du da bist, sagte Anna.

– Ich auch, sagte ich.

Sie klappte eines der Fotoalben auf. Wir legten uns auf den Bauch und blätterten langsam die Seiten um.

Erstaunlicherweise gab es darin kaum Bilder von Annas Karriere, nur einige Fotos von ihren Werbekampagnen für die großen Designermarken, keine privaten Aufnahmen aus der Zeit nach unserer Trennung. Es gab nur Bilder von Anna, Marie und mir.

Ich wollte wissen, wo die anderen Bilder aus ihrem Leben geblieben seien.

Anna zeigte auf das Kaminfeuer. „Die habe ich zuerst ins Feuer geworfen. Sie bedeuten nichts. Jetzt musst du mir dabei helfen, auch den Rest zu verbrennen. Würdest du das für mich tun? Wir haben es gemeinsam angefangen und jetzt beenden wir es gemeinsam.

Ich stand auf.

– Das kann ich nicht.

– Jetzt ist der Augenblick, wo ich dich brauche. Du hast gesagt, du würdest kommen, wenn ich dich brauche, erinnerst du dich? Jetzt ist es so weit. Hilf mir!

Und wie sie so dastand, verschwand vor meinen Augen das sagenhafte Übermodel, deren Antlitz und Anmut der Welt und eine Zeitlang auch mir gehört hatten. Hervor trat wieder das siebzehnjährige Mädchen, dessen Hingabe mich überwältigte, wie es nie zuvor und nie danach eine Frau getan hat."

„Hast du mit ihr geschlafen?", fragte Mammen.

Uli Remstedt zögerte mit der Antwort.

„Ja. Aber ich war noch nicht bereit für einen Neuanfang. In Hamburg wartete Charlotte auf mich. Wir hatten Pläne.

Die letzten Stunden der Nacht verbrachten Anna und ich vor dem Feuer. Irgendwann schlief ich ein. Anna weckte mich, bevor sie zum Flughafen fuhr und sagte, sie werde auf mich warten, wenn es sein müsse, den Rest ihres Lebens.

Als sie ging, war ich verwirrter denn je. Ich ließ mir Zeit. Ich musste nachdenken, bevor ich eine endgültige Entscheidung traf, dabei kannte ich diese Entscheidung längst. Anna war nie weg aus meinen Träumen, sie war nur weg aus meinem Leben."

„Hast du gewusst, dass Anna schwanger war?"

Remstedt sagte: „Es muss in dieser Nacht in New York passiert sein. Ich habe es erst von der Polizei erfahren."

„Glaubst du", fragte ich, „sie hat es gewusst?"

„Dann hätte sie es mir gesagt."

„Wie ging es weiter?", fragte Mammen.

„In Hamburg erzählte ich Charlotte noch am Tag meiner Ankunft, was in New York zwischen Anna und mir geschehen war. Sie war sprachlos. Geschockt. Sie sagte, ich mache einen

Fehler. Anna werde immer die Anna bleiben, die sie in den letzten Jahren im Scheinwerferlicht gewesen sei. Dann hat sie mir eine gescheuert und ist auf und davon.

Ich ging nach Hause, weil ich vorhatte, Anna einen langen Brief zu schreiben, ganz altmodisch, mit allem Drum und Dran. Aber Liebesbriefe kann ich nur schreiben, wenn ich verliebt oder betrunken bin. An diesem Abend war ich beides, und mir fehlten die Worte."

„Wie hat Anna darauf reagiert, als du mit ihr über deinen Entschluss gesprochen hast, bei ihr zu bleiben?", fragte Mammen.

Remstedt kniff die Augen zu schmalen Schlitzen zusammen und senkte den Kopf.

„Anna hat es nicht mehr erfahren. Ich habe erst viel später versucht, sie zu erreichen, um mir absolut sicher zu sein, dass es richtig ist. Auf die Nachricht, die ich auf ihre Mailbox gesprochen habe, hat sie nicht reagiert. Zwei Tage später erfuhr ich, dass sie tot ist. Sie springt aus dem Fenster, weil sie vielleicht glaubt, ich hätte mich für Charlotte entschieden. Kannst du dir vorstellen, was das für ein Gefühl ist? Ich fühle mich schuldig an ihrem Tod, verstehst du? Ein Scheißgefühl ist das."

„Kommst du damit klar?", fragte Mammen.

„Nein", erwiderte Remstedt.

„Warum hast du sie einäschern lassen?"

„Weil Anna es so wollte."

„Ihr Anwalt und Nunnally Johnson sind anderer Meinung."

„Was wissen denn die? Anna hatte eine Höllenangst davor, in einem dunklen Sarg in der Erde zu liegen, vor den Maden, die kommen würden."

„Also stimmt es auch nicht, dass sie neben Marie beigesetzt werden wollte?", fragte Mammen.

„Natürlich wollte sie das, aber nicht in einem Sarg, sondern in einer Urne. Diesen Wunsch werde ich ihr erfüllen. Am nächsten Freitag ist die Beisetzung. Ich würde mich freuen, wenn du kommst."

„Kann Annas Mutter das bezeugen?"

„Die beiden haben sich nie besonders gut verstanden. Vielleicht wusste sie es, vielleicht auch nicht. Aber Silke Steinhoff und Tanja Wolfers, zwei alte Freundinnen von Anna, werden es dir bestätigen. Du kannst sie fragen, wenn du willst."

„Nunnally Johnson wusste es nicht", insistierte Mammen.

„Muss er denn alles wissen? ... Übrigens, da ist noch was."

Remstedt ging zu seinem Schreibtisch und kehrte mit einem großen Briefumschlag zurück.

„Der ist letzte Woche mit der Post gekommen. Offenbar hat Anna ihn kurz vor ihrem Tod abgeschickt."

Er zog ein vergrößertes Foto aus dem Kuvert und zeigte es Mammen.

„Sieh dir die Rückseite an, kannst du dir darauf einen Reim machen?"

Mammen sah sich die Gesichter auf dem Bild an. Immer und immer wieder. Dann drehte er das Bild um: *Lieber Uli, es ist etwas passiert. Pass bitte gut auf dieses Foto auf. Ich werde Dir später alles erklären. Anna.*

„Stimmt was nicht?", fragte Remstedt.

Abermals glitt Mammens Blick über die Gesichter: Garry Lindquist, Anna Hansen, Jill Bright, Charlotte Stegemann. Alles Gesichter, die er kannte. Auch das Gesicht von Eric Pigani war ihm vertraut; die *New York Times* hatte am Tag nach seinem Tod ein Foto von ihm veröffentlicht. Sie alle standen im Halbkreis um einen halbnackten Schwarzen herum, der das Skelett eines Ziegenkopfes vor seiner Brust trug. In der einen Hand hielt er eine Puppe, in der anderen Hand blitzte eine Messerklinge.

Augenblicklich liefen in Mammens Kopf die verborgenen Muster zu einem Szenario von absoluter Klarheit zusammen.

„Hast du Charlottes Handy-Nummer?“, fragte er Remstedt.

Ihre Mailbox war eingeschaltet. Mammen hinterließ ihr eine Nachricht und bat um ihren Rückruf. Sein nächster Anruf galt der Redaktion von *Glow.* Charlottes Assistentin teilte ihm mit, ihre Chefin sei zu ihrem Wochenendhaus am Plöner See gefahren. Nach den Schauen sei sie immer dort, um sich ein paar Tage zu entspannen. Mammen wollte wissen, wo das sei. Als die Assistentin mit ihrer Wegbeschreibung fast fertig war, unterbrach sie das Gespräch und sagte, er solle sich einen Augenblick gedulden, ihre Chefin rufe soeben auf dem anderen Apparat an.

Mammen hörte sie reden.

Anschließend teilte ihm die Assistentin mit, Charlotte Stegemann werde ihn gleich zurückrufen.

Fünf Minuten vergingen, dann klingelte sein Handy.

„Kommst du nicht weiter? Brauchst du Stoff von mir für deine Geschichte?“, fragte sie neckend.

„Ich brauche deine Hilfe, und ich glaube, du brauchst meine“, erwiderte Mammen. „Wir brauchen uns beide.“

„Ich glaube, ich kann dir nicht folgen. Willst du es mir erklären?“

„Nicht am Telefon. Kann ich zu dir rauskommen?“

Er spürte, wie sie zögerte.

„Es geht um Savannah“, fuhr er fort.

„Hat das nicht Zeit? In zwei Tagen bin ich wieder in Hamburg.“

„Was ist in Savannah passiert, Charlotte? Ich werde so lange dranbleiben, bis ich die Wahrheit herausgefunden habe.“

Er hörte, wie sie tief durchatmete.

„Also gut. Kennst du den Weg zum Plöner See?“

Mammen sagte, ihre Assistentin habe ihm den Weg beschrieben, in spätestens anderthalb Stunden werde er da sein.

Mammen steckte das Foto ein und verabschiedete sich.

2.

Wieder allein griff Remstedt zur „Bibel" und begann, darin zu blättern. Die Bibel, das war das Buch „Story" von Robert McKee, dem Skript-Genie von Hollywood, der darin die Prinzipien des Drehbuchschreibens beinahe wissenschaftlich niedergelegt hat. Er schlug die Seiten über *Story-Poesie* auf, las sie aufmerksam durch, sprang anschließend zum Kapitel *Dialoge*, denn ihm war bewusst geworden, dass seine Dialoge sich nicht wie Dialoge anhörten, sondern wie gewöhnliche Gespräche. Handlungshemmend. Banal. Und viel zu lang.

Dann suchte er die Tagebuchaufzeichnungen und Notizen von Remarque, die in der Edition eines Kölner Verlages gesammelt sind. Er brauchte sie, um den dritten Akt zu schreiben, aber er fand das Buch nirgends.

Eine Zeitlang hatten Charlotte und er, als sie noch ein Paar waren, abends in ihrer Wohnung gemeinsam an einem Tisch gearbeitet. Es gefiel ihnen, das Angenehme mit dem Nützlichen zu verbinden. Das Angenehme waren die eine oder andere Flasche Barolo, die sie dabei leerten, und die Gewissheit, später im Bett zu landen.

Charlottes Apartment befand sich in einem der neuen, rot geklinkerten Wohn- und Bürohäuser im Herrengraben beim Rödingsmarkt. Remstedt besaß immer noch den Schlüssel zu dieser Wohnung und sah nichts Unrechtes darin, sich zu holen, was ihm gehörte.

Als er die Wohnungstür aufsperrte, schlug ihm der muffige Geruch einer Wohnung entgegen, die längere Zeit nicht gelüftet worden ist. Im Flur lag ein Berg Wäsche, den Charlotte zurückgelassen hatte, bevor sie an den Plöner See weitergefahren war, daneben ein Stapel ungelesener Zeitungen. An der Garderobe hing seine alte Fliesjacke. Er nahm sie vom Bügel und legte sie sich über den Arm.

Dann ging er ins Arbeitszimmer. Nach kurzem Suchen fand er das Buch, dessentwegen er gekommen war. Neben dem Buch, halb verborgen unter vergilbten Zeitungsausrissen, entdeckte er zufällig sein altes Handy, das er seit Wochen vermisste.

3.

Aufgekratzt jagte Mammen über die Autobahn Richtung Lübeck. Der Feierabendverkehr in der City hatte ihn Zeit gekostet. Er folgte der Route mit traumwandlerischer Sicherheit, erreichte den Plöner See bei Bosau und hielt sich links davon. Kurz vor Stedtbek bog er in den schmalen Feldweg ein, der direkt zum Haus führte, das auf einem schönen Seegrundstück lag. Eine einsame Gegend. Weit und breit kein Nachbarhaus. In der Abendbrise segelten Boote vorbei. Am Ufer der anderen Seite gingen die ersten Lichter an.

Das Tor zur Auffahrt stand offen. Er fuhr bis ans Haus und parkte den Wagen vor dem Eingang. Es war ein großzügiges Wochenendhaus, weiß gestrichen, rustikal, den Winden gewachsen, die das Land zwischen den Meeren heimsuchen.

Charlotte erwartete ihn an der Tür. Sie trug einen grauen Jogginganzug und Sportschuhe und wirkte gereizt.

„Ich hoffe, du hast einen guten Grund“, sagte sie.

„Darf ich reinkommen?“

Widerwillig trat sie einen Schritt beiseite und ließ ihn vorbei, schloss die Tür ab und ging voran ins Wohnzimmer.

„Das ist mein Reich“, sagte sie. „Ich hab's nicht gern, wenn ich hier gestört werde.“

Auf dem Tisch brannte ein Stövchen.

Sie ging in die Küche, setzte Teewasser auf und kam mit einem Teller Kekse zurück.

„Also, warum bist du hier?“, fragte sie.

Mammen holte das Bild hervor und legte es, ohne Charlotte aus den Augen zu lassen, vor sie hin.

„Was habt ihr in Savannah gemacht?“, fragte er. „Es könnte sein, dass du in großer Gefahr schwebst. Du musst es mir sagen, damit ich dir helfen kann. Am Besten gehen wir gleich zur Polizei.“

„Aber deine Story ist dir wieder einmal wichtiger, hab ich Recht?“

Vielleicht hat sie Recht, dachte Mammen, vielleicht bin ich ein Story-Digger. Kann sie mir das verübeln? Davon lebe ich.

„Drei Menschen auf diesem Foto sind tot. Eric Pigani, Jill Bright und Anna Hansen.“

Dass auch Garry Lindquist inzwischen zu den Toten zählte, wusste Mammen noch nicht.

„Auf was habt ihr euch eingelassen? Erzähl mir nicht, du hast keine Ahnung. Jemand dreht durch und tötet drei Menschen, dafür muss es einen Grund geben.“

Ihr Gesicht verfinsterte sich, gebannt starrte sie auf das Bild.

„Begreifst du es denn immer noch nicht?“, setzte Mammen nach. Er wurde lauter. „Du schwebst in Lebensgefahr! Du könntest die Nächste sein. Wir müssen etwas unternehmen.“

Charlotte wischte sich mit beiden Händen über das Gesicht, um die Müdigkeit des Jetlags zu vertreiben. Stumm verharrte sie einen Moment.

„Also gut", sagte sie schließlich. „Anna hat das Bild vor einiger Zeit in ihrer Post gefunden. Ein Reporter der *Savannah Morning News*, ein gewisser Steven Whitehead, ist uns in Savannah heimlich zum Schauplatz des Voodoo-Rituals gefolgt und hat uns bei der Zeremonie fotografiert. Anna sollte ihm 100 000 Dollar für das Negativ des Fotos zahlen. Wenn sie sich weigerte, würde er das Foto an *People*, *Intouch* oder *News of the World* meistbietend verkaufen."

„Hat sie bezahlt?", fragte Mammen.

„Anna hat nur mir von diesem Foto erzählt. Ich riet ihr, die anderen vorerst aus der Sache rauszuhalten. Sie sagte, es sei ihr egal, ob das Foto in diesen Blättern erscheine oder nicht. Ich habe auf sie eingeredet, ihm das Geld zu geben, sie hatte doch genug davon, aber sie blieb stur. Das Foto hätte für jeden von uns zu einem Riesenproblem werden können. Wir arbeiten alle im Glamour-Business. Hätten unsere Kunden und Arbeitgeber erfahren, dass wir an einer solchen Zeremonie teilgenommen haben, wir hätten die längste Zeit gut gelebt."

„Du meinst, dann wärst du nicht, wie geplant, in zwei Monaten Chefredakteurin von *Glow* geworden und hättest nicht einen Haufen Kohle verdient."

„Beauty und Schwarze Magie passen nun einmal nicht zusammen. Anna war ein stures Biest ... Kann ich das Bild haben?", fragte Charlotte.

„Nein!", sagte Mammen. „Ich werde das Bild der Polizei übergeben. Die Puppen auf dem Foto sind nämlich keine Puppen, sondern echte Babys, die kurz nach ihrer Geburt getötet wurden. Habt ihr das gewusst?"

„Natürlich nicht“, erwiderte Charlotte ehrlich erschrocken. „Wofür hältst du uns? Echte Babys? So ein Quatsch!“

Charlotte ging in die Küche und holte die Teekanne und eine zweite Tasse.

„Du musst hier weg, Charlotte“, drängte Mammen. „Wir sollten in die Stadt zurückfahren, sofort. Außerdem muss ich dringend Garry Lindquist in New York anrufen, er könnte der Nächste sein. Auf seinem Handy habe ich es schon probiert, aber er meldet sich nicht.“

Er trank einen Schluck Tee und stand auf.

„Pack deine Sachen und komm!“

Charlotte blieb unbeweglich sitzen und schaute ihn ausdruckslos an.

„Setzt dich, Mike. Du wirst sowieso gleich nicht mehr stehen können.“

4.

Neben seinem Handy, von den Zeitungsausrissen vollständig verborgen, lag eine große Packung Trevilor. Remstedt fiel auf, dass es sich um das gleiche Antidepressivum handelte, das in Annas Wohnung und in ihrem Blut gefunden worden war. Er öffnete die Schachtel und stellte fest, dass vier Pillen-Lagen fehlten.

Er war irritiert. Sein Verstand versuchte zu begreifen, aber er fand keine Erklärung, die diesen Namen verdiente. Er steckte Handy und Pillen ein und ging in den Flur, wo auf einer weiß gestrichenen Kommode eine Schale mit Charlottes Schlüsseln stand, löste ihren Schlüssel von seinem Schlüsselbund und legte ihn zu den anderen. Er brauchte ihn nicht mehr. Unter den

Schlüsseln in der Schale fiel ihm einer auf, der nicht dorthin gehörte. Remstedt erkannte ihn an seinem Anhänger. Vor Jahren hatte er ihn selbst in einem indischen Sammmelsuriumladen in der Langen Reihe beim Hamburger Hauptbahnhof gekauft: eine handgeschnitzte, mit kleinen bunten Federn geschmückte Rosenholzflöte. Es war ein Geschenk für Anna gewesen. Sie hatte den Schlüssel für ihr Wochenendhaus auf Shelter Island daran befestigt.

5.

Mammen spürte, wie die Zehen seines reichten Fußes einschliefen. Auch die Zehen des anderen Fußes begannen zu kribbeln. Er veränderte seine Haltung, damit die Füße besser durchblutet wurden.

„Es wäre besser gewesen, du hättest deinen Tee ganz ausgetrunken", sagte Charlotte ruhig, „Dann ginge es schneller."

„Was zum ...!"

„Anna, diese blöde Kuh! Mein ganzes Leben hat sie ruiniert", schrie Charlotte plötzlich auf, sprang vom Sofa hoch und riss sich die Jogginghose herunter.

„Sieh her! Siehst du das? Erinnerst du dich noch an diese Narbe? An unseren One-Night-Stand? Wahrscheinlich nicht, du warst ja total besoffen. Weißt du, wer daran schuld ist? Anna! Sie hat den Wagen gefahren, als der Unfall passierte, und sie war genauso besoffen wie du. Ich konnte sie nicht davon abbringen, obwohl ich nüchtern war und gut hätte fahren können. In einer Kurve verlor sie die Gewalt über den Wagen, wir rutschten von der Straße, überschlugen uns zweimal und landeten auf einem Acker. Der Wagen blieb auf dem Dach liegen. Anna hat keine Schramme abbekommen.

Als die Polizei kam und fragte, wer von uns gefahren ist, habe ich die Schuld auf mich genommen. Anna wollte ihnen die Wahrheit sagen, aber ich redete immer weiter. Die Polizei hat mir geglaubt."

„Warum hast du das getan?", fragte Mammen. Er fühlte, dass seine Lippen zu zittern begannen, spürte dieses Zittern und Kribbeln auch in den Fingerspitzen, in den Armen, in den Beinen.

„Ich dachte, sie sei meine beste Freundin. Ich hätte alles für sie getan."

Mammen sackte auf die Knie. Auch in dieser Stellung konnte er sich nur mühsam aufrecht halten.

Charlotte nahm das Foto vom Tisch, stieß die Tür zum anliegenden Zimmer auf und verschwand darin.

Mammen sackte zur Seite. Sein Kopf fiel auf den Teppich. Von dort, wo er lag, konnte er in das andere Zimmer sehen. Kerzen brannten da. Er sah Masken und einen Altar und bemalte Wände mit ihm unbekannten Motiven.

„Anna und ich kamen oft hierher", sagte Charlotte. In der Hand hielt sie eine Tüte mit weißem Pulver.

„Seit unserem Ausflug nach Bremen hat uns die Welt des Voodoo magisch angezogen. Hier konnten wir allein sein. Sie war meine beste Freundin, ich hätte alles mit ihr geteilt, doch am Ende hat sie zu viel von mir verlangt."

Mammen wollte etwas sagen, aber es fiel ihm schwer zu sprechen. Er lallte, konnte keine vollständigen Sätze mehr bilden.

Die Lähmung setzte ein. Zuerst, langsam aufsteigend, die Lähmung der Skelett-Muskulatur, dann die der Lunge, schließlich war er kaum mehr in der Lage zu atmen. Sein Körper befand sich in einem paralysierten Zustand. Trotzdem war er bei vollem Bewusstsein.

Er röchelte bei dem Versuch, einen Ton herauszubringen.

„Halt den Mund!", fuhr sie ihn an. „Anna wollte mir Uli wegnehmen. Aber er wollte mit mir zusammen sein, wir wollten heiraten. Ganz neu anfangen. Er gehörte mir! MIR!"

Sie zog zwei Kokain-Linien auf dem Glastisch und nahm einen Strohhalm.

„Was du in deinem Körper spürst", sagte sie, „ist das Gift des Kugelfischs. Tetradotoxin. Ich habe mir Leber und Eierstöcke des Kugelfisches von einem Priester auf Haiti in Alkohol einlegen lassen und mit nach Deutschland gebracht. Es war ganz einfach. Anna hat gewusst, dass ich es habe.

Tetradotoxin hat eine wunderbare Eigenschaft, es lässt sich nämlich nicht im Körper nachweisen, es sei denn, es wird gezielt danach gesucht. Es kostete mich nur einen Anruf in der Pathologischen Abteilung der Universitäts-Klinik Eppendorf, um sicherzugehen. Ich sagte, ich sei Journalistin und arbeite an einem Roman, für den ich eine Information benötige. Dann erklärte ich dem Forensiker meinen Plot, und was er sagte, war genau das, was ich hören wollte. Das Gift sei auf keinen Fall nachweisbar, zumal wenn eine schwere Depression im Spiel sei, derentwegen sich meine Hauptfigur aus dem Fenster stürze. Deshalb sei es höchst unwahrscheinlich, den Täter zu überführen."

Charlotte nahm den Strohhalm, saugte mit dem Mund vorsichtig eine Kokain-Linie hoch, beugte sich zu Mammen hinunter und drehte ihn auf den Rücken.

„So habe ich es auch mit Anna gemacht. Sie war ja so dumm. Es tut nicht weh, du wirst ja sehen."

Mit sicherer Hand führte sie das eine Ende des Halmes tief in sein linkes Nasenloch und blies das Kokain mit einem kräftigen Atemstoß hinein.

Mammens Stirn explodierte.

„Danach lief alles reibungslos, genauso, wie ich es geplant hatte. Ich deponierte das Antidepressivum in ihrem Schlafzimmer und fuhr noch in derselben Nacht raus nach Shelter Island, um dort die entsprechenden Vorkehrungen für die Polizei zu treffen. Eine schöne Geschichte, hab ich Recht? Zu schade, dass du sie nicht mehr schreiben kannst."

Sie präparierte den Strohhalm ein zweites Mal.

„Es war ganz leicht. Ich stützte Anna so gut ich konnte und brachte sie ans Fenster. Es war nur ein kleiner Stoß. Selbstmord wegen schwerer Depression. Ein Opfer mehr. Ich verließ das Haus durch den Haupteingang, der ein bisschen abseits liegt, und drängelte mich vorbei an den Schaulustigen. Niemand beachtete mich.

Bedauerlichweise kann ich dich ihre Erfahrung nicht nacherleben lassen. Du wirst den Weg des Wassers gehen", sagte sie. „Lass es zu, du kannst nichts dagegen tun."

Die nächste Dosis Kokain blies sie in das andere Nasenloch.

„Am 1. Januar werde ich Chefredakteurin von *Glow* sein, niemand wird mich hindern. Dann hole ich mir Uli zurück. Ich habe ihm seine Liebe zu Anna vergeben. Irgendwann wird er über ihren Tod hinweg sein. Vielleicht schenke ich ihm eines Tages sogar das Kind, das er sich so sehr wünscht. Eine Tochter, eine zweite Marie, ein Leben nach Anna. Wenn es sein muss, wird mir der Zauber aus Savannah dabei helfen. Für alle Fälle habe ich in New York etwas von Annas Voodoo-Pulver mitgenommen. Wie hätte ich zulassen können, dass sie meine Zukunftspläne zerstört? Sie hätte mich verstanden. Anna war doch meine beste Freundin."

Mammen fühlte das Vibrieren des Handys in seiner Hosentasche, aber er war unfähig, danach zu greifen.

„Warte hier“, sagte Charlotte, „ich mache das Boot klar. Sobald es dunkel ist, fahren wir hinaus auf den See. Warte hier – klingt irgendwie komisch angesichts deiner Situation, oder?“ Ihr Lachen klang künstlich.

„Nehmen Sie mich mit auf Ihren kleinen Ausflug, ja?“

Charlotte fuhr herum.

„Ich bedauere sehr, wenn ich ungelegen komme, aber es ließ sich nicht anders einrichten. Bitte, fahren Sie ruhig fort mit Ihren Vorbereitungen. Ich freue mich auf die Bootspartie.“

„Wie sind Sie ...“

„Darf ich mich setzen? Sie setzen sich bitte auch, ja?“

Charlotte hatte ihn nicht sofort erkannt. Zwischen dem modischen Anzug, den er jetzt trug, und dem bunten Gewand und dem Ziegenkopf, die er in Savannah getragen hatte, lagen Kontinente, die das Verstehen erschwerten.

„Ich nehme an, Sie wissen, warum ich hier bin“, sagte Maurice. „Wollen Sie es mir geben?“

„Was?“, antwortete Charlotte. Ihre Stimme hatte jede Schärfe verloren.

Maurice schüttelte den Kopf. Er zückte das schwarze Lederetui, in dem sich die Nadeln befanden.

„Ich verstehe Sie nicht. Sie nicht, und Ihre Freunde auch nicht. Ein bisschen mehr Kooperation, und wir hätten es alle ein wenig leichter gehabt. In Ihrer Redaktion war man so freundlich, einem guten Bekannten aus Amerika, der nur für eine Nacht in Hamburg ist, die Adresse Ihres Aufenthaltsortes zu geben. Hier bin ich, um mit dieser guten Bekannten einen kleinen Plausch zu halten.“

Als Charlotte glaubte, er wäre für einen Moment durch seine Nadeln abgelenkt, stürzte sie los, sprang mit einem Satz über den Couchtisch, rannte in das Zimmer, das ihren Voodoo-

Ritualen diente, warf die Tür hinter sich zu und drehte den Schlüssel herum.

Maurice machte keine Anstalten, ihr zu folgen.

„Das Zimmer besitzt nur ein kleines Fenster. Wollen Sie dadurch fliehen? Nein, dass wollen Sie nicht. Sie sind zu klug. Sie kommen nicht weit. Sie bleiben hier."

Er stieg über Mammen hinweg und baute sich vor der verschlossenen Tür auf.

„Bitte, geben Sie mir das Bild."

„Es ist in New York", sagte Charlotte. „Verschwinden Sie aus meinem Haus."

„In der Wohnung Ihrer Freundin Anna Hansen? Ich war dort. Ich habe die Wohnung durchsucht. Aus nahe liegenden Gründen wollte ich mit Anna Hansen anfangen, aber zu meinem Bedauern ist mir jemand zuvorgekommen. Ich will dieses Foto. Um jeden Preis. Es könnte einen falschen Eindruck von mir und meiner Kunst verbreiten, das möchte ich selbstverständlich vermeiden.

Meine zuverlässigen Mitarbeiter fanden schnell heraus, dass ein Reporter der *Savannah Morning News* das Foto gemacht hat, in jener Nacht, als wir uns zum ersten Mal begegnet sind. Sie haben sich ein bisschen mit dem Mann, sagen wir, unterhalten. Eigentlich lautete ihr Auftrag nur, die Kamera und den Film zu besorgen. Es war dumm von ihm, dass er einen Abzug von dem Bild angefertigt und an Ihre Freundin Anna Hansen geschickt hat. Meine Mitarbeiter haben ihm gut zugeredet, ihnen alles zu erzählen, was er wusste. Als Gegenleistung halfen sie ihm, sich ein bisschen leichter von seinem Leben zu trennen. Haben Sie mich verstanden, Charlotte?"

„Verschwinden Sie aus meinem Haus!"

Kountchés 95 Kilo krachten, mit der rechten Schulter voran, gegen die Tür und sprengten sie aus dem Rahmen.

„Wir wollen ein wenig reden, ja?“

Die beiden Autos vor dem Haus machten Remstedt stutzig. Ein Z 4 Cabrio und eine 220er Mercedes-Limousine mit Münchner Kennzeichen. Charlotte fuhr einen Alfa Romeo 147. Er stellte seinen Wagen ein Stück vom Haus entfernt ab und stieg aus.

Beim Näherkommen sah er, dass es sich bei dem Mercedes um einen Sixt-Leihwagen handelte, also konnte der Z 4 nur Mammen gehören.

Das Krachen splitternden Holzes ließ Remstedt innehalten. Sein Instinkt trieb ihn zur Vorsicht. Er schlich um das Haus herum und näherte sich ihm von der Wasserseite. Aus dem Bootshaus, das direkt mit dem Hauptgebäude verbunden war, drangen Geräusche. Durch ein winziges, staubschmutziges Fenster versuchte er zu erkennen, was im Haus vor sich ging. Er sah einen Schatten, der sich durch die Dunkelheit bewegte und gleich darauf wieder verschwand.

Remstedt sah auf die Uhr. Es war halb acht.

Er zog seine Jacke, seinen Pullover und seine Schuhe aus und stieg in das kalte Wasser. Lautlos watete er durch das Schilf auf das Bootshaus zu, dessen eine Seite zum Wasser hin offen war, schwamm los, tauchte unter und kam am Steg hinter dem Boot wieder an die Oberfläche, zog sich geräuschlos hinauf und lauschte.

Er hörte Stimmen und folgte ihnen.

„Ich sagte ihn doch, es tut nicht weh“, sagte Kountché.

Charlotte saß vor ihm in einem Sessel. In ihrem Hals steckte eine Nadel.

„Was haben Sie mit mir gemacht?“, fragte sie und warf ihrem Peiniger heimliche Blicke zu, da sie nicht imstande war, ihm in die Augen zu sehen.

„Bloß ein Taschenspielertrick", erwiderte Maurice. „Ich habe eine nur wenigen Menschen bekannte Stelle in Ihrem Nacken punktiert, die den Körper lähmt, von der Brust abwärts bis zu den Füßen. Sobald ich sie entferne, ist alles wieder wie vorher. Ich fliege erst Morgen in die Staaten zurück und gedenke, die heutige Nacht mit Ihnen zu verbringen."

Maurice löste die Herznadel aus dem Etui und drehte sie dicht vor Charlottes Gesicht zwischen den Fingern.

„Noch können Sie wählen, ob ich Ihnen Schmerzen zufügen soll oder ob wir ohne dieses hässliche Instrument auskommen."

Charlotte verspürte kein Verlangen, sich auf eine weitere Bekanntschaft mit einer Nadel einzulassen. Wenn Kountché das Foto unbedingt haben wollte, dann sollte er es bekommen. In seinen Händen würde es keinen Schaden mehr anrichten.

„Im Zimmer nebenan. Es liegt unter dem Altar, da finden Sie es."

Durch einen Türspalt sah Remstedt Mammen bewegungslos auf dem Boden liegen. Mammen versuchte krampfhaft, seine Augen aufzureißen, doch das Gift in seinem Körper lähmte auch die Augenlider. Sie zuckten unkontrolliert. Er lag mit der rechten Seite seines Gesichts auf dem Teppich und hörte sich atmen.

Remstedt wünschte, er hätte sein Telefon mitgenommen. Es befand sich in seiner Jacke, die er am See zurückgelassen hatte. Er fror erbärmlich.

„Sie haben das sehr schön gemacht mit Ihrem Freund."

Maurice hielt das Bild in der Hand und sah auf Mammen hinunter.

„Wie wär's, hätten Sie nicht auch Lust?"

Er nahm das Tütchen mit dem Kokain und verabreichte es Charlotte auf die gleiche Weise, wie sie es zuvor bei Mammen getan hatte. Dann entkleidete er sie und legte ihre Sachen ordentlich über die Sofalehne.

„Wenn die Polizei Ihre Leichen findet, wird sie glauben, Sie und Ihr Freund hätten im Drogenrausch eine kleine private Party auf dem See veranstaltet. Sex unter freiem Himmel, eine Flasche Rotwein. Ein gekentertes Boot."

Remstedt dachte nach. Was, wenn er ein Messer hat? Oder eine Pistole? Auf den richtigen Zeitpunkt kam es an. Er musste sich beeilen. Eine Entscheidung treffen. Viel Zeit blieb ihm nicht. Er wähnte sich im Vorteil. Seit fünfzehn Jahren hatte regelmäßiges Capoeira-Training seinen Körper gestählt. Würde der Schwarze mithalten können? Es war eine Frage der Ausdauer und der Geschicklichkeit. Ihm blieb keine Wahl, er musste es darauf ankommen lassen.

Als Maurice sich bückte, um Mammen hochzuheben und ihm dabei den Rücken zuwandte, griff Remstedt an. Mit drei federnden Schritten sprang er los. Über Maurice war er bereits in der Luft, setzte zu einem Kniestoß an, der Maurice an der Schläfe treffen sollte, um ihn sofort kampfunfähig zu machen, aber er verfehlte sein Ziel, denn Maurice wich dem Tritt mit einer geschmeidigen Bewegung aus und ging seinerseits zum Angriff über.

Remstedt war fassungslos. Wie hatte er den Tritt kommen sehen? Das war unmöglich.

„Ein Joelhada." Maurice lächelte anerkennend. „Fast perfekt. Der Luftzug hat Sie verraten."

Nun wusste Remstedt, mit wem er es zu tun hatte. Er kämpfte gegen einen ebenbürtigen Capoeirista, der keine Furcht vor seinem Gegner kannte.

Maurice überwand mühelos die Schwerkraft und täuschte einen Martelo an, tauchte jedoch gleich wieder weg, holte Schwung aus einer schnellen Drehung der Hüfte und erwischte Remstedt mit einem eingesprungenen Tritt an der Schulter. Die Wucht des Aufpralls schleuderte Remstedt gegen einen Schrank. Dank der Routine des täglichen Trainings fanden seine Füße sofort wieder festen Stand.

Maurice setzte nach. Remstedt brachte sich mit einem Aum sim Malo, einem freihändigen Radschlag, der ihn mit der Sprungkraft seiner Beine in die Luft katapultierte, aus der Gefahrenzone. Im Fallen streifte er, von Maurice unbemerkt, die Nadel von Charlottes Hals, sprang unbedrängt zur Hintertür und lief auf den Bootssteg hinaus. Er brauchte Platz zum Kämpfen, in der Enge des Hauses hatte er gegen diesen körperlich überlegenen Gegner keine Chance. Maurice folgte ihm.

Sie attackierten im Wechsel. Mit Stößen, Tritten und Schlägen, alles war in Bewegung. Arme kreisten, Füße flogen, Knie schossen vor. Angreifen. Abwehren. Eine stetige Folge, die den Kämpfern höchste meditative Konzentration abverlangte. Die Muskelstränge an Kountchés Hals traten dick wie Stricke hervor, sein Gesicht trug einen Ausdruck zähen Durchhaltewillens.

Zweimal in kurzer Folge wurde Remstedt mit der Faust am Kopf getroffen, nicht schwer, aber hart genug, um ihn zu beeindrucken. Er wich zurück, nur um gleich wieder vorwärts zu schnellen. Beim siebten Versuch erwischte er Maurice mit einem eingesprungenen Tritt am linken Knie und erzielte damit nachhaltige Wirkung. Die Sprungfähigkeit seines Gegners ließ augenblicklich nach.

Der gegenseitige Respekt wuchs mit jeder Sekunde. Die Kombinationen wurden vorsichtiger. Ein einziger Treffer konnte die Auseinandersetzung jetzt entscheiden.

Allmählich konnte Charlotte sich wieder bewegen. Die Lähmung ließ nach, nicht schlagartig, aber stetig, seit die Nadel nicht mehr in ihrem Hals steckte. Nach einigen vergeblichen

Versuchen gelang es ihr aufzustehen. Sie wartete, bis sie ihr Gleichgewicht gefunden hatte und taumelte in die Küche. Sie zog ein Brotmesser mit Sägezahnklinge aus einem Holzblock. Dann stieg sie die Treppe zu ihrem Schlafzimmer hinauf.

Draußen auf dem Steg geriet Remstedt in Bedrängnis. Fast wäre es Maurice gelungen, ihn mit einem Betäubungsschlag außer Gefecht zu setzen, erst im letzten Moment konnte er den Angriff parieren. Doch seitdem schwanden seine Kräfte. Das Hämmern in seinem Kopf nahm kein Ende. Er musste ins Haus, Hilfe holen. Das war seine Taktik. Maurice trieb ihn mit einer Abfolge technischer Kombinationen vor sich her.

Unversehens wendete sich das Blatt. Aus dem Schilf flog ein Entenschwarm auf und lenkte Maurice für den Bruchteil einer Sekunde ab. Remstedt registrierte die Nachlässigkeit. Seine zu einer Kralle geformte Hand schoss vor, überwand die Deckung. Der Ballen zertrümmerte Maurice mit einem hörbaren Knirschen das Nassenbein. Sofort stürzte Blut aus beiden Nasenlöchern. Remstedt setzte nach und traf erneut, diesmal den Solarplexus. Sein Gegner wankte, so dass Remstedt genug Zeit bekam, einen Rochenschwanz vorzubereiten, den er punktgenau ins Ziel brachte. Bewusstlos sackte Maurice zusammen und schlug schwer auf die Holzbohlen.

Remstedt schnappte nach Luft. Er stützte seine Hände auf die Oberschenkel und pumpte Sauerstoff in die Lungen.

Die Wirkung des Kokains hatte Mammen unterdessen kolossal aufgepulvert, es half ihm dabei, sich der Schwäche zu widersetzen, die das Gift in ihm ausgelöst hatte. Es war nicht stark genug dosiert gewesen, denn er fühlte seine Kräfte langsam, sehr langsam zurückkehren. Widerstrebend wälzte er sich auf die Seite und kroch auf die Treppe zu. Auf seine Beine konnte er sich noch nicht verlassen, deshalb robbte er Stufe für Stufe auf Knien und Ellbogen nach oben.

Ziemlich ramponiert und vollkommen erschöpft, stürzte Remstedt ins Wohnzimmer. Die Kopftreffer ließen sein linkes Augen zuschwellen, und er zog ein Bein nach.

„Wo zum Henker ist das Telefon?“, rief er.

Mammen wollte etwas sagen, aber die Worte in seinem Kopf schafften es nicht über die Lippen.

Remstedt suchte das Telefon, schließlich gab er es auf.

„Wo ist sie? Oben? Willst du deshalb da rauf? Wir müssen uns beeilen. Der Schweinehund da draußen wird nicht ewig liegen bleiben.“

Ohne eine Reaktion abzuwarten, hastete er an Mammen vorbei die Treppe hinauf. Seine Fäuste prasselten gegen die Tür.

„Charlotte, mach auf! Mach verdammt noch mal diese Scheißtür auf, oder willst du, dass wir hier alle verrecken? Hörst du mich? Gib mir sofort das Scheißtelefon!“

Auf der anderen Seite der Tür blieb es ruhig. Remstedt trat ein paar Schritte zurück, sammelte Schwung für einen Sprung und landete mit den Fußsohlen voran in der Mitte der Tür. Die Aktion zeigte die erhoffte Wirkung, das Schloss wurde aus seiner Halterung gerissen, die Tür flog auf. Mit den Armen versuchte Remstedt, den Fall abzufedern, doch ein Stuhl, der neben der Tür stand, kam ihm in die Quere und vereitelte sein Vorhaben. Mit dem rechten Ohr knallte er auf die Sitzkante und stürzte so unglücklich zu Boden, dass er sich dabei den linken Arm brach. In seinem Kopf und seinen Gliedern pochte und summte es.

Mammen zog sich die letzte Treppenstufe hoch und schleppte sich zu Remstedt, wo er, im toten Winkel der Tür, erschöpft neben ihm liegen blieb.

Das ist nicht gut, dachte Mammen, das sieht übel aus. Charlotte hat ein Messer, dachte er, und wir haben keins. Ich muss es Remstedt beibringen. Aber wie?

Aus dem Zimmer sah Charlotte Remstedt am Boden liegen. Sie musste weg. Weg aus diesem Haus. Weg von diesen Männern. Sie rannte los, mit dem Messer in der Faust, sprang mit einem Fuß neben die Schulter des benommenen daliegenden Remstedt. Wollte weiter, zur Treppe.

Was sie nicht sah, was sie zu spät sah, war Mammen, der sich aufgerichtet hatte, um nach Remstedt zu sehen. Doch da waren ihre Füße bereits in der Luft. Sie erschrak und versuchte, ihrem Sprung eine neue Richtung zu geben. Zu spät. Der Fuß prallte gegen Mammens Kopf. Sie strauchelte und verlor das Gleichgewicht. Das Messer entglitt ihrer Hand.

Sie fiel.

EPILOG

Das sieht nicht gut aus, dachte Mammen, da muss man doch was machen können, so geht das nicht.

Er starrte auf das Tablett, das die Krankenschwester ihm gebracht hatte: Haferschleim, einen Becher Tee, eine Banane.

„Lass es dir schmecken!“ Walter König grinste.

„Wer soll denn so was essen?“, erwiderte Mammen, richtete sich auf und schob das Essen angewidert zur Seite.

Noch in der Nacht war Mammen, sobald sein Kreislauf und seine Atmung sich stabilisiert hatten, von der Intensivstation auf ein Einzelzimmer in der Inneren Abteilung verlegt worden. Für den Fall, dass Komplikationen auftraten, wollten die Ärzte ihn noch zwei Tage zur Beobachtung dabehalten.

Die Polizei und die Rettungssanitäter, die Uli Remstedt alarmiert hatte, waren bereits zehn Minuten später da gewesen. Bei ihrem Eintreffen war Charlotte schon wieder bei Bewusstsein. Sie gestand, was sie Mammen verabreicht hatte, so dass die Sanitäter umgehend die erforderlichen Gegenmaßnahmen einleiten konnten. Dann wurde Mammen mit dem Rettungswagen zur weiteren Behandlung ins UKE nach Hamburg transportiert.

Walter König überbrachte Mammen die neuesten Nachrichten. Charlotte Stegemann und Maurice, sagte der Chefredakteur, seien festgenommen worden. Als die Beamten sich Maurice' Pass angesehen hätten, habe da ein anderer Name dringestanden. Der Name lautete: Tonyo Kountché, Nigerianer, geboren am 13. September 1958 in Lagos.

„Nach dem, was die Polizei bislang in Erfahrung gebracht hat“, sagte König, „will man jetzt schleunigst Kontakt zum New York Police Department aufnehmen. Charlotte Stegemann hat bereits ein vollständiges Geständnis abgelegt. Die Rolle von Kountché in New York und Savannah wird noch genauer untersucht werden müssen. Man geht davon aus, dass es weitere Fälle von Babymorden gegeben haben könnte. Bislang ist das allerdings nur eine Spekulation. Zu dir, Mike, werden sie auch noch kommen. Fühlst du dich einer Vernehmung schon gewachsen?“

Mammen nickte.

„Vorzüglich. Wenn das so ist, schicke ich sofort Vanessa von Samson mit dem Recherchematerial vorbei. Dann kannst Du gleich anfangen, die nächste Folge zu schreiben. Weißt du, wie wir es machen? Du bringst dich selbst ein und erzählst die ganze Geschichte aus der Perspektive ...“

„Raus!“, sagte Mammen.

„Warum denn so empfindlich? Du bist Reporter, mein Junge. Oder hat das Gift ein Loch in dein Gehirn geschmort?“

„Gib mir dein Handy!“

„Wozu?“

„Ich muss telefonieren.“

Harold Dardis meldete sich sofort.

„Ich schulde dir einen Gefallen“, sagte Mammen. „Wie wär’s mit einer Geschichte, die selbst der *New York Times* nicht alle Tage in die Schürze fällt?“

Das Gespräch dauerte zehn Minuten.

„Was das wieder kostet“, stöhnte König. „Kann ich sonst noch was für dich tun?“

„Wenn dir was an deinem Blatt liegt, solltest du dir für Vanessa von Samson etwas einfallen lassen. Sie hat wieder einen verdammt guten Job gemacht. Den macht sie überhaupt immer, außerdem schreibt sie ganz ordentlich.“

„Ist mir auch schon aufgefallen“, sagte König. „Ich werde darüber nachdenken.“

„Und sag Brunkwein, er soll mir keine Blumen schicken.“

Auf dem Nachttisch läutete das Zimmertelefon. Mammen kam nicht heran und bat König, den Anruf entgegenzunehmen.

„Klar ist er hier“, sagte König. „Willst du ihn haben ...? Ist ja gut ... ja ... warte ... bis bald.“

König deckte mit der Hand die Muschel ab und sagte:

„Deine Frau.“

Carlas Stimme klang besorgt.

„Die Polizei hat mich angerufen. Was ist passiert?“

„Ich werd’s dir später in Ruhe erzählen. Es bleibt doch heute Abend bei unserer Verabredung?“

„Was?“

„Es gibt Haferschleim und Tee. Wenn du Glück hast, kriegst du zum Nachtisch vielleicht eine Banane.“

„Wie könnte ich da widerstehen!“, sagte Carla.

„Bringst du Tammy mit?“

„Natürlich.“

„Ich wollte dir noch sagen, dass ich ...“

„Ich weiß. Wenn es mir nicht auch so ginge, wäre es einfacher.“

„Ja.“

König versuchte, sich aus dem Zimmer zu stehlen. Mammen sah es und rief ihm hinterher: „Sag Vanessa, sie soll mir ’ne Pizza mitbringen. So’n Riesending mit Salami, Zwiebeln, Kapern und Knoblauch drauf.“

Damit, dachte er, komm ich über die Runden.

ENDE

Danksagungen

Viele Menschen haben mich beim Sammeln von Material für dieses Buch unterstützt: Models, Agentinnen, Mode- und Beauty-Redakteurinnen, Public-Relations-Managerinnen sowie Journalisten der Tageszeitungen in New Orleans und Savannah, die mich bereitwillig in die Geheimnisse des Voodoo in ihrer Stadt und Region einweihten.

Mein besonderer Dank gilt: Dr. Thomas Nickel, Oberarzt am Max-Planck-Institut für Psychiatrie in München, der mir mit seinem Wissen über Depressionen hilfreich zur Seite stand. Dr. Mark Bennecke, international hoch geachteter Kriminalbiologe, der geduldig alle meine E-Mails beantwortete, egal, wo auf der Welt er sich gerade aufhielt. Meinem Freund Dr. Burkhard Roselieb, der mir bei zahlreichen Abendessen mit medizinisch wertvollen Details auf die Sprünge half. Judival Santos de Rito Filho, Meister der brasilianischen Kampfkunst Capoeira, der mir die Formen und die Geschichte dieser außergewöhnlichen Sportart erklärte.

Erwähnen möchte ich außerdem die Buchautoren Andreas Gößling („Voodoo – Götter, Zauber, Rituale", Knaur Verlag), Heike Owusu („Voodoo Rituale", Schirner Verlag) sowie Walter Jantschik („Baphomet Magie", Esoterischer Verlag). Ihre Werke gewährten mir einen tiefen Einblick in das Wesen der Naturreligion Voodoo.

:-(„Schade, schon zu Ende“,
haben Sie jetzt bestimmt gedacht.
Aber keine Sorge, es gibt doch noch mehr
spannende Bücher aus dem Solibro-Verlag :-)

LESEPROBE

aus:
Hans-Hermann Sprado:
Risse im Ruhm. Roman
Münster: Solibro-Verlag 1. Aufl. 2005
ISBN 978-3-932927-26-3

Prolog

Die stille Etage ist voller Augen, aus schmalen Schlitzen starren sie ihn an. Es sind die Augen seiner Geiseln. Reglos steht er vor ihnen, umgeben von einer Aura der Unbesiegbarkeit.

Roloff und seine Männer, drei von ihnen, haben die Gefangenen vor den summenden Kühltheken voller Seelachs, Flundern und zerstoßenem Eis im obersten Stockwerk des Kaufhauses zu einer dichten Menschentraube zusammengetrieben. Durch die runden Plastikgläser seiner Gasmaske mustert er zufrieden ihre erschrockenen Gesichter, während seine Hand nach dem kalten Metall des Funkauslösers in seiner Tasche fühlt.

Die erste Zyklon-B-Granate wird er eine Stunde vor Ablauf des Ultimatums zünden. Damit will er seine Unberechenbarkeit demonstrieren, die seine gefährlichste Waffe ist. Niemand außer ihm weiß, wo das Nazi-Gas seine Tod bringende Wolke verströmen wird: Nicht die Polizei, die das Alsterhaus am Hamburger Jungfernstieg inzwischen vollständig abgeriegelt hat, nicht die Geiseln, die sich ängstlich vor ihm ducken und nicht einmal seine Komplizen, die mit schussbereiten Maschinenpistolen breitbeinig vor den Geiseln lauern und auf seine Befehle warten.

Allmählich legt sich seine Anspannung. Bis hierher ist es ein Spaziergang gewesen, alles läuft nach Plan, geradezu absurd erfolgreich, doch der schwierigste Teil des Kommandos liegt noch vor ihnen.

Die Mündung seiner Kalaschnikow schwenkt sacht herum, bis sie auf eine junge Frau in einem weißen Arbeitskittel zeigt, die halb verborgen hinter den hohen Schultern eines Mannes mit dicker Hornbrille Schutz gesucht hat. „Du! Komm her!"

Seine mit Berliner Zungenschlag gefärbte Stimme klingt bedrohlich gedämpft durch die olivgrüne Gasmaske, unter der sein kahler, massiger Schädel langsam zu schwitzen beginnt. Roloff lehnt sich gegen ein Gewürzregal, lässig, und wartet. Er weiß, das Blut dieser Frau wird die Bemühungen der Polizei erheblich beschleunigen.

Kapitel I

Geisein (Teil 1)

Hamburg, 9. August 1992, 11.00 Uhr

1.

Das ist mal wieder so ein Morgen, den er verfluchen könnte, glühend heiß, der Schädel brummt und immer noch kein erster Satz. Seit zwei Stunden brütet Mammen über dem Manuskript und kämpft mit dem Anfang einer Story, die ihn aus der Vergangenheit eingeholt hat. Er fühlt sich müde und ausgelaugt wie nach einer Überdosis Thomas Mann. Tiefe Schatten liegen unter seinen Augen. In seinem Gesicht, bis hinunter zum Adamsapfel, hat sich ein Drei-Tage-Bart breit gemacht.

Sein schlanker Körper strafft sich im Sessel, fällt zurück, strafft sich erneut. Die Ellenbogen aufgestützt, die Hände ineinander verschränkt, kreist sein linker Daumen unaufhörlich in der rechten Handfläche. Er schiebt die Lippen vor und klemmt sich eine Zigarette dazwischen, ohne den Blick von seinem Notizblock zu lassen.

Speck, Pfeffer und Dynamit gehören in den ersten Satz, das hat sein Journalistenlehrer ihm eingebläut, doch seit er Moya kennt, hat er die Worte verloren. Moya, nichts anderes mehr hat Platz in seinem Kopf. Alle Sätze, alle Bilder werden unscharf, schwimmen davon, mischen sich mit anderen Sätzen und Bildern und verschwinden schließlich.

Mit jedem Anlauf verfängt er sich aufs Neue im Gestrüpp der Fakten über die Mörderin eines Zuhälters. Zwei Nächte zuvor hat sie sich in der Berliner Justizvollzugsanstalt Moabit die Pulsadern aufgeschnitten. Als ihr morgens ein Wärter das Frühstück in die Zelle bringen wollte, war sie tot, verblutet. Zum Aufschlitzen ihrer Pulsadern hatte sie ihre langen Fingernägel benutzt, deren Kanten zu scharfen Ecken gefeilt waren – es musste lange gedauert haben. Mammen hat die Tote gut gekannt. Als sie noch lebte, nannte sie sich Jacqueline.

Es ist der letzte Tag der Sommerferien. Mammens muskulöse Oberarme, die aus einem kurzärmligen, dunkelgrünen Polo-Hemd ragen, tragen noch immer die Bräune des Urlaubs, den er mit Carla und Tammy in einem freundlichen Strandbungalow zwischen den Dünen bei Farnö in Dänemark verbracht hat.

Moya hat ihm keine Szene deswegen gemacht, sie ist klug genug zu wissen, dass er nicht anders kann, sie drängt ihn nicht. Aber irgendwann muss er sich entscheiden, das spürte er bereits in jenem Moment, als er sie zum ersten Mal sah.

Seit acht Jahren schreibt Mammen als Chefreporter für die Hamburger Illustrierte ARENA, die jede Woche mit einer Millionenauflage die Kioske überschwemmt. Sein handtuchschmales Zimmer liegt im dritten Stock am Ende eines düsteren Flurs, der das Ressort Aktuelles beherbergt. Ein kleiner Tischventilator durchquirlt vergeblich die feuchte, stickige Luft.

Um seine Nervosität zu bändigen, arrangiert Mammen auf seinem Schreibtisch immer wieder neu, was er zum Schreiben und Leben braucht: In planloser Zufälligkeit schiebt er die amerikanischen Yellow Pad-Blöcke ein Stück nach links, richtet sechs frisch gespitzte Bleistifte der Marke Faber-Castell, Stärke HB, daneben aus, schichtet die drei offenen Schachteln Gitanes übereinander, rückt den dampfenden Becher Nescafé beiseite, weg vom Manuskript, und reißt einen Snickers-Riegel auf.

Nur der silberne Rahmen mit dem Foto seiner Frau und seiner Tochter, aufgenommen im Freizeitpark Hansaland, bleibt von seiner Unruhe verschont. Ein anderes Foto, das von Moya Iceton, liegt unter einem Stoß vergilbter Ausgaben des Branchendienstes *text intern* in der untersten Schublade seines Schreibtischs. Niemand in der Redaktion ahnt etwas von Mammens Affäre mit Moya Iceton. Nicht einmal Stefan Pfaller, sein bester Kollege und zugleich sein engster Freund – eigentlich gehört Moya zu ihm.

Durch einen Spalt der herunter gelassenen Jalousie blickt Mammen auf die Außenalster. Auf dem Wasser wimmelt es von Segelbooten. Er fährt sich mit der linken Hand durch die Haare, die andere Hand umkrampft den Bleistift, als wolle sie ihn zerbrechen vor lauter Verzweiflung über seine vergebliche Mühe, der Selbstmörderin mit ein paar geraden Sätzen beizukommen.

Lustlos blättert er durch die eselsohrigen Seiten seiner Notizen. Er sucht die eine Information, mit der er seine Reportage eröffnen kann. Plötzlich sieht er sie und eine Königsidee springt ihn an: *vor dem Frühstück!* Er gibt seiner morbiden Begeisterung für Sarkasmus nach und schreibt schnell mit steiler, leicht geneigter Schrift den ersten Satz seiner Reportage hin: „Jacqueline Sengelmann starb hungrig."

Die Sprengkraft der Worte stürzt sämtliche Hürden um, alles fließt, von einer Sekunde zu anderen. Vor lauter Begeisterung legt sich seine hohe Stirn in Falten. Jetzt schneit es Buchstaben, ein schwarzes Gestöber, das Seite um Seite füllt.

Mammen schreibt seine Storys immer zuerst mit der Hand, Computer behagen ihm nicht. Ein Computertext sieht vom ersten Wort an ordentlich aus, auch wenn er unordentlich gedacht ist. Genau genommen schreibt er seine Reportage nicht, er beobachtet, wie sie sich schreibt, als ob sie ein lebendiges Wesen sei. Selbst wenn er merkt, dass er etwas besser machen könnte, lässt er den ersten Wurf unverändert stehen. Er will so schreiben, wie die Menschen leben. Menschen können ihre Taten auch nicht redigieren.

Um halb zwölf wird sein Schaffensrausch abrupt unterbrochen. Ins Zimmer stürmt Helmut Brunkwein, der Nachrichtenchef und Senior der Redaktion, förmlich im Umgang, steif in der Kleidung – bis auf die grellbunte Fliege, sein Markenzeichen. Zu seiner Masche gehören noch schwarze, mit Pomade nach hinten gestriegelte Haare, eine runde Silberbrille und die Bonsais auf der Fensterbank seines Büros. Brunkwein scheint ständig in Eile. Wenn er auf seinen Storchenbeinen über die Korridore hastet, drängt sich der Eindruck auf, sie bewegen sich außerhalb jeder Kontrolle ihres Eigentümers. Einmal, als Brunkwein ihm gegenüber saß, hatte Mammen unter dem Tisch nachgesehen, ob seine Beine auch da waren, wohin sie gehörten oder ob sie sich vielleicht selbstständig gemacht hätten, weil ihnen Sitzen zu langweilig war. Es hatte ihn ungemein beruhigt, als er Brunkweins italienische Slipper mit Goldspange ordentlich nebeneinander geparkt sah.

„Im Alsterhaus spielen ein paar Typen Zweiter Weltkrieg!“, stößt Brunkwein hervor. Sein Asthma rasselt.

„Sag ihnen, damit können sie aufhören, Adolf und Eva haben geheiratet. Die Show ist zu Ende.“

„Sie haben Geiseln genommen. Der Don sagt, du sollst dich darum kümmern.“

„Er weiß doch, dass ich die Selbstmörderin schreibe. Warum schickt er nicht jemand anderen?“

„Es ist nur niemand da außer dir, also schwing deinen Hintern hoch“, näselt Brunkwein mit pastoraler Arroganz. „Hier sind die ausgedruckten Agenturmeldungen. Sieh zu, dass du die Story nicht wieder vergeigst, Mammen. Dein Bonus schwindet langsam.“

Mammen schüttelt belustigt den Kopf. „Da schenkt man dem Mann jedes Jahr Doppelherz zu Weihnachten und nun so was!"

Seine Stimme klingt rau und kratzig von den abertausend Gitanes, die er seinem Kehlkopf im Laufe eines langen Raucherlebens zugemutet hat. Tatsächlich hat er die Zahl erst kürzlich ziemlich genau ausgerechnet: 27 450 Stück – eher ein paar mehr, kaum weniger.

„Dir werden sie auch noch die Eier schleifen", sagt Brunkwein und wirft die Agenturmeldungen auf Mammens Schreibtisch.

„Darf ich dich was fragen, Brunkwein? Wie hast du es bloß fertig gebracht, mit dem Gehirn eines Kängurus so lange zu überleben?"

Der Nachrichtenchef bläht wütend die Wangen, ballt die Fäuste, entschließt sich anders und rennt aus dem Zimmer.

Sorgfältig schreibt Mammen den letzten zu Ende gedachten Satz seiner Story, schiebt den gelben Block beiseite und sucht die Agenturmeldungen zusammen. Aus alter Gewohnheit überfliegt er die Eilmeldung der Deutschen Presseagentur zuerst:

KAUFHAUSÜBERFALL MIT GEISELNAHME

HAMBURG (DPA) – MEHRERE MASKIERTE MÄNNER SIND HEUTE MORGEN UM KURZ VOR ZEHN UHR IN DAS KAUFHAUS ALSTERHAUS AM HAMBURGER JUNGFERNSTIEG EINGEDRUNGEN UND HABEN ZAHLREICHE KUNDEN UND MITARBEITER ALS GEISELN GENOMMEN. DIE POLIZEI HAT DAS ALSTERHAUS EVAKUIERT UND ABGERIEGELT. BISLANG GELANG ES DEN EINSATZKRÄFTEN NICHT, KONTAKT ZU DEN TÄTERN AUFZUNEHMEN. DIE BEHÖRDEN SCHLIESSEN NICHT AUS, DASS ES SICH UM EINE POLITISCHE AKTION HANDELT.

Mammen ruft den Leiter der Bildredaktion an. „Wen habt ihr zu der Sache im Alsterhaus geschickt?"

„Zwei Freie!", antwortet Fotochef Hagen von Bolswitz. „Pfaller kann ich nicht erreichen, er hat seinen Anrufbeantworter eingeschaltet. Sobald er sich meldet, stößt er auch dazu."

Verärgert, dass er seine Story unterbrechen muss, schnappt Mammen sich den Stenoblock und ein Päckchen Zigaretten und stemmt sich aus dem Sessel. Ein Kaufhausüberfall ist nicht gerade das, was einen Chefreporter eilig aus der Redaktion treibt, wenngleich der Hinweis auf ein politisch motiviertes Attentat seine Schritte beschleunigt.

Seinen Dienstwagen lässt Mammen in der Tiefgarage, bis zur Innenstadt sind es ja nur ein paar Minuten. Am Ufer der Außenalster, vorbei am US-Konsulat, geht er Richtung Jungfernstieg.

Der Himmel über Hamburg ist dunstig, die Sonne sticht, die Luft ist windstill und dick wie Öl. Bleiern lastet ein süßlicher, müder Geruch auf der Stadt. Überall auf dem Rasen, nahe am Wasser, liegen halbnackte Menschen, die nicht genug kriegen können von der dampfenden Schwüle dieses Ausnahmesommers.

Mammen überquert die Lombardi-Brücke und sieht aus der Ferne das ungeduldige Gewimmel der Menschen vor dem Kaufhaus. Aus allen Himmelsrichtungen, wie von einem Magneten angezogen, eilen die Schaulustigen heran und drängen sich vor den rot-weißen Absperrgittern der Polizei. Das Gewühl der bunten Kleider, T-Shirts und kurzen Hosen wird dichter mit jedem seiner Schritte. Auf dem Dach des Kaufhauses, hoch oben in schwindelnder Höhe, baumeln zwei Firmenfahnen lustlos am Mast.

Mühsam schiebt Mammen sich vorwärts, von einem Deodorant zum nächsten. Aus Versehen tritt er einem Mann mit

Tennissocken und grünen Badelatschen auf die Füße. „Hey, drängle nicht so“, schnauzt er Mammen an, „wir sind nicht auf der Titanic!“ Sturzbäche von Schweiß laufen dem Mann in den Kragen, während seine Frau dümmlich kichert.

Mammen sucht Thomas Moschke. Der Polizeireporter der *Hamburger Morgenpost* weiß, was in der Hölle gekocht wird, selbst nachts hört er den Polizeifunk ab. Kein anderer Journalist in der Stadt hat so gute Kontakte und so exklusive Informationen wie er. Kurz darauf findet er Moschke dort, wo er ihn am wenigsten erwartet hätte, im Gespräch mit seinem Intimfeind, dem Polizeipräsidenten. Sie sitzen unter einem gelben Sonnenschirm auf der Terrasse des Alsterpavillons, dem Kaufhaus gegenüber, und stecken die Köpfe zusammen.

2.

Nur mit aller Kraft kann Roloff seinen Widerwillen gegen die kriecherische Angst der Geiseln unterdrücken. Sie machen sich klein, sie weichen zurück vor ihm, auch innerlich, er spürt das.

„Wird’s bald?“, brüllt er. Zornig funkeln die schwarzen Augen hinter der Gasmaske die junge Frau im weißen Kittel an. Sie beißt sich auf die rotglitzerende Unterlippe, ihre Schultern fallen kraftlos nach vorn.

„Nein ... bitte ... nein ... nicht!“, wimmert sie.

Mehr verlegen als mutig hebt der Mann, hinter dem sie sich versteckt hält, die Arme hoch und macht sich gerade: „Lassen Sie die Frau in Ruhe. Nehmen Sie mich!“

„Halt’s Maul, du Arschloch!“, fährt Roloff ihn an. „Willst hier den Helden spielen, was? Du kommst schon noch früh genug an die Reihe, nur keine Eile. Die Kleine will ich! Jetzt! Also mach schon, Süße, setz dich in Bewegung, oder muss ich nachhelfen!“

Ihre Knie zittern, während sie vorsichtig und mühsam, einen Fuß vor den anderen setzend, auf Roloff zugeht. Tränen rinnen ihr die Wangen hinunter und vermischen sich mit dem Makeup und der schwarzen Wimperntusche zu hässlichen Mäandern.

Dicht vor Roloff bleibt sie stehen.

„Deine Arme, streck sie aus, die Handflächen nach oben!“

Sie gehorcht, zögernd.

Roloff zieht einen weißen Briefumschlag aus der Tasche und legt den Briefumschlag vorsichtig auf ihre linke Hand, ihre Finger umschließen den Umschlag, erleichtert lässt sie die Arme sinken.

„Oben lassen!“, fährt Roloff sie an.

Den nächsten Akt vollzieht er mit professioneller Ruhe: Seine Hand sucht das Skalpell in der Brusttasche seiner Lederjacke, findet es. Mit einer raschen Bewegung packt er den rechten Arm der Frau und trennt mit einem schnellen Schnitt die Pulsader auf, der Länge nach. Ein gellender Schrei zerreißt die Stille. Sofort sprudelt Blut aus der Wunde, besudelt den weißen Kittel, quillt in pochenden Stößen weiter und tropft zu Boden. Fassungslos starrt die Frau ihren Arm an, dann Roloff, dann ihren Arm.

„Dieser Umschlag enthält unsere Forderungen“, sagt Roloff. „Bring ihn raus zu den Bullen. Ich an deiner Stelle würde mich beeilen, so viel Blut ist in einem Menschen nämlich nicht drin.“

Mit Schmerz verzerrtem Gesicht presst die Frau ihre linke Hand auf die pulsierende Verletzung, um die Blutung zu stoppen. Es gelingt ihr nicht. Der Umschlag ist zu Boden gefallen.

Roloff hebt ihn auf und steckt ihn in eine Tasche ihres Kittels.

„Ab die Post!“

das ware eine

LESEPROBE

aus:
Hans-Hermann Sprado:
Risse im Ruhm. Roman
Münster: Solibro-Verlag 1. Aufl. 2005
ISBN 978-3-932927-26-3

„Sorgt für schlaflose Nächte, auch wenn das Buch längst zu Ende ist.“ BRIGITTE
Bei Nobelpreisträger Axel Ragnerfeldt wächst die Angst, dass seine Vergangenheit ihn nach all den Jahren einholen könnte. In seinem scheinbar so vorbildlichen Leben gibt es ein Geheimnis, dessen Einzelheiten, sollten sie je ans Licht kommen, ihn vor den Augen der Nachwelt vernichten würden.
KARIN ALVTEGEN
Schatten
DUMONT
Foto: Mikael Lundström
KARIN ALVTEGEN
SCHATTEN
Roman. 260 Seiten. Gebunden.
ISBN 978-3-8321-8045-4
www.dumont-buchverlag.de
DUMONT